운명을 울리다

운명을 울리다

1판 1쇄 찍음 2020년 1월 16일
1판 1쇄 펴냄 2020년 1월 29일

지은이 | 훈
펴낸이 | 고운숙
펴낸곳 | 봄 미디어

기획 · 편집 | 김민지, 김지우
표지 디자인 | 우물

출판등록 | 2014년 08월 25일 (제387-2014-000040호)
주소 | 경기도 부천시 원미구 길주로 64, 1303(굿모닝 오피스텔)
영업부 | 070-5015-0818 편집부 | 070-5015-0817 팩스 | 032-712-2815
E-mail | bommedia@naver.com
소식창 | http://blog.naver.com/bommedia

값 9,000원

ISBN 979-11-5810-874-8 03810

운명을 울리다

훈 장편 소설

목

차

프롤로그

한국대 경영학과 2학년 마케팅 원론 전공 시험 시간.

서술형 문제를 풀고 난 후, 조교에게 답안지를 제출한 세나는 강의실을 나오며 휴대폰을 켰다. 시험 기간이라 그간 데이트를 하지 못했으니 오늘은 편한 마음으로 그를 만날 수 있으리라. 서둘러 번호를 검색한 세나가 전화를 걸었다.

"선배. 나 시험 끝났는데 어디에요?"

—과 사무실 앞이야. 내려갈 테니까 아래서 기다릴래?

"알겠어요."

빠른 걸음으로 계단을 내려간 세나는 경영관 건물 밖 나무 그늘에 서서 단화 코를 바닥에 세워 톡톡 박으며 남자를 기다렸다. 어깨에 멘 에코백 안에 두꺼운 전공 책이 들어 있어서 유난히 무거웠다.

"백팩으로 가져올 걸 그랬어."

가방끈을 추어올리고 고개를 돌리던 세나는 건물 밖으로 나오는 남자를 보고 불렀다.

"준성 선배."

준성이라 불린 남자는 그녀가 서 있는 곳으로 성큼성큼 다가
왔다.

"오래 기다렸어?"

"방금 왔어요."

"시험은 잘 봤어?"

"뭐 그럭저럭. 선배는 시험 잘 봤어요?"

재잘거리는 세나의 목소리를 듣던 준성이 그녀를 돌아봤다.

"세나야. 나 할 말이 있어. 조용한 곳으로 가자."

준성은 평소와 다른 분위기를 풍기며 먼저 발을 옮겼다. 그는
본관 옆에 나무가 우거져 있는 휴게 공간으로 갔다. 지금은 시
험 기간이라 사람이 드물었지만 평소엔 학생들이 벤치에 앉아
이야기를 나누거나 작은 공연을 할 만큼 인기 있는 장소였다.

앞서가던 그는 벤치에 앉았다. 세나도 그 옆에 나란히 앉았
다. 6월 중순이라 햇볕이 강렬했지만 그늘 아래는 아직까지 시
원했다. 세나는 준성이 앉아서 뭔가 생각하는 모습을 지켜봤다.
몇 분간의 시간이 흐른 뒤 준성이 입을 열었다.

"우리 그만 만나자."

2주 만에 만나 꺼낸 말이, 방금까지 고민하다 꺼낸 말이 겨우
헤어짐이었다. 세나는 말도 못 하고 그를 바라봤다.

"지겨워졌어."

세나는 헛웃음을 지으며 고개를 돌렸다.

준성은 굳은 얼굴로 앉아 있는 세나를 바라봤다. 큰 키에 군
더더기 없는 날씬한 몸매, 치켜 올라간 눈매와 커다란 눈동자,

특유의 붉은 입술과 허리까지 내려오는 찰랑거리는 생머리는 남자들의 시선을 끌었다. 그 모습에 반해서 사귀자고 쫓아다녔지만 세나는 뭐 하나 쉬운 여자가 아니었다.

"난 네가 다정한 사람이길 바랐어. 모든 일에 옳고 그름을 구별 지으려고 하는 것보다 가끔은 져 주기도 하는 여자."

"선배."

"아무리 시험 기간이지만 어떻게 2주 동안 연락 한 번이 없냐."

"공부 안 해요? 리포트에 마지막 조별 과제, 시험공부. 뭐든 간단한 게 있나요?"

"그래. 그러니까 과 수석을 하는 거겠지. 하지만 난 그런 여자 친구는 필요 없거든."

세나는 점점 심장이 조여 오고 몸이 떨렸지만 내색하지 않으려 더 반듯하게 앉았다.

"난 내게 관심 주고 안부 물어 주고, 작은 거 하나라도 얘기해 주는 여자가 좋아."

"그래요. 그건 미안하게 생각해요. 문자 한 통 보내는 거, 전화 한 번 하는 거 어렵지 않을 거라고 생각했는데 생각보다 어렵네요. 바쁘고 힘들고 집에 오면 피곤해서 쓰러지기 일쑤였어."

"이런 상황이 황당한 거야, 난. 보통은 남자가 연락이 안 돼서 여자들이 불만을 갖는데 우린 완전 반대잖아."

"또 그런 말. 남자와 여자로 구분 짓지 말자고 했잖아요. 선배 말대로라면 여자는 종일 남자 연락을 기다리며 애태워야 하고, 남자는 자기 마음대로 연락해도 된다는 말이야?"

하, 준성은 한숨을 내쉬고 벌떡 일어서서 세나를 돌아봤다.

"넌 그게 문제야. 그냥 못 이기는 척 좀 넘어가면 안 돼? 그렇게 매사 따지고 들어야 속이 시원해?"

"선배."

"됐어. 피곤하다고, 너."

준성은 화가 나는 듯 제 머리카락을 털어 내며 신경질을 냈다. 그 모습에 세나는 가슴이 아프면서도 답답했다.

"그래서 헤어지자고요?"

"그래. 널 만나면 즐겁기는커녕 스트레스만 쌓여. 하나도 안 즐거워. 뽀뽀를 해 주기를 하나, 같이 밤새 있어 주기를 하나. 진짜 이해 안 돼."

세나가 준성을 노려보았다.

"결국 그거잖아."

벤치에서 일어서는 세나의 눈빛이 차가웠다.

"사람마다 가치관이 다른데 그걸 인정해 주기 싫다면 나도 더 이상은 싫어요. 선배의 그 이성관, 정말 맘에 안 들어요."

준성은 허탈하게 웃으며 세나를 바라봤다.

"알았어요. 헤어져요."

벤치에 내려놓은 에코백을 들어 어깨에 멘 세나가 떨리는 제 손을 힘껏 쥐고 준성을 보았다.

"나 때문에 피곤하고 답답했다면, 미안해요."

"너 날 좋아하긴 했니?"

준성의 질문에 세나는 그를 힘껏 노려보다가 앞으로 성큼성큼 걸어갔다. 좋아했냐고? 좋아하지 않았으면 왜 만나. 좋으니까 만난 거지.

캠퍼스를 내려오던 세나는 서서히 흐르는 눈물을 감추려 손으로 급히 닦아 냈다. 하지만 계속 흐르는 통에 닦아도, 닦아도 눈앞이 뿌옇게 보였다.

잘생긴 외모에 쾌활한 성격까지 가진 준성을 좋아하는 여자들이나 후배들도 많았다. 그래서 그가 자신이 좋다며 쫓아다녀도 세나는 관심이 없는 척 대했다. 오히려 그의 관심이 부담스러웠다.

하지만 지치지 않고 계속되는 애정 공세에 세나도 마음이 흔들렸다. 결국 친절하게 웃으며 다가오는 준성과 만나게 되었지만 그와의 만남은 결코 쉽지 않았다.

과 내 여학생들의 질투 어린 시선은 무시하면 그만이었다. 하지만 준성과 만나는 동안 여자는 이래야 한다는 고정관념 때문에 툭하면 다퉜다.

세나는 준성의 생각이 잘 이해되지 않았다. 사귄 지 하루 만에 모텔 앞으로 데려가는 그에게 세나는 버럭 화를 냈다. 스킨십에 정답은 없지만 세나는 자신만의 속도와 스타일이 있었다. 이해와 존중을 바랐지만 준성은 고리타분하고 틀에 박힌 편견을 가진 건 너라며 오히려 세나를 비난했다.

그래도 여태 기다려 주었는데. 화를 내고 답답해해도 나름 이해하려고 노력했는데 왜 갑자기.

눈물이 앞을 가려 도로가 뿌옇게 보였다. 더 이상 아무런 생각도 하기 싫었다. 그렇게 무의식적으로 캠퍼스 안 횡단보도를 건너던 찰나 갑자기 끼익, 하는 차 소리에 소스라치게 놀란 세나는 털썩 주저앉으며 정신을 놓았다.

차는 황급히 그녀 앞에서 멈추었다. 운전석에서 내린 남자가 앞으로 다가왔다. 쓰러져 있는 세나를 보고 다가온 남자가 그녀의 어깨를 흔들었다.

"이봐요. 정신 들어요?"

분명 부딪히지 않았는데 정신을 잃고 쓰러진 여자를 보고 당황한 건 남자 쪽이었다. 여자의 가방 주변에 흩어진 책과 물건들이 눈에 보였다.

남자는 옅은 숨을 내쉬고 가방 안의 물건을 주워 담았다. 그리고 여자의 등과 다리에 손을 넣어 안아 들었다. 뒷좌석에 태우고 문을 닫은 남자는 운전석으로 와 앉았다.

주변에 몇몇 사람들이 자신의 차를 쳐다보고 있었다. 수상쩍은 사람으로 보는 것 같아 남자는 헛웃음이 나왔다.

"갑자기 튀어나와 놀란 건 나라고. 바쁜데 정말……."

남자는 한숨을 내쉬고 차를 출발했다.

무거운 눈꺼풀을 들어 눈을 뜬 세나는 천장에 형광등이 점차 또렷해지는 것을 느꼈다. 그리고 주변으로 시선을 돌렸다.

"환자분, 정신이 들어요?"

차트를 체크하고 있던 간호사가 세나에게 말을 건넸다. 세나는 천천히 일어나 앉아 지끈거리는 머리에 손을 댔다.

"여기가 어디죠?"

간호사는 세나의 귀에 체온을 재고 눈동자를 들여다본 후 대답했다.

"정신을 잃어서 응급실로 실려 왔어요. 조금 전까지 옆에 남자분이 계셨는데 어디 갔지?"

간호사는 주변을 두리번거렸다. 그때 정장을 입은 40대로 보이는 남자가 서류 가방을 들고 세나가 있는 침상으로 왔다.

"정신이 들었습니까?"

"어? 아까는 이분이 아니었는데…….."

간호사는 뭔가 아쉽다는 듯 말끝을 흐리며 주변을 훑었다. 그녀의 말에 남자는 세나에게 명함을 내밀었다.

JK그룹 법무팀 오환

명함을 읽은 세나가 자신을 변호사라고 소개하는 남자 쪽으로 고개를 돌렸다.

"차에 타고 계셨던 분은 일정이 바빠서 먼저 가셨고 그분을 대신해 왔습니다. 엑스레이와 기본 검사로는 이상이 없다고 하는데 몸은 좀 괜찮으십니까?"

"아…….. 네. 괜찮아요. 아깐 놀라서 그랬던 것 같아요. 괜히 저 때문에 그분이 더 놀랐겠네요. 갑자기 사람이 튀어나와서."

"혹시 어디 불편하거나 문제 있으면 이쪽으로 연락 주시면 됩니다."

"네. 감사합니다."

세나는 살짝 웃으며 고개를 숙였다.

"비용은 다 처리되었으니 조금 더 쉬다가 괜찮으시면 가셔도 돼요."

옆에 있던 간호사는 자초지종을 알게 되자 세나에게 명쾌한 답변을 내렸다. 그 말에 세나는 곧장 침상에서 다리를 내렸다.

"어디 다친 곳도 없어요. 감사합니다."

변호사는 묵례를 하고 돌아서 갔다. 세나는 침상 주변을 두리번거리다 침상 아래 바구니에 넣어져 있는 가방을 꺼냈다. 가방 안을 뒤적이던 세나는 난감한 듯 고개를 들었다.

"혹시 이게 전부인가요?"

이동하려는 간호사를 급히 붙잡고 물었다.

"네. 아까 환자분 안고 오시던 분이 들고 있던 건 이게 전부예요."

간호사가 이동을 하고 세나는 에코백을 어깨에 멨다. 아까보다 훨씬 가벼웠다. 젠장. 비싼 돈을 주고 구매한 전공 책이 없어졌다.

"다시 사야 하나."

평소 책을 너무 좋아해서 전공이든 교양이든 구매를 하는 편이었다. 이번 전공 책은 두껍긴 해도 양장본 표지와 속지 재질까지 무척이나 마음에 들었는데.

세나는 아쉬운 마음을 달래며 응급실을 나왔다. 정신을 차리려는 찰나, 뜬금없이 좀 전에 남자 친구에게 이별을 통보받은 사실이 떠올랐다. 금세 눈시울이 붉어졌다. 몸도 아프고 정신도 없는데 마음까지 아팠다.

"생각보다 많이 좋아했었나 봐……."

세나는 병원 복도 대기 의자에 앉아 고개를 숙였다.

일정을 마무리하고 뒷좌석에 탄 남자는 제 옆에 탄 남자가 시트 바닥에 떨어진 책을 들어 올리는 것을 보았다.

"마케팅 원론? 형, 다시 공부해? 이젠 지겨울 법도 한데."

놀리듯이 묻는 남자를 살며시 무시한 남자가 책을 뺏으려는 순간 옆자리 남자는 그의 손을 피해 책을 휘리릭 넘겼다.

"와, 열심히도 했네. 공부한 흔적 좀 봐."

"김태하, 이리 내놔."

그는 건네줄 듯 말 듯 장난치는 옆자리 남자에게 정색을 하며 말했다. 남자의 차가운 눈빛에 태하는 재미없다는 표정으로 책을 건넸다. 책을 받으며 남자는 낮에 있었던 일이 떠올랐다. 그때 여자를 차에 태우고 가방을 던질 때 떨어진 모양이다.

"무슨 책이야?"

"내 차 앞에서 쓰러진 여자의 책."

"뭐?"

"아까 교수님 만나려고 잠깐 학교에 갔는데 갑자기 차 앞으로 튀어나왔어."

"근데 그 여자 책이 왜 여기 있어?"

"내가 병원에 데리고 갔거든."

태하는 약간 놀란 듯 남자를 바라봤다.

"형이 웬일이야. 귀찮은 일은 다 오 변호사님 부르면서."

"그때 바쁘기도 했고, 나도 놀라서."

남자는 책을 펼쳐 넘겼다. 예쁜 글씨체로 적은 필기의 흔적이 보였다.

"박 교수님 수업 듣나 보네."

"형 지도 교수님?"

남자는 가볍게 고개를 끄덕이고 계속해서 책을 넘겼다. 한쪽 구석에 메모가 적혀 있었다.

소비자와 구매자는 어떻게 다른 거지? 구매하는 사람이 소비하는 거잖아. 말장난.

남자는 설핏 웃고 또 책을 넘겼다.

기업의 사명 의의 및 사례 제시? JK그룹? 지나 언니가 일하는 JK호텔로 리포트 써 볼까?

JK그룹을 쓴 글씨체가 남자의 시선을 오래 끌었다.

가격 결정은 누가 해. 망할 자본주의.

갑자기 남자가 웃음을 터트리자 휴대폰을 보던 태하가 눈을 들어 남자를 보았다.

"웃을 일 있으면 같이 웃자."

가까이 다가오는 태하의 머리를 밀어낸 남자는 뒤표지 안쪽에 적힌 이름을 보았다.

"윤세나."

"그 책 주인?"

남자는 가볍게 고개를 끄덕이고 책을 덮었다. 그때 운전석에 탄 남자가 뒤를 돌아보며 대답했다.

"팀장님, 출발하겠습니다. 태하 도련님은 집에 모셔다드리겠습니다."

"아, 홍 비서님. 난 가다가 적당한 곳에 내려 줘요. 형은 자기 차에 가족이 타는 것도 싫어하잖아요."

홍 비서는 알겠다는 듯 고개를 끄덕이고 시동을 켰다. 창밖으로 시선을 돌린 남자는 덮은 책에 손가락을 톡톡 두드렸다. 입가에 옅은 미소가 생겼다.

1.

미
팅

산호색 바다가 보이는 객실 창으로 햇볕이 쏟아졌다. 체크아 웃 시간을 막 넘긴 12시는 호텔 룸 메이드가 가장 바쁜 때였다.

메이드 옷을 입은 세나는 어제 교육받은 매뉴얼대로 침대 시 트를 새것으로 교체하고, 어메니티 용품을 채워 넣었다. 그리고 욕실 청소를 끝내고 청소기로 바닥을 빨아들이며 바쁘게 움직였 다. 무전기에선 다른 객실의 청소 상태를 점검해 달라는 요청이 쉼 없이 이어졌다.

세나는 한 층에서 여러 객실을 바쁘게 오가며 청소를 끝마치 는 대로 프런트에 보고하였다. 정신없이 휘몰아치던 일을 겨우 끝내고 잠시 휴게실에 앉아 쉬고 있던 중이었다. 마침 문을 열 고 안으로 들어오는 사람을 보고 손을 흔들었다.

"지나 언니."

지나는 세나를 보자 구세주를 본 것처럼 기뻐하며 다가와 그 녀의 손을 덥석 잡았다.

"요 복덩이. 네 덕분에 한시름 놨다. 정말 머리가 하얘지는 것 같았는데."

"엄마가 내 사주를 봤는데 난 소처럼 일해서 굶어 죽진 않을 거라고 했대."

"거기 어딘지 알아 놔라. 아주 용한 점쟁이일세."

지나가 격한 공감을 하며 씩 웃었다. 세나는 그녀를 살짝 흘겨보았다.

"농담이 나와? 나 오늘 처음 들어온 아르바이트생이라고. 그런데 내가 방금까지 객실 정돈한 개수만 서른 곳이 넘을걸?"

"고생하네. 나도 이렇게 갑자기 파업할 줄은 몰랐지."

하청 업체를 통해 고용한 계약직 메이드들이 무기 계약을 요구하며 파업에 들어갔다. 성수기라 호텔 정직원인 하우스키핑 담당자들만으로는 일손이 턱없이 부족했다. 그 빈자리를 어제 막 들어온 신입 아르바이트생이 떠맡고 있는 상황이었다.

세나는 어릴 때부터 뭐든 똑 부러지게 해내는 근성이 있었다. 뭐 하나 맡기면 밤을 새워서라도 끝내고 완벽하게 마무리해야 잠이 드는 성격이었다. 그러다 보니 청소를 할 때 먼지 한 톨, 머리카락 한 올까지도 용납하지 못했다. 그런 동생이니 아르바이트생이라고 해도 객실 청소 상태가 걱정되지 않았다.

"이건 순전히 언니 봐서 하는 거야. 알지?"

"알지 그럼. 아르바이트 끝나고 이따 저녁에 언니가 밥 살게."

"비싼 거 먹을 거야!"

"여부가 있겠나이까. 조금만 더 고생해 줘. 이따 봐."

지나는 팔을 격하게 흔들며 손 키스를 날리고 휴게실을 나갔다. 어릴 때부터 친언니들보다 사촌, 지나와 코드가 더 잘 맞아 성인이 된 지금까지 어울렸다. 유쾌하고 에너지 넘치는 지나는 세나를 유독 예뻐해서 여섯 살 차이가 나는 동생을 세심하게 챙겼다.

그녀는 여름방학을 맞아 제주도에 내려온 세나에게 심심하면 일이나 하라며 단기 아르바이트 자리를 권했다. 나중에 이력서에 한 줄이라도 더 쓰려면 관련된 일을 해 보는 게 좋다며 세나를 부추겼다. 결국 그렇게 지나의 말에 솔깃한 세나는 제주도에서 아르바이트를 시작하게 되었다.

급히 휴게실로 들어온 하우스키핑 담당 매니저가 휴게실에 남아 있는 사람들에게 다급히 지시했다.

"지금 쉴 틈이 어디 있습니까. 투숙객 객실도 정돈해야죠! 투숙객들 항의가 빗발치고 있어요. 구역을 나눠서 얼른 청소해 주세요!"

매니저의 불호령에 사람들은 엉덩이를 떼고 허겁지겁 움직였다. 세나도 다시 머리에 얇은 린넨 두건을 쓰고 일어섰다. 매니저는 중년 여성들 사이에서 유독 나이 어려 보이는 세나를 가리켰다.

"거기, 정직원은 아닌 것 같고."

세나는 매니저가 위아래로 훑어보자 한 걸음 다가왔다.

"전 아르바이트생입니다. 오늘 처음 나왔어요."

"아르바이트? 팀장님께 들은 바 없는 것 같은데?"

"프런트 선임 매니저 이지나 씨 소개로 들어왔습니다."

매니저는 지나의 이름을 듣자 고개를 끄덕이며 다시금 그녀를 훑었다.

"흠, 일 잘합니까?"

"글쎄요, 뭐……."

세나는 괜스레 제 머리를 긁적이며 망설였다. 매니저가 갑자기 그녀의 팔을 잡아당겨 끌었다.

"지금 그런 거 따질 상황은 아니니까. 이지나 씨 소개로 들어왔다면 걱정 안 해도 되겠군. 그쪽은 25, 26, 27층 담당입니다."

매니저의 말에 다른 사람들이 세나를 안타까운 눈으로 바라봤다. 거긴 특실 및 스위트룸 객실만으로 꾸려진 층들이었다. 까칠한 사람들이 많고 작은 실수 하나도 용납하지 못하는 고객들이 대부분이었다. 그런 곳에 초짜 아르바이트생을 넣는 매니저를 보며 다른 직원들은 속으로 혀를 찼다. 고객 민원이 생기면 언제든 쉽게 자를 수 있는 사람을 집어넣는 속내를 모르지 않았다.

휴게실 밖으로 세나를 끌고 나오던 매니저는 급한 목소리로 말했다.

"아르바이트생도 알다시피 지금 객실 파트 직원들 중 상당수가 파업을 해서 일손이 턱없이 모자라요. 그러니까 부지런히 움직여서 투숙객들이 객실로 돌아오기 전까지 청소 마무리해 놓으세요."

다소 냉정해 보이는 어투로 말을 마치고는 세나의 등을 떠밀었다. 엉겁결에 밀려 나간 세나가 돌아보았지만 매니저는 빨리 가라는 손짓을 해 보일 뿐이었다.

어쩔 수 없이 몸을 돌리고 직원용 엘리베이터로 간 세나는 방금 전 매니저의 행동에 슬슬 기분이 상했다.

"나도 엄연히 이름이 있는데 아르바이트생? 팽 당해도 그만인 나한테 특실을 맡기겠다 이거지?"

세나는 허리에 손을 얹고 엘리베이터 숫자가 내려오는 것을 바라봤다. 전날 미리 호텔 객실 구조를 봐 둔 세나는 매니저가 객실 층을 말하는 순간 어딘지 머릿속에 그려졌다.

어릴 때부터 동기간, 사촌 할 것 없이 죄다 우등생인 언니, 오빠들과 비교 대상이 되며 눈칫밥을 먹고 자랐더니 이젠 사람들이 하는 말의 의도를 파악하는 건 밥 먹는 것보다도 쉬웠다. 물론, 너무 눈치가 빨라 연애도 못 하는 거지만.

"넌 그게 문제야. 그냥 못 이기는 척 넘어가면 안 돼? 그렇게 매사 따지고 들어야 속이 시원해? 피곤하다고, 너."

제주도에 오기 전 전공 시험을 보며 종강을 하던 날, 세나에게 이별을 통보한 전 남자 친구 준성이 한 말이 계속 머릿속을 맴돌았다. 그렇게 만나 달라고 쫓아다니며 구애해서 만났더니 이젠 제 성격에 질린다고 했다.

하지만 세나는 거들먹거리고 잘난 척하는 남자들이 하는 말에 맞장구만 쳐 주긴 싫었다. 왜 남녀가 만나는 것까지도 상하 구조가 지배해야 하는 건지, 맞으면 맞다 틀리면 너 틀렸다고 말해 주는 게 당연한 거 아닌가. 틀렸는데도 옳다고 말해 줘야 하는 건 그녀의 성미에 맞지 않았다.

감정을 털어 버리려 제주도로 왔지만 며칠 되지 않은 실연의 아픔은 아직 그녀의 심장을 일렁이게 했다.

매니저가 무전 송신기로 알려 준 바로는 현재 세나가 청소해야 하는 25층부터 27층은 고객들이 모두 방을 비운 상태이므로 빠른 시간 안에 정리를 해야 했다.

세나는 27층부터 내려올 생각으로 버튼을 누르고 생각을 떨쳐 버리려 제 옷매무새를 정돈했다. 거울에 비친 제 모습에 슬쩍 웃음이 나왔다.

"잘 어울리네."

어떤 유니폼을 입혀 놔도 딱 그 직업에 종사하는 사람처럼 안성맞춤이었다. 키가 크고 날씬한 몸매와 치켜 올라간 눈매 안에 동그랗게 자리 잡은 큰 눈동자가 그녀를 다양한 인상에 어울리게 만들어 주었다. 지금은 객실 메이드에 아주 잘 어울리는 모양새였다.

27층은 전 층에 하나의 객실만이 존재했고 그 객실은 펜트하우스 형태를 갖춘 곳이었다. 체크아웃 고객은 아닌 걸로 보아 투숙객이었다. 사실 세나도 듣기만 했을 뿐 펜트하우스를 실제로 보는 건 처음이었다.

직원 전용 마스터키를 대고 문을 활짝 연 세나는 카트를 들고 안으로 들어갔다. 다른 층 객실까지 모두 청소하려면 바쁘게 움직여야 했다.

세나는 곧장 화려하고 넓은 거실을 지나쳐 창가로 갔다. 창밖엔 바다와 맞닿은 것만 같은 테라스가 보였다. 그곳에는 수영장과 썬 베드, 테이블 등이 놓여 있었다.

"진짜 좋긴 하다."

세나는 잠시 테라스 외벽에 맞닿은 넓은 바다 풍경을 넋 놓고 바라보다가 정신을 차리고 창을 열었다. 갑자기 열린 창으로 바닷바람이 훅 들어와 그녀의 치마를 펄럭이고 두건을 벗겼다. 그 바람에 허리까지 내려오는 기다란 머리카락이 공중으로 흩날리

다가 아래로 쏟아졌다. 뒤로 돌아 바람을 피하던 세나는 제 머리카락을 쓸어 올리며 허리를 숙였다.

두건을 집은 세나는 인기척을 느껴 고개를 들었다. 내실 문밖에 웬 남자가 가운을 두른 채 서 있었다. 서 있는 사람과 눈이 마주쳐서 그대로 굳어 버렸다. 그러다 얼른 허리를 펴고 고개를 옆으로 돌렸다.

"객실 정돈하러 왔습니까?"

사라지지 않을 것 같은 침묵은 남자의 단조로운 목소리에 사라졌다. 세나는 급 허리를 숙여 인사한 후 카트 쪽으로 걸어갔다. 그리고 두건 안으로 머리카락을 정리해 넣었다.

"죄송합니다. 안에 계신 줄 모르고 오더만 받고 들어왔습니다. 조금 있다가 다시 오겠습니다."

눈도 마주치지 못하고 움직이는 세나를 훑던 남자가 거실을 지나쳐 가며 내뱉었다.

"나도 갑자기 들어온 거니 하던 일 계속 하세요. 조금 뒤에는 더 시간이 나지 않을 것 같으니까."

"아, 그럼 얼른 하고 나가겠습니다."

안쪽 룸으로 들어가던 남자가 뒤를 돌아 세나를 보았다.

"욕실은 정돈해 줘요."

그리고 세나의 말을 들을 새도 없이 문을 닫고 들어갔다. 세나는 너무 놀라 벌렁거리던 가슴에 손을 대고 숨을 길게 내쉬었다.

"빨리 하고 나가자."

거실부터 청소기를 밀며 중간중간 소파와 테이블 먼지를 걸어 냈다. 빠르게 거실을 청소한 세나는 욕실에 들어갔다. 샤워를 한 흔적만 남아 있을 뿐, 그다지 더럽지 않았다. 하지만 남자가 특별히 언급을 했으니 물기 하나 남기지 않고 깨끗하게 청소를 했다. 사용한 흔적이 전혀 없을 정도로 완벽하게.

열심히 청소를 하고 나니 이마에 땀이 송골송골 맺히고 등허리로 땀이 흘렀다. 욕실을 나온 세나는 방 쪽을 돌아보았다. 남자가 안에 있는데 어떡해야 하나.

그녀는 한동안 고민하다가 청소기를 밀며 슬금슬금 다가갔다. 그리고 똑똑 노크를 하고 문을 열었다. 열린 문틈으로 남자와 시선이 마주쳤다. 남자는 하얀 리넨 셔츠에 베이지색 리넨 바지를 입고 창틀에 기대앉아 종이를 들여다보고 있었다.

"저, 룸 청소를 해야 하는데 들어가도 되겠습니까?"

"나 신경 쓰지 말라고 했을 텐데."

남자의 어조에는 다소 답답함이 섞여 있었다. 그럼 어쩌라고. 고객이 룸 안에 있는데 동의도 묻지 않고 청소했다가 무슨 소리를 들으려고.

세나는 거들떠보지도 않는 남자를 더 이상 신경 쓰지 않고 청소기를 돌리며 안으로 들어왔다. 구석구석 청소기를 돌리던 세나는 남자가 걸터앉은 곳까지 왔다. 남자가 쓰는 샤프하고 은은한 향수 향이 그녀의 코끝에 닿았다.

'좋은 향이네.'

세나는 남자의 주변을 풍기는 향기를 신경 쓰지 않으려고 더 열심히 움직였다. 남자가 앉아 있는 자리를 사이에 두고 청소기를 이리저리 움직이자 신경이 쓰였는지 그가 눈을 들어 세나를 보았다. 그 시선을 의식하지 못한 세나는 부지런히 청소기를 돌렸다. 이마에 맺힌 땀이 흘러내렸다.

"시트 교체해 드릴까요?"

세나가 질문을 던지며 남자를 바라보자 그는 서류로 시선을 옮겼다.

"네."

답을 듣자마자 빠른 손놀림으로 기존 시트를 걷어 내고 새 시트를 꺼내 매트리스를 감았다. 주름 하나 가지 않도록 빳빳하게 펴서 안쪽으로 집어넣은 세나는 베개 커버와 이불도 마찬가지로 교체하였다.

"파업 중인데 시위 안 합니까?"

"네?"

일에 열중하느라 제대로 듣지 못한 세나가 되물었다. 남자는 종이에서 시선을 떼고 세나를 정면으로 바라봤다. 다시 보니 새삼 남자가 굉장한 미남이라는 것을 깨달았다. 나이도 많아 보이지 않고 기껏해야 20대 중후반으로 보이는데 벌써 이런 객실에 머문다는 건 일반 고객은 아니라는 뜻이었다.

"하청 업체 직원?"

"아……."

세나는 남자가 무슨 뜻으로 묻는지 알아듣고 고개를 살짝 저었다.

"하청 업체 직원은 아닙니다."

세나가 몸을 돌려 벗겨 낸 시트를 카트 안에 넣었다.

"몇 살입니까?"

세나는 문득 남자가 묻는 질문에 가시가 있다는 것을 느끼고 그를 다시 바라보았다.

"제 나이는 왜 물으시는 거죠?"

"어려 보여서."

어린 사람은 일도 하지 말라는 건가.

"미성년자는 아니니까 걱정하지 않으셔도 됩니다."

그가 곧 피식 웃었다. 그건 깨끗한 웃음은 아니었다.

"몇 살인지 묻는 질문에 사족이 달리는군. 걱정하는 게 아니라 호텔 규정에 대해 알고 있는 건지 파악하려고 묻는 겁니다."

"호텔 규정에 나이 어린 사람은 일도 하지 말라고 쓰여 있진 않을 것 같습니다."

날이 선 목소리에 남자는 종이를 창틀에 올려놓고 제 바지 주머니에 손을 넣었다. 그리고 세나를 빤히 바라봤다.

"어디 소속인지, 어떤 경로로 취직을 했는지, 정직원인지 아닌지 묻는 건 책임자로서 당연한 질문 아닌가?"

세나는 그제야 자신의 눈앞에 있는 남자가 이 호텔의 책임자일 수도 있다는 생각이 들었다. 그래도 그렇지 자기 신분을 밝히지도 않고 다짜고짜 상대방의 나이를 묻는 건 무슨 태도야.

하지만 세나는 곧 허리를 숙였다.

"죄송합니다. 갑자기 나이를 물으셔서. 전 단기 아르바이트생입니다."

"아르바이트?"

"네. 오늘부터 일하고 있습니다. 그것도 호텔 규정에 어긋나는 건가요?"

죄송하다는 말을 하고 있지만 눈빛은 전혀 아닌 눈앞의 여자를 바라보던 남자가 천천히 다가와 그녀의 앞에 섰다.

"이름, 나이 말해요."

무례한 말에 세나의 미간이 찡그려졌다. 그녀의 표정을 알아챘는지 남자는 제 머리를 쓸어 올리며 차갑게 말했다.

"정직원이든 계약직이든 본인의 소속과 성명은 항상 고객이 볼 수 있게 여기 달아 놓습니다."

남자의 손가락이 세나의 왼쪽 가슴 언저리를 가리켰다. 그녀의 표정이 점점 더 굳어졌다.

"오늘 들어왔는데 벌써 명찰이 준비되는 건 무리라고 생각합니다."

"그건 호텔 사정이지. 고객이 그런 것까지 봐 가면서 요구합니까? 그쪽이 누군지가 중요한 게 아니야. 호텔 직원의 근무 태도에 대한 걸 문제 삼겠지."

"그래도……."

"그쪽 고용한 직원, 이름이 뭡니까."

세나는 지나에게 불똥이 튈 것 같아 눈빛이 흔들렸다. 세나는 자기도 모르게 제 입술을 깨물었다. 그래서 그녀의 붉은 입술이 더욱 빨갛게 피어올랐다.

"그건, 밝힐 수 없습니다."

남자는 세나를 바라보다가 테이블로 가서 인터폰을 눌렀다.

"여기 27층입니다. 지금 객실 정돈하러 온……."

세나는 너무 놀라 남자에게 급히 다가가 들고 있는 수화기를 뺏어 전화를 끊었다. 그리고 남자를 돌아보았다. 지금 뭐 하는 짓이냐는 얼굴로 바라보는 남자에게 허리를 깊이 숙였다.

"정말 죄송합니다. 무례했던 점 용서해 주세요. 고용한 분에게 피해가 가는 건 원치 않습니다. 한 번만 용서해 주세요."

오래 살진 않았지만 살면서 누군가에게 비굴하게 허리를 숙이고 용서를 빈 건 처음이었다. 그만큼 치욕스러웠어도 별다른 도리가 없었다. 지금 여기서 자신이 할 수 있는 일이 이것뿐이었다.

"고개 들어."

명령하는 말투. 습관처럼 다른 사람을 아래로 보는 태도. 세나는 부들부들 떨리는 손을 꽉 쥐고 상체를 들어 남자를 보았다. 날카롭진 않은데 강인하고 매서운 눈빛이 세나를 보고 있어 더욱 움츠러들었다. 짙은 갈색 눈동자가 세나를 붙들고 놓질 않았다.

"고객 응대 제1원칙. 어떤 상황에서도 친절하기. 알아들었습니까?"

네, 세나는 고개를 끄덕이며 짧게 대답했다. 시선을 아래로 내리고 제 입술을 깨물었다.

그때, 청소를 하려고 문을 열어 둔 탓에 사람들이 우르르 들어오는 소리가 들렸다.

"팀장님, 안에 계십니까?"

룸 안으로 들어오던 사람들은 두 사람을 보고 멈칫했다. 남자는 사람들에게로 시선을 돌리고 팔을 안쪽 테이블로 가리켰다.

"앉으십시오."

남자가 발을 떼자 그제야 세나의 입에서 참았던 작은 숨소리가 새어 나왔다.

"청강 용역 업체에 확인해 본 결과 파업은……."

세나는 테이블로 가면서 업무 이야기를 하는 남자들을 피해 얼른 카트를 끌고 내실을 나왔다. 그리고 뛰다시피 객실 밖으로 나오다가 고개를 돌려 돌아봤다.

"나쁜 자식."

세나는 심장이 벌렁거리는 마음을 억누르고 엘리베이터로 향했다. 팀장이라면 이 호텔 책임자가 맞는 것 같았다.

"팀장이면 다야?"

―25층, 26층 객실 마무리 아직입니까?

무전기를 타고 재촉하는 목소리에 세나는 옅은 숨을 내쉬고 움직였다.

27층에서 웬 남자에게 인생의 치욕스러운 맛은 모두 느꼈다고 생각했는데 25층, 26층 청소도 만만치 않았다. 기본적으로 객실이 모두 넓어 청소가 오래 걸렸고, 중간에 객실로 돌아오는 고객들은 청소가 마무리되지 않은 상태를 지적하며 세나에게 한소리를 퍼부었다.

몸을 움직인 것도 한몫했지만, 긴장감으로 온몸이 땀으로 도배되어 도저히 샤워를 하지 않을 수 없었다. 정해진 업무 시간이 끝나고 세나는 탈의실에서 땀으로 찌든 유니폼을 벗고 한쪽에 마련된 샤워 부스에서 몸을 씻었다.

빠르게 샤워를 마치고 나온 세나는 꽃무늬 원피스로 갈아입은 뒤 머리카락을 말리고 화장도 새로 한 후 직원 탈의실을 나왔다. 샤워를 하니 거지 같았던 기분이 조금 나아지는 것 같았다.

호텔 로비로 나온 세나는 손목시계를 보며 지나를 기다렸다. 정문 근처에 서서 샌들 코를 톡톡 바닥에 두드리고 있던 그녀는 사이좋게 호텔 안으로 들어오는 남녀를 보았다.

남자는 옆에 있는 여자와 웃으며 들어오다가 자신을 보고 서 있는 세나를 보며 얼굴이 굳었다. 곧이어 여자의 고개도 세나를 향해 돌아갔다. 그녀의 미소에 세나는 제 주먹을 꼭 쥐었다.

세나는 놀란 눈으로 준성을 보다가 서서히 헛웃음을 지었다.

준성의 옆에 서 있는 여자는 같은 과 친구인 미진이었다. 평소 준성에게 관심이 많았고, 세나와 달리 남자에게 모든 걸 맞춰 주는 게 결국엔 좋은 거라는 의견을 가진 동기였다.

내가 싫어서 헤어진 거라면 차라리 수긍할 수 있었다. 하지만 여자가 생겨서 헤어졌다는 건 매우 자존심 상하는 일이었다.

여름 성수기에, 서울도 아닌 제주도에서, 심지어 모텔도 아닌 특급 호텔로 여자를 데리고 왔다. 그건 준성이 미진을 중요한 사람으로 본다는 뜻이었다. 물론 준성이 같이 제주도를 가자고 해도 순순히 따라올 세나는 아니었지만 막상 다른 여자와 함께 있는 준성을 보니 허무하고 속이 상했다.

준성은 옆에 있는 미진에게 뭐라고 중얼거린 후 세나에게 다가왔다.

"여기서 마주칠 줄은 몰랐다."

세나는 눈도 마주치기 싫었지만 무시하면 더 초라해질 것 같아 준성의 눈을 마주 보았다.

"제주도 갔다더니 여기 있었어?"

그건 또 누구한테 들은 거야. 아, 과 동기 정민이 방학 때 뭐 하냐고 해서 제주도나 갈 거라고 한 걸 전해 들었나 보다.

"혼자 호텔에 있진 않을 테고 누구랑 있는 거야."

"그게 왜 궁금해요?"

세나의 목소리가 얼음처럼 차가워 준성은 말을 멈추었다.

"결국 다른 여자가 생겨서 그랬던 거예요? 그것도 내 동기랑?"

"너보단 상냥하니까. 너보다 남자를 잘 이해하고, 남자 기 살려 주는 여자니까."

세나는 준성의 말에 기가 막혀 눈물이 나오려는 걸 꾹 참고 그를 힘껏 노려보았다.

"내가 좋다고 했잖아. 선배가 한 말 다 거짓이었어요?"

"거짓 아냐. 진심이었어. 그런데 넌 안 주잖아. 몸도, 마음도 전부 차갑기만 하지. 네 잘난 자존심으로 날 비참하게 하잖아."

"그걸 지금 변명이라고 하는 거야?"

세나의 목소리가 마침내 울먹이며 흔들렸지만 있는 힘을 다해 참았다. 절대 눈물은 흘리지 않으려고 노력했다. 이런 남자에게 눈물을 보이는 건 너무 억울하고 자존심 상하는 일이었다.

어느새 다가온 미진이 준성의 팔에 팔짱을 끼고 세나를 바라봤다.

"강미진. 너, 아무리 선배가 좋아도 이건 아니지."

"윤세나. 아직도 선배 여자 친구인 것처럼 굴지 마."

"뭐라고?"

"착각하나 본데, 준성 선배 이제 내 남자 친구야. 예전부터 내가 좋아하던 사람이랑 당당히 만나겠다는데, 뭐 잘못됐어? 그러니까 우리 여행 방해하지 말아 줘."

미진은 세나에게 싱긋 웃어 보이고 준성의 팔을 끌었다. 그는 미진이 이끄는 대로 발을 뗐다.

헤어진 지 얼마나 됐다고. 보름이 됐어, 한 달이 됐어. 감정이 그렇게 무 자르듯 사라질 수 있는 거야? 그렇게 금세 잊고 다른 여자를 만날 수 있는 거냐고.

프런트 데스크로 향하는 그들의 뒷모습은 세상 다정하고 사랑을 시작한 연인들 같았다. 끝내 흘러내리는 눈물을 황급히 닦으며 세나는 고개를 돌렸다. 처참하고 절망적인 모습은 절대 보여 주고 싶지 않았다.

그러다 호텔 컨시어지 룸 쪽에 일행과 함께 서 있는 27층 남자와 눈이 마주쳤다. 언제부터 있었는지는 모르겠지만 이 상황을 모두 본 것 같았다. 세나는 연신 부딪치는 난관에 머릿속이 새하얗게 변했다.

결국 서둘러 몸을 돌려 호텔 밖으로 나갔다. 더 이상 호텔 안에 서 있을 수 없었다. 아침부터 일진이 사납더니, 이런 일이 생기려고 그랬나 보다.

뒤늦게 지나에게서 전화가 왔지만 세나는 먼저 가겠다고 하고 전화를 끊었다. 아르바이트를 그만두겠다는 말과 함께.

밤잠을 설치고 뒤척거리다 늦게 잠든 세나는 지나의 호출에 허겁지겁 호텔로 향했다.

"너 9시까지 로비로 튀어 와. 안 오면 이모부한테 이른다."

세나의 가장 큰 약점은 그녀의 아빠, 주환이었다. 주환은 딸 셋 중 막내인 세나를 유독 엄격하게 교육했다.

그녀는 자기주장도 강하고 뜻을 굽히지 않는 고집 때문에 어릴 때부터 자주 혼나고, 언니들과 비교를 당했다.

세나는 자기가 꽂힌 일은 밤을 새워가면서 파고 관심이 없는 부분엔 하나도 신경을 쓰지 않았다. 어릴 땐 책을 보느라 날밤을 새우고 탈진해 병원에 입원한 적도 있었다.

문제는 시험 기간에도 책만 보느라 시험을 망친 적도 많았다는 것이다. 그래서 성적은 상위권과 하위권을 오가며 널뛰기를 했고 선생님들은 그런 세나를 불러다 야단을 쳤다. 그러다 보니 주환은 막내딸의 고집과 성격에 문제가 있다고 생각하여 엄하게 통제를 했다.

이번에도 지나를 보러 제주도에 내려간다고 하니까 하나부터 열까지 간섭하던 주환은 지나의 말을 듣고 어렵게 허락을 했다.

그런데 지나가 주환한테 다시 보낼 거라 말한다면 그는 단숨에 세나를 소환할 게 뻔했다. 어떻게 얻은 자유인데, 쉽게 포기할 수는 없었다.

이를 악물고 뛰던 세나는 어제의 기억을 생생히 간직한 채 호텔로 들어왔다. 로비로 뛰어오다가 멈칫한 세나는 등을 보이며 서 있는 남자의 모습에 머릿속이 어지러웠다.

"어? 윤세나, 이리 와."

지나가 세나를 발견하고 알은척을 해서 그녀는 옅은 숨을 내쉬고 그들에게 다가갔다. 남자는 세나를 내려다보았다.

"윤세나?"

남자가 자신의 이름을 부르자 세나가 고개를 올려 그와 눈을 마주쳤다. 약간 놀란 눈으로 바라보던 남자의 입가에 묘한 호선이 그어졌다. 그는 세나를 보던 눈을 돌렸다.

"너 어제 팀장님 객실 청소했다며?"

"어? 어……."

세나는 말을 머뭇거리며 남자를 힐끔 보았다. 바지 주머니에 손을 넣은 채 나이가 지긋한 노신사를 보고 서 있는 남자가 유난히 태산처럼 커 보였다. 자신은 거기에 비하면 개미 같은 느낌이 들었다.

"지배인님, 제 사촌 동생입니다. 이제 신원은 밝힌 것 같고 명찰 도착했으니 오늘부터는 꼭 착용하도록 지도하겠습니다."

나이가 지긋한 노신사가 지배인이구나. 세나는 지배인과 눈이 마주치자 허리를 숙여 인사했다. 지배인은 인자하게 웃으며 말했다.

"이 선임 매니저 동생이면 당연히 믿을 수 있지. 꼼꼼하고 일 잘하는 건 집안 내력인가 봐."

"과찬이세요."

지나는 경쾌하게 웃으며 팀장이란 남자를 보고 말했다.

"그럼 오늘부터 계약 기간 동안은 쭉 그렇게 진행하면 되겠습니까?"

세나가 오고 한마디도 하지 않던 남자의 입에서 중저음의 목소리가 들렸다.

"네. 그리고 파업 동참한 직원들 명단은 오늘까지 보고해 주세요."

지나는 간결하게 대답하고 멀뚱히 서 있는 세나의 팔을 끌고 구석으로 갔다. 남자의 시선이 그들을 따라갔다. 모퉁이에 서서 심각한 얼굴로 선임 매니저를 보던 여자의 앳된 얼굴이 점점 밝아졌다. 그리고 얼굴에 웃음꽃이 피는 걸 무심코 바라봤다.

"웃으니까 또 다르네."

"네?"

총지배인의 물음에 남자는 고개를 저었다.

"그럼 오늘도 수고해 주십시오. 전 며칠 상황 보고 서울로 올라가겠습니다."

"네. 걱정하지 마십시오."

남자는 구석에서 대화하는 여자들을 힐끔 보다가 엘리베이터

쪽으로 걸어갔다.

"뭐야. 나 일 안 한다니까."

"일 잘한다고 칭찬받은 거 못 들었어?"

세나는 걱정스러운 눈으로 지나를 바라봤다.

"괜찮은 거야? 나 어제 저 팀장이란 남자랑 트러블이 있었어. 언니 이름은 말 안 했는데 어떻게 알았대?"

지나는 세나를 사랑스러운 눈으로 보다 머리를 흐트러뜨렸다.

"에고, 요 똥강아지. 언제 이렇게 커서 언니를 생각하는 아가씨가 되었대? 나한테 문제 생길까 봐 걱정했어?"

"당연히 걱정이 되지 안 돼?"

"걱정 마. 네 덕분에 두 배로 칭찬받았으니까."

"그건 또 무슨 소리야."

"어제 네가 청소한 객실 고객들이 프런트로 전화해서 오늘도 어제 그 하우스키핑 담당자가 해 줬으면 좋겠다고 부탁했대. 마침 객실 담당 매니저가 나한테 오더니 어제 27층 청소한 아르바이트생 아냐면서 팀장님이 하우스키핑 실력이 마음에 든다고 계속 해 줬으면 좋겠다고 했다는 거야."

"어제 나한텐 그렇게 퍼부었으면서?"

세나는 황당한 얼굴로 지나를 보았다. 지나는 뭐가 좋은지 깔깔 웃으며 세나의 등을 토닥였다.

"아까 팀장님께 들었어. 그 부분은 내가 실수한 거니까 넌 걱정 안 해도 돼."

"그럼 언니한텐 피해 안 가는 거지?"

"그래, 요 꼬맹아."

지나가 볼을 살짝 잡아 흔들자 비로소 세나의 얼굴에도 서서히 미소가 감돌았다.

"다행이다."

"그러니까 그만둔단 소리 하지 말고 열심히 해. 안 그래도 요즘 파업 때문에 정신없는데 너라도 도와줘라."

"알았어."

세나도 눈웃음을 지으며 고개를 끄덕였다. 세나도 지나가 자신을 친동생처럼 챙기는 걸 알고 있었기에 웃으며 마음을 달랠 수 있었다.

지나와 잠시 이야기를 하다 직원 탈의실로 가던 세나는 승객용 엘리베이터에서 내린 준성과 미진이 로비를 걸어가는 모습을 보고 우뚝 섰다.

"저 둘이 있었지?"

세나는 다시 심장이 울렁거렸지만 애써 무시하고 발을 뗐다. 마주치지 않으면 되었다.

서둘러 탈의실로 가 유니폼으로 갈아입은 세나는 가로로 길쭉한 금색의 플라스틱 명찰을 가슴 부위에 꽂았다. 휴게실을 통해 밖으로 나가려던 세나는 매니저가 들어오는 걸 보고 가만히 서 있었다.

"윤세나 씨는 오늘부터 특실 담당입니다."

매니저는 짧은 지시 사항과 함께 세나에게 객실 담당 표를 건넸다.

"어제처럼 해 주면 됩니다. 투숙객 객실 정돈하다가 12시부터는 체크아웃 객실 순서로."

"네."

매니저가 나가자 같이 일하는 직원들의 시선이 세나에게 꽂했다.

"어린 아가씨한테 너무 어려운 짐을 주는 거 아니야?"

"그러게. 아가씨가 그 큰 객실을 혼자 어떻게 하라고 어제부터 자꾸 저런대?"

"그만두라고 노래 부르는 거야?"

중년 아주머니들이 하는 말에 세나는 슬쩍 웃으며 어깨를 으쓱했다. 시간을 확인한 세나는 담당이 된 층으로 가기 위해 밖으로 나왔다. 곧바로 직원용 엘리베이터를 타 거울을 보며 제 상태를 점검했다.

"그래. 연애는 무슨 연애. 일이나 하자."

세나는 오더받은 대로 카트를 끌며 객실마다 청소를 해 놓았다. 'making room' 표시가 되어 있는 객실로 들어가 정돈해 놓았다. 몸을 바쁘게 움직여 청소를 마치고 나니 27층만 남았다.

27층으로 올라갔지만 문 앞에 어떠한 표시도 없어서 한참 망설이던 세나는 벨을 눌렀다. 여러 번 눌러도 안에서 아무런 소리가 들리지 않자 세나는 하는 수 없이 마스터키를 찍고 객실로 들어갔다. 또 어제처럼 실수하지 않으려고 두리번거리다 인기척이 없는 것에 안심하고 카트를 밀었다.

"꺄악!"

갑자기 내실에서 나오는 남자, 정확히 상반신 탈의를 보고 세나는 저도 모르게 소리를 내지르며 등을 돌렸다. 어제오늘 계속 민망한 상황에서 마주쳤다.

"죄송합니다. 벨을 여러 번 눌렀는데도 답이 없으셔서. 이따다시 오겠습니다."

"됐어요. 그냥 일 봐요."

남자는 아무렇지도 않은 표정으로 거실을 가로질러 반대편 룸 안으로 들어갔다. 세나 혼자 심장이 콩닥콩닥하며 얼굴을 붉혔다. 남자의 벗은 몸은 난생처음 보는데 상상 속에나 있을 법한 자태라 심장의 움직임이 좀처럼 가라앉지 않았다.

세나는 숨을 길게 내쉬며 더워진 얼굴에 연신 부채질을 했다. 누구의 잘못이랄 건 없지만 굳이 따지자면 벨을 눌러도 대답이 없던 남자의 탓이 더 컸다.

어제 봤던 테라스가 눈에 밟혔지만 일단은 욕실부터 순서대로 청소해 나갔다. 한참 청소기를 돌리다 보니 다시 어제와 같은 상황에 놓였다. 룸 문을 열고 들어가야 하는데 또 싫은 소리를 들을 것 같아 주저했다.

똑똑—

노크를 하고 안으로 들어간 세나는 남자 쪽은 쳐다보지도 않고 카트를 들고 왔다.

"잠시만 실례하겠습니다."

세나는 바닥만 보며 청소기를 밀었다.

슈트로 갈아입고 나오던 남자는 세나가 청소하는 모습을 보았다. 일부러 보지 않으려는 듯 구석에서 맴도는 여자가 귀엽기도 하고, 어제 제 앞에서 대들던 모습은 어디로 갔는지 그저 조용히 청소를 하는 행태가 마음에 들지 않기도 했다.

윤세나. 낯익다 했더니 제 차 앞에서 쓰러진 여자였다. 마케팅 원론 책의 주인.

"거기만 청소해서 어느 세월에 다 하려고. 이쪽은 안 해요?"

"아, 네."

남자의 목소리에 세나는 반사적으로 남자가 서 있는 쪽으로 다가왔다. 그러면서도 고집스레 바닥만 바라보는 세나가 점점 더 귀여워졌다. 갑자기 왜 저러나 생각하던 남자는 좀 전 상황이 떠올랐다.

"남자 벗은 몸 처음 봐요?"

"네?"

드디어 세나가 고개를 들고 남자를 보았다. 남자는 재밌다는 얼굴로 세나를 보고 있었다.

이 사람이 지금 놀리나.

세나는 얼굴이 붉어져 고개를 내렸다.

"그런 걸 왜 물으세요."

"얼굴이 아주 볼만해서. 조선에서 왔어요?"

세나는 기가 막힌 얼굴로 눈을 치켜떴다.

"타임 슬립을 했다면 제가 여기서 이러고 있겠습니까? 볼 게 얼마나 많은데 시간 낭비해요."

세나는 맞장구쳐 주고 있는 스스로가 한심해서 고개를 돌리고 청소를 마저 했다.

"시트 교체하겠습니다."

카트를 끌고 남자를 지나쳐 간 세나의 몸에서 달콤한 향이 났다. 남자는 홀리듯 뒤를 돌았다. 열린 방문 틈으로 어제처럼 창문을 여는 세나에게 시선을 두던 남자는 어제와는 달리 두건이 벗겨지지 않자 어쩐지 아쉬운 마음이 들었다.

두건 아래 가둔 머리카락이 떠올랐다. 길고 풍성하던 검정 빛깔. 지금은 머리카락이 있는지 의심이 들 정도로 꽁꽁 감춰 두었다. 그 아래로 봉긋한 이마와 긴 속눈썹, 어제부터 유난히 잘 보이던 붉은 입술과 대비되는 하얀 피부.

세나의 유니폼이 눈에 들어왔다. 오전에 로비에서 봤던 화사한 모습과는 전혀 매치가 되지 않았다. 다른 느낌이었다. 그런데 이 옷차림도 잘 어울렸다.

남자는 곧 스스로 그런 생각을 하는 게 어이없다고 판단하며 헛웃음을 짓고 객실을 나갔다.

유니폼을 갈아입고 탈의실을 나온 세나는 로비 한쪽의 아케이트로 가서 아이스 아메리카노를 주문했다. 그리고 의자에 앉았다.

오늘은 꼭 근사한 저녁을 사 주겠노라 약속한 지나를 기다리며 세나는 제 이마에 손을 대고 지끈거리는 머리를 손가락으로 눌렀다. 복잡한 일상에서 벗어나 일이나 하며 단순하게 보내려고 했는데 여긴 더 거대한 한숨이 기다리고 있었다.

준성을 호텔에서 보게 될 줄도 몰랐지만 그가 미진과 만나는 건 생각도 못 했다. 자신과 헤어진 이유가 여자 문제 때문일 거라곤. 그 정도로 자신에게 질렸던 걸까.

그게 어떤 것이든 세나는 내내 마음이 쓰였고 돌덩이 같은 답답함이 짓누르고 있었다.

"세나야."

지나의 부름에 세나는 찌푸리던 인상을 펴고 웃으며 일어섰다.

"날이 어찌나 더운지 온종일 에어컨 아래서 일하는데도 후텁지근하고 끈적이네."

"난 청소하느라 더 그래. 땀으로 샤워하는 것 같아."

"가자. 언니가 오늘 제대로 쏘마."

그녀는 팔짱을 끼고 세나를 고급 레스토랑에 데려갔다. 비싼 스테이크와 와인을 먹으며 재잘거렸다. 지나와 한참 수다를 떨었더니 우울했던 마음이 조금 가라앉는 것 같았다.

지나가 잠시 화장실을 간 사이에 세나는 창밖을 보았다. 노을이 지는 바닷가 풍경이 근사했다. 와인을 한 모금 마시며 고개를 돌리던 세나는 안쪽에서 또래로 보이는 일행과 걸어 나오는 27층 남자를 보며 눈이 커졌다. 황급히 시선을 돌리려고 했지만 그와 눈이 마주쳤다.

이러지도 저러지도 못하고 난감하게 바라보던 세나가 살짝 고개를 숙여 인사했다. 남자는 그녀를 보던 시선을 돌려 가던 길을 갔다. 기껏 인사했더니 무시당했다.

"하긴, 인사를 받아 주는 것도 이상하겠다."

다시 와인을 마시는데 지나가 바쁘게 걸어오는 것을 보았다.

"세나야, 일어나."

"응?"

"지금 팀장님 마주쳤는데 내가 인사했더니 같이 한잔하자고 그러신다."

"싫어. 내가 거길 왜 가."

"뭐 어때. 저 사람들 가는 곳은 일반 술집과는 차원이 달라. 이럴 때 가 보는 거지."

"그럼 언니만 가."

"나 혼자 가면 심심하잖아. 일단 가 보고 재미없으면 금방 나오자."

"어휴 참."

세나는 난감한 얼굴로 지나를 보다가 고개를 끄덕였다. 자유분방한 지나는 일만큼이나 모든 면에서 열정적이고 진취적이었다. 일 잘하기로 소문난 호텔 프런트 선임 매니저로 스펙과 경력 모두 갖춘 일꾼이었다. 그만큼 놀기도 잘 놀아서 주량도 세고 남자를 만나는 폭도 넓었다.

팀장과 그의 친구들과 어울릴 생각을 하다니, 세나는 지나가 새삼 대단하다는 생각이 들었다. 그리고 뭐든 즐겁게 생각하는 그녀의 사고방식이 부럽기도 했다.

과연 듣던 대로 그들이 향한 곳은 술병 하나의 값도 어마어마한 곳이었다. 인테리어 자체도 고급스러웠고 소파는 실크처럼 부드러운 감촉을 가지고 있었다.

남성과 여성이 적절히 섞인 자리에서 세나는 아까부터 꿔다 놓은 보릿자루처럼 양주잔을 들고 앉아 있었다. 세나와는 전혀 다른 세계의 사람들이었다.

지나는 자기 옆에 앉은 남성과 화기애애한 이야기를 나누고 있었다. 즐거워 보였다. 처음 보는 남자와 스스럼없이 대화하는 모습을 바라보던 세나는 옅은 한숨을 내쉬고 시선을 돌렸다.

미성년자도 아니고 이런 자리에서 즐겁게 대화하는 게 나쁜 것도 아닌데 어딘지 모르게 낯설고 얼른 일어나고만 싶었다. 그런데 지나는 일어날 생각이 전혀 없어 보였다.

혼자라도 갈까.

세나는 어색한 분위기를 피하려고 양주만 홀짝홀짝 마셨다.

세나가 불편한 이유가 한 가지 더 있었다. 어쩌다 보니 27층, 그 남자가 제 옆에 앉아 있었다. 서로 없는 사람처럼 대하고 있긴 했지만 옆에 있다는 것만으로도 신경이 곤두서서 세나는 그의 가벼운 몸짓과 행동 하나에도 움츠러들었다.

"그렇게 마시면 정신 못 차려요."

데면데면한 상태로 있던 중 남자가 그녀를 향해 내뱉은 첫 마디였다.

어쩌다 남자의 사소한 행동 하나까지도 신경 쓰는 지경에 오게 됐을까. 아마도 처음 만났던 기억이 머릿속을 짓누르는 것 같았다. 권위로 누르는 강한 어조.

세나가 눈을 돌려 바라보자 남자도 시선을 돌려 눈을 맞추었다.

"양주는 맥주가 아니에요. 조금씩 음미하며 마셔야지 그렇게 물 마시듯이 하면……."

남자가 갑자기 몸을 돌리고 상체를 숙이며 가까이 다가오자 세나는 심장이 벌렁거렸다. 왜 다가오는 거야.

눈만 동그랗게 뜨고 굳은 듯 앉아 있는 세나의 입술에 닿을 듯 가까워지는 그의 얼굴이 살짝 옆으로 빗겨나더니 그녀의 귓가를 향했다.

"토해."

쿡쿡 웃음을 흘리며 멀어지는 남자의 말에 세나는 얼굴이 새빨갛게 물들었다. 마치 자신을 가지고 노는 것 같았다. 분명 굳은 얼굴과 흔들리는 눈빛을 파악했을 거고, 이럴 걸 예상하고 다가온 게 분명했다. 아까 호텔에서도 놀리더니 재미 붙였나. 진짜 청학동에서 온 줄 아는 건가.

세나는 거친 숨을 내쉬며 고개를 돌려 버렸다. 아예 몸을 조금 비틀어 등지고 앉았다.

"이봐요, 윤세나 씨."

내 이름은 또 어떻게 알고 있는 걸까, 생각하던 세나는 아침에 프런트에서 지나가 그에게 자신을 소개시켜 주던 걸 떠올렸다.

세나가 돌아보지 않자 남자는 재밌다는 듯 입가를 비스듬히 올렸다.

"금방 부르르 떨고 감정을 빨리 들키는 거, 너무 쉬워 보여."

자신에게 하는 말인 걸 그녀도 모르지 않아 세나는 남자를 노려보았다.

"아까도 그러더니 또 그렇게 보네. 누가 상사한테 눈을 치켜 뜹니까?"

"제가 왜 그쪽 부하예요?"

"우리 회사에서 일하면 우리 직원 아닌가?"

"아닌데요. 전 아르바이트생인데요!"

욱하는 그녀의 반응이 자꾸만 귀엽게 느껴져 자신도 모르게 자꾸만 툭툭 건드렸다. 남자는 아예 그녀 쪽으로 몸을 돌려 앉아 바라봤다.

세나는 제 손에 든 양주를 마실 요량으로 손을 들었지만 옆에 앉아 있던 그가 제지했다.

"그만 마시지. 많이 마신 것 같은데."

"그쪽이 무슨 상관이에요."

세나는 남자가 잡은 제 양주잔을 뺏어 그를 노려보았다.

"자꾸 그렇게 보면 후회할 일 생길 거야."

세나는 헛웃음을 짓고 양주를 마셨다. 후회할 일이라고 해 봤자 해고밖에 더 하겠어. 하나도 무섭지 않다고. 난 아르바이트생이거든.

"금방 발끈하고 화를 낼 거면서 이런 곳엔 왜 따라왔어."

"그쪽 보려고 온 거 아니에요. 언니 따라온 거지."

"그 언니 내가 부른 거야. 여기가 어딘지는 알고 따라온 거야?"

"술 마시는 곳이잖아요. 저 바보 아니거든요."

남자의 말을 받아치며 발끈하던 세나는 곧 자신이 말리고 있다는 느낌을 받았다. 쉽게 발끈하는 이 버릇 정말 고쳐야겠다.

세나는 스스로를 탓하며 다시 술을 마셨다. 그런데 아까부터 몸이 뜨거워지는 것이 점점 더워지며 얼굴이 달아올랐다. 여름이라 그런가 싶었는데 여긴 에어컨이 빵빵하게 나오는 실내였다.

"아, 취하나 봐. 더워."

중얼거리며 손을 부채처럼 흔들자 그 모습을 빤히 보던 남자가 세나의 팔을 잡아 일으켰다.

"가자."

"네?"

갑작스러운 남자의 힘에 세나의 몸이 빠르게 일으켜졌다. 갑작스러운 힘의 반동으로 그에게 몸이 기울어졌다. 남자가 가볍게 잡아 세웠다.

"저 일행 있어요."

"나도 일행 있어."

"근데 아까부터 왜 반말이에요?"

"내가 너보다 나이 많잖아."

"내 나이도 모르면서."

투덜거리는 세나를 보며 피식 웃던 남자가 소파에 둘러앉은 사람들을 보며 말했다.

"난 그만 간다. 더 놀다가 가라."

"간다고? 주인공이 빠지면 무슨 재미야."

"내가 왜 주인공이야."

"모르는 척하는 것 봐. 너 영국지사에 기획이사로 가는 거라 축하 자리 만든 거잖아. 그래서 다들 바쁜 일정 비워 가며 제주 도까지 날아왔더니 간다고?"

영국지사? 기획이사? 남자들이 하는 말이 세나의 귓가에 들렸다.

"저 형은 원래 저렇게 매사 무덤덤해. 저래 놓고 일은 괴물처럼 한다니까."

"뭐라는 거야. 나 간다."

남자의 말에 사람들은 아쉽다는 눈빛으로 그를 바라봤다.

"벌써 가시게요? 조금 더 있다가 가지."

"그래요. 오빠. 조금 더 있어요."

특히나 여성들은 그가 가는 걸 못내 아쉬워하며 옆에 서 있는 세나를 못마땅한 눈으로 바라봤다. 하지만 붙잡을 수도 없었다. 그는 붙잡는다고 해서 잡힐 사람이 아니었으니까.

"언니……."

세나는 지나가 아까 대화를 나누던 남자와 키스하고 있는 걸 보고 입을 다물었다. 다 보는 자리에서 저렇게 스스럼없이 행동 하다니. 저렇게 놔두고 가도 되는 걸까. 머뭇거리던 세나는 남 자가 팔을 잡아당기며 끌자 아무런 거부 없이 따라갔다.

"좋은 시간 보내라!"

"하여튼 능력도 좋아. 벌써 여자를 꼬셨나 봐."

친구라고 불리는 남자들의 목소리가 들렸다. 은근슬쩍 시기와 질투를 보내는 말인데도 정작 앞에 있는 남자는 별 신경 쓰지 않는 것 같았다.

밖으로 나오자 서늘했던 바람이 금세 후텁지근하게 바뀌었다.

"자. 꺼내 줬으니까 이제 집에 가."

"네?"

세나가 어리둥절한 얼굴로 남자를 올려다보았다. 남자는 세나에게 돌아서며 단조로운 목소리를 내뱉었다.

"집에 가고 싶었던 거 아니야?"

"아, 맞긴 한데⋯⋯. 그런데 왜⋯⋯."

"나도 저기 있기 싫어서."

잠시 멍하니 생각하던 세나가 서서히 고개를 끄덕였다.

"그럼 안녕히 가세요."

꾸벅 인사를 한 세나는 남자를 지나치며 비틀비틀 걸었다. 술을 마셔서 그런가 바닥이 움직이는 것 같았다.

아닌가. 내가 비틀거리는 건가.

세나는 넘어질까 봐 보폭을 작게 걸었다.

"어어."

비틀거리다 넘어질 뻔한 세나에게 다가온 남자가 그녀를 일으켜 세웠다.

"도로 위에 원맨쇼를 나 혼자 보고 있기가 아깝군."

세나는 고개를 돌려 남자를 올려다보았다. 눈을 끔뻑끔뻑 느리게 뜨면서 바라보는 세나를 한동안 빨려들 듯 보고 있던 남자는 저도 모르게 미소를 띠웠다.

"모르는 남자를 그렇게 바라보면 안 되는 거 몰라?"

"네? 제가 어떻게 보는데요?"

"야하게."

세나는 남자의 말에 미간을 찡그렸다. 그리고 숨을 내쉬며 그를 흘겨보았다.

"이보세요, 팀장님. 사람은 제 마음대로 눈을 뜰 권리가 있답니다. 다른 사람에게 어떻게 비치든 그게 내 의도가 아닌데 제가 그런 것까지 신경 써야 해요?"

남자는 황당하면서도 다소 의아한 표정으로 세나를 보았다.

"집에 가라면서요. 그래서 얌전히 가고 있는 사람 붙잡은 거……."

세나는 제 팔을 붙잡고 있는 남자의 손에 시선을 내렸다.

"팀장님이십니다."

남자는 눈을 치켜뜨는 세나를 보며 서서히 입꼬리를 올렸다. 묘하게 자극하는 그녀가 싫지 않고 이상한 승부욕을 일으켰다.

"아니다. 마음 바뀌었어. 우리끼리 더 마시자."

그러더니 세나의 손목을 끌어 앞장섰다.

남자는 세나를 펜트하우스 27층으로 데려갔다. 호텔 객실 앞에 선 세나는 잠시 열린 문 안을 바라보며 머뭇거렸다. 먼저 안으로 들어가던 남자가 세나를 돌아봤다.

"절 여기 왜 데려오신 거예요?"

"그냥. 마땅히 갈 데 없잖아. 날도 덥고."

"집에 갈래요."

"왜?"

남자의 질문이 영 어울리지 않았다. 이건 한국어의 문제인 것인가, 의사소통의 문제인 것인가.

"여긴 일터 같아서 어쩐지 들어가고 싶지 않아요."

"너 여기 테라스 좋아하잖아."

정곡이 찔린 듯 움찔거렸지만 세나는 애써 태연한 척 미소를 지었다.

"전 청소를 한 것뿐이에요."

꾸벅 인사를 하고 몸을 돌리자 급히 다가온 남자가 세나의 팔을 끌어 안으로 당겼다. 그리고 테라스로 데려갔다.

"지금은 청소 안 하잖아."

남자가 세나의 팔을 놓은 건 그녀를 벤치에 앉히고 나서였다.

"바다 구경이나 해."

"아무것도 안 보이는데요?"

밤이라 바다는 칠흑 같은 어둠이었다. 정말 아무것도 보이지 않았다.

"그럼 테라스 구경하고 있어."

안으로 들어가는 남자를 보던 세나가 나직이 물었다.

"어디 가는데요?"

"술 가지러. 뭐 필요한 거 있어?"

"전 망고요! 아이스 망고."

세나의 말을 들은 건지 무시한 건지 남자는 이렇다 저렇다 대답도 없이 안으로 들어가 버렸다.

정적이 흐르는 공간에 홀로 앉아 있는 이 상황이 어딘지 모르게 어색했다. 하지만 묘한 흥분을 주기도 했다. 이런 경험은 난생처음이었다. 낯선 남자와 호텔 안에서, 그것도 바다가 아주 잘 보이는 펜트하우스에서.

벤치에 머리를 기대고 앉아 있던 세나는 깜박 잠이 들었다 눈을 떴다. 세나의 위엔 얇은 면 이불이 덮여 있었다. 그리고 테이블엔 지나간 시간만큼이나 얼었던 망고가 녹아 있었다. 양주병과 마시다 남은 양주잔도 놓여 있었다.

"얼마나 잔 거야."

손목시계를 내려다본 세나는 새벽 2시를 향하는 시곗바늘을 보았다. 그렇게 시간이 많이 흐르진 않았다.

세나는 이불을 걷고 일어서서 안으로 들어왔다. 욕실에서 물소리가 나는 것 보니 남자는 샤워 중인 것 같았다. 한동안 욕실을 바라보며 서 있던 세나는 주변을 두리번거렸다. 실내가 워낙 넓어 데스크를 찾는 것도 일이었다.

데스크를 발견한 세나는 위에 놓인 메모지를 꺼내 간단한 인사를 남기고 객실을 나왔다.

전 먼저 가 볼게요. 아이스 망고 주셨는데 녹았어요. 그래도 감사합니다.

하품을 하며 나온 세나는 택시를 잡아타고 머물고 있는 게스트하우스 제 방으로 들어와 쓰러지듯 잠이 들었다.

아침 출근을 한 세나는 지나부터 찾았다. 어제 말도 없이 나왔는데 지나가 무사히 갔는지 걱정이 되었다. 연락도 없고.

호텔 프런트로 가니 지나는 언제 술을 마셨냐는 듯 말끔한 상태로 고객을 응대하고 있었다.

"언니."

고객이 가자 지나는 세나에게 다가왔다.

"어젠 잘 갔어? 팀장님은 어때?"

"뭐가 어때."

"너 어제 팀장님과 아무 일 없었어?"

"있긴 뭐가 있어."

어리둥절한 얼굴로 묻는 세나를 보던 지나가 고개를 갸웃거렸다.

"사람들이 다 그러던데. 팀장님이 너 찍었다고."

세나는 자신들을 바라보던 눈들이 무슨 생각을 하고 있었는지 짐작이 갔다. 남녀가 같이 나갔으니 그런 생각을 하는 게 이상한 것도 아니었지만 지나까지 그렇게 생각하는 건 왠지 섭섭하게 느껴졌다. 사촌 동생이 남자랑 나갔다는데 걱정도 안 되나. 무슨 일이 생기면 어쩌려고.

"그게 아니라 내가 멀뚱히 앉아서 적응 못 하고 있으니까 빼내 준 거야."

"아, 그런 거야? 나도 어제 술을 많이 마셨더니 기억이 가물가물하다."

"언니야말로 어제 별일 없었어? 어떤 남자랑 키스하고 난리 났던데 아주."

세나가 눈을 흘겨보자 지나는 머뭇거리다가 씩 웃었다.

"사생활이다, 그건."

말을 얼버무리며 회피하는 모습을 보고 세나는 그 이후로도 진행되었다는 걸 감으로 느꼈다. 그런데도 다음 날 멀쩡하게 일할 수 있다니, 그것도 능력이었다.

"사생활에 대해 뭐라 할 생각은 없지만 그래도 조심해. 언닌 너무 자유분방해서 탈이야."

"걱정 마. 책임지지 못할 행동은 안 해. 그리고 내 동생 데리고 가는데 검증도 없는 술자리에 참석시켰겠어? 거기 참석한 사람들 최고 상류층 사교 클럽 멤버들이야."

"사교 클럽이든 동아리 클럽이든 나완 상관없어. 앞으로 그런 자린 사절이야. 알겠지?"

알았다 이 녀석아, 지나는 웃으며 세나의 머리를 흐트러트렸다.

"그럼 꼬맹아. 오늘도 열심히 청소 부탁한다. 파업도 조만간 마무리될 것 같아. 회사 측이 강경하게 나오니 내일부터 슬슬 복귀할 눈치야."

세나는 메이드 스케줄에 따라 평소와 다름없이 객실 정돈을 했다. 며칠 동안 바쁘게 일을 했더니 이젠 일도 요령이 붙고 손도 더 빨라졌다.

오늘도 어김없이 27층 오더가 들어왔다. 외부 일정 때문에 팀장님이 자리를 비웠으니 얼른 정돈하길 바란다는 지시.

카드를 대고 객실 안으로 들어간 세나는 어쩐지 이곳이 어색하면서도 반갑게 느껴졌다. 고작 몇 시간 머물렀다고 그런가.

단지 몇 마디 나눈 게 전부지만 부쩍 친해진 느낌이었다. 그것도 제 생각에 불과하겠지만.

여느 날과 같이 테라스 창을 연 세나는 지난 밤 테이블 위에 놓여 있던 망고가 그대로 있는 것을 보았다. 술과 이불은 치워졌는데 녹아내린 망고는 그대로 있었다. 세나는 남자가 자신에게 치우라는 듯 그대로 둔 것 같아 콧등을 찡그렸다.

깔끔하게 욕실을 청소하고 땀이 흐르는 몸으로 서재로 들어온 세나는 데스크 위를 닦다가 메모지가 놓인 걸 발견했다. 아까 자신이 쓴 게 아직도 있나 싶어 들었는데 제 글씨체는 아니었다. 반듯하고 힘 있는 글씨체. 남자가 쓴 것 같았다.

망고 먹고 싶으면 또 들려. 테라스에 있는 망고는 몰래 나간 벌. 네가 치워.

세나는 자신도 모르는 사이 입가에 미소가 걸쳐졌다는 것을 느끼지 못했다. 한참 들여다보던 그녀는 종이를 접고 주머니 안에 넣었다. 몸을 돌리다가 다시 와서 펜을 들고 메모지에 글씨를 꾹꾹 눌러 적었다.

잘 치웠습니다. 어젠 고마웠어요.

웃음을 흘리며 데스크에 올려놓은 세나는 카트를 밀며 객실을 나와 문을 닫았다. 그 뒤에도 송신기 소리에 따라 간헐적으로 몇몇 객실을 정돈했다.

—27층에서 객실 수건을 채워 달라는 요청이 있었습니다.

"수건? 다 넣었던 것 같은데. 빠트렸나."

세나는 서둘러 하던 일을 마무리하고 27층으로 향했다. 객실 벨을 누르려는데 문이 열려 있었다. 노크를 하고 조심스럽게 안으로 들어간 세나는 괜스레 제 옷매무새를 다잡았다.

거실에서 테라스를 보고 서 있던 남자가 뒤를 돌아 그녀를 보았다. 순간 눈이 마주쳤다. 그가 천천히 다가왔다. 큰 키에 잘생긴 얼굴이 오늘따라 더욱 부각되어 보였다. 다크블루 셔츠에 청바지를 입은 캐주얼한 옷차림 때문에 더 그렇게 보이는 것 같았다.

"수건을 채워 달라고 요청하셨죠?"

"오늘 일 언제 끝나?"

이젠 아주 대놓고 반말이다. 세나는 애써 친절하게 웃으며 대답했다.

"5시에 끝납니다."

"그럼 잘됐네. 지금 4시니까 한 시간 뒤에 로비에서 보자."

세나는 남자가 하는 말이 이해되지 않아 멀뚱히 그를 바라보았다. 왜요, 라는 말도 나오지 않았다.

"수건은 있더라고. 내가 잘못 봤나 봐."

아무리 생각해도 일부러 불렀다는 말이었다. 갈수록 종잡을 수 없는 남자의 말에 세나는 눈을 똥그랗게 뜨고 머리를 굴리며 정리해 보려고 했지만 결론이 나지 않았다.

"이지나 매니저한테 들으니까 너 제주도 와서 며칠째 일만 했다며. 나도 내일 서울 올라가니까 겸사겸사 나가서 바람 쐬자."

"그러니까…… 왜 저랑."

"이유 없는데? 굳이 찾자면 그냥."

"네? 시간이 남아도세요?"

어이없는 얼굴로 남자를 바라보는 세나는 전혀 협조적이지 않았다.

"심심하면 책이나 더 보세요."

"보통은 잠이나 더 자라는 게 맞는 말 아닌가?"

세나는 말꼬리를 잡고 늘어지는 남자를 보자 이 남자가 어지간히도 할 일이 없는 것 같다는 생각이 들었다.

"너 데리고 책방 가려고 했는데. 관두자."

"책방이요?"

책이란 말에 금세 눈빛이 달라지며 남자를 돌아보았다.

"됐어. 그냥 잠이나 자려고."

"어어……."

뭔가 말을 하고 싶지만 내뱉은 말이 있어 말을 못 하고 머뭇거리던 세나가 조심스럽게 물었다.

"그럼 어딘지만 알려 주세요. 혼자라도 가 볼게요."

부끄럽게 웃는 세나를 바라보던 남자의 입가에 옅은 미소가 스치고 지나갔다.

"그럼 5시에 로비에서 보자."

"아, 네. 알겠습니다."

뭔가 낚인 것 같다는 생각이 들어 뒤를 돌아보던 세나는 책을 보러 간다는 사실에 가볍게 고개를 젓고 객실을 나갔다. 저절로 엉덩이가 들썩였다. 발걸음이 새털처럼 가벼워졌다.

2.

미
묘

샤워를 하고 깔끔한 옷차림으로 탈의실을 나온 세나는 거울을 보며 제 옷매무새를 점검했다. 리넨 소재의 아이보리 민소매 원피스와 방금 감아 말린 머리카락까지 꼼꼼히 살핀 후 호텔 로비로 걸어 나왔다. 같이 일하는 직원들이 몰라보겠다며 세나의 옷차림을 칭찬했다. 상큼발랄하다고.

로비 근처에 서서 손목시계를 들여다보았다. 5시가 가까워진 시간. 세나는 제 신발코를 바닥에 톡톡 두드리며 남자를 기다렸다. 생각하니 참 묘한 상황이었다. 잘 알지도 못하는 남자와 함께 책방에 가는 모습이 어딘지 모순적이었다.

"세나야."

자신을 부르는 소리에 고개를 돌리던 세나의 얼굴이 굳어졌다. 준성 역시 묘한 표정으로 다가왔다.

"자주 보네?"

"그러게요."

준성을 보던 세나는 제 손을 꼭 쥐고 반대쪽으로 고개를 돌렸다.

세나를 훑어보던 준성의 눈동자가 흔들렸다. 아이보리색 원피스가 그녀에게 안성맞춤이었다. 처음 학교 강의실에서 그녀에게 반한 예뻤던 모습처럼.

"누구 기다려?"

"네."

"누구?"

눈도 마주치지 않던 세나가 고개를 획 돌리고 준성을 보았다. 세나가 원망스러운 눈으로 바라봤다.

"그게 왜 궁금한데요?"

"물어보지도 못하나."

"네. 우리 이제 그런 거 물어볼 사이 아니지 않나요? 말 걸지 말아요."

"너 화났구나. 왜? 내가 널 차서?"

세나는 기가 막힌 얼굴로 준성을 노려보았다.

"아니요. 얼굴 보기도 싫으니까요. 그렇게 금방 다른 여자를 만나는 남자, 나도 거절이에요."

준성이 피식 웃었다. 그러더니 한 발 더 다가와 세나의 앞에 바짝 섰다.

"윤세나가 날 이렇게 좋아하는 줄 몰랐네. 이런 줄 알았으면 헤어지자고 말하지 말 걸 그랬어. 어때. 다시 만날까?"

얼굴이 붉어지도록 준성을 노려보던 세나의 눈가에 눈물이 고였다. 만나고 헤어지는 일이 손바닥 뒤집듯 쉬운 남자 때문에 가슴앓이를 했다는 게 억울했다. 그리고 선심 쓰듯 다시 만나자고 내지르는 준성의 가볍고도 얄팍한 나쁜 본성을 깨달아 속이 상했다.

"헤어지자고 말해 줘서 정말 고마워요. 다시 만날 일 같은 건 결코 없을 거예요."

"왜. 너 아직도 나 좋아하잖아."

그러면서 세나의 팔을 잡아 제게 당겼다. 그때 준성의 팔을 힘주어 잡아 내리는 손길에 세나는 정신을 차리고 고개를 저 멀리 돌렸다.

"가자."

언제 왔는지 뒤에서 다가온 남자가 세나의 어깨를 살짝 끌어 준성이 잡았던 팔을 제게로 당겼다. 남자는 준성을 훑어보다가 그녀에게 시선을 돌렸다. 울 것 같은 얼굴로 시선을 피하는 세나를 보던 남자가 손목을 잡아끌었다.

그를 따라 움직이며 세나는 고마움과 수치스러운 감정이 동시에 들었다. 남자를 알아보는 호텔 직원이 지나가며 그에게 묵례를 했다.

정신없이 따라다가 보니 어느 차 앞에 멈춰 섰고 미리 대기하고 있던 도어맨이 내렸다. 그는 남자에게 오더니 차 키를 내밀며 허리를 숙였다.

"타."

남자는 조수석 문을 열고 세나를 돌아봤다. 잠시 혼란스러운 눈으로 남자를 보던 세나는 말없이 차에 탔다. 곧 문이 닫혔다. 운전석으로 온 그는 능숙하게 차를 몰았다.

운전하는 내내 남자는 말이 없었다. 좀 전의 상황을 전부 다 봤을까.

왜 이 사람한테 자꾸만 난처한 모습을 보여 주게 되는지. 세나는 저절로 한숨이 나왔다. 아무런 상관도 없는 남자지만 요 며칠 계속 마주치다 보니 미운 정이라도 생긴 건지 그가 자신의 우울한 면을 보는 게 싫었다.

한동안 마음을 정돈하던 세나가 작은 목소리로 물었다.

"책방은 멀어요?"

세나를 힐끔 보던 그가 간단히 대답했다.

"차로 10분."

"제주도에 두세 번 왔었는데 책방이 있는 건 처음 알았어요."

"제주도 사람은 책 안 보나."

"그러게요. 왜 그 생각을 못 했지."

세나는 이마를 긁적이며 웃었다.

"진작 알았으면 아르바이트하지 말고 책이나 보면서 지낼 걸 그랬어요."

"어지간히 좋아하나 보군."

남자의 중저음 목소리에 세나가 그를 돌아보았다. 처음 봤을 때 느꼈던 강압적인 모습과 권위적인 태도가 사라진 건 아니지만 세나는 이제 그가 무섭지 않았다. 좋은 사람인지는 모르겠지만.

"아까 그놈은 뭐야."

"……전 남자 친구요."

"제주도까지 따라왔어?"

남자가 어이없단 얼굴로 물었다. 다른 사람은 그렇게 볼 수도 있겠단 생각이 들었다. 하지만 터무니없는 말에 헛웃음이 나왔다.

"저희 과 동기랑 왔더라고요. 그 호텔에."

"갈수록 태산이네."

"그렇죠, 뭐. 대단한 치정극이죠."

자조적인 세나의 목소리에 남자가 비스듬히 웃었다.

"난 개인적으로 여자 문제가 지저분한 놈들이 제일 한심해. 왜 그러고 사는지."

"그러게요. 한심하네요."

내가요, 세나는 체념한 듯 창밖을 내다보며 중얼거렸다.

"다신 그놈 만나지 마. 아주 질이 나쁜 놈 같으니까."

"같은 과 선배예요."

"꼴에 또 같은 과 선배. 후배님이셨어?"

비웃는 남자의 말에 세나는 그를 보며 고개를 갸웃했다. 누굴 말하는 거지. 그 후배가 자신을 지칭하는 건가.

세나는 한동안 남자를 보다가 문득 궁금해졌다.

"이름이 뭐예요?"

"내 이름 몰라?"

"제가 알아야 해요?"

남자는 마음에 안 든다는 얼굴로 세나를 돌아봤다.

"이지나 매니저에게 안 물어봤어?"

"물어봤어야 했나요?"

"실망이다. 난 네 이름 아는데."

"그거야 언니한테 들었으니까 그런 거죠."

"아니. 그전부터 알았어. 그 이름이 넌 줄은 몰랐지만."

커다란 눈동자가 그를 보며 의아하다는 듯 빛났다.

"그게 무슨 소리예요? 언제부터요?"

"안 가르쳐 줘."

"네?"

세나는 황당한 얼굴로 남자를 바라보다가 투덜대며 고개를 돌렸다. 자기 마음대로야, 완전.

남자는 금세 건물 주차장에 들어섰다. 주차를 한 그가 세나를 돌아봤다.

"김태주."

세나가 그를 보자 그는 살짝 미소를 머금었다.

"내 이름."

그가 차에서 내리자 세나도 허겁지겁 따라 내렸다.

"김태주. 잘 어울리네."

세나는 중얼거리며 그를 따라 2층 건물의 책방으로 향했다.

별빛 서린 창가

"책방 이름 예쁘다."

건물 위에 써 있는 책방 이름을 보고 안으로 들어간 세나는 빼곡히 들어찬 책들을 보며 저절로 얼굴이 환하게 빛났다. 좀 전의 우울했던 기분은 어느새 사라지고 없었다.

책방 안에는 몇몇 사람들이 진열대에 놓인 책을 보며 서 있거나 2층으로 올라가는 계단에 앉아 독서를 하고 있었다.

세나는 저도 모르게 발을 빨리하며 책을 훑었다. 세나를 따라 천천히 움직이던 태주는 진열대 앞에서 책을 펼치고 있는 그녀를 물끄러미 바라봤다.

오전에 지나를 만났을 때 그녀는 태주가 세나를 데리고 나간 것에 대해서 궁금해했다. 왜 데리고 나갔냐고, 안에서 무슨 말들이 오갔는지 아냐고.

힘들어하기에 꺼내 준 거라고 했더니 지나는 태주를 빤히 보다가 슬쩍 웃었다.

"팀장님. 세나에게 관심 있으세요?"

"무슨 말입니까?"

"듣기에 팀장님이 남에게 친절을 베푸는 사람이 아니라던데 좀 의외여서요."

태주는 이지나 매니저의 말에 기가 찼지만 딱히 반박하고 싶지는 않았다. 관심이란 표현이 딱히 싫지 않았다.

"그렇다면?"

지나는 대수롭지 않은 얼굴로 태주를 보며 싱긋 웃었다.

"세나는 책을 좋아해요. 환심을 사려면 일반적인 여자들이 좋아하는 방법으로 접근하면 안 돼요."

"책?"

"네. 세나는 책이라면 자다가도 벌떡 일어나는 애예요."

"내게 이런 걸 알려 주는 이유가 뭡니까?"

"그냥. 굳이 따지자면 정보 제공."

지나는 등을 곧게 펴고 태주를 바라봤다.

"세나가 서울에서 남자 친구한테 차이고 온 것 같아요. 말은 안 하는데 꽤나 마음 상했나 봐요. 그 자존심에 속이 멀쩡하진 않을 거예요."

태주는 바지 주머니에 손을 넣고 지나를 보았다.

"마침 세나에게 관심을 보이는 남자도 있으니 마음 정리 빨리 끝냈으면 해서요."

아까부터 '관심'이라는 표현을 사용하고 있는 지나가 황당해서 헛웃음이 나왔지만 태주는 계속 듣다 보니 정말로 관심이 생기는 것 같았다. 아니, 관심은 찰나의 순간 스며들었다. 하지만 관심을 지속시키는 건 무의미했다.

"나 내일 서울 올라갑니다. 그런데 뭘……."
"세상에 남자는 많고 지나간 인연에 연연해하지 말라. 제 지론이에요."
"대단히 현실적이군요."
"뭘 어떻게 하라는 게 아니라 그냥 만나서 같이 밥 먹고 대화 나누고, 서로 그 시간이 즐거우면 좋은 거 아닌가요? 그리고 관심이 애정이 될지, 비호감이 될지는 만나 봐야 아는 거죠."

지나는 싱긋 웃으며 살짝 묵례를 한 후 걸어가다가 뒤를 돌아봤다.

"세나도 곧 서울 올라가요. 어쩌면 오늘이 마지막일 수 있어요. 이런 우연. 이런 시간."

선 채로 책에 빠져들듯 읽고 있는 세나를 보던 태주가 그녀의 팔을 끌어 계단 쪽으로 데려갔다.

"앉아서 봐."

책방에 들어오고 나서 처음으로 태주에게 시선을 준 세나가 자신을 계단에 앉히는 그를 올려다보았다.

"가자고 안 할 테니까 보고 싶은 책 있으면 마음껏 봐."

"네."

세나는 살짝 미소를 짓고 다시 책으로 고개를 내렸다. 금세 그녀의 얼굴에 행복함이 비쳤다.

책만 들여다보고 있던 세나는 고개가 아파와 목을 들고 이리 저리 돌렸다. 그러다 문득 태주가 안 보이는 것을 보고 계단에 서 일어섰다. 손목시계를 본 세나는 눈이 커졌다. 책방에 온 지 두 시간이나 지나 있었다.

두리번거리던 세나는 2층으로 올라갔다. 천천히 걸음을 옮기 던 세나는 2층 경영학 관련 서고에 기대어 책을 들여다보고 있 는 태주를 발견했다. 냉정해 보이는 이미지가 서고와 찰떡같이 어울리며 그를 돋보이게 만들었다.

세나는 책과 함께 있는 태주를 보자 저도 모르게 심장이 두근 거렸다. 책을 들여다보고 있는 남자의 모습이 세나의 시선을 끌 었다. 조각 같은 옆선과 넓은 어깨, 완벽한 비주얼이 주변을 압도했다.

"여기 계셨네요?"

세나의 목소리에 태주가 고개만 돌려 그녀를 보았다.

"뭐 보세요?"

"마케팅 원론."

고개를 끄덕이던 세나는 잃어버린 제 책이 떠올라 태주가 들고 있는 책으로 시선을 옮겼다.

"이건 제가 듣는 전공 책과 다르네요."

"경영학과?"

"네. 뭐……. 점수 맞춰 간 거죠."

세나는 멋쩍게 웃더니 경영학 서고에 꽂혀져 있는 책들을 둘러봤다. 그러다 책꽂이에서 두꺼운 양장본의 책을 꺼냈다.

"전 이 책으로 수업 들었어요."

세나가 들고 있는 책에 눈을 두던 태주가 그녀를 보며 설핏 웃었다.

"가격 결정은 누가 하는 거야?"

태주는 서고에 기댄 몸을 세우며 세나를 바라봤다. 동그랗게 커진 눈동자로 열심히 생각하는 게 그의 눈에도 보였다.

"수업 잘 들었나 시험하는 거예요? 마케팅 원론 과목은 망했어요. 제 생각과 다른 부분이 많아요. 특히 가격 결정은."

"가격은 여러 사람의 이해관계에 얽힌 복잡한 결과물이야."

"그렇지만 상품을 독점하는 회사에서는 가격을 자기 마음대로 결정짓잖아요."

"독점하는 회사라도 소비자의 선택에서 자유로울 수는 없어. 어떤 것이든 경쟁은 피할 수 없는 거야."

잠시 생각하던 세나가 눈을 들어 그를 보았다.

"동네 거리에 대기업 상권이 들어오는 건요? 저렴한 가격과 대량 공수 전략으로 동네 상권을 죽이잖아요. 그 가격 속에는 자본주의의 횡포가 들어 있어요."

"변화하는 사회 속에서 더 이상 소비자의 정에 호소할 순 없어. 네 말대로 자본주의 사회에서는 가격 결정도 경제의 한 부분이야."

세나는 못마땅한지 제 입술을 깨물었다.

"전 대기업이 다 같이 살길을 찾았으면 좋겠어요. 가격 결정 같은 가장 기본적인 것도 대기업이 끼면 혼란을 주니까요."

책을 책꽂이에 꽂은 태주가 세나를 돌아보며 흥미롭다는 듯 웃었다.

"대기업을 나쁘게만 보는데 동네 상권이 변화 없이 도태된 모습으로 남아 있는 게 과연 옳은 일일까. 소비자는 자신의 생각에 따라 상품을 선택하고 가격을 비교할 권리가 있어."

한동안 생각하던 세나가 고개를 끄덕였다.

"팀장님 말씀이 맞아요. 교수님도 그렇게 말씀하셨어요. 이번 리포트 주제가 가격 경쟁 전략에 따라 자신의 상품을 판매하라는 거였어요."

"재밌네."

"전 대기업의 골목 시장 상권 파괴에 대한 비판을 쓰며 공정한 가격 제시를 했는데 그렇게 판매하면 아무도 제 물건을 사지 않을 거래요. 경쟁력이 없다고요."

"박주찬 교수님답다."

웃음기가 섞인 태주의 목소리에 세나의 고개가 급히 그에게 향했다.

"박주찬 교수님을 아세요?"

"알지."

태주는 세나의 손에 있는 양장본 책을 가져가 그녀에게 들어 보여 주었다.

"망할 자본주의."

"네?"

"JK호텔에 대한 비전과 의의는 리포트로 잘 썼나."

세나의 낯빛이 점점 변화하며 안 그래도 큰 눈동자가 왕방울처럼 커졌다. 태주는 책을 책꽂이에 꽂고 그녀에게 돌아섰다.

"네 책, 나한테 있다."

슬쩍 웃고 먼저 걸어가는 태주의 모습을 멍하니 바라보던 세나의 입에서 짧은 탄성이 흘러나왔다. 놀라서 커진 눈과 동시에 심장이 살랑 진동을 그리며 물결쳤다.

계단을 내려가는 태주를 황급히 따라 내려오며 세나는 계속 그에게서 눈을 떼지 못했다.

"밥 먹으러 가자. 배고프다."

어쩐지 차에 탈 때까지 적당한 말을 꺼내지 못했다. 조수석에 앉은 세나는 운전하는 태주를 힐끔 바라보았다.

무슨 말이라도 해 보라고 머리를 재촉했지만 입이 굳은 듯 한마디도 나오지 않았다.

"고맙다는 말은 됐어."

태주는 차가 빨간불에 서자 세나에게 고개를 돌렸다. 두 사람의 시선이 마주쳤다. 잠시 말없이 태주를 바라보던 세나가 조심스럽게 말을 꺼냈다.

"그때 큰 신세를 졌어요. 저 때문에 놀라셨을 텐데."

"놀라긴 했지. 갑자기 차 앞에서 쓰러졌으니까."

세나는 할 말을 찾지 못해 입을 꾹 다물었다.

"대신 빚 갚아."

"……어떻게요?"

"오늘 밤에 나랑 놀아."

"네?"

세나는 눈이 튀어나올 듯 커지며 그를 보았다. 막상 그는 너무나 평온해 보였다. 무슨 뜻으로 하는 말인지 파악하는 데 시간이 걸렸다.

"얼른 답해. 나랑 놀 거야 말 거야."

"뭘 어떻게 놀자는 말인지……."

머뭇거리는 세나를 보던 태주가 웃음을 터트렸다.

"뭘 어떡해. 그냥 밥이나 먹고 술이나 마시자는 거지."

"뭐 다른 건……."

갑자기 세나에게 다가온 태주가 그녀의 코앞에서 바라봤다. 입김이 닿을 정도로 가까이 다가온 태주 때문에 눈이 커진 세나는 숨도 못 쉬고 그와 눈을 마주쳤다.

"다른 거 뭐."

눈을 동그랗게 뜬 세나의 시선이 태주를 향했다. 심장이 방망이질을 했다.

"밥만 먹으면 돼요?"

"아니."

태주는 쿡쿡 웃으며 세나의 콧등에 손가락을 톡톡 두드리며 제 자리로 몸을 가져왔다. 그제야 세나의 입에서 참았던 숨이 쏟아졌다. 신호가 바뀌었다.

"난 내일 서울 올라가. 그전까지 네가 옆에 있어 달라는 말이야."

"제가 왜……."

"빚졌으니까."

씩 웃은 태주는 다시 차를 출발시켰다. 세나는 운전하는 남자의 모습을 눈으로 훑었다.

"너야말로 무슨 생각 하는 거야. 밤에 놀자는 말을 곡해하지 말지?"

"상식적으로……."

"상식적으로 하는 말이 너한테 먹힐 거라고 생각하진 않았는데. 의외네."

태주의 말에 얼굴이 붉어진 세나는 고개를 창밖으로 돌렸다.

"저번부터 자꾸 놀리는데 저도 알 건 다 알거든요!"

"누가 뭐래? 난 네가 오해해서 들었다는 게 더 신선하다. 뭘 바란 거야."

나쁜 자식. 나쁜 놈. 응급실 은인만 아니면 다리를 걷어차 주고 싶었다. 다 큰 남녀가 같이 노는 걸 '아, 네. 게임하면서 대화하자는 거군요'라고 생각할 여자가 어디 있겠냐고.

세나는 잔뜩 붉어진 얼굴로 거친 숨을 내쉬었다. 그 모습을 보던 태주의 입가에 언뜻 미소가 스쳤다.

"원래 어딜 가기 전날엔 잠을 못 이루는 편이야. 먼 곳이든 가까운 곳이든. 그러니까 같이 밤 새우자고."

"저 내일도 일해야 해요."

"잘됐네. 아침까지 있다가 일하러 가면 되겠다."

세나는 다시 태주를 노려보았다.

"굉장히 심심한가 봐요. 친구도 없어요?"

세나는 괜히 툴툴댔다. 목소리가 도전적으로 나갔다.

"친구라는 게 의미 있나. 다 필요에 의해 다가오는 사람들뿐이지. 개인적인 내 시간까지 그런 사람들 보며 낭비하고 싶지 않아."

"그래도 친구가 없는 건 너무했다. 세상을 무슨 낙으로 살아요."

"세상엔 친구가 없어도 살아갈 낙이 많아."

덤덤한 듯 말하지만 어딘지 모르게 쓸쓸함이 느껴지는 태주의 목소리에 세나는 시선을 앞으로 돌렸다.

"마음을 나누는 친구는 그 자체로 낙이에요. 저도 그런 친구는 몇 안 되지만 언제나 함께 있을 것 같은 친구가 있어요. 그 친구와 있으면 그냥 같은 공간에 있는 것만으로도 마음이 편하고 좋아요."

"그럼 네가 내 친구 하면 되겠다."

아무렇지 않게 내뱉는 남자의 말에 세나는 숨을 훅 들이쉬었다. 생각의 속도를 따라갈 수가 없다.

"애인도 없어요?"

태주의 입가에 미소가 생겼다. 그런 질문을 하는 세나를 귀여운 듯 바라봤다.

"애인이 있다고 친구를 못 만나?"

"그건 아니지만, ……팀장님 몇 살이신데요?"

"나이가 무슨 상관이야."

"팀장님은 상사잖아요."

"언제는 내 부하 직원 아니라며."

"그거야……."

"너한테는 팀장보단 학교 선배가 가깝겠다."

생각해 보니 그건 또 그랬다. 얼굴도 본 적 없는 까마득한 선배지만 같은 학교 출신이라면 선배가 맞았다.

"그래도 몇 살이세요?"

차가 어느덧 멈추고 태주는 시동을 껐다.

"흑돼지 좋아하지?"

먼저 밖으로 나간 태주를 멍하니 바라보던 세나는 가만히 제 가슴 언저리에 손을 댔다. 심장이 콩닥콩닥 뛰었다. 애써 그의 말장난 때문이라고 생각했다. 대화가 사방으로 튀어 어느 하나에 중심을 두기 어려웠으니까.

"흑돼지 좋아하는 건 또 어떻게 알았지."

생각하던 세나는 지나가 말했을 거라는 생각이 들었다.

뭔가 생각을 정리할 시간도 없이 휩쓸려 가는 것 같았지만 제주도 와서 여유 있는 시간을 보낸 건 오늘이 처음이라 세나는 태주가 내민 말도 안 되는 제안에 응하고 싶었다. 밤새 대화하고 일탈하는 시간을 경험하고 싶기도 했다.

하루 정도는. 여긴 여행지니까. 지금은 일상이 아니니까.

불판 위의 고기가 먹기 좋은 빛깔과 크기로 구워졌다. 세나는 종업원이 구워 주는 모습을 보면서 침을 삼켰다.

"그거 아세요? 흑돼지 되게 못생긴 거."

"멧돼짓과니까 못생겼겠지."

"못생겼지만 콜라겐이 많대요. 먹고 망가진 피부나 돌봐야지."

세나는 제 볼을 톡톡 두드리며 다 구워진 고기 한 점을 집어 그의 접시 아래 놓았다.

"Gentleman First."

"이따금 단어 선택이 독특하단 거 너도 알지?"

"레이디는 과거에나 퍼스트죠. 현대 사회에서 성별에 우위는 없어요."

고기를 젓가락으로 집어 입에 쏙 넣은 세나는 맛있게 오물거렸다. 그리고 싱긋 웃었다.

"전 그렇게 생각하는데 다른 사람들은 그렇지 않은 것 같아요. 모든 일에 따지고 드는 제가 피곤하대요."

씁쓸한 미소를 지으며 집게를 든 세나는 종업원을 보며 손을 들었다.

"여기 판 좀 갈아 주세요."

갑자기 연기가 훅 날아가 콜록콜록 기침을 하는 세나를 보던 태주가 그녀의 손에서 집게를 가져갔다.

"모든 사람들이 생각하는 걸 좋아하진 않아. 그냥 흘러가는 대로 사는 사람들이 훨씬 더 많지."

"전 단지 제 주변의 일들에만 관심을 가질 뿐이에요. 그런데도 쉽지 않아요. 사람들의 생각은 다 다른 건데 마치 정해 놓은 것처럼, 이해를 가장한 명령을 해요."

열이 받는지 목소리 톤이 높아지던 세나는 숨을 길게 내쉬며 고개를 저었다.

고개를 돌려 버리는 세나를 흥미로운 눈으로 보던 태주가 집게로 고기를 집었다.

"그래도 나한테 레이디는 언제나 퍼스트야."

태주는 슬쩍 웃으며 세나의 접시에 고기를 내려놓았다.

"You First."

한동안 접시에 있는 고기를 보던 세나가 젓가락으로 집어 들었다.

"잘 먹겠습니다."

입에 쏙 넣고 싱긋 웃은 세나는 제 폰에 문자가 와서 들여다보았다.

〈세나야, 나 좀 보자. 할 말 있어.〉

준성의 문자였다. 세나의 얼굴이 순식간에 굳어졌다. 휴대폰을 테이블에 내려놓은 세나는 제 이마에 손을 얹고 한숨을 내쉬었다.

"왜 그래?"

태주의 목소리에 정신을 차린 세나는 잠시 그를 보다가 고개를 젓고 살짝 웃었다.

"아니요."

태주의 시선을 피해 고개를 돌린 세나는 방금 전 준성이 보낸 문자 때문에 신경이 곤두섰다. 무슨 생각으로 이런 문자를 보내는 건지. 사람 마음을 전부 뭉개 놓고. 정말 상종 못 할 인간이라는 생각이 들었다.

세나는 숨을 길게 내쉬며 물을 마셨다. 갑자기 입맛이 뚝 떨어졌다. 맛있게 먹고 있었는데 순식간에 식욕을 잃었다.

"더 안 먹어?"

"네. 그만 먹을래요."

입을 닦은 세나는 불판에 남은 고기들을 바라봤다. 평소라면 상추에 고기, 야채, 쌈장 넣고 야무지게 싸서 남김없이 먹었을 텐데 도저히 식욕이 돌지 않았다.

"선배님은 왜 안 드세요?"

태주도 고기를 몇 점 먹지 않은 것 같았다.

"나 흑돼지 안 좋아해."

"정말요? 그럼 왜 여기로 오셨어요. 다른 곳 가지."

"네가 좋아하니까."

눈이 커진 세나가 그를 보았다. 한동안 눈싸움을 하듯 서로의 눈을 마주 보았다. 짙은 갈색 눈동자는 자신을 집요하게 바라봤다. 눈꺼풀을 감은 세나가 먼저 눈을 돌렸다.

"선배님이 안 좋아하는 줄 알았으면 다른 곳을 갔을 거예요."

"상관없어. 난 원래 음식을 즐기는 편이 아니야. 살기 위해 먹는 것뿐이지."

"그래도……."

"안 좋아한다고 했지 싫다고는 안 했어. 뭐든 같이 먹는 사람이 중요한 거 아닌가?"

잠시 그의 말을 곱씹던 세나가 살짝 고개를 끄덕이며 미소를 지었다.

"그런 점에서 너한테 난 좋은 상대가 아닌 것 같네."

"네?"

세나가 다시 눈을 들어 그를 보았다. 태주는 손을 턱에 괴고 비스듬히 웃었다.

"평소에 좋아하던 음식인데 입맛이 떨어진다면 같이 먹는 사람이 문제인 거지."

"아, 그건 선배님 때문이 아니라……."

"그 남자, 혼내 줄까?"

놀란 눈으로 태주를 보던 세나가 서서히 고개를 저었다. 심장이 이상하리만치 빨리 뛰었다. 혼내 준다는 한마디에 위로를 받은 건 무슨 경우인지, 그의 말이 순간순간 세나를 사로잡았다.

"아직 그 자식한테 미련이 남았어?"

"아니요! ……이젠 아니에요. 그저, 제 일에 다른 사람이 나서는 건 별로 내키지 않아요."

세나를 뚫어지게 바라보던 태주가 일어섰다. 먼저 걸어가는 태주의 움직임을 눈으로 따라가던 세나도 일어섰다. 계산을 하고 나와서 차로 가는 모습을 지켜보던 세나가 종종걸음으로 그를 따라갔다.

갑자기 분위기가 싸늘해진 것 같은데 잘못 느끼는 건가.

차 앞에 선 태주가 세나를 돌아보았다. 세나는 바닥을 보던 눈을 들어 그를 올려다보았다.

"선배님, 단것도 안 좋아하시죠?"

"단것?"

잠시 망설이던 세나가 살짝 웃었다.

"전 지금 단것이 먹고 싶은데 같이 가실래요?"

"부탁이야?"

"음, 애원이요."

"좋아. 그럼 가."

세나는 차 문을 열고 운전석에 타는 태주를 보고 살포시 웃었다.

"애월읍 쪽에 지나 언니랑 잘 가는 카페가 있어요. 거기 디저

트가 엄청 달아요."

태주는 작게 고개를 끄덕이고 출발했다.

바닷가를 마주 보고 있는 카페는 조명으로 알록달록 빛나고 있었다. 여름 성수기라 카페엔 사람들이 북적거렸다. 야외 테이블에 한 자리가 난 것을 본 세나가 서둘러 자리에 앉았다.

"여기 계세요. 주문하고 올게요."

"내가 살게."

"저녁 사 주셨잖아요. 이건 제가 살게요."

카페 안으로 뛰어가는 세나를 보던 태주는 의자를 빼 다리를 꼬고 앉았다. 바닷바람이 불어와 그의 머리카락을 흩날리고 지나갔다. 앉아 있는 모습만으로도 주변의 시선을 끌었다.

바다를 보던 태주는 고개를 돌려 카페 안쪽을 바라봤다. 직원에게 주문하는 세나가 보였다. 밝게 웃는 모습을 보던 태주의 입가에도 미소가 감돌았다. 그러다 제 표정을 의식하고 이내 얼굴이 굳어졌다.

처음엔 별생각 없었다. 객실 청소하러 온 여자를 어디서 본 것 같아 바라보다가 나이를 물었을 뿐인데 비협조적으로 나오자 은근슬쩍 화가 났다. 자신의 말에 말대꾸를 하며 대들 때에는 직원 교육이 잘 되어 있지 않는 호텔 상황에 급격히 짜증이 났다. 청소 상태까지 엉망이면 당장 해고할 생각이었다.

회의를 끝내고 욕실로 간 태주는 룸 컨디션을 보고 놀랐다. 웬만한 사람보다도 깔끔했고, 수건 하나도 각 잡아 접어놓은 걸 보고 바락바락 대들던 여자를 떠올렸다. 그리고 알았다. 그녀가 제 차 앞에서 쓰러졌던 인물이란 걸.

뜻밖의 인연을 제주도에서 만난 것이 신기했고, 자꾸만 귀여운 짓을 하는 세나가 눈에 밟혔다. 책 주인이라는 걸 알아서 그런지 세나가 전날과는 다르게 보였다. 사람의 심리가 매우 신기하다. 바뀐 건 아무것도 없는데 그의 마음에 변화가 일어났다.

술집에서 제 옆에 앉은 세나가 또 신경 쓰였다. 주변 사람들이 지나에게 함께 가겠냐고 물었을 때 태주는 지나가 거절하길 바랐다. 그곳은 세나처럼 순진한 여자가 갈 만한 곳이 아니었다. 역시나 적응하지 못하는 세나는 눈을 어디다 두어야 할지 몰라 난감해했다.

기껏 빼내 줬더니 세나는 제 몸도 제대로 못 가눠 휘청거렸다. 신경 쓰고 싶지 않았는데 어느 순간 세나의 팔을 잡고 있었다. 어쩌면 저도 모르는 사이 솔직했던 것일 수도 있었다. 그녀와 조금 더 같이 있고 싶었으니까.

그래서 잠이 든 그녀의 옆에 앉아 술을 더 마셨다. 그건 순전히 바닷바람의 탓이었다. 바람이 불어와 자고 있는 그녀의 치마를 펄럭이자 첫날 객실 청소를 하러 왔을 때 마주쳤던 모습이 떠올랐다.

바람에 두건이 벗겨졌을 때 흩날리던 기다란 머리카락이 그녀의 몸을 감싸고 사르륵 떨어졌다. 두건을 집은 그녀가 눈을 들었을 때 고양이를 연상시키는 눈매와 눈동자. 그 모습이 태주의 시선을 사로잡았다.

한참 바라보던 태주는 안으로 들어가 얇은 이불을 들고나와 그녀의 몸 위에 덮었다. 세상모르고 잠든 세나를 보자 헛웃음이 나오면서 동시에 불안한 마음마저 들었다. 남자의 방에서 무방비로 노출되었는데도 의식을 하지 못하고 잠을 자는 모습을 보자 너무나 걱정이 되었다.

하지만 이걸 관심 이상이라고 할 수 있을까. 그저 까마득한 학교 후배에 대한 인간적인 호기심 및 배려. 그렇게만 생각하며 마음을 다독였다.

주문을 마쳤는지 쟁반에 케이크와 컵을 들고나오는 세나를 보던 태주의 표정이 점점 더 굳었다. 심장이 빠르게 뛰었다.

모든 감정이 순간적이었고 때마다 결정적이었다. 호텔 로비에서 아이보리색 원피스를 입고 긴 생머리를 늘어뜨린 채 기다리는 세나를 볼 때, 그녀가 다른 남자에게 팔이 잡힌 채 울먹일 때, 그녀의 심경이 자신보다 다른 남자에 의해 변하는 걸 느낄 때, 웃는 모습이 자꾸만 보고 싶어질 때. 그때마다 심장이 진동하며 일렁거렸다.

도대체 어쩌려고. 가슴이 떨려서 어떡하려고. 어떻게 감당하려고.

"완전 달겠죠."

마주 보고 앉은 세나가 포크를 들어 태주에게 내밀었다. 태주는 그녀가 내민 포크를 바라보다가 가만히 집었다.

"아이스 아메리카노 괜찮죠?"

태주는 고개를 끄덕였다.

"날이 덥긴 하네요. 그래도 바닷바람이 에어컨 바람보단 낫죠?"

태주는 다시 말없이 고개를 끄덕였다. 빨대로 아메리카노를 빨아들이며 그를 힐끔 보던 세나가 포크로 케이크 한 귀퉁이를 잘라 냈다. 그리고 그의 입에 가져갔다.

뭐냐는 얼굴로 바라보는 태주를 보고 세나가 입을 아, 하고 벌렸다. 미간을 찌푸리는 태주를 보고 콧등을 찡그린 세나는 제 입으로 가져가 쏙 넣었다. 달콤한 초콜릿 향이 입안 가득 퍼졌다.

"으, 완전 달아."

행복한 표정으로 케이크를 퍼먹는 세나를 물끄러미 바라보던 태주의 표정이 갈수록 굳어졌다.

"뭐 화나는 일 있어요?"

태주와 세나의 눈이 마주쳤다. 그녀는 어깨를 으쓱하고 싱긋 웃었다.

"어디가 불편해 보여서요."

"그런 거 없어."

태주는 그녀에게서 눈을 떼고 바닷가로 시선을 돌렸다. 조각 같이 잘생긴 옆모습을 바라보던 세나도 더는 말하지 않고 케이크를 먹었다. 그리고 바다를 바라봤다.

포크 질 몇 번에 어느새 접시 위에 올라가 있던 케이크가 모두 비워졌다. 입안이 초콜릿 향으로 진동을 했다. 진한 향에 위가 쓰릴 지경이었다. 세나는 아메리카노를 모두 마시고 자리에서 일어섰다.

"이제 갈까요?"

세나는 싱긋 웃고 쟁반을 들고 카페 안으로 갔다. 조금 뒤 그녀가 나왔다. 사뿐사뿐 걸어오는 그녀를 보는 태주의 심장이 점점 더 빠르게 진자 운동을 했다.

"가자."

"같이 가도 되겠어요?"

몸을 돌리던 태주가 그녀의 말에 고개를 돌렸다.

"선배님 저한테 화났잖아요."

물끄러미 보던 태주가 작은 숨을 내쉬었다. 눈치도 빠르다. 잠깐의 감정 변화도 알아챘나 보다.

"같이 있어."

태주는 세나의 손목을 잡고 끌었다.

"빚졌잖아. 갚아야지."

그의 손에 이끌려 가던 세나는 태주의 뒷모습을 바라보다가 시선을 바닥으로 내렸다. 그가 잡은 손목 부위가 뜨거웠다. 두근거리는 마음을 숨기려 고개를 살짝 저었다.

3.

보름달

27층으로 올라올 때까지 그들은 별다른 말이 없었다. 유니폼 대신 제 옷과, 카트 대신 가방을 들고 벨을 누르는 상황이 묘하게 오버랩 되었다. 태주가 문을 열고 길을 비켜 주어 안으로 들어간 세나는 객실 안을 두리번거렸다.

"매번 오는 곳인데 뭘 그래. 편한 곳에 앉아."

태주는 문을 닫고 안으로 들어와 객실 바가 있는 곳으로 갔다. 그리고 인터폰을 들었다.

"27층입니다. 아이스 망고 부탁해요. 네. 이번엔……."

태주는 세나를 돌아봤다. 그녀는 어느새 테라스 쪽으로 걸어갔다.

"이번에도 한 개요."

세나는 테라스 문을 열고 밖으로 나갔다. 그리고 저번처럼 벤치에 앉았다.

바람에 머리카락이 흩날렸다. 앉아서 기다리자니 심장이 두

근거려서 다시 일어설 수밖에 없었다. 그리고 뒤를 돌아본 세나는 창가에 기대서 자신을 보고 있는 태주와 눈이 마주쳤다. 남자다운 선에 건장한 체격이 시선을 사로잡았다.

"저기, 조금 더 앞에 나가서 봐도 돼요?"

세나는 수영장 쪽으로 난 공간을 가리키며 물었다. 태주는 살짝 고개를 끄덕였다. 세나는 빠른 걸음으로 테라스를 걸었다. 청소를 하러 와도 수영장 쪽은 가 보지 못했다. 수영장 너머로 펼쳐진 풍경이 궁금했다.

수영장과 파고라, 썬 베드, 야외 테이블을 지나 가장자리로 간 세나는 허리까지 오는 단단한 벽면을 붙잡고 섰다.

고소공포증이 있어서 벽에 기대어 숨을 고른 세나는 서서히 고개를 들어 아래로 시선을 내렸다. 야외 조명이 곳곳을 예쁜 색으로 물들였다. 야자수 나무와 조경 폭포, 연못, 넓은 야외 수영장이 조성되어 있어서 보는 사람 마음을 시원하게 해 주었다. 곳곳에 현무암 재질인 돌하르방도 보였다.

아래서 보는 것과 위에서 보는 것은 또 다른 볼거리가 있었다. 넋 나간 사람처럼 풍경을 바라보던 세나는 다시 뒤를 돌아봤다. 태주는 아까 그녀가 앉아 있던 벤치 옆에 앉아 있었다.

"이런 곳에 사는 사람이구나. 이런 풍경을 아무렇지도 않게 마주할 수 있는 사람."

넓은 펜트하우스에 홀로 있는데도 전혀 어색하거나 부족함이 없어 보였다. 세나는 천천히 걸어와 태주가 앉은 벤치 옆에 앉았다. 그의 시선이 느껴져서 온몸이 따끔거리고 발이 삐끗할 것 같았지만 무사히 자리로 왔다. 테이블엔 아이스 망고가 놓여 있었다.

"아이스 망고네요."

세나의 입가에 살짝 미소가 스쳤다.

"먹고 싶어 했잖아."

"감사합니다."

세나는 아이스 망고 컵을 들고 티스푼으로 한 조각 떠서 입에 넣었다.

"왜 자꾸 봐요?"

대놓고 바라보는 태주의 시선이 신경 쓰여 세나도 대놓고 물어봤다.

"예뻐서."

멈칫. 망고를 뜨던 손이 멈췄다가 다시 움직였다. 그리고 태주를 살짝 흘겨보았다.

"거짓말."

"거짓말 아닌데?"

"저보다 예쁜 사람 많이 만나 본 거 다 알아요."

태주가 슬쩍 미소를 지었다. 그리고 세나에게 몸을 기울였다.

"귀신이네."

기가 막힌 얼굴로 바라보던 세나가 그럴 줄 알았다는 듯 고개를 끄덕였다.

"세상엔 저보다 예쁜 사람이 많죠."

"그렇게 생각해?"

"전 굉장히 객관적인 사람이에요."

"아닌 것 같은데."

말장난이 하고 싶은 건지 시비를 걸고 싶은 건지 태주는 계속 세나의 말에 토를 달았다. 하지만 그게 싫지 않았다. 자칫 어색

할 수 있는 분위기를 그가 부드럽게 바꿔 주어서 세나는 마음이
한결 편해졌다.

"너 굉장히 주관적이고 남자에 대해 잘 몰라."

"어딜 봐서요?"

세나가 눈꼬리를 올리며 치켜떴다.

"거봐. 이렇게 보지 말라고 했는데 말 안 듣잖아."

"저번부터 자꾸 그러네. 내 눈도 마음대로 못 떠요?"

"응. 안 돼."

"순 억지야."

세나는 코웃음을 치고 숟가락으로 망고를 떠서 입에 가져갔
다. 망고가 사르르 녹았다.

"여기 아이스 망고 되게 맛있네요."

태주는 이제 노골적으로 세나를 바라봤다. 그리고 그의 시선
이 어디를 향하는지도 느껴졌다. 세나는 의식하지 않으려 망고
에 집중했다.

"아까 케이크 먹었는데도 잘 먹네. 단 거 진짜 좋아하나 봐."

"정말 맛있어요."

"나도."

태주가 살짝 입을 벌리자 세나는 잠시 망설이다가 한 숟갈 떠
서 그에게 가져갔다. 숟가락이 그의 입안에 닿자 세나는 저도 모
르게 얼굴이 붉어졌다. 겨우 숟가락이 닿았을 뿐인데 온몸이 닿
은 것처럼 화끈거렸다. 그래서 황급히 컵을 테이블에 올려놨다.

"다 드세요."

"넌 안 먹어?"

"네. 다 먹었어요."

세나는 제 손을 맞잡으며 시선을 넓은 바다로 두었다. 어쩐지 더워지는 것 같아 아예 몸을 그의 반대쪽으로 등지고 앉았다. 그 모습을 바라보던 태주의 입가에 살짝 미소가 스쳤다.

"너 귀엽다?"

"네?"

"내가 무슨 짓이라도 한대?"

이제 그녀의 얼굴은 당장 폭발해도 이상하지 않을 정도로 새빨개졌다.

"무, 무슨 짓이요."

"글쎄? 네가 나보다 더 잘 아는 것 같아서."

세나는 태주가 장난을 친다는 걸 알면서도 심장이 제멋대로 두근거렸다. 맞받아치면 그만인데 어떻게 된 일인지 반박할 수가 없었다. 아니, 그의 말에 일일이 반응하는 자신이 한심했다.

"모르거든요!"

잔뜩 붉어진 세나를 보며 슬쩍 웃던 태주는 고개를 돌렸다. 그의 시선이 바다를 향해 있었다. 세나는 미친 듯이 뛰던 심장이 차츰 진정을 찾자 그를 따라 바다로 시선을 던졌다.

한참을 그렇게 앉아 있었다. 그저 암흑의 바다를 바라보며 침묵했다. 하지만 어색하진 않았다. 무슨 말을 해야 할까 고민할 필요도 없었다. 옆에 있는 태주도 그렇게 생각하는 것 같았다.

"진짜 아무것도 안 보이네."

한참 만에 태주가 꺼낸 말.

"여기 있는 동안 오늘처럼 오래 바다를 본 건 처음이야."

"많이 봐 두세요."

"넌 언제까지 일해?"

"다음 주 일요일까지요."

"나 영국 가는 날이구나."

낮게 읊조리는 태주의 목소리에 세나가 그를 돌아봤다. 그는 여전히 바다를 보며 생각에 잠겨 있었다.

"어제 술자리에서 어렴풋이 기획이사로 간다고 들었어요. 영국엔 얼마나 머물러 있어요?"

"글쎄. 대중없지. 내 자질을 시험하는 자리니 마냥 편할 순 없고, 인정받을 때까진 있겠지."

"몇 살이에요?"

태주의 고개가 세나를 향했다. 그의 입꼬리가 비스듬히 올라갔다.

"너보다 많아."

"그건 당연히 알죠."

"말해 주고 싶지 않은데."

"왜요?"

"네가 아저씨라고 놀릴까 봐."

그가 씩 웃으며 말하자 세나의 입가에도 미소가 생겼다.

"안 놀릴게요."

"스물여덟."

우와. 세나의 입에서 작은 감탄사가 흘러나왔다. 태주도 재밌다는 얼굴로 그녀를 보았다.

"무슨 뜻이야?"

"음, 생각보다 많지 않아서 놀랐어요. 그리고……."

"그리고?"

"그 나이에 이런 객실에서 머물 수 있는 게 신기해서요."

태주는 세나를 빤히 보다가 설핏 웃음이 나왔다.

"정말 나에 대해 하나도 모르는구나."

동그란 눈을 뜨고 자신을 바라보는 세나를 보자 어이없으면서도 당연한 감정이 솟았다. 그는 이런 상황이 낯설어 세나에게서 시선을 뗄 수 없었다. 서로에 대해 아무것도 모르고 오로지 순수한 남녀로서 마주하고 있는 이 순간이 꿈처럼 아득하기도 했다. 공평하고 편하고, 한없이 빠져드는 순간.

태주는 테이블에 몸을 기대며 그녀에게 가까이 다가왔다.

"우리 서로에게 궁금한 거 번갈아 가며 질문하자. 나도 너한테 궁금한 게 있으니까."

"좋아요."

밝게 웃는 세나의 얼굴을 보고 태주는 손을 들어 그녀의 머리를 흐트러뜨렸다. 그의 행동에 세나는 심장이 두근거렸다. 그래서 일부러 표정을 굳히고 그를 흘겨보았다.

"원래 여자들한테 이런 행동 자주 해요?"

"질문이 이상한데. 이런 행동한다는 게 뭐야."

"머리에 손대고, 마음대로 반말하고, 멋대로 정하고."

태주는 소리 내어 웃었다.

"아니. 아무한테도 안 해."

"그렇죠? 저한테만 이렇게 막 대하는 거죠?"

세나는 목소리를 높이며 얼굴을 붉혔다. 그는 입가에 미소를 띠운 채 손으로 턱을 괴고 그녀를 보았다.

"다른 사람에게는 그럴 필요가 없어. 내가 뭐라고 말하기도 전에 알아서 숙이니까."

"전 안 그래요?"

"잘 생각해 봐."

그의 입가에 호선이 길게 그어졌다. 잠시 생각하던 세나가 태주와 눈을 맞추었다.

"있는 집 자식인 건 알겠고……. 재벌이에요?"

잠시 세나를 보던 태주가 어깨를 으쓱했다.

"내가 질문할 차례야."

세나는 약이 올라 얼굴이 붉어졌다. 그리고 고개를 끄덕였다.

"재벌 남자 어떻게 생각해?"

"싫어요."

"생각도 안 해 보고 답하네."

"이제 제 차례죠. 평범한 여자 어떻게 생각해요?"

"난 좋아."

너무 아무렇지도 않게 대답하는 태주의 모습에 당황스러우면서도 애초에 불가능한 가정이기 때문에 고민도 없이 쉽게 대답하는 건가 싶었다.

"아무렇게나 대답하지 말아요. 생각이나 해 봤어요?"

태주는 세나의 눈을 보며 입꼬리를 비스듬히 올렸다.

"상황이 어떻든 내 생각은 그래. 그런데 넌 생각조차 안 하잖아. 그게 차이야."

"당연하죠. 재벌을 어떻게 믿어요. 위선과 가식덩어리에, 사랑과 결혼 그런 걸 돈으로 사고팔 수 있다고 믿는 집단인데."

"재벌한테 원한 진 일 있어?"

차분한 목소리에 세나는 고개를 돌렸다. 친구 재희에게 몰입되어 저도 모르게 감정이 격해졌다.

"누구나 아는 재벌 한 명쯤은 있는 거 아닌가요."

"그 아는 재벌의 생각인 건지, 네 생각인 건지는 모르겠지만 재벌은 다 이럴 것이다, 결론짓는 것도 편견이야."

세나는 그의 말이 마음에 들지 않았지만 반박할 수 없었다.

"편견이지만 근거 없는 생각은 아니라고 생각해요. 제 친구는 결혼도 돈으로 살 수 있다고 생각하는 집안 어른들과 남자에게 끔찍한 일을 당했어요. 그 사람들을 생각하면 치가 떨려요. 재벌이라는 집단."

"재벌을 그렇게 싫어하는 줄은 몰랐어."

"그러니까, 선배님은 재벌이라는 거죠?"

태주가 고개를 돌리자 세나와 눈이 마주쳤다. 그녀는 어느 정도 예상했다는 듯 고개를 끄덕였다.

"그럴 것 같았어요. 호텔 책임자인 데다 펜트하우스 객실에 머무는 사람인데."

"그래서 나에 대한 인식이 바뀌었어?"

"아뇨. 바뀔 인식 같은 거 애초부터 없었어요."

"처음부터 위선에 가식이었나 보군."

세나는 설핏 웃으며 고개를 저었다.

"처음 봤을 땐 권위적이고 사람을 눈빛만으로 깔아뭉개는 무서운 사람이었어요. 지금은 그 정도는 아닌데. ……사실 아직도 잘 모르겠어요."

세나는 어깨를 으쓱하며 말을 이었다.

"하긴, 그게 당연한 건데. 얼마나 봤다고 잘 알겠어요."

"이지나 매니저 말이 맞네. 넌 매사에 복잡한 의미를 둬. 거기다 사람을 만나는 것도 여유롭지 않아."

"선배님이 뭘 안다고 그래요."

그가 비스듬히 웃었다.

"거봐. 내가 한마디 했다고 앞뒤 안 재고 발끈하잖아. 이렇게 금방 티가 나면 재미없어."

"재미? 제가 왜 선배님에게 재미를 줘야 하죠? 전 선배님과 아무런 상관없는 사람이에요."

"상관이 없다니. 그러기엔 너무 가까워지지 않았나?"

"아니요. 그리고 언니가 알려 준 정보 좀 있다고 해서 저에 대해 잘 안다고 확신하지 마세요."

하하. 태주가 소리 내어 웃었다. 그의 모습이 세나의 얼굴을 더욱 굳게 만들었다.

"네 언니가 알려 준 건 네가 책을 좋아하고, 남자한테 차이고 제주도에 왔다는 것뿐이야."

"그러니까요. 겨우 그 정도 가지고 제가 어떤 사람인지 논하지 마시라고요."

"그런데 너무 잘 보이는데? 지금도 그래. 자신의 빡빡한 성격과 예민함에 대해 다시 한번 생각해 보는 게 어때."

세나는 기가 막혀 그를 노려보았다. 그녀의 눈매가 위로 올라가 화난 고양이 같았다. 눈꼬리가 꼿꼿이 솟아올라 태주는 힘으로 내리고 싶은 마음이 들었다.

"한 번만 더 그렇게 보면 후회하게 된다고 말했을 텐데."

"이것 봐요. 위선에 안하무인. 제가 알고 있는 재벌과 선배님이 다른 게 뭔데요."

"다른 거?"

여태 태연하게 받아치던 태주가 세나에게 가까이 다가왔다. 그리고 그녀의 턱을 자신 쪽으로 당겼다. 갑작스러운 손길에 세나는 몸이 언 것처럼 움직일 수가 없었다.

"한 번 말하면 지킨다는 거."

"네?"

"한 번만 더 고양이 눈 하고 보면 후회하게 된다고 했잖아."

그리고 세나가 정신이 들기도 전에 그녀의 입술에 입을 맞추었다. 부드러운 감촉이 입술에 닿자 그녀의 눈동자가 휘둥그레커졌다. 밀어내려고 팔을 드는데 태주의 손에 잡혔다.

그는 세나의 윗입술을 달래듯 빨았다. 혀끝으로 그녀의 붉은입술을 훑었다. 이번엔 아랫입술을 물었다. 계속해서 번갈아 가며 입술을 탐색했다. 그녀의 입술을 점점 더 붉게 물들였다.

온몸이 떨던 세나는 팔을 바닥으로 내렸다. 그녀가 눈을 감으며 몸에 힘이 빠지자 태주는 이제까지 기다려 준 건지 입술을가르고 들어왔다. 세나의 얼굴과 머리에 손을 넣어 당기며 그녀의 안을 깊숙이 침범했다.

망고 맛이 났다. 처음 입술이 닿았을 땐 그랬다. 그 뒤로는 맛을 느낄 수 없었다. 하지만 한 가지는 확실했다. 망고보다 강렬한 맛이었다.

물컹한 혀가 온기를 내뿜으며 꿈적도 하지 않는 그녀의 혀를살살 달래듯 유혹했다. 부드럽게 쓸어 올리고 숨바꼭질하듯 잡아당겼다. 마침내 맞닿은 입술을 도망가지 못하도록 옭아맸다.그리고 능숙하게 빨아들였다. 혀가 빨아들이는 힘이 강해 입안이 얼얼할 정도였다.

물컹한 물체가 입 밖으로 나가자 세나는 허전함마저 느꼈다.그녀의 입술을 여러 차례 탐미하던 그가 서서히 떨어졌다. 짙은갈색 눈동자는 세나가 눈을 뜨기를 기다렸다.

미친 듯이 뛰던 심장과 불규칙한 호흡 때문에 잠시 숨을 고르던 세나가 서서히 눈을 떴다. 그녀의 눈동자에 물기가 비쳤다.

"나쁜 자식."

세나는 저도 모르게 제 입술을 깨물며 시선을 내렸다. 잔뜩 부푼 입술이 피가 날 정도로 붉어졌다. 그러자 태주는 그녀의 얼굴에 닿은 손을 목선을 따라 아래로 쓸어내리며 어깨를 잡았다. 그리고 나머지 한 손을 들어 세나의 입술을 문지르며 곧 피가 날 것 같은 입술을 구했다. 태주의 자연스러운 스킨십에 세나는 움찔거렸다.

"피날 것 같아. 하지 마."

"아무 짓도 안 한다고 약속했으면서……."

"그건 지켰는데? 키스도 안 한다고는 안 했어."

세나가 원망스러운 눈빛으로 그를 노려보았다. 또 고양이 눈. 그녀의 입술에 가볍게 입을 맞춘 태주가 비스듬히 웃었다.

"앞으로 그런 눈으로 볼 때마다 난 이렇게 할 거야."

"미쳤어요? 앞으로 더 볼일 없어요!"

세나는 집요하게 바라보는 그의 눈빛을 피해 고개를 돌렸다.

머릿속 이성이 그의 뺨이라도 치라고, 당장 일어나라고 세나에게 소리쳤지만 그녀는 움직일 수가 없었다. 온몸이 얼어붙은 듯 꼼짝도 못 했다. 오히려 태주의 키스에 정신을 차리기 힘들었다. 조용한 곳에 앉아 생각을 정돈할 시간이 필요한데 태주가 눈앞에 있으니 머리가 돌아가질 않았다. 그저 심장이 뛰고 붉게 물든 얼굴과 부푼 입술의 감각만이 머릿속을 맴돌았다.

키스가 처음도 아니고 준성과도 깊은 키스를 주고받았지만 이건 받아들이는 강도의 차이가 달랐다. 감정을 주체할 수 없을 정도로 제 스스로가 달아오르고 흥분했다는 것을 느꼈다.

"미쳤나 봐."

숨을 길게 내쉰 세나의 목소리가 파르르 떨렸다. 태주가 어깨를 놓지 않아 세나는 일어날 수가 없었다. 손 치우라는 그 간단한 말 한마디가 나오질 않는지.

"왜 뿌리치지 않았어?"

세나는 태주를 힘껏 노려보았다. 그녀의 눈동자가 자꾸 고양이를 연상시켰다. 그러니 별수 있나.

"또 그러네."

어깨에 힘을 준 태주가 가까이 다가왔다. 세나는 급히 고개를 돌렸다. 멈칫하던 태주는 다시 그녀의 얼굴을 돌려 자신을 보게 했다. 숨이 닿을 정도로 다가온 태주에게 소리쳤다.

"하지 마요!"

갑자기 눈물이 주르륵 흘렀다. 무슨 이유 때문인지 자신도 모르겠지만 그의 행동에 화가 나면서 속이 상했다.

얼마나 만났다고 자신도 모르게 그를 믿고 있었다. 그래서 생각도 없이 호텔로 따라 들어왔다.

애초부터 말도 안 되는 제안을 거절하지 못한 제 스스로가 한심했다.

그는 좋은 사람이길 바란 건가. 그는 어떤 상황에서도 참고 기다려 주길 원했던 건가. 왜. 뭘 바라고 그에게 다른 점이 있길 원한 걸까.

'나는 그가 다정하길 바란 거야. 왜냐면……'

흘러내리는 눈물을 급히 닦은 세나를 보던 태주가 벤치 앞으로 와 섰다. 그리고 그녀를 일으켜 세웠다. 고개를 옆으로 내리고 울음을 참으려 입술을 잔뜩 깨무는 세나를 보던 태주가 옅은 숨을 내쉬었다. 손을 들어 그녀의 머리를 쓰다듬었다.

"내가 잘못했다."

계속 눈을 피하는 세나를 보던 태주가 그녀의 얼굴을 양손으로 잡아 자신을 보게 했다.

"싫으면 싫다고 하면 돼. 하지 말라고 소리쳐."

"저도 성교육 받았어요."

태주의 입가에 잔잔한 미소가 퍼졌다.

"그래, 애기야. 성교육 받았으니까 알 거야. 문란한 성생활을 하라는 게 아니라 자연스러움을 받아들이라는 거야."

"다른 걸 왜 남자들은 그런 걸로 포장하고 강요해요?"

"그 자식은 그랬는지 모르겠지만 난 강요할 생각 없어. 다만……."

태주는 한 손을 들어 그녀의 옆머리를 귀 뒤로 넘겨 주었다.

"너무 많은 제한과 장벽은 인간관계를 메마르게 하지. 재벌이어서 안 되고, 평범해서 안 되고, 사귀지 않아서 안 되고. 너무 피곤하잖아."

태주의 말을 듣던 세나는 문득 지나가 떠올랐다. 그녀의 자유로운 사고방식이 부럽다고 느껴지면서도 변화하는 걸 주저했던 건 자유로움 때문에 진정한 사랑을 만나지 못하면 어쩌지 걱정했기 때문이었다.

그런데 사람들은 자신의 사고방식에 문제가 있다고 한다.

"선배님 말이 맞아요. 전 제가 유연한 사고를 가졌다고 생각했는데 고정 관념이 강했어요. 하지만 그걸 깨고 싶지는 않아요. 선배님이 제게……."

말을 하던 세나는 눈을 질끈 감았다. 생각하자니 다시 몸이 달아오르고 얼굴이 붉어졌다.

"키스해서 화가 나?"

태주가 대신 대답을 해 줬다. 장난스러운 목소리에 세나는 다시 눈을 떴다.

"좋아하는 여자에게 남자로서 할 수 있는 행동이었어. 물론 허락도 없이 했던 건 사과해야 하는 부분이지만."

세나는 놀라서 커진 눈을 들어 그를 보았다. 태주는 세나의 얼굴을 감쌌던 손을 내려 바지 주머니에 넣었다. 갑자기 몸에 닿았던 그의 손이 사라지자 제 안의 깊숙한 무언가가 쑥 빠진 느낌이 들었다.

"미친놈이지. 겨우 며칠. 그런 감정이 생기는 게 말도 안 되는데 난 지금 네게 반했어. 근데 너도 다른 것 같진 않다."

"선배님."

너무 놀랐는지 세나는 온몸이 부르르 떨렸다. 그리고 얼굴이 굳었다. 그를 보던 커다란 눈을 아래로 내렸다.

'좋아한다고? 그가 나를? 언제부터? 왜?'

혼란스러운 눈빛으로 생각하던 세나는 점점 더 빠르게 뛰는 심장 소리가 늘릴까 봐 입을 꾹 다물고 고개를 저었다.

세나는 마음의 소리를 들키지 않게 하려고 몸을 돌려 안으로 들어갔다. 그리고 곧장 문가로 향했다. 얼른 벗어나고 싶었다. 도망치고 싶었다. 그가 보이지 않는 곳에서 생각할 시간이 필요했다.

"윤세나."

문고리를 잡았을 때 태주의 목소리가 들렸다.

"여기서 자. 내가 나갈 테니까."

"네?"

세나가 뒤를 돌아 그를 보자 태주는 그녀가 있는 문가로 다가 왔다. 그녀의 앞에 선 태주가 옅은 숨을 내쉬고 문고리를 잡은 세나의 손을 떼어 냈다.

"내가 데려와 놓고 이 밤중에 너 혼자 가라고 못 해. 데려다주는 것도 싫어할 거 같으니까 네가 여기 있어."

"아니 전⋯⋯."

"이것도 불공평한가."

"네. 전 그런 배려 필요 없어요."

"그럼 너에게 공평한 건 뭐야. 아무 택시나 잡아타고 위험할지도 모르는 어둠 속을 당차게 나가는 게 공평한 건가."

"비꼬지 말아요."

"그러니까 여기 있어. 내가 없으면 너한테 가장 큰 위험은 사라지는 거니까 무서워하지 말고."

태주는 비스듬히 웃으며 문고리를 잡고 문을 열었다. 세나는 황당하고 놀란 얼굴로 태주에게 소리쳤다.

"어디로 가려고요!"

"어디든."

태주는 차갑게 내뱉고 문을 닫고 나가 버렸다. 순간 사고가 정지된 것처럼 멍한 얼굴로 서 있던 세나는 깊은숨을 내쉬며 제 머리를 쓸어 올렸다. 어쩌다 일이 이렇게 꼬여 버렸는지 모르겠지만 객이 주인을 몰아내고 방을 차지하고 있는 상황에 어이없는 웃음이 나왔다.

아직까지 심장이 제 박동 수를 유지하지 못하고 있었다. 세나는 가만히 입술에 손을 대었다. 좀 전에 키스를 아무렇지도 않게 생각해야 하는데 마음이 그렇지 못했다. 태주의 행동에 머릿속이 하얘진 기분이었다. 심장이 정처 없이 뛰고 온몸이 떨렸다.

세나는 한숨을 내쉬고 손목시계를 내려다보았다. 새벽 3시. 밤이 깊었다.

분위기 좋았는데, 밤을 새우며 같이 있을 줄 알았는데, 그와 끝없이 대화하며 즐길 줄 알았는데, 아이스 망고 맛있었는데, 당신이 학교 선배라 기분 좋았는데.

"그러게 왜 키스를 해서 사람을 미치게 만들어."

세나는 그가 나간 문을 힘껏 노려보았다. 연신 머리를 흐트러뜨리던 세나는 거실로 와서 소파에 털썩 앉았다.

"아니지. 좋다고 따라온 내가 이상한 거지."

세나는 제 머리를 흐트러뜨리며 깊은 한숨을 내쉬었다. 가만히 앉아 있으려니 테라스에서 있었던 일이 자꾸만 생각났다. 태주가 제게 키스하던 순간이 머릿속을 떠나지 않았다. 세나는 제 망상에 손으로 얼굴을 가리고 허리를 숙였다.

"정말 미치겠네."

알고 지낸 지 얼마 안 된 남자의 키스에 흔들리다니. 그것도 재벌에게.

하루 만에 실연의 아픔을 단번에 잊을 정도로 강렬한 사람이 비집고 들어왔다. 응급실에 데려가 준 인연에, 잠시 아르바이트를 하러 온 호텔에서 책임자로 만난 인연은 결코 가볍지 않았다. 그래서 마음을 놓아 그를 믿고 싶었고, 그에게 의지한 것 같다. 마치 오래전부터 알고 지낸 사람처럼.

세나는 소파에서 일어서 객실 안을 서성였다. 내일, 아니 해가 뜨면 서울로 올라갈 남자의 마음 따위 무시하면 된다. 어차피 삼깐의 흔들림이었을 뿐 태주 역시도 마찬가지.

일상으로 돌아가면 왜 그런 마음이었지, 하며 지나간 제 마음을 비웃고 고개를 저을 것이다. 그러니까 가슴이 떨릴 필요도 없고, 키스 한 번 나눴다고 큰일이라도 날 것처럼 오버하지 않아도 된다.

하지만 세나는 곧 제 머리를 쥐어뜯었다. 이렇게 끝을 맺고 싶지는 않았다. 요 며칠 태주와 만나며 크고 작은 도움을 받았는데 허무하게 끝나는 건 싫었다. 최소한 인사는 주고받아야 하는 것 아닌가.

"책도 돌려받아야 하니까."

세나는 호텔 로비로 내려와 두리번거리며 천천히 걸었다. 새벽이 짙게 내린 호텔은 프런트 직원들만 보일 뿐 고요하고 적막했다.

"어디로 간 거야."

세나는 호텔 주변에 조성되어 있는 정원으로 나왔다. 펜트하우스에서 봤던 풍경을 가까운 거리에서 보았다. 아깐 정원 불빛에 알록달록 아름다웠는데 지금은 불이 꺼져 어두웠다. 간간이 서 있는 가로등만이 무섭지 않게 비춰 주었다.

"호텔 밖으로 나간 건가."

길게 난 산책로를 따라 걷던 세나는 반대편에서 걸어오는 태주를 보며 걸음을 멈추었다. 그도 세나를 보고 발을 멈추었다. 한동안 바라보고 있던 세나가 먼저 발을 떼어 성큼성큼 걸어가 그의 앞에 섰다.

"그렇게 나가 버리면 사람 마음이 편하겠어요? 잠이 잘도 오겠네요."

"왜 나왔어."

씩씩대는 세나를 보던 태주는 옅은 숨을 내쉬며 머리를 쓸어올렸다.

"선배님 찾으러 나왔죠."

"왜."

"약속했잖아요. 오늘 하루 같이 있어 주기로."

"내가 무슨 짓이라도 하면 어떡하려고?"

세나는 잠시 태주를 바라보다가 어깨를 으쓱했다.

"선배님은 그런 짓 못 해요."

"확신하지 마."

낮게 으르렁거리는 태주는 화가 난 듯했다. 하지만 세나는 그 모습이 귀엽게 느껴졌다. 참 아이러니한 상황이었다.

"제가 주문을 걸었거든요. 아무 짓도 못 하게."

태주의 눈앞에 손가락으로 작은 원을 그리며 씩 웃었다. 서로의 눈을 마주 보았다. 한참을 바라보던 두 사람의 눈동자는 태주가 피식 웃음을 터트리며 끝났다. 멀뚱한 얼굴로 그를 보던 세나도 작게 미소를 지었다.

"내가 분명히 미친 것 같은데, 그게 싫지가 않아서 더 문제다."

태주는 세나의 손을 잡아끌고 27층으로 올라왔다.

"와인 좋아해?"

"전 그냥 술은 대부분 좋아해요."

아무렇지도 않은 얼굴로 말하는 세나를 보던 태주가 헛웃음을 짓고 안으로 들어갔다. 어디로 튈지 모르는 핑퐁처럼 그녀는 계속 제 예상을 벗어났다. 그래서 자꾸만 욕심이 났다.

아까 눈제가 발생했던 테라스에 또다시 나란히 앉은 두 사람은 테이블에 놓인 와인을 마시며 시선을 바다로 두었다. 서로 마주 보지 말자고 약속이나 한 사람들처럼.

"아까 궁금한 게 있었는데 물어보지 못했어."

한참의 침묵을 깨고 태주가 입을 열었다. 세나는 저도 모르게 그에게 고개를 돌렸다. 눈이 마주쳤다. 그가 장난스럽게 웃었다.

"장거리 연애에 대해 어떻게 생각해?"

세나의 눈동자가 커다랗게 변했다. 태주의 말뜻을 모를 만큼 바보가 아니었다. 그 말은 자신에게 의사를 묻는 말이었다.

"장거리가 문제는 아니죠."

"그래?"

"문제는 애정이죠."

세나는 씁쓸한 얼굴로 그에게서 시선을 떼어 바다를 바라보았다.

"매일같이 학교에서 만나던 사람도 이별을 말하는데 거리는 중요하지 않아요. 하지만 애정은 한순간이니까. 그 감정을 믿기 어려워요. 그건 깃털보다 가벼운 것이더라고요."

세나를 보던 태주가 슬쩍 미소를 지었다.

"마찬가지야. 하지만 그 가벼움이 싫어서 인생을 허무하게 보내는 건 아까워."

"전 세계 일주가 꿈이에요. 책을 읽으면 이야기가 펼쳐지지만 눈으로 직접 보는 걸 늘 꿈꿔요."

"세계 일주 하려면 돈 많이 벌어야겠네."

세나는 정곡을 찔린 듯 멋쩍게 웃었다.

"그래서 지금은 부모님 밑에서 얌전히 성질 죽이며 살고 있죠. 제 목표치에 가까운 돈을 벌 때까진 펑펑 쓰면 안 되니까. 과외도 하고 아르바이트도 하고, 장학금은 기본이고. 그런데 인생이 허무할 틈이 있을까요?"

"난 도무지 그놈을 이해할 수가 없네. 헤어지기엔 너무 아까운 여잔데 말이야."

나지막하게 흘러나오는 태주의 목소리에 세나는 끌리듯 그를 보았다. 그녀의 눈동자가 떨렸다. 바람결에 움직인 건지 마음이 움직인 건지는 모르겠지만 세나는 그에게 깊은 위로를 받았다. 이별의 아픔은 완전히 치유되었다. 더는 그것 때문에 괴롭지 않았다. 신기한 마음의 변화.

"제 복을 발로 찬 거니까 고소하다고 해야 하나."

태주는 슬쩍 미소를 지으며 그녀의 머리를 흐트러뜨렸다.

"부럽다. 너의 그런 자유로움이. 이제야 너를 만난 내 시간이 얄궂어."

"선배님."

"생각해 보면 참 이상해. 며칠이나 봤다고 이런 마음이 드는지. 이건 나도 설명하기 힘들어."

"그건 제가 순종적이지 못하고 반항기 가득하고, 지는 거 싫어하는 독종 같은 느낌이라서 그런 걸 거예요. 무난하진 않죠."

태주가 부드럽게 웃으며 와인 잔을 들었다. 세나도 기꺼이 잔을 들어 부딪쳤다.

"그래서 키스 한 번에 얼굴이 그렇게 빨개졌어?"

"선배님!"

역시나 붉어지는 얼굴을 보며 태주는 유쾌하게 웃었다. 기분이 좋다. 이 여자와 있으면 기분이 좋아진다. 마음이 편해진다.

태주는 부끄러워하며 와인을 마시는 세나를 물끄러미 바라보았다. 시간이 멈췄으면. 제게 조금 더 시간이 있었으면.

잠이 깬 세나는 몽롱한 기분으로 주변을 두리번거렸다. 그러다가 침대에 누워 있다는 인지를 하고 벌떡 일어났다. 분명 어제 테라스에서 술을 마시며 대화를 한 것까지는 기억이 나는데 그 뒤는 생각이 나지 않았다.

급히 이불을 들췄다. 어제 입었던 옷 그대로였다. 세나는 헝클어진 머리를 가다듬으며 침실을 나와 태주를 찾았다. 그는 어디에도 없었다.

"떠난 건가."

세나는 한동안 멍한 얼굴로 서 있다가 손목시계를 보고 급히 욕실로 갔다. 출근 시간 10분 전이었다. 일단은 출근이 급했다.

그녀는 황급히 직원 휴게실로 내려와 문을 열었다. 함께 일하는 아주머니들이 세나를 보며 반겼다.

"세나 씨, 어서 와. 오늘은 좀 늦었네? 매일 30분은 먼저 오더니."

"늦잠 잤어요."

멋쩍게 웃으며 안으로 들어온 세나는 제 로커를 열었다.

"그 옷 진짜 예쁘더라. 세나 씨도 마음에 드나 봐."

"아하하, 네. 예뻐서 한 번 더 입었어요."

세나는 식은땀을 흘리며 어색한 미소를 지었다. 괜히 찔리는 건 세나 자신이었다. 그녀는 천천히 유니폼으로 갈아입었다. 태주는 어디로 간 걸까.

객실 담당 표를 보자 27층 체크아웃이 걸려 있었다. 그사이 체크아웃까지 했다. 말도 없이. 지난밤의 대화와 모든 일들이 꿈처럼 아득했다.

27층으로 올라온 세나는 객실 문을 연 뒤 카트를 끌고 들어갔다. 바로 전에도 머물렀던 공간은 낯설면서도 익숙해졌다. 태주가 떠났다는 걸 직감적으로 느꼈다. 룸 안 공기가 달랐다.

안쪽 침실 룸부터 시트를 새로 교체하고, 욕실 청소, 어메니티 용품 교체, 수건 교체 바닥 먼지를 빨아들이며 바쁘게 움직였다. 거실까지 청소하고 테라스로 나온 세나는 갑자기 눈물이 솟구쳤다.

"나쁜 자식."

남의 마음을 뒤집어 놓고 자기는 홀연히 떠나 버렸다. 장거리 연애가 어떠니, 마음이 어떠니 그런 말로 사람을 홀려 놓고 미련 없이 떠났나 보다.

"마케팅 원론 책은 꿀꺽하겠다는 거지?"

허공을 노려보며 애써 눈물을 참아낸 세나는 헛웃음을 짓고 테이블과 바닥을 정돈했다. 걸레로 바닥을 윤이 나도록 닦으며 한참 움직이던 세나가 털썩 주저앉았다. 그리고 입 밖으로 나오는 울음소리를 감추지 못하고 목 놓아 울었다. 한번 나온 눈물은 멈추지 않고 흘러내렸다.

점심시간이 되어 휴게실로 내려온 세나는 의자에 앉으며 두건을 벗었다. 밥을 먹으러 가야 하지만 입맛이 없었다. 모두 나가고 혼자 남은 세나는 의자 등받이에 기대며 눈을 감았다.

"세나야."

휴게실 안으로 들어와 자신을 부르는 지나의 목소리에 세나가 눈을 떴다.

"점심 안 먹어?"

"좀 피곤해서 쉬려고."

가까이 다가온 지나는 옅은 숨을 내쉬며 싱긋 웃었다.

"팀장님 때문에 마음이 싱숭생숭해?"

정곡을 찌르는 말에 세나는 눈을 피하며 허공으로 시선을 돌렸다.

"아니야."

"그럼 이건 전해 주지 않아도 되겠네?"

지나는 제 손가락에 끼워진 종이를 흔들며 씩 웃더니 세나의 손바닥 위에 올려놓았다.

"팀장님 비서가 주고 갔어. 팀장님은 오전에 본사에 일이 있어서 일찍 가셨다고. 너 깰 때까진 체크아웃하지 말라고 하셨대."

"떠난 거 아니야?"

울먹이며 묻는 말에 지나는 세나의 머리를 쓰다듬었다. 지나는 가만히 눈이 빨개진 그녀를 바라보았다. 한동안 멍하니 앉아 있던 세나는 눈물을 닦고 지나를 돌아봤다.

"왜 아무것도 물어보지 않아. 안 궁금해?"

"별로. 우리 꼬맹이가 이제 제대로 사랑을 하는구나. 그런 생각은 드네."

"그런 거 아니라니까."

"아니라기엔 네 얼굴이 거짓말을 하고 있어. 그럼 난 나갈 테니까 마음 좀 가라앉혀."

지나는 세나의 어깨를 토닥이고 휴게실을 나갔다. 제 손바닥에 놓인 종이를 내려다보던 세나는 접힌 종이를 열었다.

오전에 회의가 잡혀서 먼저 가. 너무 곤히 자고 있어서 깨우기가 그러네.

어제오늘 함께 있어 줘서 고마웠어.

너와 있던 시간은 절대 잊지 못할 것 같아. 또 보게 될까.

서로에게 주어진 시간은 각자 바쁘게 돌아가니까 그 틈에서 맞물리다 보면 만날 수도 있겠지.

8월 10일, 난 영국으로 가고 넌 서울로 오는 날.

오후 6시. 서울 올라오면 그 시각에 만나자.

책도 돌려주고 서로의 질문에 답을 주는 시간, 갖자.

선유도 공원 선유정에서.

　　　　　　　　　　　　　　　—김태주

힘 있고 정갈하게 눌러쓴 글씨체가 그를 닮았다. 세나는 가슴을 울리는 진동에 눈물을 쏟았다. 마음을 푹 빠트렸다. 이 사람에게 저도 모르는 사이 젖어 들었다.

이런 순간에. 이런 시간에.

사랑이 찾아왔다.

아르바이트를 끝내고 호텔을 나오던 세나는 준성의 문자를 받았다.

〈세나야. 잠깐만 보자. 사과하고 싶어. 내가 미안하다.〉

세나는 문자를 보다가 옅은 숨을 내쉬었다. 무시하고 걸어가는데 로비 바깥에 서 있는 준성을 보았다. 그는 세나를 보더니 성큼성큼 다가와 그녀의 앞에 섰다. 준성은 말없이 세나를 훑어보았다.

"어제 그 남자는 뭐야."

"할 말이 그거예요?"

"도무지 이해가 안 돼서. 너 그 남자 만나?"

어이없는 얼굴로 준성을 보던 세나가 헛웃음을 지었다.

"사람 간의 관계를 그딴 식으로만 연관 짓는 선배란 사람도 참 알 만하네요."

"뭐라고?"

"됐어요. 선배에게 말할 것도, 듣고 싶은 말도 없어요."

준성은 세나를 노려보다가 제 머리를 쓸어 올리며 숨을 내쉬었다.

"그래, 나도 바람피웠으니까 너도 한 번쯤 그럴 수 있다고 생각해. 화나고 욱한 심정에 다른 남자를 만났을 수 있어."

"지금 무슨 소리를 하는 거예요!"

"세나야. 우리 다시 만나자."

기가 막힌 얼굴로 준성을 보던 세나는 헛웃음을 지었다. 최대한 이성을 잡으며 말했다.

"이러지 말아요. 선배는 미진이 남자 친구예요."

"알아. 나도 알아! 나도 미진이처럼 착하고 나한테 맞춰 주는 여자를 원했어. 그래서 순간적인 유혹을 못 이기고 넘어갔어."

"그럼 됐잖아요. 뭐가 문제야."

준성은 머리를 쓸어 올리며 세나를 보았다.

"널 다시 보니까 마음이 진정이 안 돼. 헤어지자고 말한 건 분명 난데, 내가 나쁜 놈인 거 맞는데 네가 자꾸 생각나. 다른 남자와 함께 가는 널 보는 게 죽을 만큼 싫어."

그는 세나를 애처롭게 바라봤다. 하지만 그 말에 세나는 더욱 정나미가 떨어졌다.

"다시 만날 생각 없어요. 선후배 사이로 남아요, 우리."

"미진이 때문이야? 내가 잘 정리하면 돼."

"아뇨. 그것 때문은 아니에요. 난 이제 선배에게 아무런 마음이 없어요. 제주도에 와서 완벽히 정리했어요."

"세나야!"

준성은 목소리를 높였다.

"제주도까지 놀러 왔으면서 지금 만나고 있는 미진이한테 충실하지 못하고 내버려 두는 거, 같은 여자로서 보기 싫어요. 그애한테 최선을 다하세요. 이제 다시 학교에서 만나도 난 그저 후배일 뿐이에요."

"그건……."

세나는 한숨을 내쉬고 발을 뗐다. 너 싫다고 헤어지잔 사람이 이젠 다시 만나자고 한다. 마음을 아프게 하고 차 버린 사람이 아무렇지 않은 듯 다가오려 한다. 쉽게 생각하고 아무렇지 않게 정하고.

준성이 다급히 그녀의 팔을 잡았다.

"연락할게. 서울 가서 다시 봐. 기다릴게. 네 마음이 다시 돌아올 때까지 기다릴 테니까 연락 줘."

준성은 세나의 손목을 힘을 주어 잡았다가 놓았다. 그리고 돌아서 갔다. 그가 가는 모습을 보던 세나는 멀리서 자신을 원망스럽게 바라보는 미진을 발견했다.

세나는 숨을 내쉬며 두 손으로 얼굴을 쓸어내렸다. 제 탓도 아닌데 왜 미진에게 미안해지는지 모르겠다. 그리고 이런 상황까지 몰고 온 준성이 갈수록 힘겨워졌다. 정을 주고 사귀었던 순간이 다 거짓인 것 같았다.

8월 10일. 아르바이트를 모두 끝마치고 객실 담당 팀장과 매니저, 지나와 간단히 티타임을 가졌다. 처음엔 아르바이트라 걱정을 했는데 제 몫을 톡톡히 해내서 수월했다며 세나를 칭찬했다. 고객들도 룸 컨디션 상태를 높이 사며 호텔 이미지를 높였다는 평가였다. 앞으로도 호텔 쪽으로 일을 해 볼 생각 없느냐는 조언도 들었다.

우여곡절이 많았지만 성공적으로 아르바이트를 끝마친 세나는 제주 공항으로 향했다. 전날 미리 짐을 싸 둔 터라 지나와 함께 곧장 공항으로 향했다.

"놀러 와서 일만 하다가 가네."

"아니야. 재밌었어. 덕분에 내 진로에 대해 생각할 수 있는 시간이기도 했어."

"또 놀러 와. 언제든 환영이니까."

지나는 세나를 꼭 안아 주었다. 어릴 때부터 유독 친하게 지낸 덕에 이젠 친자매보다도 깊은 정을 쌓았다. 그래서 세나는 지나를 따라가고 싶은 마음이 들었다. 그녀와 같은 일을 하며 외롭지 않은 삶을 살아가고 싶다.

김포 공항에 내린 세나는 손목시계를 보았다. 4시. 어중간한 시간이었지만 미리 가서 기다릴 생각이었다.

며칠 동안 내내 생각하며 내린 답은 마음이 시키는 대로 하는 것이었다. 이것저것 재느라 정작 소중한 것을 놓칠 수 있다는 생각이 들었다. 소중한 건 바로, 지금 이 순간.

공원에 가 여러 생각을 정리하다 보니, 시곗바늘이 6시에 가까워졌다. 숫자에 가까워질수록 세나의 심장도 점점 더 빠르게 뛰었다. 만나면 무슨 말을 하지. 곧 영국으로 떠날 남자에게 무슨 말을 해야 할까. 기다리겠다는 말이 가당키나 할까.

해가 서쪽으로 뉘엿뉘엿 지는 순간 다시 손목시계를 보았다. 한 시간이 지났는데 오지 않는다. 혹시 잊은 건가. 조금만 더 기다려 보자.

8시. 시계를 보던 세나는 정자에서 일어섰다. 해는 완전히 저물어 달빛이 나왔다.

태주는 오지 않는다. 그는 자신을 잊었다. 현실로 돌아오니 그건 깃털보다 가벼운 물거품이 맞았던 것이다.

고개를 꺾어 밤하늘의 보름달을 보았다. 날도 좋아 달이 아주 선명했다. 세나는 흘러내리는 눈물을 보이기 싫어 얼른 손으로 닦았다.

4.
재회

8년 후.

단정한 백을 어깨에 걸치고 정장 차림에 검정 구두를 신은 세나가 바쁘게 걸어갔다. 또각또각 구두 굽 소리가 경쾌하게 울렸다. 사원증을 찍고 안으로 들어간 세나는 엘리베이터 앞에 섰다.

"윤세나 대리."

익숙한 여자의 목소리에 세나가 뒤를 돌아 웃었다.

"지나 언니."

"왔으면 언니한테 먼저 들려야지 쏙 들어가 버리려고 했어?"

세나는 혀를 쑥 내밀고 씩 웃었다.

"미안. 어제 공항에서 늦게 들어와서 아직도 정신을 못 차리겠어."

"갔던 일은 잘됐어?"

"응. 한미 경제인 포럼, 우리 호텔에서 여는 것으로 최종 합의했어. 언니가 또 할 일 많아지겠네."

"안 그래도 그것 때문에 상무님 호출이다."

"그럼 같이 올라가면 되겠다."

세나는 지나의 팔에 팔짱을 끼고 활짝 웃었다.

JK호텔 제주에서 근무하던 지나는 작년에 서울로 올라왔다. 호텔 내에서 경력과 능력을 인정받아 최연소 부지배인이 되었다. 일이 인생에 전부인 것처럼 그녀는 그동안 쉼 없이 일을 했다. 그랬기에 서른다섯이라는 젊은 나이에 이 모든 걸 이룰 수 있었다.

"아직도 신기하다. 요 꼬맹이가 언제 커서 같은 호텔에서 근무하게 됐는지 신기해."

"나 이제 6년 차거든? 신기할 시기는 아니지 않아?"

"나한텐 아직도 꼬맹이야 넌."

"그 꼬맹이 이제 내년엔 서른입니다요. 어디 가서 그런 말 하면 욕먹어."

"궁디 팡팡하지 않은 걸 감사하게 생각해."

"언니!"

세나는 소리를 질렀지만 지나의 애정 표현이 싫지 않았다. 아직도 그녀를 귀엽게 봐주고 아껴주는 건 지나뿐이었다.

어느덧 숫자가 5층을 가리켜 세나가 먼저 내렸다.

"이따 저녁 먹을래?"

"미안, 나 아빠 호출."

세나는 옅은 숨을 내쉬며 지나를 보고 씩 웃었다.

"알았어. 저녁은 내일 먹어도 되니까 이모부랑 잘 해결해 봐."

지나는 파이팅 제스처를 취하며 활짝 웃었다. 고개를 끄덕거린 세나가 손 인사를 하자 엘리베이터의 문이 닫혔다. 복도를 걸어 사무실로 들어온 세나는 기획팀 사람들을 보며 인사했다.

"좋은 아침입니다."

세나의 인사에 다들 아침 인사로 화답했다. 자리로 오자 옆자리에 앉는 지호가 팔을 들어 알은체를 했다.

"출장 잘 다녀왔어?"

"네. 별일 없었죠?"

"매일 똑같지, 뭐."

"아니죠. 새 소식 있잖아요."

세나의 파티션 앞에 앉던 은수가 눈을 빛내며 말했다.

"다음 주에 새 사장님 오신다는 소식."

"아, 출장 갔을 때 얼핏 들었어. 팀장님이 말씀하시더라. 이번에 사장으로 승진해서 온다고."

"들리는 소문엔 장난 아니게 잘생겼대요."

은수는 벌써 사장을 본 것처럼 신이 나 있었다. 세나는 그녀가 귀여워 웃음이 났다.

"그리고 가장 중요한 건 회장님 아들이래요."

"회장님 아들? 그런 얘긴 못 들었는데."

"워낙 밖으로 드러난 인물이 아니라 이번에 공식적으로 발표하나 봐요."

"그런 고급 정보를 은수 씨는 어떻게 아는 거야?"

"제가 발이 좀 넓잖아요. 입사 동기, 선배들에게 들은 이야기예요."

사장이니, 회장 아들이니 그런 건 관심 밖이라 세나는 귀담아 듣지 않았다. 그것보다 당장 눈앞에 떨어진 일이 급했다. 같이 출장 간 팀장이 오후 업무 시간 전까지 출장 보고서를 결재 올리라고 했다.

"커피?"

옆에 있던 지호가 일어서며 세나에게 물었다. 컴퓨터를 켜던 세나가 손으로 동그라미를 그렸다.

"역시 지호 씨밖에 없다니까."

지호는 슬쩍 웃고 탕비실로 갔다. 세나와 입사 동기인 지호는 그녀보다 두 살이 많지만 다정하고 말이 통하는 사람이라 금세 친해졌다.

"자. 10분 뒤에 회의 시작합니다. 회의실로 모여 주세요."

박인수 과장의 말에 사람들은 수첩을 들고 의자에서 일어섰다.

회의실로 들어와 자리에 앉는데 지호가 커피를 건네고 옆에 앉았다. 세나는 눈인사를 한 뒤 잔을 입에 가져갔다. 잠시 뒤 팀장이 들어왔다. 일곱 명의 팀원이 그를 바라봤다.

"출장 업무 보고와 이번 주 호텔 행사 일정에 대해 스케줄 듣겠습니다."

팀장은 세나를 보고 손짓을 했다. 네가 말하라는 뜻이었다. 같이 출장을 간 세나가 서류를 들고 기획팀 사람들을 바라봤다.

"포럼 개최를 두고 양국의 여러 호텔 간 경쟁이 붙었는데요. 얼마 뒤에 있을 모나코 왕실 가족 의전이 큰 이점으로 작용해서 우리 호텔이 뽑혔어요."

말은 그랬지만 그 회의장에 참석한 관계자들은 JK호텔이 뽑히는데 큰 이견이 없었다. 지금 대한민국 1위는 JK호텔이었다.

"다다음주 포럼 행사를 위해 각 팀에 안내 자료 배부하고 일정과 준비 사항, 필요 인원 등을 보고 받아서 프런트에 넘겨주어야 합니다. 필요 시 우리도 보충 인원으로 대기해야 하고요."

"네."

"포럼 일정 확인해서 세부 일정 계획하시고, 각 팀에 포럼 내용 안내와 함께 받을 자료 수집해 주시고, 미국 쪽 담당자와 계속 의견 조율하며 필요한 부분과 보충할 부분에 대해 알려 주세요. 자세한 업무 분담은 보고서 작성 후 메신저로 보내겠습니다."

세나의 말을 듣던 팀장이 사람들을 둘러보며 손뼉을 쳤다.

"자. 한동안 조용하다 싶었는데 또 바쁜 일정이 예상됩니다. 연말까지 각종 행사에 이벤트 기획전 진행해야 하니 모두 정신 차리고 챙깁시다. 다음 주에 사장님께서 부임하시면 우리 팀에 대한 평가가 가장 먼저 진행될 거니 모두 맡은 업무 숙지하고."

회의가 끝나고 사람들이 일어섰다. 세나도 서류를 챙겨 일어서는데 팀장이 그녀를 따로 불렀다. 팀장실로 들어간 세나는 선 채로 서류를 훑어보는 팀장을 바라봤다.

"보고서는 오후까지 가능한가."

"네. 출장 내용 정리니까 어렵지 않을 것 같습니다."

"그래. 그건 그렇게 하고 사장님 취임식 준비를 우리 팀이 맡기로 했으니까 윤 대리가 주도적으로 해 봐."

"국내 행사 기획은 현 대리님이 하는 일인데요."

서류를 보던 팀장이 고개를 돌려 세나를 보았다.

"이번에 오시는 사장님이 회장님 아들이야. 대충할 순 없잖

아. 윤 대리가 신경 써서 준비해 봐. 난 윤 대리에게 맡겨야 마음이 놓여."

팀장을 보던 세나는 고개를 끄덕이며 대답했다.

"팀원들과 협의해 보겠습니다."

그의 입가에 짤막한 미소가 생겼다.

"이지나 부지배인 사촌 동생이라더니 둘 다 일 하나는 끝내주게 잘해. 이번 출장도 윤 대리가 중간에서 분위기를 좋게 만들어서 성사됐어."

"과찬이세요."

세나는 살짝 고개를 숙인 뒤 나왔다. 업무에 업무, 끝없이 이어지는 연장선.

때론 벅찰 정도로 많은 양의 업무가 밀려들었지만 그녀가 묵묵히 해낼 수 있는 건 그 일이 좋기 때문이었다. 그리고 일할 때만큼은 잡생각에서 벗어날 수 있어서 더 미친 듯이 일에 몰두했다. 결과적으로 회사 내에서 인정받는 직원이 되었다.

퇴근 시간이 되어 밖으로 나오던 세나는 호텔 앞에 차를 대고 내리는 남자를 보고 얼굴이 굳어졌다. 그는 세나를 보더니 손을 흔들며 다가왔다. 날 선 얼굴로 서 있는 세나의 앞에 남자가 섰다.

"같이 가자. 아버님이 부르셔서 가던 길인데 너한테도 연락했다고 하시더라."

"준성 선배."

준성은 굳은 얼굴로 서 있는 세나의 팔을 끌었다.

"어차피 목적지가 같은데 같이 타고 가면 좋잖아."

세나는 준성의 팔을 쳐 내고 먼저 걸어갔다. 그녀의 뒷모습을 보던 준성은 슬쩍 웃고 달려가 조수석 문을 열어 주었다. 옅은 숨을 내쉰 세나는 그를 노려보다가 안에 탔다.

"출장은 어땠어?"

"좋았어요."

간단하게 대답해 버린 세나는 고개를 창밖으로 돌렸다.

"아버님이 왜 부르시는지 너도 알지?"

"선배가 벌인 일이니까 선배가 수습해요. 난 절대 싫다고 할 거니까."

"세나야. 이제 그만 나 받아들일 때도 되지 않았어?"

준성의 말에 세나는 고개를 돌려 그를 보았다.

"8년이야. 그때 이후로 난 너만 바라봤어."

"누가 그러래요?"

"그 시간 동안 이 정도로 잘못을 빌고 진심을 보여 줬으면 너도 이젠 마음을 열 수 있잖아."

"진심을 구걸하지 말아요. 내게 강요하지도 말고."

"우리 아버지랑 아버님이랑 친한 사이신데 조금은 마음을 열 수도 있잖아."

"그냥 아빠랑 아저씨만 친한 상태로 있게 둬요. 난 선배랑 결혼 같은 거 하는 일 없어요."

아빠와 준성의 아버지가 친우 사이였다는 걸 나중에 알았다. 준성은 그런 인연에 대해 '운명'이란 단어를 써 가며 세나를 더욱 끈질기게 구애했고 자초지종을 알게 된 아빠는 세나와 준성을 결혼 상대로 생각하고 있었다.

"윤세나!"

"더 말하게 하지 마요. 난 분명히 말했어."

차갑게 고개를 돌린 세나를 보던 준성이 굳은 얼굴로 운전을 했다.

준성은 갈수록 화가 났다. 도대체 어느 정도로 마음을 보여 줘야 세나가 자신을 바라보게 될지 답답해졌다.

8년 전부터 세나는 마음을 완전히 닫은 사람처럼 이전보다 더한 철벽을 쳤다. 그래도 자주 보다 보면, 예전과 다른 모습으로 다가가면 세나가 마음을 열까 싶었지만 그녀는 전혀 마음을 열지 않았다.

그렇다고 다른 남자를 만나는 것도 아니었다. 남자는 아예 관심 밖인 듯 눈길도 주지 않았다.

그사이 준성도 해외 유학을 다녀오고 프렌치 레스토랑 운영을 하며 사업을 시작했다. 레스토랑은 이제 입소문을 타고 자리를 잡아 나갔다.

바른 생활. 의도치 않게 그런 생활을 지속했다. 이 모든 게 가능했던 건 오직 윤세나 때문이었다. 왜 자신이 세나에게 쩔쩔매는지 모르겠지만 세월이 흐를수록 점점 더 그녀가 좋아졌다. 옆에 있을 땐 몰랐는데 한 걸음 떨어져서 바라보는 세나는 자꾸만 시선을 사로잡았다.

처음엔 오기였는데 이젠 절실했다.

아파트 엘리베이터 앞에 선 세나는 준성이 제 손을 잡자 손을 쳐 냈다.

"뭐 하는 거예요!"

"세나야, 너도 평생 결혼 안 하고 혼자 살 건 아니잖아. 결혼이 오로지 사랑만으로 된다고 생각해? 아니잖아."

"결혼은 사랑하는 사람하고 하는 거야. 그 간단한 진리를 왜 몰라요."

그녀의 목소리가 싸늘했다. 엘리베이터의 문이 열려 세나는 먼저 내렸다. 준성이 내리지 않아 그를 돌아봤다.

"먼저 들어가. 난 아무래도 이따 들어가는 게 좋겠다."

화가 나는지 그의 표정이 굳었다. 준성을 보던 세나는 현관문 비밀번호를 누르며 단조롭게 말했다.

"그래요, 그럼."

세나는 표정이 굳어지는 준성을 내버려 두고 집 안으로 들어왔다.

"다녀왔습니다."

거실 소파에 앉아 세나가 들어오는 걸 보던 주환이 손짓을 했다. 세나는 아빠, 엄마의 앞에 앉았다.

"준성이는 왜 안 오지? 불렀는데."

세나는 옅은 숨을 내쉬고 고개를 돌려 버렸다.

"말씀하세요. 아빠 때문에 약속도 미루고 온 거니까."

주환은 흠, 숨소리를 내며 세나를 보다가 살짝 고개를 끄덕였다.

"내년 가을쯤 준성이랑 결혼해."

"저번에 분명 싫다고 말씀드렸어요."

"대체 왜 싫은데. 그 정도 인물에 집안도 좋고 능력까지 있는데 뭘 더 바라는 거야."

"제 마음이요! 아빠. 전 준성 선배를 봐도 아무런 마음이 안 들어요."

"예전에 서로 좋아 만났던 사이잖아. 그 감정을 떠올려 봐.

네가 무조건 피하려고만 하니까 마음을 볼 수 없는 거야."

"아빠는 왜 자꾸 저한테 결혼하라고 하는 거예요? 언니들은 결혼 안 하고 잘 살잖아요."

"말 잘했다. 네 언니들은 네가 하는 일과는 차원이 다를 정도로 바쁘니까 연애할 시간도 없는 거 아니냐. 하나는 이제 소아과 전문의 과정 밟느라 정신없고, 두나도 법원에서 살다시피 하니 결혼은 무슨, 쉴 틈도 없어."

"전 뭐 놀 틈이 남아나는 줄 아세요? 저도 바쁘게 회사 다니고 있다고요!"

"그까짓 호텔 어차피 결혼하면 그만이야. 지나랑 어울려 다니더니 어디서 겉멋만 들어서 호텔 직원이 뭐야. 남 뒤치다꺼리나 하고."

"여보. 지나 얘기는 왜 꺼내요."

가만히 듣던 소영도 주환에게 한마디 했다. 세나의 엄마, 소영은 전형적인 주부에 순종적인 여성이었다. 그래서 남편이 하는 일에는 가급적 토를 달거나 반대 의견을 내세우지 않았다. 하지만 그녀조차도 방금 주환의 말에는 언짢은 것 같았다.

"아빠 또 그런 말 하신다. 뒤치다꺼리는 언니들도 마찬가지예요. 전 하찮고 언니들은 위대한 게 아니라고요. 왜 이해를 못 하세요."

"애초부터 난 반대했어. 내 말 무시하고 간 건 너야. 그러니까 너도 적당히 다니다 결혼하면 돼."

세나는 마음이 답답해져 벌떡 일어섰다. 그때 현관문 벨이 울리고 소영이 현관으로 나갔다. 곧 준성이 들어왔다.

"아버님, 어머님. 안녕하십니까."

서글서글하게 웃으며 들어오는 준성을 보자 주환이 웃으며 환대했다. 울 것 같은 얼굴로 서 있던 세나는 준성의 밝은 목소리에 미간을 찌푸렸다.

"준성아. 연말에 네 부모님이랑 밥 한 번 먹자. 내가 연락하는 것보단 네가 직접 말하는 게 낫겠지?"

"네. 제가 말씀드릴게요. 아마 좋다고 하실 겁니다."

"그전에 이 녀석 마음 좀 돌려 봐. 아무리 부모가 밀어주면 뭐 하냐. 둘이 좋아야지."

세나를 힐끔 보던 준성이 웃으며 고개를 끄덕였다.

"네. 세나도 이젠 마음을 바꿀 겁니다."

"내년이면 너도 서른이야. 이제 나이도 들었으니 앞뒤 상황 봐 가면서 판단해. 객기만 부리지 말고 뭐가 너한테 이로운지 생각하면서."

주환의 말에 세나는 방으로 들어갔다. 잠시 후 나온 그녀는 백팩을 메고 캡 모자를 쓰고 있었다.

"너 어디 가."

소영이 다가와서 다급히 세나를 잡았다.

"저 오늘 친구네서 잘게요. 아빠랑 선배랑 둘이서 살면 되겠네요. 아주 사이 좋아 보이고 세상 둘도 없는 부자 관계 같으세요."

"너 이놈 자식!"

주환의 목소리에 노기가 꼈지만 세나는 현관으로 가서 단화를 신었다. 준성이 급히 다가와 그녀의 팔을 잡았다.

"세나야. 너 왜 이래."

세나는 팔을 확 쳐 내고 준성을 노려보았다.

"선배야말로 왜 이래. 불난 집에 부채질해? 내 마음이 아니라니까 왜 자꾸 말귀를 못 알아듣고 마음대로 행동하느냐고! 이 집에서 내 말을 듣는 사람이 한 명이라도 있어?"

소리를 지른 세나는 문을 열고 나갔다. 모자를 눌러쓰고 나온 세나는 서늘해지는 날씨에 점퍼 깃을 동여맸다.

이럴 때 마음을 터놓을 수 있는 건 재희밖에 없었다. 휴대폰을 들어 재희에게 전화하려던 세나는 다시 고개를 젓고 손을 내렸다.

예전에 재희가 겪은 일에 비하면 자신이 마주한 건 새 발의 피였다. 그런 친구 앞에서 신세 한탄하며 재희의 아픈 상처를 끄집어내는 말은 할 수 없었다. 안 그래도 삶에 낙이 없는 친구인데 자신의 고민까지 떠안으며 우울해하는 모습을 보고 싶진 않았다.

한참 길을 걷던 세나는 결국 지나에게 전화를 걸었다.

─응. 이 시간에 웬일이야?

"언니 지금 어디야? 집?"

─아……니?

"나도 가도 돼?"

─음, 넌 싫어하는 곳인데……. 무슨 일 있어?

"아냐. 재밌게 놀아."

전화를 끊은 세나는 또 한참을 걸었다. 지나에게서 다시 전화가 울렸다.

─아깐 안이라서 크게 말할 수 없었어. 너 어딘데?

"나 오늘 언니 집 가도 돼?"

─무슨 일 있구나? 아, 이모부랑 싸웠어?

지나의 촉에 세나는 설핏 웃음이 나왔다.

—이리로 와. 기분 안 좋을 땐 놀아야지. 주소 찍어 줄 테니까 택시 타고 와.

지나가 찍어 준 주소를 대고 도착한 세나는 외관을 보고 허탈하게 웃었다. 지나가 있는 곳은 고급 사교 클럽으로 집 한 채 값 이상을 하는 차들이 나란히 주차되어 있는 곳이었다.

안으로 들어가려던 세나를 출입구에 서 있던 관계자가 막아섰다.

"예약하셨습니까?"

"아……. 안에 일행이 있어요."

세나를 위아래로 훑어보던 관계자는 더 단단히 막아섰다. 세나는 제 복장을 보고 그가 왜 이러는지 이해가 갔다. 모자와 캐주얼한 복장이 이곳과는 전혀 어울리지 않았다. 세나는 휴대폰을 들어 지나에게 전화했다.

"언니. 오긴 했는데 아무래도 그냥 가야겠어."

—왜. 그냥 들어와.

"아니. 나 복장도 좀 그래."

—어디 가려고. 너 집 나온 거 아냐?

하여간 눈치도 빠르다. 세나는 쓴웃음을 짓고 말을 돌렸다.

"이 나이에 갈 데가 없을까. 끊는다."

—잠깐만 기다려. 내가 나갈게.

세나는 들어가기를 포기하고 뒤로 물러났다. 오늘은 이래저래 까이는 날인 것 같다. 뒷걸음을 치던 세나가 몸을 돌리려는 찰나 뒤에서 오던 남자와 부딪쳤다. 그 반동으로 몸이 뒤로 넘어갔다.

그때 세나의 팔을 잡아당겨 어깨에 손을 두른 남자의 목소리가 귓가에 울렸다.

"조심해요."

"아, 죄송합니다."

고개를 숙인 세나는 몸을 돌려 걸어갔다. 입구에서 떨어진 곳에 서며 가방끈을 다잡고 습관처럼 한쪽 발끝을 톡톡 두드렸다.

"세나야."

익숙한 목소리에 세나가 고개를 돌렸다. 입구에서 막 나오던 지나는 그녀를 보고 팔을 흔들며 다가왔다. 그녀는 몸매가 드러나는 탑 드레스를 입고 있었다.

"우와, 너 쫓겨났니?"

"내 발로 나온 거거든."

"그런데 지금 복장은 너무 쫓겨난 모양새야."

"가서 놀아."

"기다려. 안에다 얘기하고 나올게."

"아냐, 언니. 나 때문에 그럴 필요 없어."

"그런 건 전화하기 전에 생각하는 거야. 이미 널 만났는데 그냥 보낼 수는 없지."

지나는 싱긋 웃고 안으로 뛰어 들어갔다. 세나는 옅은 숨을 내쉬고 고개를 내렸다. 운동화 코를 바닥에 톡톡 두드리며 땅을 보던 세나의 앞에 낯선 구두가 보였다. 세나는 무심코 고개를 들었다.

"윤세나."

심장이 톡. 진동을 그리며 물결쳤다. 올려다보던 눈이 서서히 커지다가 끝내 흔들렸다. 저도 모르게 뒤로 한 걸음 물러났다.

사고가 정지된 듯 움직일 수가 없었다.

아까 부딪쳤던 남자가 이 사람이었다. 검정 캐주얼 정장. 그 땐 옷만 봐서 몰랐는데 전체적으로 보니까 머리 스타일이 달라졌어도 한눈에 알아볼 수 있었다.

김태주. 이 사람을.

"오랜만이야."

바로 며칠 전에도 본 것처럼 그는 아무렇지 않은 듯 말을 걸어왔다. 그리고 여전히 마음대로 말을 놓았다. 시간이 이렇게나 흘렀는데.

"네. 오랜만이네요."

"여긴 어쩐 일로."

"언니를 만나러 왔어요."

"아, 이지나 매니저? 아니다. 지금은 부지배인이지."

"언니 이름을 아직도 기억해요?"

"이지나 씨는 호텔 업계에서 유명한 사람이야."

마법에 걸린 듯 그를 보던 세나가 차츰 시선을 내렸다. 맞다. 이 사람도 JK호텔에서 일하던 사람이었지. 그리고 재벌. 그러니까 JK그룹과 관련된 사람.

"네. 그러네요."

세나는 입구 쪽으로 고개를 돌리며 지나가 빨리 나오길 빌었다.

"시간 있으면 잠깐⋯⋯."

"아니요."

세나는 고개를 들어 태주를 보았다. 모자 아래 드러난 그녀의 눈동자가 그를 마주했다.

"그러고 싶지 않아요."

단정한 목소리에 태주도 더는 말을 꺼내지 않았다.

"그래. 만나서 반가웠다."

세나는 대답 대신 고개를 숙였다. 태주는 먼저 몸을 돌려 안으로 들어갔다. 그가 가고 나서 그녀는 참았던 숨을 몰아쉬었다. 이렇게 갑자기 만날 줄은 몰랐다. 예고도 없이.

벌렁거리는 심장을 손으로 꾹 누르던 세나는 입구를 바라봤다. 입술을 깨물며 심장 소리를 느낄 수밖에 없었다. 몇 년이 지났지만 태주는 그대로였다. 오히려 더 남자다워졌고 섹시했다.

잠시 뒤에 나온 지나는 재킷을 걸치고 백을 든 모습으로 다가왔다.

"꼬맹아, 가자."

"미안. 재밌게 노는데."

"됐어. 내 동생이 우선이지. 집으로?"

잠시 생각하던 세나가 지나를 보며 웃었다.

"나 술 사 줘. 저런 술 말고 소주."

세나를 빤히 보던 지나가 그녀의 어깨에 팔을 두르고 걸었다.

"이런 복장으로 소주는 좀 그렇지만 우리 세나가 먹고 싶다니까."

"아니면 사서 언니 집에서 마시면 어때?"

"그럴까? 치킨도 시키고?"

세나는 방긋 웃으며 격하게 고개를 끄덕였다. 스물아홉이나 되었지만 이럴 때면 아직도 어린아이 같아서 지나는 스르륵 웃음이 나왔다.

지나 혼자 사는 주상복합 아파트는 모든 시설이 갖추어져 있었다. 실내 구조도 넓고 고급스러웠다. 그야말로 성공한 여성으로서의 삶. 세나가 내내 동경하던 모습을 지나는 눈앞에서 이뤄내고 있었다.

집 안으로 들어온 지나는 창으로 가 커튼을 치고 작은 창문을 밀어 열었다.

"술을 좀 마셨더니 덥네. 나 씻고 올 테니까 술 펼쳐 놔."

"오케이."

세나는 거실 테이블 바닥에 앉아 사 온 술을 펼치고 치킨도 열어 놓았다. 휴대폰을 확인하니 준성과 엄마에게서 여러 통의 연락이 와 있었다. 읽지도 않고 다시 닫았다.

기다리다가 치킨 하나를 들어 입에 무는데 샤워를 한 지나가 가운을 입고 머리카락을 털며 나왔다. 그녀가 오는 모습을 보며 세나는 다시금 감탄했다.

"언니는 몸매 관리를 어떻게 해? 그 나이에 군살이 하나도 없어."

"다 관리하는 거지. 엉덩이에 살 붙으면 슈트 맵시가 안 나."

"나도 운동 좀 해야 하나."

"지금도 좋지만 건강하려면 운동해야지."

지나는 세나 옆으로 와서 맥주 캔을 따 마셨다.

"아깐 재밌었어?"

"그냥 그랬어. 아, 마지막에 나올 때 뜻밖의 인물을 봐서 좀 신선했다."

"김태주?"

지나가 놀란 듯 세나를 돌아보았다.

"나도 봤어. 밖에서."

"너 놀랐겠다."

"조금."

"8년이나 지났는데 그 사람도 여전하더라. 단숨에 시선을 끌더라고."

"언니처럼 관리하나 보지."

"말 걸어 볼까 했는데 네가 기다려서 그냥 나왔어."

"언니를 기억하더라. 부지배인 된 것도 알던데?"

"그야 당연하지. JK그룹이 자기 건데 모를 수가 없지."

"뭐?"

세나의 놀란 눈을 보던 지나가 되물었다.

"몰랐어? 이번에 새로 오는 사장님이잖아."

휘둥그레 커진 눈을 본 지나는 쯧쯧 혀를 찼다.

"난 네가 제주도에서 이미 다 안 줄 알았는데. 정말 몰랐어?"

"그 사람이 사장님으로 온다고?"

흔들리는 눈동자로 지나를 보던 그녀는 두 손으로 얼굴을 감싸며 숨을 길게 내쉬었다. 인연이 어떻게, 이렇게 이어지는지.

"난 그 사람 때문에 이 호텔에 취직한 거 아니야."

"당연히 알지. 넌 나 때문에 우리 호텔에 들어온 거잖아."

"그런데 그 사람 회사라는 거 알았으면 지원 안 했어."

"그렇다고 달라질까? 너랑 김태주 씨. 어디서든 만나게 됐을 거야. 꼭 회사가 아니더라도."

세나는 연거푸 나오는 한숨을 내쉬며 술을 마셨다.

"내가 이번에 사장 취임식 담당자가 됐어."

"잘됐네. 그동안 마음에 쌓인 거 다 풀면 되겠다."

"그런 문제가 아니라……."

"그리고 이번엔 꼭 책 돌려 달라고 그래."

"그거야 뭐."

"그리고 물어봐. 아직도 내가 좋으냐고."

세나는 금기어처럼 입 밖으로 꺼내지 않던 말을 지나가 꺼내자 그녀를 원망스러운 눈으로 바라봤다.

"언니."

"난 아직 못 잊었다. 그래서 결혼하자고 매달리는 남자가 있는데도 당신에게 눈이 멀어 있다고."

세나는 지나를 노려보다가 고개를 돌리고 소주를 마셨다. 그리고 다시 술잔에 따랐다.

"그런 거 아니야."

"아니긴 뭐가 아니야. 내가 널 몰라? 남자도 안 만나고 그러고 지내는 게 다 그 사람 때문이지 뭐야."

"아니야. 나도 언니처럼 멋진 커리어우먼이 되고 싶어서 일하느라 그랬던 거야."

"꼬맹아. 이 언니는 일하면서 남자 만나고 놀 거 다 논단다. 넌 오로지 일만 하잖아. 그렇게 하는 건 금방 지쳐. 스트레스 풀 곳은 있어야 돼. 그렇다고 네가 이 남자 저 남자 만나는 스타일도 아니잖아."

세나는 흔들리는 눈동자를 테이블로 향했다. 꼭 태주 때문은 아니라도 세나는 꼭 무언가를 필사적으로 잊기 위해 일하는 사람 같았다.

"아빠가 자꾸만 결혼하래. 우리 언니들한테는 안 그러면서 나만."

세나는 미간을 찡그리며 술을 마셨다. 가만히 보던 지나가 그녀의 빈 잔에 술을 따랐다.

"우리 집안에서 너랑 나 빼고는 다 거창하잖아. 다들 의사에 판검사에 대학교수. 국책 연구원. 네 큰아버지 댁 재준이도 외교관 됐다며. 우리 같은 평범한 민간인은 비교가 되지."

"언니는 아니지. 내가 문제야. 아빠 눈엔 우리 집안에서 나만 제일 형편없고 가치 없는 일을 하는 사람이야. 그러니까 아빠 내가 결혼이라도 제때 하길 바라는 거고."

"이모부 마음을 아예 모르는 건 아니네?"

"당연히 알지. 하지만 난 아빠 말에 동의하기 싫어. 지금 내 일도 중요하고 좋아."

"이모부가 네 일하는 모습을 한 번 봐야 하는데. 얼마나 유능하고 열심히 일하는 직원인지 모르셔서 그래."

지나의 말에 세나는 울컥해서 급히 입술을 깨물었다. 울기 싫었다. 고작 그런 것들로 아빠에게 인정받고 싶지 않았다. 그냥 일 자체를 이해해 주길 바랐다.

"아니면 이준성이란 사람을 다시 잘 만나 보면 어때. 이젠 예전처럼 개념 없진 않는 것 같은데."

술잔을 기울이는 세나를 보던 지나가 제 맥주를 마셨다.

"한 번 떠나간 정은 다시 붙잡기 힘들지. 그 남자도 참 안됐다. 어쩌다 너한테 꽂혀서."

"그러게 말이야. 왜 그러고 사는지."

술을 따르고 다시 마신 세나가 테이블에 얼굴을 대었다.

"그때 제주도를 가지 말았어야 했어. 그랬으면 내가 달라졌을까."

세나의 눈이 스르르 감겼다. 그녀를 가만히 보던 지나도 옅은 숨을 내쉬고 술을 마셨다.

"너도 걱정하지 마. 다 잘될 거야."

5.

상
사

호텔리어는 고객을 직접 응대하는 프런트 오피스와 호텔 운영과 행사, 각종 지원 업무를 하는 백 오피스로 나눈다.

　지나는 프런트 오피스, 세나는 백 오피스에 속했다. 각 분야는 장단점이 있고 어느 집단이나 인간관계가 가장 크게 작용했다. 사람을 상대하는 건 어디나 똑같았다.

　사장 취임식이 하루 앞으로 다가와 기획팀 사람들을 비롯해 연회부 팀들이 바쁘게 움직였다. 세나도 연회장을 둘러보며 점검을 했다.

　취임식에 참석할 명단과 의자 수를 확인하던 세나는 옆에 서 있는 담당 매니저에게 몇 개가 더 필요하다고 전했다.

　분주하게 움직이던 세나는 어느 정도 마무리가 되어 기획팀 사람들과 연회장을 나왔다.

　"아, 맞다. 나 휴대폰 단상 위에 놓고 왔다. 먼저 가세요."

　"네. 얼른 와요."

휴대폰을 찾은 세나가 연회장을 나오는데 지호가 가지 않고 기다리고 있었다.

"어? 아직 안 갔어요?"

"기다렸어."

"가요. 곧 퇴근 시간이다."

"세나 씨."

지호는 발을 앞으로 떼며 걷는 세나를 붙들었다. 세나가 돌아보자 지호는 잠시 그녀를 바라보다가 한 걸음 다가왔다.

"이젠 국내 행사도 세나 씨가 담당하는 거야?"

세나는 지호가 하는 말이 무슨 뜻인지 알 것 같아 머뭇거렸다.

"아니에요. 이번엔 팀장님 특별 지시라 그렇게 했던 거예요. 국내 행사 담당은 지호 씨잖아요."

"그래. 그런데 말이야. 동기로서 난 가끔 세나 씨가 미울 때가 있어."

지호가 이렇게 말을 하는 건 처음 있는 일이라 세나도 얼굴이 굳었다. 어찌 됐든 회사는 경쟁 사회이고 자신이 담당하던 일을 다른 이가 맡는 걸 좋아할 사람은 없었다. 지호와 친한 사이임에도 불구하고 이런 문제는 역시나 자유롭지 못했다.

"기분 나쁠 거 알아요. 앞으론 좀 신경 쓸게요."

"일 잘하고 멋진 여잔 거 알아. 그런데 이런 상황을 마주할 때마다 난 상대적으로 자괴감이 들어."

지호도 제 말이 마음에 들지 않는 듯 미간을 구겼다. 가만히 그를 보던 세나도 옅은 숨을 내쉬었다.

"죄송해요."

"앞으론 이런 부탁이 들어와도 아닌 건 거절했으면 좋겠어."

지호는 먼저 등을 보이고 걸어갔다. 그는 자신의 일을 세나가 뺏는다고 생각하는 것 같았다. 그녀의 일이 많아질수록 지호의 일이 줄어든다면, 그가 회사를 날로 다니려고 하는 게 아니라면 충분히 화가 날 상황이었다.

한동안 멍하니 서 있던 세나는 터덜터덜 엘리베이터 앞으로 가 한참 위에서 내려오는 숫자를 보았다. 두 층인데 그냥 걸어갈까.

세나는 몸을 돌려 대리석 계단으로 향했다. 계단을 내려오던 세나는 아래서 올라오는 남자를 보고 걸음을 멈췄다. 다크블루 셔츠에 블랙 정장을 입은 태주가 보였다.

대리석 계단은 동하는 사람들의 불편을 줄이기 위해 매우 넓게 지어졌다. 그래서 얼른 왼편으로 이동하면 문제없이 지나칠 수 있었다.

하지만 무슨 이유에서인지 발이 떨어지지 않았다. 그러는 동안 태주는 점점 가까워졌다. 아직 위를 보지 않았으니 지금이라도 다른 곳으로 가거나 옆으로 비켜나면 되는데 발이 얼어붙은 것 같았다.

정신 차려.

세나는 발을 돌려 위로 향했다.

"윤세나."

태주의 목소리에 세나는 심장이 철렁 내려앉았다. 이미 봤으니 피하는 건 애초에 불가능한 계획이었다.

세나는 몸을 돌렸다. 어느새 다가온 태주가 바로 앞에 서 있었다. 자신보다 한 계단 아래에 있는데도 시선이 위로 향했다.

계단 난간에 손을 대고 그를 보았다.

어제와 달리 머리를 말끔히 올린 태주는 8년의 시간이 무의미한 듯 여전히 여유롭고 강인했다.

태주는 약간 놀란 듯 세나를 보다가 그녀의 사원증으로 시선이 갔다.

"JK호텔 기획팀?"

"아⋯⋯. 네."

세나는 어차피 내일 마주칠 거 미리 보는 게 나을 수도 있겠단 생각이 들었다.

"여기서 볼 줄은 몰랐다."

"저도⋯⋯ 음⋯⋯."

뭐라고 불러야 할지 몰라 적절한 호칭을 쓸 수가 없었다. 다시 선배님이라고 부르기엔 너무 먼 거리감이 느껴지고, 그렇다고 사장님이라고 부르기도 애매했다.

"그쪽을 여기서 볼 줄은 몰랐어요."

"그쪽."

태주는 세나가 고민하던 걸 정확히 짚어 확인했다. 그의 입꼬리가 비스듬히 올라갔다.

"이건 우연인가."

"아마도요."

"내일 취임식 때문에 온 건가?"

"네. 제가 담당자예요."

세나를 뚫어지게 보던 태주가 한 계단 더 올라왔다. 계단 폭이 넓다고 해도 두 사람이 서기엔 무리였다.

세나는 저도 모르게 한 칸 위로 올라갔다. 그가 올라오면 세나는 그 위로 갔다.

다시 올라가려는 세나의 허리를 감은 태주가 그녀를 올라가지 못하게 가뒀다. 서로의 시선이 코앞에서 마주 보았다. 몸이 맞닿았다.

"난 우연은 아니라고 생각해."

"네?"

"이 모든 게 우연 같아?"

"그럼 뭘⋯⋯."

말하던 세나는 지나가는 사람들이 힐끔거리며 바라보는 것을 보고 정신이 번쩍 들었다. 여긴 회사이자 호텔이고 보는 눈이 많았다.

그제야 그의 손이 제 허리에 닿아 있다는 것을 느끼고 급히 팔을 풀었다. 태주는 쉽게 힘을 뺐다. 세나는 옆으로 빠져나와 섰다.

"아직 퇴근 시간 전이라 얼른 들어가 봐야 합니다. 내일 뵙겠습니다."

황급히 계단을 내려갔다.

"오늘은 시간 있어?"

태주의 목소리에 세나가 뒤를 돌아 위를 보았다.

"한 시간 뒤면 퇴근 시간이네. 퇴근하고 만나자."

"저 약속 있어요."

"오늘이 안 되면 내일. 내일이 안 되면 내일모레."

"왜 만나야 하는데요?"

"책 줄 거니까."

거절하기 힘든 그의 대답에 세나는 할 말이 없어졌다.

"퇴근하고 회사 앞으로 나와."

태주는 슬쩍 웃고 몸을 돌려 계단을 올라갔다. 그의 모습을 보던 세나는 입술을 깨물었다. 그냥 편하게 생각해도 되는데 왜 지레 겁먹고 불편해하는지 모르겠다. 사장님이라면 평생 안 볼 사이도 아닌데 마냥 불편하게 지낼 수 없었다.

"여전히 제멋대로네."

세나는 혼잣말을 내뱉고 호텔 로비를 걸어 나갔다.

사무실로 들어오자 지호는 평소처럼 근무를 하고 있었다. 좀 전에 날 선 대화를 나눠 마음이 불편했지만 세나도 아무렇지 않게 행동해야 했다.

"지호 씨, 내일 퇴근하고 저녁 살게요."

"왜?"

눈도 마주치지 않는다. 어지간히 화났나 보네.

"그냥 저녁 사고 싶어서요."

"그럼 저도 같이 가면 안 돼요?"

은수가 끼어들었다. 세나는 지호의 기분을 풀어 주고 싶어서 꺼내긴 했지만 어색할 때는 혼자보다는 발랄한 은수도 같이 있는 게 나을 듯싶었다.

"그래. 은수 씨도 같이 가자."

"그런데 갑자기 밥은 왜 사는 거예요?"

"어……. 내가 빚진 게 있어서."

세나는 멋쩍게 웃고 제 컴퓨터를 보았다. 지호의 시선이 뒤늦게 세나를 향했다. 그의 입에서 옅은 숨이 나왔다.

퇴근 시간이 되자 세나는 저절로 손목시계를 보았다. 정말로 기다리고 있을까. 그냥 하는 말일지도. 그리고 난 대답하지도 않았잖아. 굳이 맞춰 줄 필요도 없고.

그런데 심장이 점점 빨리 뛰고 밖으로 나가기가 겁났다. 오랜만에 만나 무슨 말을 해야 할지 생각만 해도 숨이 막혔다.

은수와 건물 밖으로 나온 세나는 주변을 두리번거렸다.

"누구 찾아요?"

"아, 은수 씨 먼저 가. 나 여기서 약속 있어."

"그럼 내일 봐요, 대리님."

세나는 가방을 어깨에 두르고 오른쪽 구두코를 바닥에 톡톡 찍으며 바닥으로 시선을 내렸다. 그냥 갈까.

손목시계를 들여다보는 세나의 앞에 인기척이 느껴져 그녀가 고개를 들었다. 아까 호텔에서 봤던 게 환상은 아니었는지 태주가 앞에 서 있었다.

"차로 가자."

앞장서는 태주의 뒷모습을 바라보던 세나는 가방을 고쳐 메고 따라갔다.

그의 차는 호텔 뒤편에 VIP 전용 주차장에 세워져 있었다. 태주는 습관처럼 조수석 문을 열고 섰다. 그 모습을 보던 세나도 말없이 차에 탔다. 곧 문이 닫혔다. 침묵 속에서 차가 출발했다.

한참을 달려 태주가 데려온 곳은 한강변이 잘 보이는 고급 레스토랑이었다.

세나는 웨이터에게 주문을 하고 있는 태주를 보다가 고개를 창밖으로 돌렸다.

"저녁 먹을 시간은 되지?"

"네."

태주는 단정한 목소리를 내는 세나를 찬찬히 훑어보았다. 길었던 생머리는 어깨 위로 짧아졌고 갈색으로 염색되어 있었다. 흰색 블라우스에 피치색 재킷이 세나를 화사하게 만들어 주었다.

날씬하고 군더더기 없는 몸매에 적당한 화장으로 크고 치켜올라간 눈매가 유연해졌다. 그런데 붉은 입술은 여전했다. 립글로스로 윤기가 날 뿐 어떠한 색도 더해지지 않았다.

말을 꺼내고 싶은데 너무 오랜만이라 어떤 말부터 꺼내야 할지 고민이 되었다. 어떤 말을 꺼내도 그게 괜찮을지는 확신할 수 없었다.

"사장님으로 취임하신다면서요."

세나의 입에서 먼저 목소리가 나왔다. 그녀가 고개를 돌려 두 사람의 눈이 마주쳤다.

"이젠 정말 상사와 부하 직원이 되었네요."

"잘 지냈어?"

태주는 덤덤하게 물었다. 그의 얼굴은 평온해 보였다.

"네. 그쪽……은요?"

"사장님이나 선배님 둘 중에서 사용하면 안 될까. 그쪽은 좀 너무했다."

세나는 시선을 피하고 어깨를 곧게 폈다. 그녀를 보던 태주의 입가에 미소가 스쳤다.

"긴장하지 마. 안 잡아먹어."

"긴장 안 해요."

"그럼 날 봐."

고집스레 눈을 피하던 세나는 태주의 말에 눈을 돌려 보았다. 그의 미소에 심장이 두근거려 세나는 아랫입술을 깨물었다.

"뭐 하고 지냈어?"

"평범하게 지냈어요. 취업 준비하고 입사하고 또, 열심히 일하고."

"그래."

"어떻게 지냈어요?"

"바쁘게."

간단했다. 8년의 세월을 단 세 글자로 답했다.

"벌써 사장 승진이라니. 대단하네요."

"내가 사장으로 오는 게 싫구나."

정곡을 찌르는 말에 세나는 말을 멈추고 그를 보았다. 사장이든 뭐든 같은 회사에서 다니는 거 자체가 죽을 맛이었다.

반면 태주는 너무나 태연했다. 물론 자신한테 더 이상 어떤 마음도 없으니 그러는 것이겠지만 한 치의 흐트러짐도 없는 모습이 싫었다. 그게 너무 얄미웠다.

"그냥 벌써 사장으로 올라서는 사람을 눈앞에서 보니까 신기해서 그래요. 남들은 평생을 회사에서 일해도 희박한 일을 사장님은 쉽게 이루니까 새삼 그 차이가 느껴져서요."

"쉽게 이루는 거라 생각해?"

"아무래도 평범한 사람보단 쉽겠죠."

"그래. 넌 그렇게 생각할 수 있겠다. 넌 내가 모든 걸 거저 얻는다고 생각하는 여자니까."

태주의 말에 가시가 느껴졌지만 세나는 반박하지 않았다. 구차하게 변명과 사실 관계를 묻고 싶지 않았다.

식사는 조용했다. 만나자고 했던 사람도 응한 사람도 그저 말 없이 식사를 했다. 테이블에 커피가 놓일 때까지 한마디 말이 없었다.

"여전하구나."

커피를 마시던 세나가 눈을 들어 태주를 보았다.

"절대 지는 법이 없어."

"네?"

"졌어. 넌 못 이기겠다."

무슨 뜻인지 생각하던 세나는 말없이 식사만 한 것을 두고 한 말이라는 걸 알았다.

커피를 마시자 그의 목울대가 아래로 내려갔다. 왜 그런 모습이 눈에 보이는지 모르겠지만 세나는 태주의 외모에 시선이 갔다. 목울대 같은 신체의 아주 극히 일부분인 그것마저 시선을 사로잡으니 차라리 창밖으로 눈을 돌리는 게 나았다.

"지금도 책방 자주 가?"

"시간 날 때는 가요. 요샌 바빠서 전처럼 자주 다니지는 못해요. 그래도 주말에는 한 번씩 들려요."

"지금 즐겨 읽는 책 있어?"

세나는 창밖으로 두던 얼굴을 돌려 태주를 보았다.

"그게 왜 궁금해요?"

"너와 같은 생각을 공유하고 싶어서."

"네?"

"윤세나는 지금 무슨 생각을 하며 지내나 궁금해."

"그러니까 그게 왜 궁금한데요."

태주는 찻잔을 옆으로 밀고 테이블에 팔을 기대며 몸을 기울였다. 그의 얼굴이 아까보다 가까워지자 세나의 눈이 커졌다.

"이렇게 다시 만난 게 정말 우연의 연속일까."

"우연이 아니면 뭐예요."

"운명."

예상치 못한 단어에 세나가 놀란 듯 눈을 커다랗게 떴다. 그의 입에서 나온 단어라는 게 믿어지지 않았다. 그와는 전혀 어울리지 않는 단어였다. 세나의 눈동자가 흔들렸다. 심장이 쿵쿵 뛰었다. 말이 나오지 않았다.

"난 너한테서 운명을 느껴."

"그런 말도 할 줄 아는 사람이었어요?"

"도대체 날 어떤 사람으로 생각하는 거야."

"운명은 우리 같은 사람을 말하는 게 아니에요. 전 사장님을 다시 만난 일에 큰 의미를 두지 않아요. 세상은 좁고 대한민국은 더 좁고, 이런 우연은 쉽게 일어나요."

"한 사람을 이렇게 여러 번 마주할 수 있다고 생각하는 거야?"

"네. 전 운명을 믿지 않아요. 그건 단지 프레임일 뿐이에요."

태주의 눈빛이 매섭게 변해 세나는 시선을 피했다.

"오늘은 오래전 인연도 있고 책도 돌려받아야 해서 나온 거예요. 그게 아니었다면 사장님과 시간을 내며 식사까지 하진 않았어요."

"그래. 책 줄게. 더는 그걸로 핑계 삼지 마."

"책으로 핑계를 삼는 건 사장님이에요."

"넌 정말 8년 동안 아무렇지 않았어?"

태주의 목소리가 낮게 가라앉았다. 화가 났다는 걸 느낄 수 있었다. 세나는 긴장을 숨기려 제 손을 꼭 쥐었다.

"난 너를 쭉 생각했어. 제주도에서 만났던 네가 머릿속을 떠나지 않고 생각났다고."

"그런 사람이 왜 나오지 않았어요?"

세나는 원망 가득한 눈으로 태주를 노려보았다. 말하고 싶지 않았는데, 내가 그날 그 정자에 나갔다는 걸 알리고 싶지 않았는데, 당신 같은 남자 다 잊었다고 말하고 싶었는데.

태주는 한동안 흔들리는 눈빛으로 바라봤다.

"나왔었구나."

세나는 어이가 없어 태주를 보던 눈을 창가로 돌렸다. 입술을 깨물며 눈가에 눈물이 고인 그녀를 보던 태주가 옅은 숨을 내쉬었다.

"그날 일이 생겨서 못 갔어."

"그러셨겠죠. 그렇게 생각하면 편해요. 저도 그럴 거라고 생각했어요."

"정말로 피치 못할 사정이 있었어. 정신을 차려보니 이미 12시가 넘었더라."

"차라리 편지를 남기지 말지 그랬어요. 기대도 갖지 않도록. 나오지도 않은 사람을 뭐 좋다고 난……."

세나는 말을 하다 말고 숨을 내쉬었다.

"이젠 상관없어요. 그러니까 사장님도 그것 때문에 미안해하거나 불편해하지 마세요."

"하나만 물을게. 지금 네 곁에 다른 남자 있어?"

세나는 태주를 바라보다가 시선을 아래로 내렸다.

"네."

짙은 갈색 눈동자가 세나를 빤히 보다가 설핏 웃었다.

"그래. 잘 알았어."

태주는 등받이에 걸친 재킷을 들고 일어나 먼저 걸어갔다. 그를 보던 세나도 따라 일어섰다. 손이 떨려 와 더욱 꼭 쥐고 꼿꼿이 그를 따라갔다.

본의 아니게 그에게 저녁을 얻어먹은 게 불편했지만 깊게 생각하지 않았다. 그 저녁값을 갚기 위해 또다시 만남을 약속하는 건 엉킨 실타래를 더 꼬는 일이었다.

"타. 집까지 데려다줄게."

잠시 태주를 바라보던 세나는 옅은 숨을 내쉬고 고개를 끄덕였다. 이것저것 거절하는 것도 힘에 부쳤다. 운전석에 탄 태주는 뒷좌석에서 책을 들어 세나의 무릎에 내려놓았다. 마케팅 원론. 8년 만에 본 책이었다.

이 과목만 B를 받았다. 성적을 보면 유난히 그 과목만 눈에 띄었고 그래서 본의 아니게 자꾸만 생각났다.

그 시험. 그 과제. 그 남자가.

"책을 차에 보관하셨어요?"

"어쩌다 보니."

세나는 책을 손으로 쓸었다.

"집 어디야?"

"분당이요."

태주가 운전을 하는 동안 세나는 제 책을 들여다보았다. 공부한 흔적이 옛 추억처럼 아련했다. 그녀의 입가에 미소가 감돌았다.

이렇게 공부를 열심히 했는데 B라니. 재수강을 할까 하다가

놔뒀다.

재수강을 하면 다시 책을 사야 하고, 그와 나눴던 대화의 기억을 다시 상기시키면 생각날 테니까. 꽁꽁 감춰 두고 꺼내지 않았다. 그런데 8년 만에 봉인이 풀린 책을 만나게 되어 심장이 아찔해졌다.

마지막까지 훑던 세나는 페이지 안쪽에 적힌 다른 글씨체를 보고 멈칫했다. 태주의 글씨체.

내가 교수라면 A를 줬을 거야. 가격 결정에 대한 구술 시험.

"제가 A를 못 받을 걸 알고 있었어요?"

"응."

세나가 태주를 바라보자 그도 힐끗 보았다.

"네가 말한 걸로 미루어 보아 A를 받기 힘들 것 같았어. 박 교수님은 마케팅에 대해 보수적인 분이시니까."

"저 이 과목만 B, 받았어요. 그래서 재수강을 할까 생각했는데 주저하게 되더라고요. 다시 또 수강을 해도 A를 받지 못할 것 같았어요."

"지금은 어때. 지금도 네 생각 변함없어?"

세나는 그가 묻는 말이 무슨 뜻인지 알아들었다. 8년이나 지났고 사회생활에 찌든 직장인이 된 시점에서 다시 그때의 가격 결정에 대해 묻는다면 지금은 다른 답안과 리포트를 썼을 것이다. 그만큼 현실에 타협하고 기업과 노동자의 지배 구조, 소비자와 판매자의 관계에 어른의 때가 묻었다.

하지만 그 시절의 생각을 바꾸고 싶지는 않았다. 그때의 순수

함만은 남겨 두고 싶었다. B는 스물한 살의 윤세나를 나타내는 기록이었다.

"바꾸지 않아도 돼. 난 그때의 윤세나가 퍽 마음에 들었으니까."

"사장님."

"이번에 귀국하고 학교에 찾아갔거든. 그때 교수님이 그러시더라. 요즘엔 자기 생각을 드러내는 학생이 드물다고. 그저 남이 하는 말을 수동적으로 받아들이는 학생들이 대다수라고."

태주는 어느새 아파트 단지 안으로 들어와 차를 세웠다.

"교수님이 네 얘길 하셨어. 운명처럼 내 앞에서 윤세나 이야기를 하더라고. 그분에게도 넌 꽤나 특별했나 봐."

교수님이 자신을 그렇게까지 생각하는 줄은 몰랐다. 고집부리고 편견에 가득 찬 학생이라고 생각할 줄 알았는데.

"나한테도 넌 꽤 특별해. 8년 동안이나 잊지 못할 만큼."

태주와 눈이 마주쳤다.

"그런데 이젠 정말 잊어야겠다. 놓아줄게. 내 마음에서."

세나는 한참이나 그를 보다가 고개를 떨궜다.

"감사합니다. 오랫동안이나 절 생각해 주셔서. 앞으로 잘 부탁드립니다."

세나는 살짝 미소를 짓고 고개를 숙였다. 문을 열고 내렸다.

"오늘 저녁 잘 먹었어요."

"그래."

차는 금방 단지를 빠져나갔다. 그 모습을 한참 동안 바라보던 세나의 눈에 눈물이 흘러내렸다.

호텔 연회장은 사장 취임식으로 인해 아침부터 많은 사람들로 북적거렸다. 세나는 지나와 함께 참석 명단을 살피고 룸을 들여다보며 점검 사항을 체크했다.

호텔 프런트에 최소 인원만 남기고 모두 참석하는 행사인 만큼 체계적으로 진행이 이루어지도록 신경을 써야 했다. 사회자 연단 옆에 서서 주변을 훑고 있는데 은수가 휴대폰을 들고 다가왔다.

"윤 대리님 이거 봐요. 대박."

은수가 폰을 보여 주어 시선을 돌린 세나의 눈에 또렷한 헤드라인 글씨가 들어왔다.

JK그룹 김석윤 회장의 장남 김태주 씨와 새시대당 연무신 대표의 독녀 연지우 씨 결혼.

"이게 뭐야?"

"오늘 아침에 공식 기사 떴어요. 사장님 취임 기사와 동시에 결혼 발표까지 났더라고요. 진짜 대박이지 않아요?"

세나는 종알거리며 말하는 은수의 입 모양을 바라보았지만 도무지 머릿속으로 들어오지 않았다.

"연지우, 이 사람 연예인보다 예쁘던데 정말 끼리끼리 만나는구나."

은수는 흥분된 얼굴로 말을 이었다.

"연무신 대표면 지금 여당 대표잖아요. 차기 대선 주자이고.

우리 사장님 뒷배가 더 늘어나겠네요."

세나가 말을 받아 주지 않자 심심해진 은수는 이 사실을 널리 퍼트릴 목적이 있는 사람처럼 신나는 발걸음으로 또 다른 사람에게 갔다.

그럴 수도 있지. 재벌인데 정략결혼이 이상한 건 아니잖아.

바쁘게 오고가는 사람들을 바라보던 세나는 곧 허탈하게 웃고 연회장을 점검했다.

취임식이 시작되자 JK그룹 회장을 비롯해 JK계열사 사장단, 그리고 호텔 임직원이 모두 모였다. 취임을 축하하기 위해 모인 사람들을 보며 세나는 태주의 위치를 뼈저리게 느낄 수 있었다.

세나는 사회자의 옆에 서서 순서를 체크해 나갔다. 사회자가 사장을 소개하자 태주가 모습을 드러냈다. 연회장 안이 술렁이며 여러 군데서 환호성이 흘러나왔다.

잘생긴 외모, 건장한 체격과 비율은 단연 사람들을 압도했다. 연단 앞에 선 태주가 좌중을 둘러보며 잔잔히 미소를 지었다.

"안녕하십니까. 사장 김태주입니다."

우렁찬 박수 소리에 귀가 먹은 듯 아무 소리도 들려오지 않았다. 주위를 쭉 둘러보던 태주는 사회자의 옆에 서 있는 세나를 보고 다시 눈을 돌렸다.

"어린 나이에 사장이 된 저를 두고 혹자는 너무 쉽게 단계를 밟아 올라간다고 말합니다."

태주의 말을 듣던 세나는 뜨끔하여 그를 보았다.

"그 말이 맞을지도 모르겠습니다. 재력을 가진 부모 밑에서 엘리트 교육만 받고 성장했으니 남들보다 우월한 조건이죠. 그런데 그 자격을 갖추기 위해 남들보다 배는 노력했다고 자부합니다. 긴말하지 않겠습니다. 사장으로서 그 노력을 풀어내겠습니다. 우리 JK호텔 임직원 여러분들이 저를 믿고 의지할 수 있도록 실력으로 보여 드리겠습니다."

태주가 잠시 숨을 고르는 사이 연회장은 다시 한번 박수 소리로 가득 찼다.

그는 흔들림 없는 얼굴로 사람들을 보고 말했다. 태주의 목소리는 부드럽고 단정했지만 거부할 수 없는 권위가 실려 있었다. 내가 사장이다, 라는 뉘앙스를 온몸으로 풍겼다.

"그리고 소통과 상생의 시대에 서로를 부르는 호칭은 아직도 구시대적입니다. 프런트 오피스 직원들처럼 이제 백 오피스 직원분들도 팀장을 제외하고 모두 매니저로 통일합니다."

장내가 술렁거리기 시작했다. 오늘 연거푸 놀라는 사람들은 슬슬 사고에 장애가 오는 듯 얼굴이 하얘졌다.

"사원, 대리, 과장과 같은 직위는 직원 간의 위계질서만 느끼게 할 뿐 자유로운 의사소통의 장애 요인이기도 합니다. 고객을 상대하는 우리는 더욱더 열린 사고방식과 자유로운 사고를 해야 합니다. 직급에 따른 연봉 차이는 있겠지만 서로를 부르는 호칭은 매니저로 통일하시기 바랍니다."

태주는 폭탄을 퍼부어 놓고 아무렇지 않은 얼굴로 미소 지었다. 취임사는 끝났다.

하지만 사람들의 굳은 얼굴은 쉽게 돌아오지 않았다. 성과제, 능력제, 무엇보다 잉여 인력들에 대한 해고 예고. 고객 서비스 강화. 직원 친절도 평가로 연말 성과급에 도입한다는 사장의 목소리가 사람들의 머릿속에 맴돌았다.

김석윤 회장을 비롯해 사장단들과 악수를 나눈 태주는 차례
대로 임원들과도 악수를 나눴다. 악수를 나눌 땐 잘생긴 얼굴로
웃으며 다가오는 태주를 넋 나간 듯 바라보지만 곧 현실의 문제
를 생각하며 울상을 지었다.

팀장부터 차례대로 악수를 나누던 태주가 세나의 앞에 섰다.

"잘 부탁합니다."

"네."

태주의 손을 잡은 세나가 살짝 미소 지었다. 눈이 마주쳤다.
정말 결혼하는 거냐고 묻고 싶은 마음이 턱 밑까지 차올랐지만
세나는 시선을 아래로 내리며 멈추었다. 손을 빼려는데 그의 손
에 힘이 들어갔다.

"오늘 취임식 준비 담당했다고 들었습니다. 수고했습니다."

"아닙니다."

꽉 잡았던 손이 빠져나가자 세나는 허전함에 제 손을 꽉 쥐었
다.

손을 푼 뒤로도 따뜻한 온기가 한참을 세나의 손에 맴돌았다.

퇴근 시간이 되어 세나는 지호와 은수와 함께 회사를 나왔다.

"어디로 갈래?"

"저 멕시코 요리 먹고 싶은데 거기 가도 돼요?"

"난 상관없는데, 현 매니저님은요?"

지호는 세나의 말에 웃음이 나오는지 슬쩍 웃으며 주차장으
로 걸었다.

"오글거린다. 세나 씨는 그냥 편하게 불러."

"앗, 그럼 저도 지호 씨라고 불러도 돼요?"

지호는 은수를 보며 아무렇지도 않은 듯 고개를 끄덕였다. 지호와 은수는 다섯 살 차이가 나는데 그는 호칭에 별다른 감정이 없는 것 같았다.

옆자리에 앉은 은수는 홍대로 갈 때까지 쉼 없이 말을 꺼냈다. 차를 탈 때 은수가 재빠르게 지호의 옆에 앉아 세나는 저절로 뒷좌석에 앉게 되었다.

"우리 사장님 카리스마 넘치지 않아요? 완전 무섭더라. 아까 가까이 오셨을 때 숨이 딱 막히더라고요."

"그건 사장님이 잘생겨서 그런 거 아냐?"

빙그레 웃던 지호가 한마디 하자 은수의 얼굴이 붉어졌다.

"못 올라갈 나무는 쳐다보지 않아요. 저와는 사는 세상이 다른데 어떻게 바라봐요."

"보는 것도 안 되나. 잘생기고 예쁘면 눈이 가기 마련이지."

잔잔하게 말하던 지호가 룸미러를 보았다. 지호와 눈이 마주친 세나도 씩 웃었다.

"사장님에겐 연지우 씨가 있잖아요. 둘이 너무 잘 어울리죠?"

"그 유명한 피아니스트 맞지?"

"네. 국제 콩쿠르에서 최연소 대상에, 국내에선 독주회도 열고. 예쁘고 연주 실력도 좋아서 인기가 많대요."

듣지 않으려고 해도 세나의 귀에 연지우란 사람의 이름이 들렸다. 굳이 찾아보지 않아도 좋은 집안에 뛰어난 미모와 능력을 갖춘 여자라는 것쯤은 알 수 있었다. 그러니까 태주의 짝이 되었겠지.

지호와 은수의 대화를 들으며 창밖으로 시선을 돌린 세나는 답답한 마음에 숨을 길게 내쉬었다. 벗어나고 싶다. 나를 둘러싸고 있는 모든 것에서 도망가고 싶었다.

멕시코 음식점은 사람들로 북적였다. 지호와 세나가 마주 보고 앉자 은수는 슬쩍 그의 옆에 앉았다. 그녀와 눈이 마주치자 은수는 멋쩍게 웃으며 시선을 피했다. 지호는 별다른 반응을 보이지 않는 것 같았다.

두 사람을 보던 세나는 한쪽 눈썹을 찡긋하고 슬쩍 미소를 지었다. 은수가 화장실을 가자 주변이 조용해졌다.

"은수 씨는 참 에너지 넘쳐. 그렇죠?"

"밝아서 좋네."

"같이 가자고 안 했으면 엄청 섭섭해했을 것 같아요."

지호도 웃긴지 미소가 번졌다. 그리고 고개를 끄덕였다.

"은수 씨 어떻게 생각해요?"

세나의 말에 지호는 무슨 뜻으로 묻느냐는 얼굴로 바라봤다.

"아니, 귀엽고 애교 넘치잖아요. 적극적이고. 난 그렇지 못해서 문젠데."

"다 같을 필요 있나. 이런 사람도 있고 저런 사람도 있는 거지."

다정한 목소리에 세나는 한결 마음이 놓였다. 은수가 없을 때 얼른 사과하고 싶었다.

"오전에 사장님 말씀도 있고, 앞으론 나도 조심할게요. 그러니까 기분 풀어요."

싱긋 웃는 세나를 보던 지호가 씁쓸하게 웃었다.

"사과할 게 뭐 있어. 사실 어제 나도 말해 놓고 내내 후회했어. 세나 씨 잘못도 아닌데."

"그래도 제가 실수했어요. 팀장님께 끝까지 안 한다고 할걸."

"아니야. 그러지 마. 그게 더 비참해."

웃는 얼굴로 그런 말을 꺼내는 지호의 심정은 어떨까.

"내가 능력치를 더 끌어올려야지. 어제 내가 화낸 거 미안해."

"아니에요. 왜 그런 말을 해요."

"세나 씨를 보면 동생 같기도 하면서 경쟁심도 느끼고 여러모로 자극을 많이 받아. 좋은 동료고 멋진 여자잖아."

"갑자기 왜 비행기 태우고 그러는 거죠. 어지럽게."

세나는 씩 웃으며 눈을 흘겼다.

"그런데 가끔은 그런 세나 씨를 보며 내가 쓸모없는 남자가 되는 것 같은 기분이 들어."

세나는 지호의 말을 듣고 흔들리는 눈빛을 테이블로 내렸다.

"세나 씨를 이기고 싶기도 하고, 때론 도움을 주는 사람이 되고 싶은데 세나 씨는 틈이 없거든. 도움받는 것 싫어하고. 그런 데다가 일 처리도 완벽해."

"지호 씨."

"남자는 그럴 때가 있어. 나보다 잘난 여자를 만나면 누르고 싶기도 하고 화가 날 때도 있거든. 잘 지내는 것과 별개로 말이야."

한동안 생각하던 세나는 서서히 고개를 들어 지호를 보았다. 그리고 작게 웃었다.

"도와줘요. 도움을 받기 싫은 게 아니라 도움 요청하는 걸 못하는 성격이라 그래요. 뭐든지 혼자 하던 버릇이 있어서."

"그래. 그런 것 같아."

지호도 미소를 지었다. 그때 은수가 테이블로 와서 앉았다.

"아직도 음식 안 나왔네? 사람이 많긴 한가 봐요. 밖에 대기하는 사람들도 많더라고요."

"맛집인가 보네. 오늘은 내가 쏘는 거니까 먹고 싶은 거 다 시켜요."

"와. 윤 대리, 아니 윤 매니저님……. 아, 갑자기 호칭이 바뀌니까 뭐라고 불러야 할지 모르겠어요."

은수의 말이 귀여워 웃음이 터진 세나가 테이블을 톡톡 두드렸다.

"밖에선 윤 선배 어때."

"딱이네요."

음식은 맛있었고 분위기도 무르익었다. 지호와 마음을 터놓고 이야기를 하니 한결 더 가까워진 것 같았다. 그리고 몰랐던 사실도 알게 되었다. 은수가 지호를 좋아한다는 것. 지호는 아직 별 마음이 없다는 것도.

다리를 놔 줘야 하나 고민하던 세나는 고개를 저었다. 내 앞가림도 못 하면서 누굴 참견해.

그들은 음식점에서 나와 마주 보고 섰다.

"집에 어떻게 가?"

"버스 타면 한 번에 가는 거 있네요. 난 버스."

"아……. 전 여기서 가려면 여러 번 갈아타야 해요."

"그럼 둘 다 내 차 타고 가. 가다가 내려 줄게."

급격히 밝아지는 은수의 표정을 보던 세나는 설핏 웃으며 손을 내저었다.

"난 한 번에 가는데 번거롭게 뭐 하러 그래요. 은수 씨만 챙겨 줘요."

"그냥 같이 가지."

"정말 괜찮아요."

세나를 빤히 보던 지호는 옅은 숨을 내쉬며 고개를 끄덕였다.

"다음엔 이런 도움은 받아도 돼."

지호의 말에 세나도 웃으며 손을 흔들었다.

"그럴게요. 내일 봐요."

세나는 먼저 등을 돌리고 걸어갔다. 은수가 저리 좋아하는 티를 내는데 눈치도 못 채다니. 현지호, 이 남자도 어지간히 둔했다. 그들이 가능성 있는 사이로 발전할지도 모르는데 눈치 없이 껴 있고 싶지 않았다.

버스 정류장에 선 세나는 조용해진 거리에 서늘하게 불어오는 바람을 느끼며 구두코를 톡톡 바닥에 두드렸다. 휴대폰을 들여다보던 세나가 검색 창을 눌렀다. 태주와 지우를 치니까 연관 검색어가 줄줄이 내려왔다. 가만히 기사들을 읽던 세나는 씁쓸한 기분에 손을 내렸다.

예전부터 알던 사이. 집안끼리 어릴 때부터 왕래하던 사이. 가깝게 지내던 사이.

정략결혼이라도 두 사람은 다른 느낌이 들었다. 갑작스러운 결혼이 아니라 오랫동안 다져 온 사이에서 파생된 결과물이었다.

"그래 놓고 나한테 운명을 느낀다고 한 거야?"

세나는 혼잣말을 중얼거리며 헛웃음을 지었다. 고개를 숙이며 한숨을 내쉬던 세나는 제 머리카락을 쓸어 올렸다.

8년이나 지났는데, 세월이 이렇게 많이 흘렀는데 아직도 면역이 되지 않은 그때의 감정. 그리고 모두의 관계. 초연해지지 못하는 심리. 그 모든 게 벅찼다.

아침 출근을 하려고 나오는데 거실에 있는 주환과 마주쳤다.

"준성이 아래 와 있다더라."

준성이란 이름에 세나는 미간이 찌푸려졌다.

"아빠가 부르셨어요?"

"이것 봐라. 진심도 곡해하는 녀석이 무슨 진심 타령. 내가 안 불렀다. 준성이가 자진해서 온 거야."

"저한테 문자하는 걸로도 모자라 이젠 아빠를 이용해서 저러는 거, 이상하지 않아요? 저라면 소름 돋을 것 같아요. 싫다는 여자 집 앞에 진 치고 있는 거잖아요."

세나는 긴 한숨을 내쉬며 문을 열고 나왔다. 아파트 아래로 내려오니 정말로 준성이 차에 기대 서 있었다.

"타. 데려다줄게."

"지금 뭐 하자는 거예요."

"별 뜻 없어. 그냥 편하게 출근하라고 왔어."

"선배가 이러면 내가 좋아할 줄 알아요? 상대방이 원하지 않는 호의는 호의가 아니에요."

준성의 목소리가 금세 차가워졌다.

"오늘만 타. 온 사람 성의를 봐서라도. 그냥 가 버리면 내일도 올 거야."

"선배!"

"그냥 좀 편해지면 안 되냐. 편하게 가라고 데리러 오는 것도 거부하면 대체 내가 뭘 어떻게 해야 돼!"

"아무것도 하지 말아요. 제발! 선배 좋다는 여자 만나서 행복하게 살면 돼요. 그게 내가 바라는 일이에요."

준성은 세나를 노려보다가 숨을 길게 내쉬었다. 그리고 조수석 문을 열었다.

"이왕 왔으니까 오늘만 타고 가."

세나는 답답한 마음에 머리를 쓸어 올리며 연신 한숨을 쉬었다. 그리고 조수석으로 가 앉았다. 문이 닫히고 운전석으로 온 준성도 말없이 차를 몰았다. 운전하는 동안 그들은 한마디도 없이 앞 유리만 노려보았다.

회사 앞 길가에 차를 댄 준성이 세나를 보았다.

"내가 왜 이렇게 너한테 꽂혀 있는지 생각해 봤어. 이유는 없어. 나도 내가 이렇게 되리라고는 상상도 못 했으니까."

"……."

"나 좋다는 여자 많아. 그런데도 내가 너한테 목메고 있는 걸 한 번쯤 생각해 봤으면 좋겠어."

"선심 쓰듯 친절을 베푸는 건 진짜가 아니에요. 거기에 선배는 그 친절을 다시 되돌려 받고 싶어 하잖아요."

"세나야."

"다시 한번 말할게요. 난 이제 선배한테 어떠한 감정도 들지 않아요. 믿지도 않아. 그러니까 선배도 그만해요."

갑자기 준성이 세나의 팔을 움켜잡았다. 그가 힘을 주자 고통을 느낀 세나는 미간을 찌푸렸다.

"아니. 난 절대 그만두지 않아. 내 시간이 아까워서라도 못해."

세나는 소름이 돋아 그의 손을 쳐 냈다.

"이런 마음으로 날 보는데 내 마음이 바뀔 거라고 생각하는 것 자체가 참……."

세나는 문을 열고 나갔다.

"윤세나!"

회사 건물로 들어오는 내내 세나는 지끈거리는 머리를 달래려 이마를 짚었다.

준성의 행동은 사랑이라고 보기 어려웠다. 저건 집착이었다. 갖지 못한 것에 대한 히스테리와 소유욕이 집착으로 표현되는 것 같았다.

저런 모습은 자신에게만 보이는 행동이다. 다른 사람에겐 한 없이 친절하고 쿨 하면서 제 앞에서는 감정이 조절되지 않는다.

서로에게 좋지 못한 관계였다. 이제 아빠의 문제를 떠나 그와는 가급적 마주치지 않는 게 좋을 것 같다는 판단이 섰다.

세나는 버튼을 누르고 엘리베이터 숫자가 움직이는 것을 올려다보았다.

그때 제 옆에 와 서는 사람에게 무심코 고개를 돌리던 세나의 눈이 휘둥그레 커졌다. 그녀처럼 숫자를 올려보던 태주가 보였다. 그의 눈매가 차가웠다.

그녀는 빠르게 뛰는 심장 소리가 들릴까 봐 급히 고개를 내리고 허리를 숙였다. 엘리베이터 문이 열리자 태주의 옆에 서 있는 남자가 먼저 안으로 들어가 버튼을 눌렀다. 태주가 안으로 들어가자 세나도 뒤늦게 들어갔다.

다른 사람은 안 타나. 세나는 주변을 둘러보았지만 보이지 않았다. 준성의 차를 타고 온 터라 평소 출근보다 빨라 로비가 한산했다.

"몇 층으로 가십니까?"

태주의 옆에 서 있는 남자가 세나에게 물었다. 세나는 황급히 5층을 눌렀다. 10층엔 이미 불이 들어왔다.

"홍 실장님, 기획팀 간담회 일정 잡혔습니까?"

태주는 옆에 있는 홍 실장이란 사람에게 말을 했지만 세나가 들으라고 하는 소리였다.

"아직 팀장님과 협의 중입니다."

"한미 경제인 포럼 행사도 있으니까 오늘 기획팀부터 우선적으로 보죠."

"네. 알겠습니다."

그사이 엘리베이터가 5층에 도착했다. 세나는 긴장되는 발걸음으로 서둘러 내렸다. 뒤통수가 따가웠지만 뒤도 돌아보지 않고 걸어갔다.

사무실로 급하게 들어온 세나는 심하게 두근거리는 가슴에 손을 대고 숨을 내쉬었다.

잠깐 봤는데도 이러는데 앞으로 어떻게 마주할지 걱정이 되었다. 그보다 이렇게 가슴이 뛰면 어쩌자는 걸까. 곧 다른 여자와 결혼할 남자한테.

"하아."

엘리베이터에서 본 태주의 눈빛이 세나의 가슴에 와 박혔다. 매섭고 무서운 눈. 차갑게 마주하는 눈동자가 버거웠다.

정을 떼니까 저렇게 무섭구나. 마음을 정리한다고 하니까 저렇게 차가운 사람이었구나.

세나는 의자에 앉아 머리를 감싸 쥐며 연신 숨을 내쉬었다.

6.

풍경

사장실에 들어간 기획팀 사람들은 태주가 앉은, 가운데 자리 옆으로 나누어 앉았다. 태주는 사람들을 둘러보며 부드럽게 웃었다.

　"지난 미국 출장에서 좋은 성과를 내줘서 고맙습니다. 제 취임 전에 눈에 띄는 일정을 잡아 줘서 덕분에 기분 좋은 출발을 하게 되었습니다."

　"아닙니다."

　팀장이 웃으며 답했다.

　"여기 윤세나 매니저가 큰일 했습니다."

　세나는 고개도 못 들고 제 무릎에 놓인 손만 바라봤다. 보지 않아도 느껴졌다. 태주의 시선.

　"그래요. 들었습니다. 수고했어요."

　그가 노골적으로 세나를 바라보자 더는 눈을 피할 수 없었다. 어렵사리 고개를 들어 태주를 보았다. 입은 웃고 있지만 눈은 웃지 않았다. 그의 눈매는 여전히 차가웠다.

"제가 오랫동안 해외에 머물면서 이러저러한 직책을 맡아 보니까 알겠더군요. 기획팀은 호텔의 이미지를 대외에 알리는 데 가장 큰 책임을 지고 있습니다. 호텔에 들어설 때 가장 눈에 띄는 건 프런트지만 결국 그 호텔의 가치는 기획력에 있다고 생각합니다."

"사장님이 무슨 뜻으로 말씀하시는지 알겠습니다. 더욱 책임감을 가지고 일하겠습니다."

팀장의 말에 태주도 웃음으로 화답했다.

"다음 주 포럼 행사 준비 외에 모나코 왕실 의전과 이벤트 기획전도 잘 준비해 주세요."

"네."

기획팀 사람들이 입을 모아 대답했다.

"전 일을 할 때 담당자와 다이렉트로 대화하는 편입니다. 앞으로 기획이 잡힌 일들에 대해선 담당자에게 직접 보고 받겠습니다."

팀장이 태주를 보자 그는 입가에 미소를 지은 채 바라봤다.

"팀장님은 전체 일정에 대해 인지하시고 담당자 업무에 대한 코멘트와 방향을 잡아 주시면 됩니다. 우리는 결국 업무 담당자의 능력을 끌어올리는 멘토의 존재에 가깝지 않습니까."

"네. 당연히 그래야죠. 사장님께서 직원들을 생각하시는 마음이 제게도 와 닿습니다."

팀장은 나이와 경력만큼이나 처세술도 능해 사장의 마음에 들 만한 말을 골라서 했다.

가만히 듣고 있던 세나도 팀장의 말에 슬쩍 웃음이 났다. 아마 속으론 진땀을 빼고 있을 게 분명했다. 담당자 중심으로 간다면 팀장이 보여 줄 것이 상대적으로 적어지는 것이니 진급이나 보상 체계에서 손해를 볼 수도 있었다.

"이번 포럼 행사 담당자가 윤세나 씨니까 둘이 대화하고 싶습니다. 추후의 일정은 담당자를 통해 들으시죠."

"아, 네. 그러겠습니다."

팀장이 일어서자 나머지 사람들도 일어섰다. 졸지에 세나만 남게 되는 상황이 되자 그녀는 동공이 흔들렸다. 누구라도 붙잡고 싶었지만 잡아 둘 명분이 없었다.

사람들이 나가고 문이 닫히자 사장실엔 둘만 남았다. 세나는 숨이 조여 와 무릎만 보며 앉아 있었다.

데스크로 가서 서류를 든 태주는 선 채로 보고서를 훑어보았다.

"보고서 확인했습니다. 포럼 행사 이후엔 만찬이 있더군요. 이외의 이벤트는 아직 준비하지 못했습니까?"

세나는 흠흠, 목을 다듬고 입을 열었다.

"식전 행사로 간단하게 연주회를 열려고 합니다. 음악이 다소 무거운 분위기를 부드럽게 만들어 줄 것 같아 적절한 연주자를 찾고 있습니다."

"만찬은 이지나 부지배인과 협의해서 음식을 조정해 주십시오."

"네. 알겠습니다."

태주는 또 서류를 들여다보았다. 한동안 침묵이 흘러 세나는 손바닥에 땀이 났다.

"금요일까지 홍보팀, 재경팀과 회의하고 조정된 결과 보고서를 직접 결재 올려요."

"네."

"미국 기업 관계자와 우리 기업 관계자가 많이 참석하는 만큼 경호 인력과 비즈니스룸 테이블, 의자, 빔 프로젝터, 스크린, 마이크 상태까지. 사소한 것 하나라도 놓치지 말고 신경 쓰고."

"네."

세나가 짧게 대답하자 태주가 서류에서 고개를 돌려 그녀를 보았다.

"만나는 남자가 그 남자입니까?"

자기 무릎을 보고 있던 세나가 눈을 들었다. 그와 눈이 마주쳤다. 무슨 뜻으로 묻는지 몰라 그녀의 미간이 살짝 구겨졌다.

"오늘 아침 어떤 차에서 내리는 걸 봤어요."

세나는 태주가 자신의 모습을 봤다는 생각을 했다. 하지만 남자가 있든 말든 그가 상관할 일이 아니었다.

"업무 지시 끝나셨으면 이만 나가 봐도 되겠습니까?"

세나는 소파에서 일어서 태주를 보았다. 그는 서류를 데스크에 올려놓고 세나를 정면으로 바라봤다. 바지 주머니에 손을 넣은 태주의 시선이 따가웠다.

"내가 그러라고 그 남자한테서 빼내 준 게 아닌데. 아직도 옛정에 휘둘리는 건가?"

차에서 내리던 태주는 운전석 밖으로 나와 있는 준성을 발견했다. 처음엔 고개를 갸웃했는데 점차 생각이 났다.

제주도에서 세나의 팔을 잡았던 남자. 그 남자와 아직도 만나고 있는 세나.

"여기 회사입니다."

"알아. 회사니까……."

태주가 조금씩 걸어왔다. 그가 걸어올 때마다 세나의 심장도 더 빠르게 뛰었다.

"참고 있는 거야."

세나가 커다란 눈으로 그를 보았다. 바로 앞에 선 태주의 시선이 차가웠다. 세나는 한숨을 내쉬며 그의 시선을 회피했다. 그리고 제 손을 꼭 잡았다.

"그런 걸 사장님께 보고할 의무는 없습니다."

"좋은 남자 만나 행복한 모습 보면 나도 이렇게 안 해. 그런데 겨우 그딴 놈을 다시 만나고, 얼굴은 잔뜩 굳어 있잖아."

"그게 사장님과 무슨 상관인데요."

세나의 억눌린 목소리에 화가 나는지 태주의 음성이 높아졌다.

"상관? 상관이 왜 없어. 생기 넘치고 발랄하던 네가 이렇게 다 죽어 가는 얼굴을 하는데 내가 상관하지 않을 수 있겠어?"

태주가 하는 말이 세나의 심장을 울렸다. 그런데 자신은 어떠한 말도 할 수 없었다. 태주가 자신을 이렇게 잡고 있는 게 자꾸만 감정을 다잡기 어렵게 만들었다. 이제 그만 마음을 흔들었으면 좋겠다.

"제가 다 죽어 가는 얼굴을 해도 그건 사장님과 상관없는 일입니다."

세나는 허리를 숙여 인사한 후 문 쪽으로 걸어갔다. 그때 태주가 그녀의 팔을 붙잡아 당겼다. 그리고 세나의 허리를 휘감았다. 갑작스럽게 다가온 태주의 얼굴에 세나의 눈이 휘둥그레 커졌다.

"지금 뭐 하시는 거예요!"

"이제부터 상관있으려고."

세나는 태주의 말에 기가 찬 얼굴로 헛웃음을 짓고 그를 노려 보았다.

"겨우 그딴 놈 만나는 거면 내가 물러날 필요가 없겠어."

"결혼할 여자도 있는 사람이 할 말은 아닌 것 같습니다."

세나는 제 허리에 감은 태주의 팔을 힘주어 내렸다.

"곧 결혼하신다면서요. 그럼 결혼할 여자에게 최선을 다하십 시오."

"그건······."

"사장님은 결혼하시고 전 제게 맞는 남자 찾아서 잘 살겠습 니다. 그러니까 더는 제 남자 문제로 열 받지도, 화내지도 마세 요."

화가 났는지 일그러진 얼굴로 차갑게 내뱉는 세나를 보자 태 주는 말을 멈추고 옅은 숨을 내쉬었다.

"세나야. 그 기사는······."

"더 말하지 마세요. 이제 전 사장님으로 모셔야 합니다. 제 입장도 고려해서 앞으로 이런 시간은 만들지 말아 주세요. 업무 이외의 일로는 뵙고 싶지 않습니다."

"윤세나."

"다음 주 행사 준비 때문에 바빠서 이만 나가 보겠습니다."

세나는 태주에게 인사하고 사장실을 나갔다. 그녀가 나간 문 을 뚫어지게 노려보던 태주는 한숨을 내쉬며 말끔히 올린 머리 를 괜스레 쓸어 올렸다.

회의에 회의를 거듭한 세나는 퇴근 시간이 지나서도 보고서를 마저 작성했다.

　지호가 사다 준 샌드위치를 먹으며 작업을 하던 세나는 문자가 울려 무심코 휴대폰을 보았다. 세나의 입가에 미소가 번졌다.

　〈꼬맹아. 너 아직 퇴근 안 했다며?〉
　〈어떻게 알았어?〉
　〈사장님이 말하더라. 좀 아까 호텔 로비에서 만났어. 나와. 술 사 줄게.〉

　태주는 야근하는 줄 어떻게 알았을까. CCTV라도 있는 거 아냐.

　세나는 갑자기 사무실을 획획 둘러보며 어두운 공간을 돌아보았다.

　세나는 지나의 부름에 자리를 정돈했다. 오늘처럼 복잡한 날은 술이 그립긴 했다. 책상 서랍을 열던 세나는 가로로 놓인 하얀 봉투를 보았다.

사직서

　3년 차 땐가. 세계적인 베스트셀러 작가의 출판 기념회를 호텔 리셉션 센터에서 연 적이 있었다.

　행사 시간이 외부에 잘못 알려져 원래 시간보다 늦게 시작되었다. 작가는 행사장에서 마냥 기다려야 했고, 결국 호텔 측에

강력히 항의했다.

행사를 기획한 박인수 과장은 상무의 불호령에 허겁지겁 외부 시간을 조정했지만 기자들과 작가의 팬들이 행사장에 모였을 때 작가가 나오지 않았고, 행사는 끝이 났다.

호텔의 부주의로 세계적인 작가의 출판 기념회가 열리지 않았다는 기사가 나왔을 때, 기획팀 전체가 상무에게 불려 갔다. 행사 시간 같은 기본적인 것도 제대로 인지하지 못하고 실수를 하느냐고 다들 사직서를 올리라고 했다.

박 과장과 세나는 작가에게 찾아가 출판 기념회를 다시 열도록 허락해 달라고 요청했다. 호텔 측의 실수인 만큼 모든 비용과 서비스에 관해 무상으로 진행하겠다고 설득했다.

처음엔 꿈적도 않던 작가가 기획팀 사람들이 같이 찾아가기도 하고, 따로 찾아가 계속 설득을 한 끝에 마음을 열어 출판 기념회를 다시 열었다. 기념회는 성황리에 진행되었고 작가는 만족하며 출국했다.

그때 썼던 사직서였다. 당시에 팀장님은 직장인은 늘 사직서를 가슴에 품고 산다고. 늘 책상 서랍에 넣고 되새기라는 말을 남겼었다.

직장인에게 위기가 온다는 3의 배수. 3년, 6년, 9년. 오늘따라 사직서가 눈에 아른거렸다.

〈왜 답이 없어. 술 싫어?〉

재촉하듯 온 지나의 문자에 세나는 서둘러 답을 하고 몸을 일으켰다.

회사를 나온 세나는 호텔 쪽으로 뛰어갔다.

"윤세나."

반대편에서 부르는 목소리에 돌아보자 지나가 길가에서 손을 흔들었다. 그리고 그 옆에 서 있는 남자를 보고 얼굴이 급격히 굳었다. 몸 또한 굳었는지 움직여지지 않았다. 그사이 지나가 다가왔다.

"언니."

"같이 마셔도 되지?"

지나는 아무것도 모르는 얼굴로 세나의 팔을 끌었다.

"사장님이 나 고생한다고 술 사 준다는데 내가 너도 불러도 되냐고 했더니 그러라던데?"

지나는 뭐가 좋은지 웃으며 세나를 끌었다. 태주가 서 있는 곳까지 온 지나는 세나가 도망가지 못하게 그녀의 팔을 꼭 붙들었다.

"그래서 어디로 가신다고요?"

"어디 가고 싶습니까?"

"음, 포장마차 어떠세요! 우리 세나는 양주보단 소주거든요."

지나의 말에 태주의 눈이 세나를 향했다. 세나는 붉어진 얼굴로 고개를 돌려 버렸다. 그 모습을 보며 시선을 돌리는 태주의 입가에 언뜻 미소가 스쳤다.

"갑시다. 양주든 소주든."

태주가 뒷좌석 문을 여는데 지나는 세나의 팔짱을 낀 채로 그를 지나쳐 갔다.

"술 마실 건데 차 타고 가시게요? 놓고 가세요. 나중에 대리

부르시고요."

"어디 갈 겁니까?"

"근처에 포장마차 있어요. 온 지 얼마 안 되셔서 아직 잘 모르시는구나."

지나는 싱긋 웃고 걸어갔다. 뒤에서 차 문을 닫고 걸어오는 게 느껴졌다. 세나는 어쩐지 뒤통수가 따가웠다.

세 사람은 서둘러 포장마차로 이동했다. 도착한 포장마차는 사람이 별로 없어 한적했다. 세나와 지나의 앞에 앉은 태주는 주변을 둘러보았다.

"근처에 이런 곳이 있는 줄은 몰랐습니다."

"신경 써서 보지 않으면 지나치기 쉽죠."

지나는 주인을 향해 손을 들었다.

"여기 골뱅이무침, 홍합탕, 닭발도 한 접시 주세요. 소주도 세 병 주세요."

"내일 출근인데 너무 센 거 아냐?"

"세 병이 무슨 술이니."

누가 들으면 술고래인 줄 알겠네. 세나는 괜스레 부끄러워 얼굴이 화끈거렸다.

지나와 태주가 대화하는 걸 듣지 않으려는 듯 세나는 고개를 아예 반대편으로 돌리고 앉아 있었다. 그러다가 때마침 나온 음식을 바라봤다.

세나는 소주를 들어 뚜껑을 땄다. 망설이다가 태주에게 소주를 들었다. 그는 자연스럽게 잔을 들었다. 지나의 잔에도 술을 따른 세나는 무심코 자신의 잔에 병을 댔다. 그때 태주가 병을 가져가 그녀의 술잔에 술을 따랐다.

"자작하지 마. 습관 돼."

잔을 든 태주가 세나에게 내밀었다. 세나는 못마땅한 얼굴로 그의 잔에 부딪쳤다.

"닭발 나왔습니다."

주인이 닭발을 내려놓자 세나의 눈빛이 초롱초롱 변했다. 그리고 젓가락을 들어 닭발을 집었다.

"언니, 오늘은 살이 좀 많은데?"

"그러게. 맛있겠다."

두 여자가 먹는 모습을 본 태주는 서서히 미간이 구겨졌다. 처음 보는 닭발의 비주얼에 태주는 표정이 굳었다.

"어디가 살이 많다는 겁니까?"

"어머, 이 정도면 엄청 많은 거예요. 오늘은 양념도 더 맛있네."

"응. 맛있다."

매워서 쓰읍, 입맛을 다시면서도 세나는 계속 닭발을 입에 넣었다.

"대체 그걸 왜 먹습니까?"

한참 먹던 세나가 태주를 힐끔 보았다. 또 눈을 고양이처럼 치켜뜬다. 태주는 마음에 안 드는지 얼굴이 굳어졌다.

"맛있잖아요. 콜라겐도 많고."

"주로 그런 음식을 좋아해?"

"네. 쫄깃하고 씹히는 식감이 있는 음식이 좋아요. 흐물흐물한 거 싫어하거든요."

세나는 지나와 잔을 부딪치고 소주를 마셨다. 그리고 홍합탕 국물도 한 숟갈 먹었다.

"열심히 일하고 나서 먹으니까 더 맛있는 거 같아."

지나를 보며 싱긋 웃는 세나는 오늘따라 술이 잘 들어가 거침없이 마셨다. 지나가 옆에 있는 것도 한결 마음이 놓였다. 맛있게 먹는 세나를 보던 태주의 입가에 설핏 미소가 생겼다.

"오랜만이네."

혼자만의 생각이 저도 모르게 입 밖으로 나왔다. 태주의 목소리에 세나가 눈을 들어 보았다.

"많이 먹어."

그렇게 행복한 얼굴, 예전에 책방에서 본 것 같다. 아, 단 거 먹을 때도.

태주는 눈앞의 여자에게서 시선을 떼지 못했다. 8년의 세월이 무색할 만큼 그녀는 바로 어제 본 것처럼 생생했다.

종종 생각해 봤다. 왜 윤세나란 여자를 잊지 못하는 것일까. 고작 3일이 전부였고, 키스 한 번 나눈 사이일 뿐인데.

특별하다면 특별한 인연이었다. 숨 막히는 사람들과의 대화, 목적이 뻔히 보이는 만남과 친분, 형식적인 나눔과 듣기 좋은 칭찬을 늘어놓는 사람들 틈에서 세나는 유달리 숨통이 트이는 사람이었다.

그 특별함을 잊지 못하고 8년이나 지속한 건 8월 10일, 그날의 일이 그의 머릿속에서 지워지지 않기 때문이다. 그날의 잔인한 인연이 이토록 그를 옭아매고 있는지도 모른다.

왜 하필 우리 회사의 직원으로 만난 걸까.

"나 잠깐 화장실 좀 다녀올게."

지나가 일어나 포장마차를 나가자 세나는 갑자기 어색해졌다. 그리고 술병을 보았다. 어느새 소주를 두 병 가까이 마셨다.

그리고 태주의 잔을 보았다. 한 잔도 마시지 않았다. 잔을 보던 세나는 문득 태주가 소주를 못 마실지도 모른다는 생각이 들었다.

오전에 사장실에서 태주와 말다툼을 했는데 다시 마주치니 마음이 좌불안석이었다. 다신 안 볼 것처럼 대했는데, 업무 이외에는 부르지도 말라고 했는데, 말한 지 얼마나 됐다고 또 마주쳤다.

"오늘 일부러 지나 언니 만난 거죠?"

시선이 허공에서 부딪쳤다. 짙은 갈색 눈동자가 세나를 뚫어지게 바라보았다.

"응."

"왜요?"

"너한테 할 말이 있어서."

"지나 언니도 알 걸요? 눈치 빠른 사람이니까."

"당연히 알지. 이지나 씨가 먼저 널 부르겠다고 했어. 고맙게도."

그건 몰랐는지 세나의 눈이 커졌다.

"저 야근하는 줄은 어떻게 아셨어요?"

태주는 손으로 얼굴을 괴고 세나를 보았다. 그의 입가에 언뜻 미소가 생겼다. 그 미소에 세나는 심장이 쿵 내려앉아 급히 고개를 옆으로 돌렸다.

"회사 나오는 길에 기획팀 팀장을 만났어. 묻지도 않았는데 네 칭찬을 하면서 오늘 야근도 한다고 친절하게 말해 주더군."

"팀장님이요?"

"팀장이 널 좋게 본 것 같아. 일 잘하고 똑똑하다고."

태주는 계속 고개를 딴 곳으로 돌린 채 자신을 보지 않는 세나의 얼굴이 보고 싶었다. 한참 바깥만 바라보던 세나가 차갑게 내뱉었다.

"할 말이 뭔데요."

"할 말이 많았는데⋯⋯. 널 보니까 생각이 안 나."

세나가 눈을 돌려 태주를 보았다. 드디어 눈을 마주 보았다. 그녀의 눈빛이 흔들렸다.

사장으로 다시 만난 태주는 여전히 권위적이면서도 어쩔 땐 솜사탕처럼 부드러웠다. 일하는 건 완전 자신의 취향이라 업무적으로 가까이하며 배우고 싶은 사람이었다.

그런데 그는 너무 먼 사람이었다. 제 마음에 담아 두었다고 해서 탐낼 수 있는 사람이 아니었다. 탐내서도 안 되고 욕심내고 싶지도 않았다. 결혼 기사가 뜨니 더욱 와 닿았다.

그래서 마음을 정리하려고 하는데 태주는 자꾸만 세나를 흔들었다. 하지만 한 가지는 꼭 물어보고 싶었다.

"정말 결혼하세요?"

태주는 말없이 세나를 보았다.

"나 적은 나이 아니야."

"알아요."

"결혼을 하기엔 지금이 가장 적기고."

"네."

"그 기사는 사실이야."

알고 있었지만 막상 들으니 마음이 아팠다. 세나는 살짝 고개를 끄덕였다.

"엊그제 네가 남자 친구 있다고 했을 때, 아버지가 전화로 물어보셨어. 이젠 결혼 생각 있느냐고. 아직도 정리 못 한 마음을 더 이상 끌고 갈 수 없다고 판단해서 그러겠다고 했는데 다음 날 바로 기사가 났더군."

"축하드려요."

간결한 세나의 말에 태주는 어딘지 모르게 조급함을 느꼈다.

"결혼하고 안 하고는 내가 결정해. 기사에 난대로 집안 어른들끼리 오래전부터 말했던 거라 이제 그 시기가 되었을 뿐이지 결정은 내가 하는 거야."

"그런데 사장님의 결정이 의미 있나요. 어른들 결정인데."

"넌 어른들이 결혼하라고 하면 덥석 알겠다고 할 거야?"

세나는 자신에게도 닥친 문제라 남 일처럼 느껴지지 않았다.

"그래도 저하고 같나요. 재벌이잖아요."

"다를 거 없어. 내가 싫으면 그만이야."

그래. 이런 점 때문에 태주와 있으면 재밌고 좋았다. 재벌이라는 것만 빼면 대부분의 가치관이 일치했다. 밤새 대화를 나누고 온종일 같이 있어도 지루하고 심심할 틈이 없을 것 같았다.

그런 사랑을 하고, 교감을 나누는 연애를 하고 싶은데 처음부터 그는 버거운 상대였다. 첫 만남부터 평범한 사랑을 하는 건 불가한 사람이었다.

옅은 숨을 내쉬던 세나는 고개를 돌렸다. 때마침 울리는 문자 소리에 휴대폰을 들었다.

〈사장님이랑 잘 얘기해 봐. 내가 어렵게 다리 놔준 만큼 너도 솔직하게 말해. 눈앞의 기회를 놓치면 다시 되돌릴 수 없어. 언니 먼저 간다.〉

"언니 갔대요."

세나는 심난한 눈빛으로 태주를 보았다. 둘만 남았다는 사실에 몸이 굳었다. 심장은 두근두근 뛰었다. 태주는 애초부터 지나가 관심 밖이었는지 세나의 말에 별 반응 없이 바라봤다.

"난 네가 그 남자랑 만나지 않았으면 좋겠어. 아니, 만나지마."

세나가 눈을 치켜뜨며 그를 노려보았다.

"사장님은 결혼하시면서 저보곤 만나지 말라고요?"

"네가 결혼하지 말라면 안 해."

세나는 어이없는 마음에 허탈한 숨을 내쉬었다.

"제가 뭐라고 그런 말을 해요."

"네가 내 마음을 가져갔으니까."

나직한 목소리에 세나의 눈이 그를 향했다. 그를 보는 눈동자가 더없이 동그랗게 변했다.

"마음을 접으려고 했어. 널 잊어보려고 했고. 그런데……."

태주가 상체를 앞으로 기울였다. 그의 짙은 갈색 눈동자가 세나의 시선을 묶었다.

"안 돼. 마음을 접을 수가 없다."

"사장님."

"난 그동안 잘 지내지 못했어. 그날 선유정에서 만나기로 해놓고 만날 수 없었던 상황에 가슴이 무너졌지. 이후로도 계속 잘 지내지 못했어."

세나의 눈빛이 혼란스럽게 흔들렸다.

"널 잊으려고 정말 바쁘게 일했어. 이젠 시간이 많이 지나 겨우 잊었다고 생각했는데 호텔에서 직원으로 널 봤을 때 내가 어떤 감정이었을 것 같아."

"그걸 저더러 알아 달라고 하지 마세요."

"알아 달라는 게 아니라 이런 사정이 있으니 너도 그 남자 만나지 말라는 거야. 그 남자 만나는 거 싫다."

"제가 왜 그래야 해요? 그거 너무 억지예요. 사장님 마음 때문에 왜 제가 피해를 봐야 해요."

"왜냐면 너도 날 좋아하니까."

세나는 울 것 같은 얼굴로 그를 보았다. 울지 않으려 입술을 힘껏 깨물었다. 그런 말은 제발 하지 말지, 왜 상대방을 꿰뚫을 것 같은 눈으로 자신을 꼼짝 못 하게 하는 건지.

정말 어떻게 해야 좋을지 모르겠다. 이런 건 전혀 예상 밖의 일이라 적절한 대처 방법이 떠오르지 않았다.

"전 아니에요. 넘겨짚지 마세요."

"거짓말."

태주의 눈빛이 강렬했다. 세나를 뚫을 듯이 바라보는 눈동자에는 거짓말하지 말라는 강한 명령이 담겨 있었다.

"그럼 대체 저더러 어쩌란 말이에요. 뭘 어떡하라고. 왜 저한테 그래요. 내가 무슨 동네북이에요? 왜 다들 저를 못 잡아먹어서 난린데요."

세나는 급기야 눈물을 흘렸다. 술을 마셔서 그런지 감정은 더욱 쉽게 폭발했다. 눌러놓았던 감정이 꿈틀거리며 흘러나왔다. 태주의 손이 다가와 볼에 흐르는 눈물을 닦았다. 손길을 피하려고 하는데 그의 손이 세나의 얼굴을 감싸 쥐고 놓지 않았다.

"울지 마. 왜 울어."

"힘들어요. 감정 소모하고 싶지 않은데 사장님이 오신 날부터 제 감정이 자꾸 바닥을 쳐요."

힘들게 말을 내뱉은 그녀가 서러운지 눈물을 흘렸다.

"복잡해요. 단순하고 싶은데 머릿속이 너무 혼란스럽다고요. 전 이런 거 정말 싫어요. 너무 싫어."

태주는 세나의 옆으로 와서 앉아 그녀의 몸을 당겨 품에 안았다. 가볍게 딸려 오는 세나는 그의 가슴에 기대 울었다.

모르겠다. 당장 벗어나야 하는데, 머릿속이 마비된 듯 움직일 수 없었다. 아니, 한 번쯤은 이러고 싶었다. 그에게 열 받았던 마음, 그리웠던 마음, 서글펐던 마음을 모조리 쏟아 내고 싶었다.

태주는 세나의 등을 토닥이며 그녀를 꼭 안았다.

"거봐. 나 좋아하는 거 맞잖아."

세나는 울어서 붉어진 눈을 들어 그를 노려보았다. 반박해야 하는데. 어서 아니라고 말해야 하는데, 말이 나오지 않았다. 태주는 세나의 머리카락을 귀 뒤로 넘겨 주며 부드럽게 웃었다. 그리고 그녀의 이마에 입을 맞췄다.

따뜻한 촉감이 닿자 온몸에 전율이 흘렀다. 눈물이 의지와 상관없이 흘러내렸다. 심장이 빠르게 뛰었다.

"그러니까 날 봐. 응?"

세나는 어딘지 동화 같은 목소리에 아스라이 떨리는 심장 소리를 죽이려 눈을 감았다. 그리고 그의 품에 안겼던 몸을 일으키며 흘러내리는 눈물을 손으로 닦았다.

"사장님을 바라보면 뭐가 달라져요?"

태주의 눈동자가 짙어졌다. 세나는 그를 바라보며 옅은 숨을 내쉬었다.

"사장님, 우리는 어쩌면 서로에게 채워지지 않는 부분을 느껴서 관심이 생긴 건지도 몰라요. 우리는 자라 온 환경이 너무 다르고 지위도 큰 차이가 있어요."

"난 재벌이고 넌 평범하다는 말이군. 그때도 그것 때문에 날 거부했지."

"당연한 거 아닌가요. 전 분수를 너무나 잘 알고 있어요. 제가 바꿀 수 있는 건 오직 노력으로 이룬 것밖에는 없어요. 그런데 사장님을 바라보라고요?"

태주는 테이블에 놓인 세나의 손을 끌어가 잡았다.

"바라본다는 표현은 오해를 주는 것 같으니까 다른 말로 정정하자. 날 만나. 만나 보자."

세나의 눈동자가 흔들렸다. 또다시 울먹이는 얼굴로 그를 바라보던 세나가 고개를 저었다.

"만날 수 없어요."

순간 태주의 눈동자가 화가 난 듯 매서워졌다.

"그럼 서로 마음을 알면서도 그만하자고? 이젠 그렇게 못 해. 난……."

세나는 그의 다음 말을 막고 싶었다.

"이미 늦었어."

그녀가 떨리는 마음을 숨기려 그의 시선을 회피했다. 그리고 제 손을 꼭 쥐었다.

"계속 회사에서 너를 봐야 하는데 내 마음이 하나도 정리되질 않아. 난 이 상태로 다른 여자와 결혼할 수 없어. 결혼한다 해도 그건 또 다른 고통일 뿐이야."

"사장님."

세나의 목소리에 물기가 비쳤다.

"제대로 시작도 못 해 봤어. 8년을 병신처럼 허공만 바라보며 허송세월했던 걸 반복하고 싶지 않아. 겨우 그런 놈을 만나면서 괴로워하는 네 얼굴도 두 번 다시 보고 싶지 않아."

세나는 차라리 소주잔으로 눈을 돌렸다. 그의 눈빛이 타들어 갈 것 같아 도저히 똑바로 바라볼 수 없었다. 복잡한 마음에 술을 들이켰다.

"왜 그날 나오지 않았어요? 8년이나 시간이 지났는데 잊지도 못할 만큼 마음을 줬으면서 왜……."

태주는 한동안 세나를 바라봤다. 정적이 흘러 세나도 그를 바라보았다. 두 사람의 눈빛이 마주쳤다. 서로를 향한 강한 끌림. 처음 볼 때부터 예정되었던 수순.

"어머니가 돌아가셨어."

덤덤히 말하는 태주와 달리 세나는 소스라치게 놀라며 저도 모르게 손을 입가에 가져갔다.

"널 만나러 가기 바로 한 시간 전. 밤 비행기로 떠나는 날 보러 어머니가 지방 일정을 끝내고 바쁘게 오고 계셨거든."

"사장님."

"대낮에 음주 운전을 하던 사람이 어머니 차와 정면으로 부딪쳤어."

"그, 그만하세요."

세나는 떨리는 손으로 시선을 아래로 내렸다. 그런 말을 하는 태주는 너무 태연했다.

"다급히 빈소 마련하고 진상 조사하고, 조문객 맞이하고, 정신없이 보내다 보니 시간을 놓쳤어."

태주의 손등에 손을 얹은 세나는 그의 손을 꼭 잡고 울먹였다. 그와 눈이 마주쳤다. 상심한 그의 상처 받은 눈동자를 보니 그가 얼마나 아픈 시간을 보냈을지 짐작할 수 있었다.

"그래서 그날을 못 잊어. 내 어머니의 기일이기도 하니까."

세나의 눈에서 눈물이 쏟아졌다. 운명이 얄궂다. 스치듯 지나간 기사에서 JK그룹 민주신 여사가 교통사고로 사망했다는 걸 알았음에도 그게 태주와 관련되었으리라고는 상상도 못 했다.

"어떻게 이런 일이……."

"그때 어머니를 잃은 슬픔과 정신없는 와중에도 네가 생각났어. 넌 나왔을까. 계속 기다리고 있으면 어쩌지. 사람을 내내 볼까. 아니, 넌 나오지 않았을 거야. 이런 생각을 하면서."

세나는 적당한 말을 찾지 못해 술잔만 기울였다. 뭐라고 위로를 한다고 해도 그게 괜찮을지 확신할 수 없었다. 이제 와서 위로를 건네는 것도 우스웠다.

"이런 걸로 네게 동정심을 얻을 생각 없어. 어머니 일은 어머니 일이고, 너와 난 우리 둘만의 문제야."

세나는 갈수록 혼란스러웠다. 마음이 어찌 동하지 않겠는가. 이런 남자를, 자신처럼 8년 동안 잊지 못하고 그리워했다는 남자를, 어머니를 잃어가면서까지 마음을 지우지 못한 남자를 어찌 사랑하지 않을 수 있겠는가.

하지만 우리에겐 너무 먼 거리감과 시간이 자리했다. 이젠 절대 가깝지도 단순하지도 않은 시간과 공간이었다.

"그 사람과 만나는 게 아니에요. 설명하긴 복잡하지만 그때, 제주도에서 말한 것처럼 이미 끝났어요."

세나가 눈을 들어 태주를 보았다. 가만히 손을 들어 그의 얼굴을 감싸던 세나가 곧 손을 내렸다.

"저 역시 8년 동안 사장님을 그리워했어요. 제 안에 다른 사람이 들어올 공간이 존재하지 않았거든요."

세나는 다시 연거푸 술을 마셨다.

"사장님은 좋은 사람이에요. 멋지고 훌륭하고, 배울 점이 많은 사람. 그런 사람에게 시선이 가고 마음이 끌리는 건 어쩌면 당연한 거예요."

갈색 눈동자가 짙어졌다.

"하지만 아까 말했듯이 전 분수를 잘 알고 있는 사람이라 험난한 길이 예상되는 가시밭길을 갈 자신이 없어요."

"나와 있으면 가시밭길이라는 생각이 무섭다. 내 곁에 있으면 부와 명예를 얻을 거란 생각은 못 해?"

세나는 슬프게 웃었다. 태주도 곧 긴 한숨을 내쉬며 시선을 피했다. 윤세나는 그런 것과는 거리가 먼 여자라는 걸 본인이 더 잘 알고 있었다.

시간이 흐른다. 지금 놓치면 이젠 이어 붙이기 힘들 거란 직감이 왔다. 하지만 세나의 마음을 강제로 취할 순 없다. 생각이 많은 그녀는 시간을 주고 차분히 결정할 기회를 주어야 했다. 그걸 너무나 잘 알고 있는 태주였다.

"우리 시간을 가져요. 저도 마음을 들여다볼 시간을, 사장님도 다시 한번 자신의 생각을 정돈할 시간을. 이게 정말 사랑인지, 아니면 관심과 그 이상의 아련함 정도인지."

"세나야."

"8년은 너무 길었어요. 사장과 직원의 관계로 머물다 보면 마음이 정리될 수도 있어요."

"내 마음이 바뀔 거라고 생각하는군."

"그게 가장 좋지 않겠어요? 서로에게."

세나는 씁쓸하게 내뱉고 술을 마셨다. 정적이 흘렀다. 그 뒤로 계속 술을 마시던 세나는 마지막 한 모금을 마신 후 일어나 계산대로 갔다.

계산을 하고 포장마차를 나온 세나는 이제야 취기가 올라오는지 몸을 곧추세우기가 힘들어 허리를 숙였다.

"데려다줄게."

세나의 손목을 끈 태주가 앞장서 걸었다. 그를 따라가던 세나가 서서히 멈춰 섰다.

"사장님. 너무 빨라요……. 저 힘들어요."

급기야 바닥으로 주저앉았다. 그리고 고개를 푹 숙였다.

"힘들어. 힘들어. 너무 힘들어."

고개를 숙인 채 중얼거리는 그녀를 보던 태주가 허탈하게 웃고 다가왔다.

"이건 내 탓 하지 마."

그녀의 목과 다리에 팔을 넣어 들어 올린 태주가 걸어갔다. 세나는 그렇게 태주의 품에 기대 금세 잠이 들었다. 세나를 내려 보았다.

"뭐가 이렇게 어렵냐, 넌. 꼬맹이 주제에."

그녀의 얼굴을 바라보던 태주는 세나의 몸을 제게로 끌어당겼다.

조수석에 태운 태주는 손수 안전벨트도 매주고 시트를 뒤로 젖혔다.

술은 한 모금도 입에 대지 않았다. 일부러 그런 건 아니지만 소주를 두 병 넘게 들이켠 세나의 귀갓길이 걱정되어서 마실 수 없었다.

"집을 아는 건 다행인 건가."

태주는 허탈한 웃음을 지었다. 여자 때문에 쩔쩔매는 건 태어나서 처음 있는 일이었다.

차가 어느새 아파트 단지 안으로 들어와 섰다. 핸들에 몸을 기댄 태주가 고개를 돌려 세나를 보았다.

"어쩌면 네 말이 맞아. 이건 관심과 그 이상의 아련함일 수 있어. 그런데 그게 이상한 건 아니야. 관심과 아련함이라고 해도 그게 절실하다면 진심인 거니까 난 네 마음이 진심일 거라 생각해."

한동안 자는 세나를 바라보던 태주는 옅은 숨을 내쉬었다. 그녀에게 몸을 기울인 태주는 세나의 뺨을 손끝으로 어루만졌다. 붉은 입술을 살짝 쓸었다. 부드러운 촉감에 몸이 순식간에 더워졌다. 더 있으면 위험한 건 내가 될 것 같았다.

"세나야."

어깨를 흔들어 깨워도 세나는 좀처럼 깨지 않았다.

"너 자꾸 안 깨면 확 덮친다."

그 말에 마법처럼 세나가 눈을 부릅떴다. 갑자기 떠진 눈에 흠칫 놀란 그의 눈도 동시에 커졌다. 그러다 웃음이 터졌다. 잠 깨우는 특효약이 있었군.

가까이 있던 태주의 얼굴이 눈에 들어오자 세나가 황급히 몸을 일으켰다. 주변을 두리번거리던 세나는 제 집 앞인 걸 보고 머리를 쥐어뜯었다.

"제가 잠들었나 봐요."

허둥대는 세나가 제 가방을 찾아 고개를 이리저리 돌렸다. 태주는 뒷좌석에 팔을 뻗어 가방을 세나의 무릎 위에 올려놓았다.

"가, 감사합니다. 그럼 조심해서 가세요."

태주는 황급히 문을 여는 세나의 팔을 붙잡았다. 그녀가 그를 돌아보았다.

"생각할 시간 갖자는 말, 이해해. 마음 들여다봐. 충분히."

잠시 그를 바라보던 세나가 살짝 고개를 끄덕이며 처음으로 그에게 미소를 보였다.

"고맙습니다. 그렇게 말해 주셔서. 안녕히 가세요."

문을 닫고 나간 세나는 뒤도 돌아보지 않고 그대로 아파트 건물 안으로 들어갔다. 조금 전까지 있었던 그녀의 흔적이 차 안에 머물렀다. 태주는 오래도록 출발하지 못하고 옆자리를 바라보았다.

사장실 앞에 선 세나는 심호흡을 했다. 결재 서류를 들고 문 앞에 서 있기를 몇 분째. 그녀는 선뜻 노크를 하지 못했다.

엊그제 술을 마신 이후로 태주를 회사에서 마주친 적은 없었다. 그런데 오늘 포럼 행사 기획 보고서 가지고 올라오라는 비서실의 연락을 받고 세나는 아까부터 이 상태였다. 좌불안석.

똑똑. 노크를 하고 들어가자 비서들의 눈이 일제히 세나를 향했다. 그중 오른쪽에 앉은 홍 실장이 일어섰다.

"들어가시죠."

홍 실장은 사장실 문을 노크하고 열어 주었다. 세나는 발을 한 걸음 들였다. 태주는 업무 데스크에 앉아 일을 하고 있었다. 홍 실장이 문을 닫아 주어 세나는 조금씩 걸어가 데스크 앞에 섰다.

"저, 말씀하신 보고서입니다."

책상에 서류철을 내려놓자 그제야 정신을 차린 태주가 고개를 들어 세나를 보았다.

"알겠습니다."

태주는 서류철을 열고 A4용지를 들췄다.

"오전에 미국 담당자와 통화를 했는데 포럼 행사 때까지 윤 매니저에게 동시통역을 부탁하던데. 그 사람 말이 지난번 미국 출장 때 세나 씨가 동시통역을 해 줬다고요?"

"아, 의견 조율하는 과정에서 미국 측 통역가가 잘못 전달하는 바람에 제가 정정해 준 일이 있습니다."

"그때 일이 인상 깊었는지 이번에도 부탁을 해 왔습니다. 할 수 있겠어요?"

"네. 할 수 있습니다."

별것 아닌 일처럼 대답하는 세나를 올려다보던 태주가 설핏 웃었다.

"호텔 직원에게 동시통역을 맡기는 게 좀 아이러니하긴 하지만 세나 씨가 할 수 있겠다고 하니까 그렇게 알고 전달하겠습니다."

"네. 혹시 제가 준비할 게 따로 있을까요?"

"경제 용어 정도는 따로 익혀 두는 편이 좋을 것 같습니다. 음, 그리고……"

자리에서 일어선 태주가 옷걸이에 걸린 재킷을 뺐다.

"지금 상공회의소 의장을 만나러 갈 예정인데 포럼 내용을 알고 있어야 할 것 같아서 윤 매니저도 동행했으면 좋겠습니다."

"네. 당연히 그래야죠. 준비하겠습니다."

세나는 꾸벅 인사를 한 후 돌아나갔다. 아, 세나가 다시 뒤를 돌았다.

"그런데 어디로 가야 되는지……."

"10분 뒤 회사 로비로 나와요."

"네."

세나는 활기찬 목소리로 대답한 후 사장실을 나갔다. 사장실을 나온 세나는 숨을 길게 내쉬었다. 잔뜩 걱정했는데 생각보다 어렵지 않아 안도했다. 그가 상사처럼 행동해서 마음이 불편하지 않았다.

"원래 상사잖아."

세나는 가볍게 고개를 젓고 복도를 걸어 나갔다.

외근 준비를 마친 세나가 로비로 나왔다. 아직 태주는 나오지 않은 것 같다. 세나는 로비 끝에 서서 손목시계를 내려다보았다. 가방을 고쳐 메고 발끝을 세워 톡톡 두드리던 그녀는 윤 매니저님, 부르는 소리에 고개를 돌렸다. 태주와 홍 실장이 걸어왔다.

"가시죠."

홍 실장이 먼저 발걸음을 옮기며 차로 안내했다. 차 안엔 운전기사가 이미 대기하고 있었다.

홍 실장은 자연스럽게 뒷좌석 문을 열고 세나를 보았다. 자신이 조수석에 타야 하는 거 아닌가, 생각하던 세나는 묻는 것도 우스워질 것 같아 말없이 안쪽에 탔다. 태주는 세나의 옆에 앉았다.

차 안은 넓었지만 세나는 옆자리에 무척이나 신경이 쓰였다.

차가 움직이는 내내 창밖만 바라보던 세나는 문득 고개를 돌려 태주를 보았다. 그는 패드로 업무를 보고 있었다. 열중하는 그의 옆모습이 세나의 시선을 끌었다. 저도 모르게 눈길을 주던 세나가 가까스로 고개를 돌려 제 휴대폰을 보았다.

경제학 용어를 찾아보던 세나는 가방에서 작은 수첩과 펜을 꺼내 들었다. 주르륵 나오는 단어들 중 익숙하지 않은 용어만 수첩에 따로 기록했다.

태주의 시선이 옆으로 돌아갔다. 처음엔 그녀의 수첩에, 그리고 휴대폰에, 그러다 그녀의 옆모습에.

입 모양으로 단어를 중얼거리는 입술에 마지막으로 눈길이 갔다. 그녀는 그 뒤로 차가 멈출 때까지 줄곧 휴대폰만 바라보며 간간이 수첩에 적어 나갔다. 그의 시선이 계속 그녀를 향하고 있는 줄은 몰랐다.

상공회의소 의장실에서 악수를 나눈 그들은 포럼 내용에 대한 의견을 나눴다.

엄밀히 말해 태주는 경제인이 맞았고 세나는 그 옆을 조용히 지키고 있었다. 자신은 이 사람들 틈에서 나란히 앉아 듣고 있을 위치가 아니었다.

포럼의 내용은 '21세기 시장경제 속 국가 간 가격 경쟁에 관한 상호협력 및 대책'이었다. 유독 가격 경쟁 글씨만 눈에 들어와 세나는 저도 모르게 그 글씨에 동그랗게 테를 둘렀다.

가격 결정은 결국 동네 상권에 국한되지 않고 이렇듯 국가 간
에도 예민한 문제였다.

"JK호텔에서 근무한다고요?"

갑자기 의장이 세나를 보며 묻는데 그녀는 생각에 빠져서 의
장의 말을 듣지 못했다. 옆자리에 앉은 태주가 그녀의 책상 쪽
을 똑똑 두드렸다. 화들짝 놀란 세나가 태주를 보았다.

"의장님이 윤 매니저가 호텔 직원이냐고 물었습니다."

태주가 작은 목소리로 말하자 세나는 얼른 펜을 내려놓고 테
이블에 손을 모았다.

"네."

"이번 동시통역에 대해 난 보조인을 둘까 하는데, 윤세나 씨
는 어떻게 생각합니까."

전문 통역인을 붙여야 한다는 뉘앙스가 그의 눈빛에 묻어 있
었다.

"음……. 이번 동시통역 의뢰 건은 저희가 아니라 미국 측에
서 요청한 줄로 압니다. 보조인을 두셔도 되지만 저는 혼자서
충분하다고 생각합니다."

"이야, 윤세나 씨 패기가 있네. 알겠습니다. 그럼 난 윤세나
씨 믿고 맡기겠소."

세나는 부드럽게 웃으며 고개를 숙였다.

회의가 끝나고 의장실을 나온 세나는 앞장서 걸어가는 태주
의 뒤를 반걸음 뒤에서 따라갔다. 말은 호기롭게 했는데 실수라
도 하면 어쩌나, 하는 마음이 뒤늦게 밀려왔다. 너무 쉽게 생각
했나.

"난 윤 매니저가 그렇게 말해 주길 바랐습니다. 의장 앞에서

못하겠다고 하면 어쩌나, 걱정했어요."

속도를 늦춘 태주가 세나의 옆에 서서 걸으며 그녀를 내려다 보았다. 눈이 마주쳤다. 독심술이라도 하는 건가. 제 생각을 어쩜 이리도 잘 아는지 모르겠다.

"못해도 상관없으니까 재미있게 준비해 봐요. 이번 행사에서 눈에 띄면 연말 성과급도 달라질 거고, 승진에 좋은 점수를 받을 겁니다. 한 단계 더 성숙할 계기가 될 거예요."

"네. 열심히 해 보겠습니다."

잠시 세나를 바라보던 태주는 고개를 살짝 끄덕였다.

"난 다시 회사로 갈 건데 윤 매니저도 할 일 많습니까?"

손목시계로 고개를 내린 세나는 시곗바늘이 4시에 향해 있는 것 봤다. 퇴근하기도 애매하고 다시 회사로 가는 것도 어정쩡한 시간이었다.

"할 일이 많으냐고 물었어요."

태주가 다시 물었다. 세나는 그의 질문에 잠시 생각했다. 미리미리 하는 성격이라 오늘 당장 처리해야 할 일은 없었다. 그렇지만 퇴근 시간도 아니었다.

"아니요."

"그럼 여기서 퇴근해요."

세나는 태주의 옆에 서 있는 홍 실장을 바라봤다.

"감사합니다."

그럼 수고, 태주는 가볍게 인사한 후 먼저 걸어갔다. 등을 보이고 가는 그의 뒷모습을 바라보던 세나도 천천히 걸었다. 철저히 업무적으로만 대하는 그에게 고마움을 느꼈다. 불편할 줄 알았는데 그와 있는 게 전혀 어색하지 않고 힘들지 않았다.

버스를 타고 집에 오면서 세나는 오랜만에 편안한 마음에 미소가 지어졌다. 9월의 푸른 하늘이 그녀의 시선을 사로잡았다.

매일 오늘 같았으면 좋겠다. 아무 걱정 없이 무난했으면.

7.

확인

체계적으로 기획하고 프런트 쪽 직원들과 빈틈없이 점검한 덕분에 한미 경제인 포럼 행사는 성황리에 끝마쳤다.

세나는 호텔 홍보와 이벤트 관련 행사들을 진행하며 바쁘게 생활했다. 마치 일이 인생의 전부인 것처럼, 몸이 두 개라도 되는 것처럼 필사적으로 업무에 매달렸다.

이제 상반기에 가장 큰 일정 중 하나인 모나코 왕실 수행만 끝나면 잠시 여유가 생길 것 같았다. 모나코 왕실 수행 건으로 박 상무의 주재 아래 대회의실에 모인 백 오피스와 프런트 오피스 직원들은 서둘러 회의를 진행했다.

"친선 교류 목적으로 모나코 왕실 가족이 우리나라에 다 같이 방문할 예정입니다. 우리가 할 것은 머물 객실 준비와 호텔 내 의전, 그리고 머무는 동안 가족들이 즐길 거리를 제공해 주는 것입니다."

회의실에 모인 사람들은 드물게 오는 해외 귀빈 맞이에 신경을 곤두세웠다.

"다른 거야 기존에 하던 대로, 프런트 최준용 지배인과 이지나 부지배인 중심으로 부서와 협의해 나가면 될 거고, 프로그램은 어떤 것으로 준비할지 고민해 보죠."

사람들은 회의 테이블로 시선을 내리며 적절한 프로그램을 찾고자 머리를 굴렸다. 그때 지나가 손을 들고 테이블에 달린 마이크에 입을 가까이 댔다.

"왕실 가족이 머무는 기간은 3일 정도로 알고 있습니다. 그럼 그중 며칠은 제주도를 보여 주면 어떨까 싶습니다."

사람들의 시선이 지나를 향했다. 그녀는 싱긋 웃으며 좌중을 둘러보았다.

"제가 오랫동안 제주도에서 근무를 해서 그런지 해외 귀빈을 초대하기엔 그곳만큼 적합한 곳이 없는 것 같습니다. 때마침 요즘 제주도는 아름다움을 배가시키는 때입니다."

"제안은 좋으나 겨우 3일 머무는데 또 비행기를 타고 이동하는 모험은 하지 않을 것 같네."

상무의 말에 사람들은 다시 고개를 끄덕였다. 잠시 생각하던 지나가 다시 입을 열었다.

"나이 어린 왕자와 공주들도 함께 오니, 사전에 미리 조율하여 가족들은 애초에 서울이 아닌 제주도로 모시는 게 어떨까요? 그들은 서울보다 제주도가 적합할 것 같습니다. 국왕 내외만 서울 일정을 소화하시고 제주도로 넘어와 함께 머물다가 출국하는 것으로 방향을 잡아 보면 어떻겠습니까."

"부지배인 말을 모르는 것은 아니나 왕실과도 협의가 되어야 하고 안전상의 문제도 염려되지."

계속되는 상무의 거절에 지나도 더 이상은 의견을 낼 수가 없었다. 가만히 듣던 세나가 손을 들었다.

"기획팀 윤세나입니다. 이지나 부지배인님이 언급하신 내용들은 불가능하지 않을 것 같습니다. 자료에 따르면 모나코 왕자와 공주들의 나이가 모두 열 살 미만입니다. 왕실 입장에서도 서울보다는 제주도가 나을 거라 생각합니다. 제주도 체류 여부는 일단 왕실과 협의해서 결론이 난 뒤에 정해도 늦지 않을 것 같습니다."

세나의 말에 사람들은 다시 동의의 의미로 고개를 끄덕였다. 한동안 세나를 바라보던 상무가 입을 열었다.

"좋습니다. 마침 모나코 왕실 맞이는 기획팀 주재니까 왕실과 조정한 후에 내게 보고하도록."

기획팀 사람들이 고개를 끄덕였다. 회의는 끝이 나고 사람들은 하나둘 회의장을 빠져나갔다. 수첩을 정리하는데 지나가 다가왔다.

"고맙다. 언니 의견 들어줘서."

세나는 씩 웃으며 손을 내저었다.

"언니 때문 아니야. 좋을 것 같아서 말한 거지."

세나는 의자에서 일어서며 지나의 팔에 팔짱을 꼈다.

"공과 사는 구분하는 꼬맹이랍니다."

"요 꼬맹이, 언니가 좀 예뻐해 줘야겠는데, 응?"

지나는 세나의 허리에 손을 두르며 간지럽혔다. 까르르 웃는 세나는 그녀의 팔에서 벗어나려고 안간힘을 썼다.

"윤세나 매니저님, 상무님께서 잠깐 올라오라고 하십니다."

이름을 부르는 소리에 두 사람의 고개가 회의장 문 쪽을 향했다. 상무의 비서가 문가에서 세나를 바라봤다. 고개를 끄덕인 세나는 지나에게 손을 흔들고 따라갔다.

세나는 상무실로 서둘러 올라갔다.

똑똑. 노크를 하고 비서가 문을 열었다.

"안으로 들어가시죠."

세나는 비서가 열어 준 문 안으로 들어갔다. 상무는 창가에 기대서서 세나를 보고 있었다. 그를 본 세나는 허리를 숙였다.

"부르셨습니까."

"저번 미국 출장에서도 그렇고 포럼 행사도 고생 많았네. 윤 매니저, 일 잘하는 거 알아."

"네."

"그런데 좀 전 같은 상황에서는 낄 데 안 낄 데 파악하는 법을 좀 배워야겠군."

세나가 눈을 들어 상무를 보았다. 40대 중반인 그는 눈매만큼 이나 말투에서도 차가움이 느껴졌다. 괜히 얼음 상무란 말이 있는 게 아니었다.

"우리 호텔의 입장은 청와대와 마찬가지야. 귀빈 초대에는 사고 없이 진행하는 데에 온 신경을 써야 하는 법인데 혹시 제주도에서 문제가 생기면 어떻게 책임질 건가."

"안전 문제를 말씀하시는 겁니까?"

"그게 뭐든. 우리 입장에서는 최대한 편의를 봐주고 모험을 하지 않는 쪽으로 방향을 잡는 게 좋아."

"그럼 상무님께서는 서울에 머물면서 어떤 프로그램을 진행하면 좋다고 생각하십니까."

"외국인이 우리나라에 와서 할 수 있는 것들 있지 않나. 딱 그 정도만 하면 된다고 생각해."

"물론 그럼 별 탈 없고 무난한 일정이 되겠죠. 하지만 기억에 남진 않을 겁니다."

"꼭 기억에 남아야 하나."

"가능성을 열어 두고 싶은 것뿐입니다. 아직 문의조차 넣지 않았고, 왕실의 반대로 시행하지 못할 수 있습니다. 다만 저희 쪽에서는 성의를 보여 주었다고 홍보할 수 있는 거죠."

잠시 세나를 보던 상무가 살짝 고개를 끄덕이며 바지 주머니에 손을 넣었다.

"좋아. 윤 매니저가 그렇게 확신에 차서 말하니까 나도 믿어 보겠어. 대신⋯⋯."

상무가 가까이 다가와 섰다.

"이후의 일정에 대해 윤 매니저가 책임지고 기획하고, 거기서 생기는 문제에 대해 일체 책임져야 할 거야."

"책임이요?"

"왕실 가족에게 문제가 생기면 그 파장은 자네 선에서 끝나지 않고 회사 오너에게도 영향이 가게 된다는 점, 명심해."

문제가 생기면 해고는 물론 태주도 무사하지 못할 것이라는 협박이었다. 세나는 제 손을 꼭 쥐고 고개를 숙였다.

"네. 잘 알겠습니다."

세나가 나간 문을 바라보던 상무의 입꼬리가 비스듬히 올라갔다.

누구에게도 맡길 수 없는 문제라 세나는 직접 모나코 왕실과 연락을 취했다. 돌고 돌아 겨우 왕실 집사에게 연락이 닿았다.

한 나라의 왕실은 거대하고 다가서기 힘든 집단이었다. 그러니 일이 잘못되면 그 영향은 불 보듯 뻔했다.

하지만 상무가 신경을 긁자 세나는 오기가 생겼다. 잘해 낼 자신도 있었으며 상무의 코도 납작하게 만들어 주고 싶었다. 그러다 또 제 머리를 흐트러뜨렸다. 이놈의 피해 의식. 이젠 고칠 법도 한데 아직도 발끈하니 마음의 평화는 언제 얻을 것인가.

고개를 숙이며 전화기를 붙들고 있으니 수화기 너머로 영어가 들렸다. 세나는 서둘러 제주도 일정에 대한 여부를 문의했다.

한참 동안 통화를 하던 그녀는 용건이 끝났는지 전화를 끊고 살짝 떨리는 손을 꼭 붙들었다. 주변에 있던 기획팀 사람들이 그녀의 주변으로 모여들었다.

"뭐래. 어떻게 한대?"

"아직. 다시 연락한대요."

"윤 매니저, 의도는 좋았지만 너무 무모했던 거 아닐까?"

"수락해도 문제예요. 제주도 좋긴 하지만 우리가 굳이 이런 모험까지 해 가면서 초대해야 할까요?"

은수는 세나의 기획에 회의적인 태도를 보였다.

"대신 성공하면 우리 호텔은 세계적으로 이름날 수 있어. 이번 귀빈 방문 때 친절한 서비스와 맞춤 일정을 해 줬다는 게 알려지면 엄청난 홍보 효과를 누리는 거니까."

옆에 있던 지호가 세나를 보며 부드럽게 웃었다. 그리고 그녀의 어깨에 손을 얹었다.

"고생스럽겠지만 윤 매니저가 한다면 하는 사람이잖아."

"그래. 프로그램이랑 일정은 함께 머리 맞대고 짜 보자고."

박인수 과장도 씩 웃으며 엄지를 들어 올렸다. 은수가 당황스러운 얼굴로 손을 모았다.

"저도 당연히 잘할 거라고 믿어요. 다만 윤 매니저님이 힘들까 봐 그러는 거죠."

"난 괜찮아. 이번에도 잘 부탁드려요."

세나가 주변을 둘러보며 활짝 웃었다. 다들 등을 톡톡 두드리고 제자리로 갔다. 옆자리에 앉은 지호가 세나를 보며 물었다.

"어떨 것 같아?"

"모르겠어요. 수락하지 않으면 걱정할 필요도 없이 원래 일정대로 진행하면 되겠죠. 부담되진 않아요."

"세나 씨 진짜 멋진 거 알아? 회의에서 상무님께 그렇게 의견내기 쉽지 않은데 말이야."

"에이, 뭘 그 정도 가지고."

"도울 일 있으면 언제든 말해. 이번엔 제대로 도와줄게."

세나가 브이를 만들며 싱긋 웃었다. 맞은편에 앉은 은수는 웃고 있는 세나를 보았다. 그리고 지호에게 시선을 옮겼다. 은수의 얼굴이 눈에 띄게 굳었다. 은수는 며칠 전 카페에서 지호와 대화를 나눈 일을 떠올렸다.

"저 현 매니저님 좋아해요."

"은수 씨. 난……. 난 다른 사람을 좋아하고 있어. 고마운데 마음을 받기 어려울 것 같아. 그러니까 은수 씨도 어서 마음 정리를 하길 바라."

세나를 보며 다정하게 웃는 눈동자. 제겐 보여 주지 않는 눈빛. 그녀에게만 보여 주는 미소. 은수는 흔들리는 눈동자로 세나를 노려보았다.

　퇴근 후 회사 건물을 나오던 세나는 건물 밖에서 기다리고 있는 준성을 보고 발을 멈추었다.

　아침에 회사로 데려다준 날 이후 준성은 문자나 전화를 하지 않았다. 그러던 그가 지금 회사 앞에 서 있었다. 준성은 가만히 서 있는 세나에게 다가갔다.

　"잘 지냈니."

　"여긴 어쩐 일이에요."

　"저녁 아직 안 먹었지? 같이 밥 먹자."

　"선배랑 내가 밥을 왜 먹어요."

　기가 막힌 얼굴로 차분히 말을 하는 세나를 보던 준성의 표정이 금세 일그러졌다.

　"밥 한 끼 먹자는데 뭐 이렇게 까다로워. 할 말 있으니까 가자."

　"그럼 밥은 됐고. 차나 한잔해요. 나도 할 말 있어요."

　먼저 앞장서는 세나를 보며 준성은 굳은 얼굴로 따라갔다.

　카페 안에 마주 보고 앉은 세나는 한동안 테이블에 놓인 머그컵만 노려보았다.

　"왜 보자고 했어요?"

　준성은 말없이 세나를 바라보았다.

　"너 그날 아침에 그렇게 가 버리고 내내 생각했어. 네 말대로 다른 여자 만나면 그만일 뿐이니까. 날 이렇게 매몰차게 대하는 네게 질려서 더는 찾아오지 않으려고 했어."

　세나가 눈을 들어 준성을 보자 그의 눈빛이 흔들렸다.

"세나야. 나한테 한 번만 더 기회를 줘. 내가 정말 잘할게."

"선배."

"하루에도 몇 번씩 내가 헤어지자고 했던 순간을 후회해. 그때 헤어지자고 하지 않았으면 우리가 이렇게 되진 않았겠지."

"정말 그랬을까요? 결국 우린 얼마 못 가 헤어졌을 거예요."

준성의 얼굴이 굳었다. 세나는 한숨을 내쉬며 고개를 옆으로 돌렸다.

"나도 생각해 봤어요. 오래전 선배를 만나 좋았는데 왜 이젠 그런 마음이 들지 않는지."

"네가 무작정 피하려고만 하니까 그렇지."

"남녀가 만나는 건 서로의 가치관과 생각을 공유하고 나누기 위해서라고 생각해요. 스킨십, 애정 모두 필요하지만 가장 중요한 건 가치관이에요."

준성이 미간을 구겼다. 자신이 이렇게나 애원하는데 고작 가치관으로 몰고 가는 세나가 원망스러웠다.

"그런 점에서 선배와 난 하나부터 열까지 맞지 않아요. 선배도 인정하잖아요. 우리가 헤어지게 된 건 가치관 차이가 가장 크다는 걸. 부정하고 싶겠지만 우린 절대 가까워질 수 없는 사람들이에요."

"윤세나!"

"그러니까 이제 날 좀 놔줘요. 선배는 날 사랑하는 게 아니에요. 그저 갖지 못한 여자에 대한 욕망 때문에 욕심을 부리는 거예요."

"욕망이면 어때. 남자가 욕망으로 여자를 취하는 게 잘못된 건 아니야."

"내가 싫다잖아요!"

세나도 거친 숨을 내쉬며 목소리를 높였다.

"난 선배의 욕망을 위한 상대가 되고 싶지 않아요."

그가 코웃음을 치며 세나를 노려보았다.

"아버님도 그렇게 생각하실까?"

세나의 미간이 찌푸려졌다. 두 사람의 관계를 이야기하는데 준성은 불리해지자 아빠를 끌고 나왔다.

"아버님은 너보다 날 더 믿거든. 네가 워낙 아버님께 밉보인 자식이라서."

"그럼 아빠한테 다 말씀드려요?"

세나의 목소리가 차갑게 나왔다. 머리카락을 쓸어 올린 세나가 답답한 마음에 그를 노려보았다.

"아빠는 아무것도 모르죠. 선배랑 내가 8년 전에 왜 헤어졌는지."

준성의 낯빛이 굳어졌다. 세나는 심호흡을 했다.

"이미 지난 일이야. 벌써 8년도 더 됐."

하, 세나는 기가 막힌 얼굴로 고개를 돌렸다.

"난 우리 아빠랑 선배네 아버지가 친하시니 최소한의 도리를 지킨 거예요. 아저씨 체면도 있는데 우리 아빠에게 선배가 다른 여자가 생겨서 내게 헤어지자고 말했고, 심지어 내가 일하는 제주도 호텔에 그 여자와 같이 놀러 왔다는 건 차마 말하기 힘들어서."

"몰랐네. 네가 우리 아버지까지 생각하는 줄은."

비아냥거리는 준성의 목소리가 세나의 가슴을 답답하게 울렸다.

"선배는 왜 나하고만 있으면 이성적인 판단을 하지 못할까요. 잘난 사람이 왜 나를 만나면 치졸해지고 비열해지는 거냐고요."

세나의 말은 준성의 자존심을 건드렸다. 온갖 비위를 맞춰 주어도 세나는 잡히지 않았다. 오히려 사람을 절망적으로 만들었다.

"넌 아버님께 그런 말 절대 못 해. 내가 알거든."

준성은 입꼬리를 비스듬히 올리며 세나를 보았다.

"넌 똑똑한데 결정적으로 마음이 독하지 못해. 자존심 세고 단단하지만 속이 여리지."

세나는 준성을 노려보았다. 사람을 사람처럼 대하고 싶은데, 당신과 나 사이의 오랜 관계를 가급적 좋게 끝내고 싶었는데. 이 사람과는 도저히 좋은 끝맺음을 할 수가 없었다.

수많은 관계 속에서 모든 사람과 좋은 관계를 유지할 수 없다는 걸 그렇게 많이 겪고 봤으면서 또 같은 실수를 반복하고 있다.

세나는 의자에서 일어섰다.

"더 이상 아저씨의 체면을 생각해 줄 이유 따위는 없는 것 같아요. 이제 정말로 우리 인연을 끊어요. 더는 보고 싶지 않아요."

"윤세나, 내가 너 곱게 놔줄 것 같아?"

몸을 돌리던 세나가 준성을 돌아봤다.

"넌 절대 내게서 벗어날 수 없어. 너도 곧 깨닫게 될 거야."

"하, 깨닫긴 뭘 깨달아. 당신은 나한테 아무것도 아니야."

그녀의 눈빛이 차갑게 굳었다.

"또 연락하거나 회사 앞까지 찾아오면 나도 이준성의 밑바닥이 어떤지 당신을 아는 모든 사람들에게 보여 줄 거예요. 내가 못 그럴 거라는 착각도 버리고."

세나는 몸을 돌리고 카페를 나갔다. 혼자 남은 준성은 세나가 나간 문을 노려보며 주먹을 쥐었다. 저 도도한 기를 꺾어 버리고 싶다. 애를 태우는 여자의 마음을 부서지게 만들고 싶다.

모나코 왕실에서는 제주도 방문을 흔쾌히 수락하였다. 오히려 일정을 세심하게 만들어 주어서 고맙다는 친서까지 보냈다. 이번 한국 방문의 목적이 친선 교류인 만큼 한국의 아름다운 풍경을 담는 것이 의미 있다는 의견이었다.

이후 기획팀을 비롯해 관련 팀들은 바쁜 일정을 보냈다. 제주도 일정을 꼼꼼히 점검하고 혹시 모를 사고에 대비하기 위해 경호 인력을 보충했다.

최종적으로 결정된 것은 국왕 내외가 서울로 입국하고 나머지 가족들은 제주도로 이동하는 일정이었다. 모두 그들의 전용기로 이동했다.

"방금 전 제주 공항에서 출발했다는 소식입니다."

"담당자들에게 연락 돌려 10분 뒤에 로비로 나오라고 하세요."

프런트 데스크에서 대기하고 있던 세나는 검정 정장을 입은 제 옷매무새를 점검하고 망을 한 머리도 매만지며 로비 쪽으로 걸어 나갔다. 공항에서 출발했으니 20분 안에 도착할 것이다.

세나는 호텔 입구로 나갔다. 입구는 귀빈 방문 때문에 잠시 일반 차량을 통제하느라 한산했다.

다시 제주도를 왔다. 8년 만에. 바람이 불어와 세나의 앞머리를 흔들었다.

"앞머리도 바짝 붙였어야 했는데."

혼잣말을 중얼거리며 흔들리는 머리를 손으로 매만지던 세나는 제 손을 잡아 내리고 머리카락을 정돈해 주는 사람을 보고 화들짝 놀랐다.

"사장님."

"가만있어 봐요."

태주는 세나의 흐트러진 머리를 한쪽으로 정돈해 주었다. 그리고 곧 손을 내렸다. 세나는 혹시나 다른 사람이 봤을까 싶어 주변을 살폈다. 다행히 밖엔 둘뿐이었다.

"바람이 많이 부네."

"네."

두 사람은 말없이 그대로 서 있었다. 한참 만에 그가 입을 열었다.

"이번 모나코 왕실 맞이 준비하느라 고생했어요."

"아닙니다."

"듣자니 까칠한 상무의 의견에 반대를 하면서 이뤄 낸 거라던데."

"아, 그건 뭐……."

"박 상무는 나도 가끔 힘겨운 사람인데 대단하네요."

"업무잖아요. 그런 건 별로 어렵지 않습니다."

가만히 듣던 태주의 입가에 살짝 미소가 생겼다.

"그러네. 윤 매니저한테 어려운 건 업무가 아니었지."

태주는 세나를 보던 몸을 돌려 입구를 바라봤다. 그제야 세나의 시선이 태주의 옆모습을 향했다. 그는 편안해 보였다. 잘생긴 옆선은 언제 보아도 그대로였고, 은은하게 풍기는 향도 여전했다.

세나는 떨어지지 않는 시선을 어렵게 입구로 돌렸다. 바람이 또 한 차례 그들을 휘감고 지나갔다.

모나코 가족 일행은 리무진을 타고 호텔 입구로 들어섰다. 어린 왕자와 공주 이외에도 서열 순위에 든 국왕의 형제들과 자식들이 총출동했다.

호텔은 금세 북적거렸고 왕실 가족들은 활짝 웃으며 걸었다. 집사 또한 그들의 뒤를 따랐다. 한 명, 한 명 눈을 맞추고 악수를 나누던 태주가 왕실 집사와 인사를 나눴다.

「오셔서 영광입니다.」

「초대해 주셔서 저희가 오히려 영광입니다. 아, 이번 기획을 맡으신 분을 좀 뵙고 싶은데…….」

태주는 어린 왕자의 눈높이에 맞춰 허리를 구부리고 인사를 나누고 있는 세나를 보았다. 그녀는 활짝 웃으며 왕자와 공주를 꿀 떨어지는 눈으로 보았다.

「저기, 허리를 숙이고 있는 여자분입니다.」

집사는 금방 알아채고 세나에게 다가갔다. 세나는 집사가 다가오자 굽혔던 허리를 펴고 정중하게 악수를 나누며 인사했다.

「이번 방문에 힘써 주셔서 감사합니다.」

「별말씀을요. 즐거운 일정이길 바랍니다.」

인사를 마친 그들은 곧바로 호텔 안으로 들어갔다.

펜트하우스가 개방되었다. 안전상 따로 나눠서 머무는 것보다는 한 층을 전부 쓰는 게 나을 것 같아 왕실 가족을 호텔 제일 위층인 27층에 배치하였다.

저녁 식사 또한 호텔에서 진행했다. 호텔 연회장에서 주변을 돌아다니며 살피고 있던 세나는 어린 왕자와 공주가 식사하는 곳으로 왔다.

「맛있어요?」

「네. 맛이 좋아요.」

동그랗고 커다란 눈에 짙은 황금색 머리카락이 인형 같은 외모를 뽐냈다. 귀엽고 사랑스러운 외모가 자꾸만 그녀를 붙잡았다.

세나는 그들이 객실로 돌아갈 때까지 놀아 주며 눈을 떼지 못했다. 엘리베이터에 탄 어린 왕자가 세나를 보고 손을 내밀었다.

「누나를 다시 보고 싶어요.」

「내일 또 만날 거예요.」

세나의 말에 왕자는 활짝 웃었다. 곧 문이 닫히고 엘리베이터가 움직였다.

"꼬맹이가 아이 좋아하는 걸 잊고 있었네."

지나가 다가오더니 기특한 듯 세나의 등을 쓸어내렸다.

"그렇게 좋아?"

"너무 귀엽지 않아? 나 저렇게 예쁜 아이 처음 봤어."

세나는 발을 떼면서도 행복한 눈빛을 했다.

"왕자님 이름은 자크야. 공주님은 가브리엘라고."

"안 그래도 왕실 측에서 연락이 왔어. 여기 머무는 동안 자크와 가브리엘라를 네가 전담했으면 좋겠다고."

"정말?"

세나는 기쁜 얼굴로 지나를 보았다.

"다른 가족들은 알아서 챙길 테니깐 넌 두 아이만 책임져. 직계니까 눈을 떼지 말아야 할 거야."

"응. 완전 신난다."

지나와 헤어진 후 세나는 객실로 올라왔다. 카드 키를 대고 들어가는데 은수가 욕실에서 나왔다.

"아이들과 잘 헤어지셨어요?"

"애들 너무 예뻐. 내일도 볼 거야."

세나는 콧노래를 부르며 테이블에 카드를 내려놓았다. 그리고 창가로 가서 밤 풍경을 보았다. 조명에 어우러진 야외 가든과 산책로가 눈에 띄었다. 문득 8년 전에 보았던 야경이 생각났다. 지금 모나코 왕실이 머무는 그곳에서 바라본 야경.

"윤 선배님, 굉장히 신나 보여요."

머리를 말리며 말을 건네는 은수를 돌아본 세나가 씩 웃었다.

"그래 보여? 나도 좀 마음이 붕 뜨는 것 같아. 굉장히 오랜만에 와서 그런가 봐."

"얼른 쉬세요. 내일 또 어린애들 챙기려면 피곤할 테니까."

"응. 좀 씻어야겠다."

세나는 제 캐리어에서 옷을 꺼내 욕실로 들어갔다. 그녀가 들어간 모습을 보던 은수는 욕실 문을 차갑게 바라봤다.

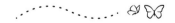

왕실 가족을 에스코트하며 제주도를 소개하는 과정은 방송사

와 카메라가 따라붙어 일거수일투족 찍어 갔다.

거기에 왕실 경호원과 한국 측 경호원이 수시로 지키고 있어 왕실 가족은 물론 호텔 직원들까지 어느 누구 하나 자유롭지 못했다. 그럼에도 불구하고 성산 일출봉이나 섭지코지, 주상절리 등 제주도의 유명한 곳은 다 돌아보았다.

이튿날 일정을 끝내고 소회의장에 모인 직원들은 오늘 일정에 대해 브리핑하고 보충이나 수정할 것을 찾는 시간을 가졌다. 마지막까지 아이들 챙기던 세나가 회의실에 들어섰다. 회의실엔 이미 사람들이 모여 회의를 진행하고 있었다. 세나는 빈자리를 찾아 앉았다.

지나가 사회를 보며 회의를 주도해 나갔고 사람들은 경호부터 안내, 식사 등을 서비스하며 느꼈던 점을 이야기했다.

"승마 체험은 괜히 넣은 것 같아요. 우리 기준에서 승마 체험이지, 왕실 아이들은 이미 어려서부터 자연스럽게 승마를 배우는 것 같더라고요."

"맞아요. 애들 진짜 잘 타더라."

고개를 끄덕이며 펜을 끄적거리던 지나가 사람들을 바라봤다.

"혹시 내일 일정에 대한 의견이나 조정할 것 있으면 말씀해 주세요."

"내일 일정에 곶자왈 트레킹이 예정되어 있는데 코스나 인원 조정을 해야 할 것 같습니다."

세나가 손을 들고 말하자 지호도 거들었다.

"네. 오늘 보니까 어린아이들은 곶자왈에서 트레킹을 하는 것보다 아쿠아리움이나 즐길 만한 거리를 따로 제공하는 게 좋을 것 같습니다."

지나는 잠시 생각하더니 고개를 끄덕였다.

"내일 저녁에 국왕 내외분이 제주도에 합류할 예정이니 일정을 두 팀으로 나누도록 하죠. 그럼 시간이 늦긴 했지만 내일 일정에 대해 맡은 팀별로 모여서 의견을 더 나누겠습니다."

지나의 말에 사람들은 이동을 했고 자신이 맡은 왕실 가족 팀별로 앉았다. 동그란 테이블에 모여 이동 동선과 안내 사항, 인원 배치 등에 대한 회의를 했다.

세나는 아쿠아리움과 서귀포 감귤 농장 체험 등의 코스를 정리해 놓은 종이를 보며 지도와 번갈아 비교했다.

"수고합니다."

세나의 등 뒤에서 들리는 소리에 사람들이 고개를 들었다. 테이블에 손을 짚은 태주가 미소를 지으며 그들을 바라봤다. 그는 팔을 들어 손목시계를 보며 입을 열었다.

"11시가 넘었는데 의견 조정은 거의 다 되어 갑니까?"

"네. 이제 조금만 하면 됩니다."

지호의 목소리에 세나도 가만히 고개를 끄덕였다. 그때 소회의장 안으로 상자를 든 남자들이 들어왔다.

"너무 고생하는데 해 줄 게 이것밖에 없군요. 맛있게 먹고 얼른 힘내서 빨리 마무리합시다."

테이블에 샌드위치와 주스가 놓였다.

"우와, 잘 먹겠습니다!"

"감사합니다!"

사람들은 간식을 보고 얼굴이 밝아졌다. 태주는 빙그레 웃고 다른 테이블도 돌아보다가 지나에게 갔다. 두 사람이 대화하는 모습을 쭉 바라보던 세나는 다시 고개를 돌렸다.

요즘 들어 태주의 웃는 얼굴을 자주 보게 된다. 평온해 보이고 여유가 넘치는 모습을 보자니 세나는 어쩐지 씁쓸해졌다. 생각해 보자고 머뭇거리던 건 자신이면서, 그의 마음이 바뀌길 바란 건 자신이면서 막상 잘 지내는 걸 보니 속이 상했다. 복잡한 감정과 치졸한 내면을 비난하며 서류로 시선을 돌렸다.

결국 자정이 되어서야 회의를 마친 사람들은 피곤한 몸을 이끌고 회의장을 나왔다.

"내일 하루는 내가 자크를 맡을까?"

지호가 세나의 옆에서 걸으며 물었다. 두 사람은 일정 내내 어린아이를 전담했다. 지호가 의외로 아이들을 잘 다뤄서 세나도 생각보다 수월하던 참이었다. 세나가 지호를 보자 그는 어깨를 쓱 올리며 웃었다.

"힘들어 보여서. 난 동생들이 많아서 이런 일 능숙하거든."

"고맙지만 같이 하던 일이잖아요. 그리고 자크가 날 워낙 좋아해서 내가 안 가면 울걸요?"

"그래. 그 녀석이 장난을 잘 치면서도 세나 씨한테 의지를 많이 하더라. 어쩌다 우리가 시터가 된 거지?"

지호의 말에 세나도 쿡쿡 웃으며 동의했다.

"요즘 같아선 호텔리어인지 여행 가이드인지 모르겠어요."

"내일 하루만 더 고생하면 되니까 힘내자고."

지호가 오른쪽 주먹을 내밀자 세나도 똑같은 모양으로 그에게 콩, 부딪쳤다.

"현 매니저님, 윤 매니저님 같이 가요!"

은수가 뒤에서 달려와 두 사람 사이에 섰다.

"저도 내일은 이 팀에 합류해요."

"그래?

"앞으로 하루밖에 안 남았는데 왕실 가족을 언제 또 보겠어요. 그리고 같은 팀 사람들과 있는 게 마음이 편해서 이지나 부지배인님께 부탁했어요."

"잘됐네. 어린아이들이라 일손이 많을수록 좋지."

세나는 마침 열리는 엘리베이터 안으로 들어가며 슬쩍 웃었다. 은수가 저러는 이유를 알 것 같아 미소가 지어졌다. 은수는 내내 지호에게 말을 걸었다.

문이 열리고 지호가 먼저 내렸다. 층이 달라 은수는 아쉬운 얼굴로 그에게 인사했다. 세나도 가볍게 손을 흔들었다.

"현 매니저가 그렇게 좋아?"

은수가 놀란 듯 바라봤다. 세나는 싱긋 웃으며 열린 문으로 내렸다. 은수가 뒤따라오며 물었다.

"어떻게 아셨어요?"

"딱 보면 알지. 은수 씨 눈이 현 매니저를 향하는 거 모르는 게 더 이상하겠다."

은수는 쑥스러운 듯 뒷머리를 긁적였다. 그러더니 곧 시무룩해졌다. 카드를 대고 객실 문을 연 세나가 은수를 돌아봤다.

"저 차였어요."

"뭐?"

"전에 고백했는데 다른 여자를 좋아한대요."

"정말? 누구?"

은수는 세나의 질문에 원망스러운 눈으로 바라봤다. 그러더니 객실 안으로 쏙 들어왔다.

"내가 모르는 여자가 있었나."

세나는 아무것도 모르는 얼굴로 계속 생각했다. 그 모습을 보던 은수가 비스듬히 웃었다.

"그 여자는 현 매니저님이 좋아하는 줄도 몰라요. 그래서 참 답답해요. 현 매니저님이 그렇게 티를 내는데도 모르고 있더라고요."

"은수 씨도 알고 있구나?"

은수는 한동안 세나를 바라보더니 실소를 했다.

"네."

"그럼 이제 어쩌려고?"

"현 매니저님이 절 좋아하게 만들어야죠. 아직 시작도 못 해 봤는데 이대로 물러나는 건 너무 아쉬워요."

"대단하다. 그런 용기가."

"선배님이라면 어쩌겠어요? 다른 여잘 좋아하는 남자를 계속 바라보고 있을 건가요?"

세나는 은수의 질문에 한동안 생각을 하다가 고개를 저었다.

"아니. 마음을 되돌리는 건 참 어려운 일이야. 난 지나간 마음은 이미 끝났다고 생각해."

제 상황에 대입해 보면 준성도 다르지 않았다. 한 번 떠나간 마음은 되돌리기 힘들었다.

은수의 표정이 날카로워지는 걸 느끼지 못한 세나는 한숨을 내쉬고 창가에 놓인 소파에 앉았다.

"전 다르게 생각해요. 사랑은 움직이는 거란 말도 있잖아요. 기회가 있을 때 잡아야죠. 우물쭈물하다 후회하긴 싫어요."

은수의 말에 세나는 순간 서늘한 감정을 느꼈다. 기회. 그리고 후회.

"그래. 늘 그 중간을 유지하는 게 어렵지."

세나는 씁쓸하게 웃고 창밖으로 시선을 돌렸다. 분명 기회가 있었고 결국 후회하겠지. 그럴 수밖에. 인간은 완전한 존재가 아니니까. 늘 후회를 안고 살아가니까.

어린아이들을 데리고 아쿠아리움을 가고 농장 체험을 하는 건 쉬운 일이 아니었다. 왕실 집사에, 도와주는 인력도 많았지만 케어가 쉽지 않았다. 잠시도 눈을 뗄 수 없고 특히 여러 물고기를 보기 위해 이리저리 움직이는 자크를 붙잡는 건 중노동에 해당됐다.

「이 녀석, 잡았다.」

세나가 겨우 자크를 잡았지만 그는 발버둥을 치며 금세 벗어났다. 그때 지호가 자크에게 가서 몇 마디 하니까 아이가 곧바로 지호의 손을 잡고 세나에게 돌아왔다.

「죄송해요. 이젠 안 그럴게요.」

시무룩해 있는 자크에게 허리를 숙인 세나가 그와 눈을 마주 보았다.

「너무 위험해요. 알죠?」

「네.」

"어떻게 한 거예요?"

세나가 허리를 펴며 지호에게 물었다. 그는 이것쯤은 아무것도 아니라는 얼굴로 씩 웃었다.

"자꾸 장난치면 윤 매니저 멀리 보내 버린다, 내가 말한 건 그거뿐이야."

"오호, 그게 먹히는 나이네. 대단해요."

세나는 지호에게 엄지를 들어 올리며 감탄했다.

"그걸 가능하게 한 세나 씨가 더 대단한 거지."

"어머, 그런 감동의 말을."

세나는 씩 웃으며 지호의 어깨를 톡톡 두드렸다. 그녀는 제주도에서 일을 하며 지호와 부쩍 친해진 기분이었다. 원래도 다정다감한 성격인데 일을 할 때 세심하게 챙겨 주며 도와주어 어느새 오빠처럼 의지가 되었다.

"자, 이제 이동할게요."

세나가 자크의 손을 잡고 걸어가자 지호가 그 뒤를 따랐다. 가브리엘라의 손을 잡고 있는 은수는 그들을 보며 미간을 구겼다. 자크를 사이에 두고 걷는 그들이 부부처럼 다정해 보였다. 그래서 아이가 옆에서 뭐라고 말을 하는데 듣지도 못하고 온 신경이 지호와 세나에게 향했다.

갑자기 가브리엘라가 으앙, 울음을 터트렸다. 그 바람에 모든 사람들의 눈이 아이를 향했다. 가장 놀란 건 은수였다.

「왜 울어요.」

「나 이 언니 싫어요!」

가브리엘라는 집사에게 소리쳤다. 은수도 당황하여 가브리엘라를 진정시키려고 했지만 아이는 더 목청껏 울었다.

잠시 보고 있던 세나가 지호의 손에 자크를 넘겨준 후 가브리엘라에게 다가왔다. 쭈그리고 앉아 가브리엘라와 눈을 맞추며 바라보고 있던 세나가 아이의 등을 손으로 쓸어내렸다.

「아무도 가브리엘라 이야기를 들어 주지 않아서 화가 났지요? 너무 속상하겠다.」

세나의 말에 아이는 서러움이 터졌는지 더 큰 목소리로 울었다. 닭똥 같은 눈물이 뚝뚝 흐르는 가브리엘라를 보자 자신의 어릴 때 모습이 떠올라 세나는 마음이 시큰거렸다.

부모님과 집안 어른들은 언니들만 바라보며 칭찬해 주고 늘 자신에게는 고집 세고 외골수라고 꾸중을 놓기 일쑤였다. 어릴 땐 그게 화가 나서 이 아이처럼 큰 목소리로 울기도 했었다. 나 좀 봐 달라고.

「내가 가브리엘라 손을 잡아도 될까요? 물론 가브리엘라가 괜찮다면.」

울먹이던 가브리엘라가 끅끅대며 고개를 끄덕였다. 세나는 활짝 웃으며 가브리엘라 손을 잡고 일어섰다. 그리고 옆에 서 있는 은수를 보았다.

"은수 씨. 사랑도 좋지만 일할 땐 집중하자."

세나의 눈매와 말투가 차가웠다. 은수는 제 마음을 들킨 것 같아 붉어진 얼굴로 고개를 끄덕였다. 가브리엘라와 세나가 함께 가는 걸 바라보며 따라가던 은수는 멀리서 자신을 보고 있는 지호의 눈매가 무심한 것을 보고 좌절감을 느꼈다. 자신도 일을 잘한다는 걸 보여 주고 싶었는데 그의 관심을 끌지도 못하고 마이너스 요인만 얻게 되었다.

오후 일정까지 마친 일행은 호텔로 돌아왔다. 국왕 내외가 호텔에서 아이들을 맞이했다. 아이들은 국왕 내외의 품에서 프랑스어로 재잘재잘 대화를 나눴다. 그들을 바라보고 있던 세나는 갑자기 국왕 내외가 자신을 바라보자 멋쩍게 웃었다. 자크와 가브리엘라가 세나에게 달려오더니 세나의 손을 끌어 그들에게 다가갔다.

국왕 내외 앞에 선 세나는 얼떨결에 허리를 숙여 인사했다. 국왕이 웃는 얼굴로 세나에게 손을 내밀었다. 그녀도 얼떨결에 맞잡았다.

「우리 아이들을 잘 돌봐 줘서 고맙습니다.」

「아니에요. 저도 너무 좋았습니다.」

「아이들이 당신을 무척이나 좋아하네요. 아이 보는 게 쉽진 않았을 텐데 고마워요.」

왕실 가족들은 호텔에서 저녁 만찬을 즐기며 시간을 가졌다. 태주가 직접 파티를 이끌어 나가 한결 편해진 분위기였다.

낮 일정에 참여했던 사람은 쉬어도 된다는 지시가 내려오자 세나는 객실로 올라왔다. 샤워를 끝내고 침대에 누워 있던 그녀는 피곤했는지 금방 잠이 들었다.

얼마나 잠을 잤는지 모르겠지만 휴대폰이 울리는 소리에 벌떡 일어나 앉은 세나는 발신자 은수임을 확인하고 통화 버튼을 눌렀다.

"네. 은수 씨."

─윤 매니저님, 큰일 났어요!

"무슨 일인데?"

은수의 다급한 목소리에 세나도 얼굴이 굳었다.

─저녁 시간 내내 윤 매니저님이 보이지 않아서 자크와 가브리엘라가 찾았던 모양이에요. 지금 호텔에서 사라져서 모두 찾느라 난리예요.

"뭐라고? 어쩌다가!"

—연회장에서 저녁 식사를 즐길 때까지는 문제없었는데 그 이후에 없어진 것 같아요. 매니저님 안 부르려고 했는데 사안이 긴박해서요.

"무슨 소리야. 연락 잘했어. 지금 내려갈게."

세나는 복장이 캐주얼한 셔츠에 청바지라 고민이 됐지만 바꿔 입을 겨를이 없어 그대로 객실을 나갔다. 호텔 로비로 내려오자 몇몇 사람들이 분주히 돌아다녔다. 호텔 매니저를 붙잡고 물었다.

"없어진 지 한 시간쯤 됐어요. 지금 경호원들과 경찰까지 총동원해서 찾고 있어요."

"갈 만한 곳은 다 찾은 거예요?"

"네. 호텔 안은 이미 여러 번 살펴봤고 지금으로선 밖으로 나갔을 확률이 높아요."

세나는 등줄기에 땀이 흘러내렸다. 지금까지 한 번도 외부로 나간 적 없던 아이들이었는데 갑자기 밖으로 나간 게 이상했다. 장난기가 많고 어렸지만 생각 없이 밖으로 나갈 리가 없었다. 머리를 쓸어 올리며 불안한 얼굴로 호텔 입구를 보던 세나는 휴대폰이 울려 받았다.

—상무님 비서입니다. 잠시만 기다리세요.

전화기에서 들려오는 비서의 목소리에 세나는 저절로 한숨이 나왔다.

—내 이런 일이 일어날 줄 알았지! 이제 어떻게 책임질 건가!

역시나 화가 머리끝까지 난 박 상무가 수화기 너머에서 소리쳤다.

—안전에 문제가 생길까 봐 그렇게 조심하라고 했던 건데 기어이 사고가 터지는군.

　"죄송합니다. 찾으면 다시 보고 드리겠습니다."

　—윤 매니저에게 보고 따위 들으려는 게 아니야. 보고는 다른 사람들을 통해서도 충분히 듣고 있으니까 윤 매니저는 이 문제에 대해 책임을 져야 할 거야. 그리고 혹시 아이들 신변상에 문제라도 생기면 이건 윤 매니저 선에서 끝나지 않아.

　전화는 매정하게 끊겼다. 그는 세나의 선에서 끝나지 않는다는 걸 누차 알렸다. 상무는 전부터 그 점을 꽤 강조했다. 마치 그런 일이 생기길 바라는 사람처럼.

　세나는 서둘러 호텔 밖으로 뛰어갔다. 호텔의 앞엔 바다가 있고 뒤편엔 곶자왈로 가는 길이 놓여 있었다. 낮엔 환했지만 밤중인 지금은 사방이 암흑이었다. 마음이 급해 세나의 걸음도 빨라졌다.

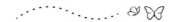

　—자크와 가브리엘라 찾았습니다.

　무전을 통해 사람들이 호텔 로비로 모여들었다. 아이들은 놀랐는지 울고 있었고 그 옆엔 은수가 서 있었다. 국왕 내외가 황급히 다가와 아이들을 안았다. 지나는 한숨을 깊이 내쉬고 은수에게 물었다.

　"어디 있었어요?"

　"아까 꼼꼼히 안 찾아봤나 봐요. 2층 라운지 옆에 움푹 들어간 구석에서 숨어 있더라고요."

"뭐라고요? 거길 못 봤다고?"

"그러니까요."

"후, 대체 왜 숨은 거래요?"

"그게…… 숨은 게 아니라 윤세나 매니저님을 찾으러 가다가 길을 잃었대요. 무서워서 그 자리에 앉아 있었나 봐요."

지나는 황당한 얼굴로 바라봤다. 은수도 가볍게 숨을 내쉬며 말했다.

"애들이 윤 매니저님을 워낙 잘 따랐잖아요. 객실에서 쉰다고 하니까 찾아 올라가려고 했나 봐요."

허탈하게 웃던 지나는 마침 태주가 다가오자 살짝 고개를 숙였다. 그도 국왕 내외가 아이를 안고 있는 모습을 보고 표정을 풀었다. 태주가 은수를 보고 물었다.

"아이들 다친 곳은 없습니까?"

"네."

태주는 옷매무새를 다잡고 국왕 내외에게 다가갔다. 대화는 잘 마무리되었고 왕실 측에서도 문제 삼지 않기로 했다. 자신의 아이들이 조심성 없이 움직여서 그렇게 된 거니 할 말이 없었다.

왕실 가족이 올라가고 호텔 로비는 다시 제자리를 찾아갔다. 경찰과 경호 인력도 원래 배치된 인원만 남고 돌아갔다.

"마지막 날에 제대로 된 이벤트를 해 주네요."

옆에 있던 프런트 매니저가 지나에게 푸념하자 그녀도 동의의 의미로 웃어 보였다.

내일 아침 식사와 둘레길 산책을 하고 그들을 배웅하면 모든 일정이 마무리되었다. 지나의 옆에 서서 함께 일정을 확인하던 태주는 자꾸만 호텔 로비를 두리번거렸다.

"세나 찾으세요?"

지나가 슬쩍 웃으며 말을 걸었다. 태주는 그녀의 말에 고개를 종이로 돌렸지만 이내 고개를 끄덕였다.

"생각할 시간을 달라니까 기다려 주렵니다. 내가 또 인내심 끝판왕인 걸 세나가 모르는 것 같아요."

지나는 태주가 안타깝기도 하고 어쩐지 귀엽게 느껴졌다.

"세나는 아마 객실에 있을 거예요. 불러 볼까?"

지나가 휴대폰을 들자 태주도 흥미롭게 바라봤다. 그녀는 웃음이 나오려는 걸 참고 버튼을 눌렀다. 한참 신호가 가는데 받질 않았다.

"자나?"

"안 받습니까?"

"네. 원래 전화하면 신호음이 두 번 지나기 전에 받는데……."

"피곤해서 자나 보군요. 놔둬요."

지나는 고개를 갸웃하고 휴대폰을 내려놓았다. 그때 호텔 로비로 들어온 지호가 그들에게 다가왔다. 그의 걸음이 빨랐다.

"혹시 윤세나 매니저 호텔로 돌아왔습니까?"

세나라는 말에 태주의 고개가 제일 빠르게 돌아갔다. 지나가 이해되지 않는다는 얼굴로 말했다.

"무슨 말이에요?"

"아까 아이들 찾을 때 윤 매니저를 호텔 밖에서 만났어요. 그땐 한참 찾던 중이라 인사만 하고 지나쳤는데 좀 전에 다시 전화해 보니까 받질 않습니다."

"세나가 지금 밖에 있단 말이에요? 객실에 있는 게 아니라?"

"네. 아까 호텔 뒤쪽 길에서 봤습니다."

함께 듣고 있던 태주의 얼굴이 급격히 굳었다. 그때 엘리베이터에서 내려온 은수가 지호의 연락을 받고 왔다며 그들에게 다급히 다가왔다.

"윤 매니저님 아직 안 왔어요?"

"혹시 윤세나 매니저 본 사람 있습니까?"

태주의 말에 프런트에 있는 사람들은 서로를 바라보았다. 그때 한 매니저가 손을 들었다.

"아까 아이들 없어졌을 때 나가는 것까지는 봤습니다."

"그게 언제입니까."

태주가 다급히 물었다.

"아이들 돌아오기 전이니까 벌써 한 시간도 더 됐습니다."

"현 매니저는 언제 봤습니까?"

"저도 그 무렵이었습니다."

태주는 더 들어 볼 생각이 없는지 발을 옮기다가 지나를 돌아봤다.

"부지배인님은 당장 직원들 다 불러 모으고 윤 매니저와 접촉한 사람 있는지, 어디서 봤는지 알아봐 주세요. 성인이니까 별문제 없겠지만 밤이라 위험할 수 있습니다. 휴대폰 위치 추적이랑 경찰에도 알리고, 내게 곧바로 연락 줘요."

"사장님! 혼자 가시려고요?"

지나가 걱정스러운 얼굴로 묻자 태주가 당연한 듯 바라봤다.

"누구라도 찾아야 하는 거 아닙니까. 밤이라 아무것도 안 보일 텐데."

"저도 곧 찾아볼게요."

"부지배인님은 호텔에 남아서 계속 진행 상황 알려 줘요."

그 말을 끝으로 태주는 호텔 로비를 뛰어나갔다.

"저도 같이 찾겠습니다."

태주가 가는 것을 보던 지호도 사람들에게 말하고 따라 나갔다. 그 모습을 멍하니 바라보던 은수의 입에서 실소가 나왔다.

세나를 찾으러 간 두 남자, 아이들이 없어졌을 때보다 더 표정이 어두웠다. 윤세나란 여자가 갖고 있는 힘. 저 남자들을 꼼짝 못 하게 하면서 정작 본인은 아무렇지도 않게 대하는 여유. 그 모든 것이 은수의 신경을 거슬리게 했다.

은수는 다시 발을 돌려 객실로 올라갔다. 자신이 아니어도 발 벗고 나서서 찾을 사람 많았다.

곶자왈 공원으로 난 길은 어두웠지만 휴대폰 손전등을 켜니 걸어가는 게 어렵지는 않았다. 아이들이 여기까지 왔을까 싶지만 혹시라도 모르니 구석구석을 살펴보았다.

점점 불길한 생각도 들었다. 혹시 미끄러져서 굴렀으면 어쩌지. 길옆엔 경사진 도랑이 있는데.

곶자왈은 원시림 상태를 보전한 곳으로 문명의 손길이 가급적 닿지 않도록 유지하는 곳이었다. 온대, 냉대 지방에 분포하는 식물이 동시에 보여 생태계 보존으로서의 가치도 있었다.

하지만 밤중에 걸으려니 문명의 손길이 닿지 않은 것이 야속하기만 했다. 평소라면 밤중에 걸을 일 절대 없겠지만 지금은 특별 상황이었다.

찾았나 물어볼까.

휴대폰을 보며 걷던 세나는 갑자기 무언가를 밟고 미끄러져 휴대폰을 놓쳤다. 그리고 경사진 비탈 아래로 굴렀다.

"꺄아악."

나뭇가지와 이끼에 몸을 부딪쳐 팔꿈치와 손바닥이 쓸렸다. 따끔거리는 것이 상처가 난 것 같았다.

잠시 정신을 차리느라 멈칫하던 세나가 천천히 몸을 일으켰다. 아까 미끄러질 때 휴대폰을 놓친 뒤 불빛이 사라져 주위가 순식간에 어두워졌다. 세나는 덜컥 겁이 나서 손으로 주변을 더듬거렸다. 바닥은 이슬로 인해 축축하고 물기가 어렸다.

잠시 앉아 있는 채로 주변을 둘러보았다. 주위가 조용했다. 잘 닦여진 길이 아니라서 주변은 식물들과 돌에 둘러싸여 있었다. 보이는 거라곤 먼발치에서 보이는 작은 불빛뿐이었다. 그래도 저 불빛을 따라가다 보면 길이 나올 것 같아 그녀는 자리에서 일어섰다.

"아앗!"

하지만 세나는 제 발목을 부여잡으며 주저앉았다. 아까 구를 때 발목을 접질린 것 같았다. 다시 일어나서 걸어 보려 했지만 오른쪽 발목이 시큰거려 급히 멈추었다. 복사뼈 주변의 살이 금세 부어올라 있었다.

주변은 암흑이고 수풀에 둘러싸였다. 갑자기 두려움이 몰려와 눈물이 왈칵 쏟아졌다. 휴대폰도 없어지고 손과 팔꿈치도 까지고, 발목도 다치고.

세나는 눈물을 닦고 일어섰다. 휴대폰도 없어서 도움을 요청할 길이 없으니 이러다가 산짐승을 마주치면 큰일 나기 딱 좋은 상황이었다. 어떻게든 혼자 가야 했다.

조금 걸어 보았지만 퉁퉁 부은 발목은 점점 더 찌릿찌릿 아파 왔다. 밤이 되어 습기가 내린 숲속은 체온을 순식간에 앗아 가 춥게 만들었다.

"산짐승에게 당하지 않아도 추워서 곧 얼어 죽겠네."

힘들게 한 발자국을 내딛던 세나는 차오르는 눈물을 애써 삼키며 정신을 다잡으려고 노력했다. 갑자기 태주가 보고 싶었다. 몸이 아프고 무서움을 느끼자 그가 더욱 생각났다. 하필 이 순간에 그가 떠오르는 게 싫었지만 태주가 보고 싶었다. 그것도 아주 간절하게.

아주 조금씩 걸음을 옮기던 세나는 귓가에 울리는 소리에 고개를 들었다. 사람의 형체가 다가오는 것을 보고 발을 멈추었다.

"윤세나!"

익숙한 목소리에 세나의 발이 다시 움직였다. 얼마 못 가 통증 때문에 멈추었지만 점차 심장이 빠르게 뛰었다. 그리고 금세 눈물이 고였다.

"사장님……."

비탈 위에서 들리는 소리와 불빛에 세나가 힘껏 소리쳤다.

"사장님!"

세나의 목소리에 자신을 부르는 태주가 점점 가까워지는 걸 느꼈다. 목소리가 가까이 들렸다.

"세나야."

태주는 세나를 발견하고 그녀가 있는 곳으로 빠르게 내려왔 다. 그리고 그녀를 와락 끌어안았다.

"괜찮아. 이제 괜찮아."

세나는 눈물을 글썽거리는 채로 한참을 멍하니 있다가 서서히 정신을 차렸다. 따뜻한 그의 체온을 느끼자 몸이 부르르 떨렸다.

"사장님."

마음을 부정할 수 있을까. 외면할 수 있을까. 이렇게 서로를 원하는 마음을 아는데 계속 모른 척 내버려 둘 수 있을까.

운명을 믿는 건 아니지만 이게 운명이 아니면 뭐란 말이야. 왜 이럴 때조차 어김없이 태주의 도움을 받는 건지. 그 많던 사람들은 다 어디로 가고 그가 나타난 건지. 그가 와 준 게 고마우면서 두려웠다. 이렇게 의지하고 바라는데 마음이 어디까지 깊어질지 무서워졌다.

오들오들 떠는 세나의 몸이 태주에게도 느껴졌다. 그는 더욱 힘주어 세나를 품에 안았다.

"전화는 왜 안 받아."

"휴대폰을 잃어버렸어요."

목소리에 물기가 묻어 일렁였다. 무서웠는지 세나는 좀처럼 몸을 떼지 못했다.

"잠깐만."

태주는 떨어지지 않으려는 세나의 몸을 떼고 재킷을 벗었다. 그리고 그녀의 등 뒤로 덮어 주었다. 곧 휴대폰을 들어 전화를 했다.

"네. 세나 찾았습니다. 네. 다른 사람들 모두 들어가 쉬라고 해요. 경찰에 연락했습니까? 아, 그럼 그것까지 취소 부탁합니다."

전화를 끊은 그는 휴대폰으로 손전등을 켰다. 단정한 목소리를 듣자니 세나도 무서웠던 마음이 한결 가라앉는 것 같았다. 아니, 그가 있으니까 하나도 무섭지 않았다.

태주가 고개를 돌려 그녀를 보았다. 그러더니 손을 들어 세나의 얼굴을 쓸었다. 그녀의 얼굴이 놀란 듯 움찔거렸다.

"묻어서."

태주는 제 손에 묻은 흙을 그녀에게 보여 주었다. 곧 제 상태를 인식한 세나가 손을 들어 닦으려 하자 그가 손을 잡았다.

"이제 없어."

세나를 바라보는 그의 눈동자가 짙게 일렁였다. 하지만 곧 고개를 돌렸다.

"가자."

세나의 손을 끌던 태주는 그녀가 한 걸음 내딛다 금방 허물어져 돌아봤다.

"……발목이."

세나는 차마 고개도 못 들고 작게 내뱉었다. 그녀의 얼굴이 부끄러움으로 붉게 물들었다. 스스로도 칠칠맞다는 생각이 들었다. 비탈에서 구르질 않나. 발목을 삐지 않나.

가만히 세나를 바라보던 태주가 다리를 구부리고 앉았다.

"그럼 업혀."

아무 말도 하지 않고 등을 보이며 앉아 있는 태주를 보자니 또다시 눈물이 솟아올랐다. 절대 등에 업히는 행동은 하고 싶지 않았는데 도저히 걸어서는 갈 수가 없어 다른 방법이 없었다.

"옷이 더러워요."

"괜찮아. 자, 네가 휴대폰 들어서 비춰 줘."

태주가 휴대폰을 내밀어 엉겁결에 받은 세나는 고개를 숙였다.

"네. 그럼…… 죄송합니다."

세나가 찌릿한 발목을 살짝 옮기며 그의 등에 업혔다. 태주는 세나의 다리를 붙잡고 금세 일어섰다. 세나는 태주의 재킷이 떨어질 것 같아 깃을 꼭 잡느라 자세가 불안했다.

"재킷 버려도 되니까 나한테 기대."

"그래도……."

"네가 더 중요해."

태주의 말에 세나는 또다시 울컥했다. 내가 더 중요하단 말이 왜 이렇게 마음을 울리는지 모르겠다. 그는 세나가 목에 손을 둘러야 출발할 생각인지 일어선 채 움직이지 않았다. 잠시 망설이던 세나가 그의 어깨에 팔을 둘러 양손을 맞잡았다.

"윤세나, 왜 이렇게 가볍냐."

세나는 대답하지 않고 그의 목덜미에 얼굴을 묻었다. 길을 내려오는 동안 그들은 말없이 서로의 숨결을 느꼈다.

"아이들은 찾았어요?"

"응."

"어디 있었어요?"

"호텔 안에."

세나는 허탈한 숨을 내쉬며 고개를 끄덕였다.

"그런 줄도 모르고 밖을 헤맸구나."

속삭이던 세나는 문득 궁금해졌다.

"저 여기 있는지 어떻게 알았어요?"

"느낌으로."

"사장님 아니었으면 큰일 날 뻔했어요. 정말 감사해요."

"어쩌다 이렇게 깊숙한 곳까지 왔어? 적당히 찾다가 안 보이면 내려와야지."

"찾다 보니까……. 저도 이렇게 깊이 들어온 줄은 몰랐어요. 너무 깜깜해서 앞이 잘 안 보였거든요."

"굴렀어?"

세나는 부끄러워 대답도 못 하고 고개를 끄덕였다.

"다른 데 다친 곳은."

"없어요. 손바닥이 쓰린 것 보니까 피가 좀 나는가 봐요."

"가면 치료부터 하자."

"네."

"일도 좋지만 다음부턴 네 몸 먼저 챙겨."

"그래도…… 그 아이들한테 무슨 문제라도 생기면 큰일이잖아요."

"큰일이야 생기지."

"그러니까요. 저 하나 잘리는 건 상관없지만 사장님한테도 영향이 가면 어떡해요. 그래서 적당히 찾을 수 없었어요."

"나 때문에 그랬다는 거야?"

세나는 멈칫했지만 곧 고개를 끄덕였다.

"네."

"의외야. 네가 나 때문에 그랬다는 게. 그래도 앞으론 그러지 마."

얼굴을 볼 수 없으니 그가 무슨 생각을 하는지 알기 어려웠다. 얼굴을 보고 말하고 싶었다.

"상무가 나를 두고 협박했을 거라 생각해."

"어떻게 아셨어요?"

"원래도 날 싫어하니까 뻔하지 뭐. 앞으로도 그런 식으로 조그만 일에도 널 압박할 거야. 그래도 그냥 못 들은 척해."

"그게 무슨 말이에요."

"아무리 문제가 생겨도 내가 사장직에서 물러나는 일은 없을 거란 소리야. 문제는 문제를 풀면 해결되는 거야. 자리를 내놔야지 해결할 수 있는 건 아니란 소리야."

세나는 가만히 고개를 끄덕였다.

"나 생각하지 말고 너만 생각해. 네 사장, 보기보다 능력 있으니까 그따위 협박에 휘둘리지 말고."

"네."

세나는 어렴풋이 미소를 지으며 팔을 더욱 꼭 맞잡았다. 그리고 그의 어깨에 얼굴을 기댔다.

"그동안 왕실 가족 챙겨 주느라 고생 많았어."

"아니에요."

"아이를 좋아하나 봐."

"네."

"아이들을 볼 땐 눈빛이 달라지더라."

태주는 첫날부터 바쁘게 다니던 세나의 모습을 떠올렸다. 누가 시키지도 않았는데 적극적으로 참여하는 그녀가 눈길을 끌었다. 아이들을 대할 땐 누구보다 다정하고 친절했다. 그런 친절을 나한테도 좀 베풀면 얼마나 좋을까, 쓸데없는 생각이 들 정도로.

어느 틈에 산책로를 모두 내려온 것을 보았다. 담장만 돌아가면 입구가 나올 것이다.

"아직도 생각하는 중이야?"

"……."

"세나야."

"……."

"자?"

태주는 세나의 심장이 규칙적으로 뛰는 걸 느끼고 입을 닫았다. 긴장이 풀어져 잠이 든 것 같다. 입구를 들어서는데 귓가에 작은 목소리가 들렸다.

"사랑해요."

뚝. 그가 걸음을 멈췄다. 굳은 듯 움직이지 않았다. 세나는 그의 목에 둘렀던 팔을 풀고 고개를 들었다.

"너……."

"사장님을 보면 심장이 자꾸만 빠르게 뛰어요. 단순한 호기심이길 바랐는데 이젠 부정할 수 없어요. 당신을 사랑해요."

"기가 막힌 순간에 말하는군."

"지금이 딱 적절한 순간인 것 같아서요."

세나는 호텔 로비 쪽에서 뛰어오는 지나와 지호를 보았다.

"내려 주세요."

"싫어."

태주의 단호한 목소리에 세나도 더는 말하지 않았다.

"사장님 마음은 아직도 유효한 거예요?"

"뭐?"

"혹시 제가 늦은 건 아닌지 걱정했어요. 서로 생각할 시간을 가질 동안 사장님 마음이 멀어졌을 수도 있으니까."

"마음에도 없는 여자를 이 밤에 정신없이 찾으러 다니지 않

아. 네가 잘못됐을까 봐 가슴 졸이지도 않아. 네 발목이 다친 걸로 속상하지도 않고."

잔잔한 목소리에 세나는 다시금 그의 어깨에 얼굴을 기댔다.

"마음 정리 다 한 걸로 알겠어."

"네."

"네 마음을 흔드는 일이 있어도 물러서지 않을 자신 있어?"

그사이 지나와 지호가 다가왔다. 지나가 사색이 된 얼굴로 세나를 보았다.

"세나야! 이게 어떻게 된 일이야. 괜찮아?"

"응."

"옷은 또 왜 이렇게 엉망이야."

지나는 태주에게 업혀 있는 세나를 보자니 새삼 그들의 인연이 깊다는 걸 느꼈다. 세나가 대답하려는데 태주가 한 발 더 빨랐다.

"윤세나 씨가 비탈 아래로 굴러서 발목을 접질린 것 같습니다."

"어휴, 큰일 날 뻔했어. 정말!"

지나는 태주의 말에 세나를 나무랐다.

"고생하셨네요. 일단 안으로. 얼음주머니 준비할게요."

안심했다는 듯 한숨을 내뱉은 지나가 먼저 몸을 돌려 빠르게 걸어갔다. 세나를 보던 지호가 옅은 숨을 내쉬었다.

"사장님이 찾으셨네요. 제가 찾던 쪽은 안 보여서 걱정했는데, 다행입니다."

세나는 태주의 등에서 내리려고 팔을 뻗는데 그가 힘주어 잡아 내릴 수가 없었다. 지호는 세나를 보며 걱정스러운 얼굴로 말했다.

"발목만 아픈 거야? 다른 데 다친 곳은 없어?"

"네. 걱정시켜서 미안해요."

"내 걱정을 왜 해. 세나 씨가 안 아픈 게 중요하지. 정말 괜찮은 거지?"

"괜찮아요. 구르긴 했는데 큰 부상 없어요. 지호 씨도 얼른 들어가 쉬어요. 나 때문에 제대로 쉬지도 못했겠어요."

세나는 계속해서 내리고자 안간힘을 썼지만 태주의 팔은 끄떡없었다. 그녀는 태주의 등에 업혀 있는 게 민망해서 얼굴이 붉어졌다.

"그럼 난 들어갈게. 혹시 무슨 일 있으면 바로 연락하고."

"네."

지호가 몸을 돌려 걸어가자 세나는 태주의 등을 때렸다.

"내려 달라니까요."

"잘 걷지도 못하잖아. 그대로 있어."

"다른 사람들도 다 보는데 정말⋯⋯."

"그러니까 더 업혀 있어야 돼."

태주는 아무것도 모르는 세나를 생각하자 깊은 한숨이 나왔다. 예상은 했지만 그녀의 주변에 자신의 적들이 생각보다 많았다.

"발목 나을 때까지 제주도에서 쉬어."

"그래도 돼요?"

"산재잖아."

"우와."

살다 보니 산업 재해로 쉬게 되는 날도 오는구나. 세나는 어쩐지 허탈한 웃음이 나왔다.

"나도 쉬고 싶다."

"사장님은 휴가 없어요?"

"쉰다고 하면 누가 막지는 않겠지만 할 일이 산더미라 쉴 수가 없네."

"네."

"주말에 내려올게. 이틀만 참아."

그 말에 심장이 아지랑이 피어오르듯 간지러웠다. 그래서 몽글거리는 심장을 달래려 태주의 어깨에 얼굴을 기댔다.

"이제 마음이 좀 편해졌어요. 내내 돌이 꽉 막힌 듯 답답했는데 속이 뻥 뚫린 것 같아요."

"세나야."

"네."

"우리 제대로 만나 보자. 최선을 다해서. 오랜 시간 그리워했던 만큼 후회하지 않도록."

잔잔하게 말하는 태주가 너무나 믿음직스러웠다. 잘 모를 때는 그저 나쁜 자식이었는데 알아갈수록 그의 진가를 알게 되는 것 같다. 그래서 점점 더 좋아진다.

"네."

로비로 들어온 태주는 곧장 호텔 내 의무실로 갔다. 그리고 침상에 세나를 내려놓았다. 밝은 곳에서 보니 세나의 몰골이 말이 아니었다. 비탈에서 굴렀다더니 온몸이 진흙투성이였다. 팔꿈치와 손바닥도 쓸려서 피가 났다.

"에고, 우리 꼬맹이 꼴이 말이 아니네."

지나는 세나의 발목을 살폈다. 발목이 통통 부어 있었다.

"많이 아팠겠네."

세나는 지나가 발목에 얼음주머니를 대자 미간을 찌푸렸다. 조금만 닿아도 시큰거렸다.

"날 밝는 대로 병원 가자."

"응."

"이지나 씨, 잠깐 나 좀 봅시다."

태주가 지나를 밖으로 불러냈다. 두 사람이 의무실을 나가자 세나는 긴장이 풀어져 곧장 기절하듯 잠이 들었다.

살짝 걷힌 커튼 사이로 푸르스름한 빛이 보였다. 밝기로 보아 새벽녘인 것 같았다.

세나는 무심코 움직이다가 발이 불편하여 몸을 일으켜 앉았다. 발목을 감싼 붕대가 발바닥과 뒤꿈치를 감싸고 있었다.

살펴보니 자신이 입고 있던 옷은 어디로 가고 객실용 가운만 입은 상태였다. 세나는 제 몸을 더듬으며 주위로 고개를 돌렸다. 곧 익숙하지 않은 객실 풍경에 눈을 크게 떴다.

"아앗!"

놀라서 일어서려던 세나는 발목에 무리가 가서 다시 주저앉았다.

"일어났어?"

세나는 눈을 들어 침실 입구 쪽을 보았다. 편한 옷차림으로 갈아입은 태주가 침실 입구에 기대 서 있었다.

"사장님."

태주는 침대로 천천히 다가와 그녀의 몸을 끌어당겨 같이 누웠다. 그의 팔이 세나를 움직이지 못하게 꼭 눌렀다. 당황한 그녀가 일어나려 했지만 태주의 힘을 당해 낼 수 없었다.

"조금 더 자. 아직 날 밝으려면 한참 있어야 돼. 나도 좀 자야겠다. 한숨도 못 잤어."

잔뜩 붉어진 얼굴로 태주를 보던 세나는 그가 눈을 감는 것을 보고 시선을 천장으로 돌렸다.

태주가 머무는 객실에서, 가운 차림으로, 그의 품에 안겨 있자니 심장이 눈치 없이 뛰었다. 어쩌자고 이렇게 빨리 뛰는지 세나는 저절로 한숨이 나왔다.

"휴대폰은 찾았어. 사람 시켜서 찾도록 했는데 네가 구른 비탈 위에 있었대. 탁자 위에 올려놨어."

"아, 고마워요."

한동안 침묵이 흘렀다. 세나는 심장 소리가 크게 들릴까 봐 괜스레 헛기침을 했다.

"옷은……."

"진흙 묻은 옷을 계속 입고 있을 순 없잖아. 이지나 씨한테 흙 묻은 곳 닦아 달라고 부탁했어."

"여기서요? 언니가 이상하게 생각할 텐데……."

"이지나 씨는 생각보다 깨어 있는 사람이야. 그리고."

태주는 여전히 눈을 감은 채 세나의 머리카락을 어루만졌다.

"나도 아픈 사람 건드리는 변태는 아니야, 윤세나."

그의 말에 세나의 얼굴이 금세 붉어졌다. 그런 의도로 말한 건 아닌데 어쩌다 보니 태주를 파렴치한으로 몰았다.

"날 밝으면 병원부터 가자. 아까 급한 대로 제주도에 있는 아

258

는 의사 불렀는데 엑스레이 찍어봐야 할 것 같대."

세나의 고개가 급히 돌아갔다.

"이 밤중에 불렀어요? 내일 병원 가면 되는데."

태주는 눈을 감은 채 태연히 말했다.

"어쩔 수 없었어. 네가 자는 중에도 자꾸만 얼굴을 찡그려서 보기 힘들더라. 움직이지 마. 발목에 힘주면 계속 아플 거야."

"그 의사분이 괜히 밤중에 고생했네요. 다음에는 그러지 마세요."

"싫어. 발목이 어떤지도 모르는데 어떻게 가만히 있어."

태주가 드디어 눈을 떠서 세나와 시선을 마주했다.

"네가 아프면 나도 아파."

그녀의 눈동자가 커졌다.

"그건 미친 말인 줄 알았지. 제정신이 아닌 사람들이 하는 말. 그런데 이젠 알겠어."

"어떻게 알았는데요?"

"사랑을 하면 누구나 다 그렇게 돼. 사랑하는 사람이 아프면 저절로 내 마음도 아파."

그게 뭐라고, 태주의 말에 세나는 금세 눈물이 차올랐다.

"더 자. 푹 쉬어야 한 대. 이후의 왕실 가족 일정에서 넌 빠질 거야."

"오늘 돌아가는 날이잖아요. 배웅만 허락해 줘요. 날 따르던 애들인데 못 보면 서운할 것 같아요."

태주의 손이 가만히 세나의 얼굴을 쓸었다.

"어차피 안 된다고 해도 내 말 안 들을 거잖아."

"들을 거예요. 사장님이 안 된다고 하면 안 가요."

태주가 가까이 다가와 세나의 입술에 살짝 입을 맞추었다. 아주 잠시 만난 서로의 입술이 짜릿했다.

"키스해도 돼?"

세나는 굳이 묻는 태주의 말에 얼굴이 달아올랐다.

"안 된다고 하면 안 할 건가요?"

긴장했는지 그녀의 목소리가 떨렸다. 태주는 빙그레 웃으며 얼굴을 쓰다듬던 손을 목덜미로 가져갔다.

"아니."

입술이 닿았다. 애무하듯 어루만지던 그가 입술을 가르고 안으로 들어왔다. 물컹한 혀가 맞닿자 전류가 흐르듯 아찔했다. 처음엔 부드럽던 그가 점차 본능적으로 파고들었다. 세나의 것을 휘어 감으며 온몸의 감각을 일깨웠다. 빨아들이는 혀의 세기에 속수무책으로 끌려갔다.

"하아."

어느 틈에 그의 손이 가운을 젖히고 세나의 젖가슴을 덮었다. 정신을 쏙 빼놓는 키스에 내맡기던 세나는 제 가슴을 어루만지는 그의 손길을 느꼈다. 남자의 손길이 제 피부에 와 닿자 온몸의 감각이 일어났다.

세나가 약한 힘으로 태주의 손을 밀어냈다. 그는 순순히 물러났다. 세나의 얼굴에 자잘한 키스를 하던 태주가 귓가에 입술을 가져왔다.

"바보야. 안 해. 어떻게 얻은 마음인데 네가 싫어할 짓을 하겠어. 내가 죽고 말지."

태주는 세나의 몸을 끌어당겨 안으며 머리를 침대에 댔다. 잔뜩 붉어진 얼굴로 숨을 내쉬던 세나가 그의 허리에 팔을 둘렀다.

"싫은 게 아니라……."

"알아. 꼬맹아."

태주는 미소를 지으며 눈을 감았다.

"그냥 널 안고 있어도 좋아. 이렇게."

"미안해요."

"뭐가 미안해?"

"능숙한 여자가 못 돼서……."

갑자기 태주가 하하 웃으며 몸을 일으켜 세나를 바라봤다. 그의 손길이 세나의 얼굴을 쓰다듬었다.

"능숙한 여자였으면 우리 관계가 급발전했겠지."

"그, 그러니까요."

세나는 부끄러워져 괜스레 고개를 돌렸다. 하지만 그의 손에 이끌려 다시금 눈을 마주쳤다.

"그런데 난 서툰 너한테도 이렇게 애가 닳아서 매달리니 굳이 능숙할 필요 없어. 그러지 않아도 매 순간 달아오르니까."

그의 시선에 세나는 점점 더 붉어졌다.

"제가 사장님을 오해하던 부분이 많은 것 같아요."

"대체 날 어떻게 본 거야?"

"나쁜 자식."

세나는 쿡쿡 웃다가 그의 품에 파고들었다.

"이젠 아니에요."

"그래."

"졸려요."

태주는 세나의 등을 토닥토닥 두드렸다.

"그런데 내가 여자를 만나는 건지 아이를 만나는 건지 가끔

헷갈릴 때가 있긴 해."

웃는지 그녀의 어깨가 들썩였다. 그러더니 고개를 들어 태주를 보았다.

"사랑해요. 이게 내가 여자인 증거예요."

태주를 보며 싱긋 웃던 세나가 머리를 들어 그에게 살짝 입을 맞췄다. 그가 세나를 으스러지도록 힘주어 안았다.

"그래."

세나의 눈가에 금세 눈물이 고였다. 이렇게 사랑을 원한 적이 있던가. 언제나 다른 사람들의 이야기인 줄 알았는데, 뭔가 더 아름답거나 사연이 있는 사람들의 것인 줄 알았는데 그 사랑이 먼 데 있지 않았다. 제게도 찾아왔다.

그녀는 태주의 허리를 꼭 안으며 그의 등을 토닥여 주었다.

"이렇게 안아 주고 싶었어요."

"왜?"

"8년 전 힘든 시간을 보낸 사장님의 마음을 어루만져 주고 싶었어요."

"그럼 지금 해 줘."

세나는 말 잘 듣는 아이처럼 태주를 소중하게 안아 머리부터 허리까지 손을 쓸어내리며 정성스럽게 쓰다듬어 주었다. 세상에서 제일 소중한 것을 만지듯 손길에 애절함을 담아.

"힘든 시간이었는데 절 잊지 않아 줘서 너무 고마워요."

태주는 세나의 손길을 받으며 눈을 감았다. 여인의 손에 심장이 울렁이고 위로받는 건 그만큼 그녀를 원한다는 뜻이었다. 슬프고 괴롭지 않은 날이 없던 건 아니었지만 세나의 손길에 마음을 치유 받는 것 같았다.

그래서 자꾸만 욕망이 차올랐다. 기다려 주고, 지켜 주려고 하는데 몸은 정반대로 움직이니 참으로 난감했다. 태주는 깊은 숨을 내쉬며 욕망을 떨쳐 내려 생각을 애써 지웠다.

"이제 자. 이러다 날 밝겠다."

"그런데 저 여기 있어도 되는 거예요? 은수 씨도 찾을 거고 누가 보면 좀……."

"그건 이지나 씨가 알아서 하기로 했어. 아, 그리고 그 사람 제주도에 집이 있다며?"

"네. 제주도에서 근무하는 동안 번 걸로 근사한 집 한 채 마련했죠."

"내가 머물 곳을 알아보려고 했는데 이지나 씨가 자기 집에 있으면 된다고 해서 그러라고 했어."

"언니한테 신세 많이 지네요."

"그래. 일도 잘하고 여러모로 참 고마운 사람이야."

"맞아요. 제가 정말…… 좋아하는……."

말을 하던 세나는 저도 모르는 사이에 잠이 들었다. 그녀를 품에 안은 태주는 옅은 숨을 내쉬며 오지 않는 잠을 청하려고 애를 썼다.

사랑을 품에 안고.

8.

가을밤

모나코 왕실 가족은 사흘간의 일정에 크게 감동하며 한국을 떠났다. 호텔을 나설 때 자크와 가브리엘라가 세나를 붙잡고 안 간다고 울며불며 매달리는 통에 로비에서만 한 시간을 지체했다.

　발목에 부분 인대 파열이 생겨 제주도에 남아 치료를 받게 된 세나를 제외한 직원들은 뒷정리를 끝내고 모두 떠났다.

　혼자 남은 세나는 병원 통원 치료를 받으며 모처럼의 휴식을 취했다. 병원에서 나오면 '별빛 서린 창가' 책방에 들러 책을 보며 하루를 보냈다.

　─그래서 다음 주 쯤에야 올라온다는 거냐.

　발목을 다쳤다는 말에 주환은 당장 데리러 오겠다고 했지만 세나가 한사코 거절하여 겨우 말렸다.

　"겸사겸사 쉬었다가 올라갈게요. 모처럼 쉬는 거니까."

　─그럼 준성이한테 전화 좀 넣어라. 넌 어째 그렇게 무심하

냐. 서울에서 걱정할 사람은 생각 안 해?

"아빠. 끊어요."

매몰찼지만 이렇게 전화를 끊지 않으면 준성에 대한 칭찬을 늘어놓을 게 뻔했다. 서울로 가면 확실히 말해야겠다. 이젠 더 이상 준환이 준성의 이름을 꺼내는 걸 두고 볼 수 없었다.

넓은 창으로 들어오는 가을 아침의 햇살을 느끼며 세나는 한숨을 푹 내쉬었다.

태주는 서울로 올라간 뒤로 이틀 동안 전화 한 통이 없었다. 바쁘다는 건 알고 있었지만 정말 잠시도 틈이 없을까. 엊그제 다정했던 모습이 다 허상이었던 것처럼 주변이 공허했다.

아직도 그가 오려면 하루가 더 남았다. 주말엔 무얼 하며 보낼까. 장이라도 봐야 하나. 막상 그와 사귄다고 생각하니 뭘 해야 할지 막막했다.

세나는 휴대폰을 만지작거리며 무릎을 세워 끌어안았다. 태주를 생각하니 저절로 미소가 지어졌다. 세나는 붕대를 감은 제 발목을 손끝으로 매만졌다. 발목을 두 손으로 감싸며 어루만지던 그의 손길이 떠올랐다.

괜스레 가슴이 뛰어 세나는 바닥에서 일어섰다. 이러고 청승을 떨고 있느니 책방이나 가자는 생각으로 옷을 챙겨 입었다.

지나의 집은 거실의 전면이 유리창으로 되어 있어 제주도 바다를 한눈에 볼 수 있는 고즈넉한 단층집이었다. 제주도 돌담에 평상이 있는 마당만 보면 전통적인 느낌이 들지만 집 안은 현대식으로 꾸며 아늑했고 생활하는데 불편함이 없었다.

현관문을 닫고 나온 세나는 대문 앞에서 대기하고 있는 택시에 올라탔다.

차는 금방 별빛 서린 창가에 도착했다. 연이틀을 책방으로 출근 도장을 찍으니 이젠 주인도 세나를 알아보았다. 책방은 비교적 한산했다. 세나는 시큰거리는 발목을 끌고 들어와 자리를 잡았다.

요즘 서점은 일반적인 서적뿐 아니라 그 지역의 특성을 나타낸 책이나, 서점과 작가가 직접 거래하여 발간하는 책을 볼 수 있어서 숨은 재미를 느낄 수 있었다.

전자책이 발전하면서 더 이상 종이책 시장은 발전하지 못할 거라지만 세나는 여전히 종이책의 재질과 감성이 좋았다. 그래서 꼭 서점에 와서 책을 보고 구매했다.

크기가 다양한 책들을 눈으로 훑은 세나는 팔 위에 척척 올려놓았다. 그리고 계단 구석으로 가서 앉았다. 그리고 가장 위에 올린 책부터 차례대로 읽기 시작했다.

한참 책을 읽던 세나는 불현듯 손목시계를 내려다보았다. 어느새 네 시간이 지나 있었다. 2시가 훌쩍 넘은 시간 동안 계단에 앉아 책만 들여다보고 있었다. 어쩐지 목이 아프고 배도 고프더라니.

세나는 고개를 들어 돌리며 팔을 쭉 뻗어 스트레칭을 했다.

"엄마, 깜짝이야!"

세나는 제 옆에 앉아 책을 들여다보고 있는 태주를 보고 소리를 질렀다. 그녀가 소리를 지르는 바람에 책방에 있던 사람들의 시선이 쏠렸다.

하지만 정작 세나를 놀라게 한 당사자는 미동도 없이 한쪽 다리를 다른 다리 위에 올린 채 책장을 넘겼다.

너무 놀라 주책맞게 뛰는 심장 소리가 그에게 들릴까 봐 세나는 왼쪽 가슴 부위에 손을 가져다댔다.

"책이나 봐."

예상하지 못한 사람을 바로 옆에서 본 터라 세나의 심장이 두 근 반 세 근 반으로 뛰었다.

"뭐, 뭐예요."

"뭐가."

"사장님이 어떻게……."

태주는 말없이 책만 들여다봤다. 슈트가 무척 잘 어울리는 남자. 잘생긴 외모에 슈트 안으로 단단한 체격이 돋보이는 남자.

멋진 모습으로 제 곁에 앉아 있는 그에게서 시선을 뗄 수가 없었다.

"책 안 봐?"

"지금 책이 눈에 들어오겠어요?"

드디어 태주가 책에서 세나에게로 고개를 돌렸다. 그리고 방 긋 웃었다. 웃는 얼굴에 또다시 심장이 쿵 내려앉았다.

"내일 오는 거 아니었어요?"

"그랬는데."

태주는 가만히 손을 들어 세나의 한쪽 볼을 감쌌다.

"보고 싶어서 내일까지 기다릴 수가 없었어. 그래서 일을 미 친 듯이 끝내고 달려오는 길이야."

그가 씩 웃으며 가까이 다가왔다. 그리고 세나의 귓가에 속삭 였다.

"하루 종일 같이 있으려고."

"사장님."

"괜찮지?"

그의 시원한 미소가 세나의 심장을 자꾸만 흔들었다. 세나는 살짝 고개를 끄덕이며 그의 어깨에 이마를 기댔다.

"저 여기 있는 줄은 어떻게 알았어요?"

"윤세나가 제주도에서 갈 만한 곳이 여기 말고 더 있어? 발목 아픈데 돌아다닐 수도 없으니 책방이 너한텐 최고의 장소지."

세나는 몰랑거리는 심장의 일렁임을 느끼며 입가에 미소를 지었다.

"보고 싶었어요."

"그래서 빨리 왔어."

"일은 다 끝냈어요?"

"다 끝낼 수야 있나. 당장 급한 것만 처리하고 왔지."

"매일 붙어 다니는 홍 실장님은 어디 있어요?"

"내 여자 만나러 가는데 홍 실장까지 따라오는 건 좀 그렇잖아. 화요일 아침에 김포 공항에서 보기로 했어."

내 여자. 세나는 그의 말에 괜스레 얼굴이 붉어졌다.

"그래서 연락도 없었던 거예요?"

"내 연락 기다렸어?"

"당연하죠."

"연락하면 더 보고 싶어질까 봐. 그럼 일이고 뭐고 당장 뛰쳐나오게 될 것 같아서 못 했어."

"그럼 안 되죠."

"네가 먼저 하지 그랬어."

"……하고 싶었는데, 언제 해야 좋을지 모르겠어서 못 했어요. 방해될까 봐."

"하긴, 내가 견딜 수 없었을지 몰라."

"네?"

"어젠 좀 위험했어. 보고 싶은 걸 참느라 인고의 고통을 느꼈거든. 허벅지 찔러 가며. 그 순간에 네 목소리 들었다면 정말로 비행기 띄웠을지도 몰라."

웃는지 세나의 어깨가 들썩였다. 그리고 어깨에 기댔던 얼굴을 들어 태주를 보았다.

"저도 너무 심심해서 언제 오려나 문 밖에만 바라보고 있었어요."

쪽. 세나의 입술에 그의 입술이 살짝 닿았다가 떨어졌다. 어김없이 얼굴은 금방 붉어졌다. 싫지 않았다. 아니, 처음부터 싫은 건 아니었다. 그와의 입맞춤은 언제나 좋았다.

다만 이젠 거부하지도, 외면하지 않아도 되었다. 이젠 하고 싶을 때 마음껏 해도 된다.

"아이 참. 사람들도 있는데……."

세나는 눈을 살짝 흘겨보며 싱긋 웃었다. 또 저렇게 바라본다. 태주는 미간을 찌푸렸다.

"이제 뭐 할 거야?"

"사장님 말처럼 발목이 아파서 무작정 돌아다니진 못해요. 집으로 갈까요?"

"바라던 바야."

"차 끌고 왔어요?"

"응."

"그럼 책을 좀 사요. 매번 와서 사지도 않고 보기만 했더니 눈치가 좀 보여서요."

세나는 민망한지 혀를 쏙 내밀었다.

"그래. 번거롭게 책방에 나오느니 책을 사서 집에서 보는 것도 좋을 것 같다."

세나는 여러 권을 골라 계산대에 놓았다. 그러다 보니 어느새 열 권이 넘는 책을 올려놓았다.

"여기 자주 오셨었죠?"

책방 주인이 테이블에 올라온 책과 세나를 번갈아 보더니 웃으며 물었다. 세나도 웃으며 고개를 끄덕였다.

"책을 좋아하는 게 제 눈에도 보이던데 오늘은 아예 사 가지고 가는 겁니까?"

"네. 매번 보고 가기만 해서 죄송했어요."

"아닙니다. 덕분에 책에 먼지 쌓일 일 없어서 좋더군요. 자주 오세요."

"네. 감사해요."

세나가 카드를 내밀려고 하자 태주가 그녀의 손을 내리고 제 카드를 내밀었다.

"이걸로 계산해 주세요."

"제가 살 거예요."

"내가 살게."

"제가 볼 건데 왜 사장님이 계산해요."

"나도 볼 거니까. 치사하게 너만 보려고 했어?"

"그래도……. 이건 제가 사야 하는 건데."

"넌 다른 거 사."

"어떤 거요?"

"음, 생각해 보자."

그러더니 씩 웃고 만다.

끈으로 묶은 책을 들고 나가는 태주를 보던 세나가 오른발을 절뚝이며 다가왔다.

"돈 많은 거 아니까 자랑 안 해도 돼요."

책방 주차장에 세워 둔 차의 뒷좌석 문을 연 태주가 책을 내려놓고 문을 닫았다. 그리고 세나를 돌아봤다.

"나 돈 많은 건 우리나라 사람들은 다 알 걸?"

"그러니까 제가 사는 게 맞아요. 저도 돈 벌고 그 정도 낼 돈은 있어요."

"내가 해 주고 싶어. 머리끝부터 발끝까지 전부 다."

태주의 말에 말문이 막힌 세나는 커다란 눈을 들어 그를 보았다.

"누가 내는 걸로 실랑이하지 말자. 내가 낸다고 해서 네 자존감이 떨어지는 거 아니니까."

"그건 아는데……."

"세나야."

부드럽게 부르는 소리에 세나는 심술로 술렁거리던 마음이 한순간에 가라앉았다. 태주가 그녀의 손을 잡아 제게로 당겼다. 그리고 앞으로 기울어진 세나의 몸을 제 품으로 끌어안았다.

"이것도 모자라. 마음 같아선 내가 할 수 있는 모든 것을 네 소유로 만들어 주고 싶어. 네 몸에 걸친 모든 것을 내 걸로 채우고 싶다고."

"사장님."

태주는 정말 그렇게 할 것 같았다. 그게 가능한 남자였기에.

"보고 싶어서 어디 있는지 묻지도 않고 추측만으로 달려온 거 보면 모르겠어? 난 지금 윤세나한테 미쳐 있어. 그러니까 네가 이해 좀 해 줘."

절절한 고백에 세나는 가만히 그의 허리에 팔을 감았다. 그리고 그의 가슴에 얼굴을 댔다.

"알겠어요. 얼마나 미쳐 있는지 두고 봐야지."

"얼마든지."

세나를 안은 태주의 팔에 힘이 들어갔다.

지나의 집은 완벽한 연애 장소였다. 둘만의 공간을 누구의 방해도 없이 즐길 수 있는 최적의 장소.

발목이 아파서 여행을 할 순 없었지만 덕분에 집에서 온종일 붙어 있었다. 바다가 보이는 전신 창을 바라볼 수 있게 놓은 푹신한 소파에 앉아 책을 읽기도 하고, 밥을 해 먹고, 그러다 꽂히는 주제에 대해선 시간 가는 줄 모르고 대화를 나눴다.

하루는 금방 지나갔다. 어느덧 해가 저물고 별이 총총 뜬 밤이 되자 태주는 세나를 안아 들고 그녀의 방 침대에 내려놓았다. 그리고 이마에 입을 맞춘 후 '잘 자' 하고 말한 뒤 방을 나갔다.

함께 있으니 괜스레 긴장이 되었지만 태주는 태연해 보였다. 정말로 어린아이 돌보듯 보호자처럼 굴기도 했고, 말 안 듣는 아이 꾸중하는 아빠처럼 일찍 자라고 잔소리하기도 했다.

아침이 되면 태주는 다시 또 세나를 품에 안고 온종일 놓지 않았다. 햇빛 들어오는 창가의 소파에 앉아 어깨에 팔을 두른 채 책을 보았다. 휴대폰으로 문자나 전화를 받으면 간간이 노트북으로 일을 하기도 했다.

세나가 입속에 과일을 넣어 주면 오물오물 받아먹었다. 책을 보다가 재미있는 구절이 나오면 손수 읽어 주기도 했다. 그의 목소리로 책의 내용을 들을 땐 몰랑몰랑 아지랑이 피어오르듯 온몸이 떨렸다. 낮은 중저음의 목소리가 귓가를 자극했다.

"여기서부턴 네가 읽어 줘."

태주가 책을 내밀면 세나가 받아 들고 다음 구절부터 읽기 시작했다. 그럼 그도 세나의 허리에 팔을 감은 뒤 그녀의 무릎을 베고 누워 눈을 감았다. 부드럽게 들리는 목소리에 태주의 입가에도 미소가 생겼다.

한참을 그렇게 번갈아 가며 읽다가 배가 고파 요리를 만들었다. 태주는 요리를 잘하지 못했기에 자연스럽게 세나가 주방을 담당했다. 인터넷 주문으로 받은 재료로 밥을 하면 같이 식사를 했다.

"맛있다."

국물을 한 술 뜬 태주가 마음에 드는 듯 웃었다. 세나는 싱긋 웃으며 허리에 손을 둘렀다.

"저 요리 잘해요. 재희는 제가 만든 요리가 제일 맛있다고 했어요."

"그럼 요리는 윤세나가 전부 하면 되겠다."

"사장님은 할 줄 아는 거 없어요?"

"난……."

밥을 한 숟가락 뜬 태주가 씩 웃었다.

"먹는 걸 잘하지."

입술을 삐죽이던 세나는 곧 싱긋 웃었다.

"제가 다 해 줄게요. 다 해 주고 싶어요."

설거지는 태주 몫이었다. 태주가 설거지를 하면 세나는 식탁 의자에 앉아 그의 뒷모습을 지켜보았다.

"설거지 처음 해 보죠?"

"한 번 해 봤어."

"언제요?"

"아주 어릴 때. 두 살 땐가. 장난감 그릇에 흙을 잔뜩 담아 놓고는 그걸 또 물로 씻고 있었다나."

"어릴 때부터 깔끔병이 있었네요. 그럼 그때 해 보고 한 번도 안 했어요?"

"할 이유가 없으니까."

"전 인생의 반은 설거지를 한 것 같은데."

세나의 말에 태주가 하하 웃었다.

"앞으론 내가 해 줄게."

"됐습니다. 설거지 시켰다가 무슨 소리를 들으려고."

"누구한테 들어."

"많죠."

"내가 한다는데 누가 뭐래. 아무도 뭐라고 못 해."

말이라도 예쁘게 해 주는 태주가 고마웠다. 뭐든지 맞춰 주려는 말과 행동이 그녀를 웃게 만들었다.

"그런 옷은 처음 입어 봤죠?"

마트에서 태주가 입을 만한 셔츠와 바지를 샀는데 팔다리가 워낙 길어서 넉넉한 치수인데도 9부가 되었다.

"이 정도야 뭐. 감지덕지. 벗고 생활할 줄 알았는데."

"뭐라도 걸치게 했을 걸요? 내 옷이라도."

그가 웃으며 고무장갑을 벗었다. 그리고 싱크대에 올려놓고 세나에게 다가왔다.

"아쉽네. 내 몸을 볼 수 있는 기회가 흔치 않은데 말이야."

태주가 씩 웃자 세나도 쿡쿡 웃음을 흘렸다. 그리고 의자에서 일어서며 태주의 가슴 부위에 프린트된 그림을 꾹 눌렀다.

"그럼 곰돌이는 이따 또 입고 지금은 옷 갈아입을래요?"

"왜?"

"산책해요."

바라던 바라며 몸을 돌린 태주는 윗옷을 벗고 슈트를 걸어 놓은 방으로 들어갔다. 살짝 본 그의 등 근육에 세나는 숨을 훅 내쉬었다. 그리고 생각하지 않으려 괜스레 부지런히 움직였다.

바닷바람을 맞으며 산책을 하는 내내 맞잡은 손은 떨어지지 않았다. 바람이 부는 가을 제주도는 온도, 습도 모든 것이 완벽했다. 산들산들 부는 바람에 머리카락이 나부꼈다. 그 공간의 흐름은 한 방향으로 흘러 그들을 휘감고 지나갔다.

"발목은 어때?"

"많이 좋아졌어요. 이번 주 지내보고 다음 주엔 서울 올라갈 수도 있을 것 같아요."

"무리하지 말고 푹 쉬어."

"네."

잠시 말없이 걷던 세나는 옆으로 고개를 돌려 태주를 보았다. 자신도 키가 큰 편인데 태주는 한참이나 더 컸다. 앞을 보며 걷는 그의 옆선이 눈에 들어왔다. 묻고 싶은 말이 있는데 왠지 꺼내기가 힘들었다.

"너 술 취해서 집에 데려다주던 날 집안 어른들께 전부 말씀 드렸어. 결혼 이야기 없었던 일로 하겠다고."

제 마음을 읽은 듯 먼저 말을 꺼내 준 태주가 고마웠다. 그리고 생각해 보니 그땐 시간을 갖자고 했을 때인데 부모님께 말씀드렸다는 말에 놀라 눈이 커졌다. 태주가 고개를 돌려 세나를 내려다보았다.

"내내 걱정했던 거 아냐?"

"네. 맞아요."

세나는 괜스레 얼굴이 붉어져 고개를 앞으로 돌렸다.

"시끄러웠겠네요."

"갑자기 안 하겠다고 하니까 놀라셨지."

"괜찮은 거예요?"

"안 괜찮으면 어쩔 건데. 다시 물러?"

"아, 아니. 그건 아니지만……. 연지우 씨에게 좀 미안해지네요."

"왜?"

"사장님과 결혼하길 기대하고 있었을지도 모르잖아요."

갑자기 태주가 하하 웃음을 터트렸다. 어리둥절한 표정으로 바라보는 세나를 보자 그는 더 크게 웃었다.

"연지우가 날 좋아하기라도 한다는 말이야?"

"뭐, 그럴 수도 있죠. 사장님은 누구나 반할 만큼 멋지니까."

태주는 걷던 걸음을 멈추고 세나를 돌아봤다. 그리고 그녀의 양어깨에 손을 얹었다.

"그렇게 말해 줘서 고마운데 지우는 날 좋아하지 않아."

"네?"

"자세하게 말하긴 그렇지만 아무튼 그저 오빠 동생 사이일 뿐이야. 그러니까 내가 결혼 취소를 한다고 해서 속상해하지 않을 거고."

"어떻게 그렇게 확신해요?"

"처음부터 서로의 감정이 배제된 정략결혼이었어. 너도 들어 알고 있는 재벌의 정략결혼, 딱 그런 거였어. 물론 네가 끝까지 마음을 열지 않았다면 그대로 결혼하는 불상사가 생겼을 수도 있지."

세나는 태주가 다른 여자와 결혼한다는 생각만으로도 속상해졌다. 자신보다 배는 잘 어울리는 여자인데도 질투가 났다. 만약 그가 정말로 다른 여자와 결혼을 했다면 견딜 수 있었을까.

"세나야."

"네."

"전에도 말했지만 나 적은 나이 아니야."

"네. 알아요."

"널 만나는 게 그저 가볍진 않아."

세나가 눈을 들어 태주를 보았다. 짙은 갈색 눈동자가 자신을 바라보며 확인을 받는 듯했다.

"결혼을 전제로 만나는 거야, 난."

전혀 예상하지 못한 말은 아니지만 막상 그의 입으로 듣게 되니 심장이 정처 없이 뛰었다. 그가 세나의 허리를 감아 당겼다. 가깝게 밀착된 몸에 서로의 감정이 담겼다. 태주의 숨결이 느껴졌다.

"운명을 느껴. 처음 봤을 때부터 그랬어."

"사장님."

"이런 끌림이 가당키나 할까? 8년이나 떨어져 있었는데 바로 어제처럼 똑같은 감정일 수 있느냐고. 그건 불가능해."

그의 손길이 세나의 목덜미에 닿았다. 곧 양손이 세나의 얼굴을 감싸 쥐었다.

"사랑한다."

달콤한 고백 후 입술이 닿았다. 부드럽게 다가온 입술은 곧 강렬하게 파고들었다. 입술을 가르고 들어온 혀가 세나를 옭아매며 휘감았다. 붉은 입술은 그가 물어뜯을 정도로 강하게 빨아들여 잔뜩 부풀어 올랐다. 그가 얼굴을 옆으로 꺾어 더 깊숙이 들어왔다.

다리에 힘이 풀려 주저앉으려는 그녀를 태주의 팔이 강하게 붙들고 놓지 않았다. 허리가 꺾일 정도로 강렬한 힘에 세나의 얼굴이 점차 붉어졌다.

입술이 떨어지자 거친 숨이 쏟아졌다. 귀까지 빨개진 세나의 얼굴에 자잘한 키스를 남기던 태주가 귓불을 살짝 깨물었다. 곧장 반응하는 세나가 자지러지는 숨소리를 냈다.

"사랑해."

그의 목소리가 낮게 갈라졌다. 그게 무얼 뜻하는지 세나도 모르지 않았다. 그것도 모를 만큼 어리지 않았다. 세나는 달뜬 숨을 내쉬던 입술로 그의 귓가에 속삭였다. 여전히 숨이 차오른 목소리로.

"제가 낚인 건지도 몰라요."

"그게 무슨 말이야."

"그래도 할 수 없어요. 나쁜 남자의 수법에 그대로 놀아나는지도."

"내가 나쁜 놈이란 소리군."

"만약 노렸다면 성공했어요."

세나는 얼굴을 들어 그를 보았다. 붉게 물든 얼굴에 물기를 담은 눈동자. 떨리는 몸짓으로 부드럽게 웃었다.

"안아 주세요."

조금 놀란 얼굴로 보던 태주가 곧 손을 들어 그녀의 얼굴을 쓸었다.

"노린 거 아닌데."

"……."

"무리하지 마. 천천히 가자."

"저도 그럴 생각이었는데."

눈웃음을 지으며 그의 입술에 가볍게 입을 맞춘 세나가 태주의 가슴팍에 얼굴을 기댔다.

"그럴 필요가 없어요, 이젠. 전 당신과 맞닿고 싶어요."

"나 때문에 마음에도 없는 결심을 하는 거라면 그것도 유쾌하진 않아. 난 우리가 같은 마음일 때 하고 싶어."

세나의 웃음소리가 잔잔하게 흘러나왔다.

태주는 속도 모르고 청량하게 웃는 세나에게 옅은 한숨이 나왔다. 하루 종일 옆에 붙어 있는데 정말 아무런 생각이 없는 줄 아는 건가. 얼마나 참고 있는지, 실수하지 않으려고 눈치 보고 있는지 모르고 하는 소린가.

"이상해요. 예전엔 허락도 없이 키스하더니 이젠 하나하나 제 허락을 받는 게 낯설어요."

"그거야 네가 나 싫다고 도망가면 안 되니까 그러지."

"태주 씨."

세나가 고개를 들어 태주를 보았다. 그녀의 눈매가 또 고양이처럼 치켜 올라갔다. 태주가 꼼짝 못 하는 그 눈매. 그리고 그녀의 입으로 듣는 자신의 이름.

"같은 마음이에요."

바라보는 눈동자. 진실한 눈빛. 맞닿은 손길. 서로의 체온. 산들산들 불어오는 바람. 그것만으로 충분했다.

아직 해가 저물기 전이라 커튼 사이로 노을빛이 들어왔다. 살짝 어두운 방 안이지만 서로의 움직임은 눈에 들어왔다. 태주의 입술이 세나의 입술로 파고들었다. 바깥에서보다 한층 더 짙어진 농도로 그가 그녀의 입술을 빨아들였다.

세나를 번쩍 안아 들고 집으로 들어와 그녀의 방 침대에 눕힐 때까지 얼굴 곳곳에 입맞춤을 한 태주는 마침내 입술 사이를 깊이 들어왔다. 그의 목을 감싸고 있던 세나의 팔에 힘이 들어갔다.

그의 손길이 세나의 목덜미를 쓸며 아래로 내려왔다. 그리고 소담한 가슴에 닿았다. 그저 옷 위로 닿은 것뿐인데 그녀는 숨을 훅 들이쉬었다. 집어삼킬 것처럼 빨아들이던 태주가 입술 끝에 자잘한 키스를 남겼다.

"긴장하지 말고 네 마음이 시키는 대로 해."

고개를 끄덕이며 말 잘 듣는 아이처럼 눈을 들어 그를 보았지만 터질 것 같은 심장 소리는 줄어들지 않았다.

부드럽게 웃던 태주가 제 셔츠로 손을 가져가 단추를 풀었다. 금세 가슴골이 나타나고 그가 셔츠를 벗자 단단한 몸이 드러났다. 탄탄한 가슴과 넓은 어깨가 세나의 시선을 사로잡았다. 잘 다져진 복근을 보며 괜스레 부끄러웠다. 자신은 눈앞의 남자처럼 훌륭한 몸매의 소유자는 아니었다.

왜소한 어깨와 다르게 풍만한 가슴과 잘록한 허리, 꿀처럼 말랑거리는 살결을 가진 완벽한 몸매의 재희와 대조적으로 자신은 뼈밖에 없는 마른 몸에 가슴도 작았다.

상의를 벗은 태주가 세나의 티셔츠 아래로 손을 넣어 머리 위로 빼냈다. 곧이어 능숙한 손길로 등 뒤의 후크를 풀어 가슴을 가린 속옷까지 걷어 냈다.

자신도 모르게 눈을 꼭 감은 세나는 부드러운 손길이 제 가슴께를 스치자 파르르 몸을 떨었다. 가슴을 움켜쥐는 행동에 숨이 가빠왔다.

그의 입술이 목덜미와 귓불을 지분대다가 점점 아래로 내려왔다. 어깨와 쇄골에도 자잘한 키스를 남기던 그가 봉긋한 가슴 가운데 붉은 정점을 입에 물었다.

"아앗."

온몸에 전율이 흐르며 머리끝부터 발끝까지 여운을 보냈다. 그리고 금세 몸이 붉게 달아올랐다.

나머지 젖가슴도 손으로 만지작거리며 정점을 비틀던 그는 납작한 복부를 훑으며 내려가 밴딩 처리가 된 치마와 팬티까지 한 번에 아래로 내렸다.

잔뜩 솟아오른 그녀의 정점을 잇새로 물었다 놓으며 자극하던 그가 움츠린 허벅지를 부드럽게 쓸며 안으로 손을 가져갔다.

"아…… 사장님……."

어찌할 줄 모르는 세나는 시트를 움켜잡던 손을 놓고 그의 팔을 잡았다. 그러자 태주는 세나의 양손에 깍지를 끼워 움직이지 못하도록 결박하고 아래로 내려갔다. 그리고 굳세게 잠긴 문처럼 다리를 모은 세나의 허벅지를 혀끝으로 살살 어루만졌다.

"아앗……."

손보다 더 민감한 감촉이 허벅지를 자극하며 꽁꽁 언 다리의 힘을 풀기 위해 애썼다. 태주가 허벅지부터 붕대를 감은 발끝까지 지극정성으로 애무하자 세나의 몸이 결국 못 이기고 풀어졌다. 그 틈에 다리를 벌린 태주가 세나의 검은 숲으로 입술을 가져갔다.

태주가 민감한 부분을 자극할 땐 저절로 숨소리가 거칠어지고 신음 소리가 나왔다. 너무 부끄러워 얼굴을 가리고 싶었으나 그가 손을 결박하고 있어서 그마저도 쉽지 않았다.

오랫동안 그녀의 안을 혀로 애무하던 그로 인해 세나는 경험해 보지 못한 쾌락에 몸을 떨었다. 태주가 선사하는 감각을 느끼고 신음을 토해 내는 제 스스로가 낯설었다. 그래서 입술을 깨물며 소리를 내지 않으려고 했지만 끈적이는 손길에 속수무책이었다.

"사장님……."

울먹이는 목소리로 그를 부르는 세나의 목소리가 달뜬 숨소리와 함께 나왔다. 애무만으로 뜨거워지고 정신을 혼미하게 만들었다.

태주는 잠시 세나의 몸에서 벗어났다. 묵직한 몸이 사라지자 금세 허전함이 찾아왔다. 손이 자유로워지자 세나는 부끄러움에 제 얼굴을 가렸다. 하지만 귓가로 태주가 나머지 옷을 벗는 소리가 너무나 생생했다.

다시금 몸을 밀착해 오는 태주가 얼굴을 가리고 있는 세나의 손을 걷어 냈다. 아무것도 입지 않은 서로의 살갗이 닿자 또 다른 정염이 생겼다.

"가리지 마."

목소리가 잠긴 태주가 세나와 눈을 맞췄다.

"아플 거야. 내가 미리 해 주지 않았다면 더 아팠을 거야."

"네?"

"미안해. 그런데 나도 못 참겠어."

잔뜩 붉어진 얼굴로 태주를 보던 세나의 얼굴이 급격히 찡그려졌다. 남자의 것이 제 몸에 들어오려고 힘을 썼다. 처음 느껴 보는 고통에 몸이 부서지는 것 같았다. 번개로 맞은 것처럼 온몸이 반으로 갈라지는 느낌이 들었다.

"세나야. 힘 빼."

키스를 하며 그녀의 온몸을 애무하는 태주의 입에서도 낮은 숨소리가 흘러나왔다. 도저히 내줄 것 같지 않은 그녀가 차츰 자신을 받아들였다. 그러면서 자신을 잔뜩 조이는 압박감과 그녀의 안이 너무 뜨거웠다. 길은 좁았지만 정복하고 싶은 욕구도 생겼고, 제 행위에 반응을 보이는 여체가 탐스러워서 계속 맛보고 싶었다.

고통에 정신을 차리지 못한 세나도 차츰 적응을 하며 숨을 몰아쉬었다. 그 숨소리가 자꾸만 제 의지와 상관없이 흘러나와 곤혹스러웠지만 막을 방법이 없었다.

"흐읏……."

태주가 몸을 움직일 때마다 세나의 숨소리도 함께 흔들렸고, 그가 키스를 할 때마다 그녀의 안이 뜨겁게 조였다. 세나는 제 안을 가득 채우는 남성의 크기에 또다시 전율할 수밖에 없었다. 생경한 감각에 그의 어깨를 마치 동아줄이라도 되는 양 꼭 잡고 있는 그녀의 눈가에 눈물이 맺혔다.

세나야, 이름을 부르는 태주의 몸짓이 더욱 빨라졌다.

아, 이래서 사람들이 사랑을 나누는구나.

이런 행위로 마음을 저울질할 수 없다고 여겼던 지난날이 어리석게 느껴졌다. 사랑하는 사람과 눈을 맞추며 신체를 맞대고, 같은 숨소리와 동일한 동작으로 한 몸을 이루는 순간은 결코 가벼운 것이 아니었다.

왜 여태 경험해 보지 않고 그 행위를 부정했는지 어렴풋이 알 것 같다. 이 사람을 만나려고, 이 사람과 사랑을 주고받고 싶어서, 진실한 사랑이 왔을 때 놓치지 않으려고 기다렸던 거란 걸.

그의 몸을 안고 거친 숨을 토해 내며 세나는 알아 버렸다. 이제 제 인생에 다른 남자는 존재하지 않겠구나. 이 끝이 어디로 흘러갈지 알 수 없지만 한 가지는 분명했다.

제게 더 이상 다른 남자는 의미 없단 걸.

"세나야."

세나의 어깨에 자잘한 키스를 남기며 속삭이는 목소리에 세나는 옅은 신음 소리를 내며 눈을 떴다. 태주가 눈앞에 보이자 그녀의 얼굴이 금세 달아올랐다.

"어떻게 참았어요?"

"뭐가?"

"이렇게 하고 싶었으면서……."

세나는 말을 잇지 못하고 입술을 깨물었다. 노을이 질 무렵 시작한 관계는 동이 틀 때까지 반복적으로 이어졌다. 그를 끊임없이 받아 주던 세나는 완전히 탈진한 상태였다. 쓰러지듯 잠이

들다가 깨기를 반복했다. 지금도 그의 목소리에 정신을 차린 것이었다.

태주는 세나의 허리에 팔을 감아 품에 안았다. 그리고 매끄러운 살결에 입을 맞추었다.

"8년 전부터."

"네?"

"그때 제주도에서 널 봤을 때부터."

세나는 고개를 돌려 그를 보았다. 빙그레 웃어 보인 태주가 그녀의 머리를 쓰다듬었다.

"그런데 네가 안 된다니까 참았어."

"참는 걸 잘하네요."

"간절해지면 모든 할 수 있지."

그의 목소리에 세나는 잔잔히 울리는 심장의 파동을 느끼며 눈을 감았다.

"많이 아파?"

태주의 손이 세나의 아랫배를 살살 어루만지며 주물렀다. 세나는 천천히 고개를 저었다. 그리고 그의 품 안으로 파고들었다.

"이 정도 아픔은 사장님의 마음에 비하면 아무것도 아니죠."

세나의 말에 태주의 웃음소리가 잔잔하게 흘러나왔다.

"사장님 말고."

"네?"

"둘이 있을 때에도 네게 사장님이고 싶지 않아. 이름 불러줘."

"태주야. 태주 씨. 태주 오빠. 태주 선배. 뭐라고 부를까요?"

"다 괜찮아. 네 마음대로 불러."

"그럼 지금은…… 태주 님."

그가 쿡쿡 웃으며 세나를 꼭 끌어안았다. 그녀의 벗은 등이 매끄러웠다.

맨 살에 와 닿는 그의 숨결이 간지러웠다.

"당신은 내가 왜 좋아요?"

"응?"

"아니, 더 예쁘고 몸매 좋고 멋진 여자 많잖아요. 그래서 가끔 그런 생각이 들어요. 왜 내가 좋을까."

"음……. 난 네가 예뻐서 좋아."

"듣기 좋은 말 안 해 줘도 돼요."

"정말이야. 난 호텔 펜트하우스에서 메이드 유니폼을 입고 들어왔던 네게 반했거든. 그날의 널 아직도 잊을 수가 없어."

태주는 그녀의 눈과 귓불, 볼에 자잘한 키스를 남기며 말을 이었다.

"그리고 두 번째는 술 취해서 잠들었던 널 봤을 때, 세 번째는 호텔 로비에서 발을 세워 땅바닥에 톡톡 두드리며 날 기다리던 널 봤을 때. 모두 네가 예뻐서 빠진 거야."

"생각보다 눈이 낮은 것 같아요."

"그런가?"

웃음소리를 흘리며 세나의 목덜미를 지분대던 그가 입을 맞췄다.

"아이를 보며 꿀 떨어지는 예쁜 웃음을 지을 때, 일하거나 책을 볼 때 옆에 누가 있는지도 모를 때, 내 마음에 쏙 들도록 일처리를 할 때. 난 그런 것에서 사랑을 느껴."

"……"

"날 보며 눈을 고양이처럼 치켜뜰 때, 내 손길에 머리끝부터 발끝까지 붉어진 네 몸을 볼 때, 희고 매끄러운 피부를 만질 때, 네 숨소리를 들을 때, 날 안고 놓지 않을 때."

쪽. 그가 세나의 입술에 깊게 키스했다.

그의 눈빛이 다시금 짙어졌다. 그게 무얼 뜻하는지 알면서도 세나는 눈길을 피할 수 없었다.

"그래서 지금 또 빠져야겠어. 너만 좋다면."

어차피 대답은 들을 생각도 없으면서. 그는 세나의 대답은 중요치 않은 것처럼 그녀의 몸 위로 올라와 입술을 머금었다. 깊은 키스를 주고받으며 세나도 그의 목에 팔을 둘렀다.

"좋아요."

"같이 나가자니까요."

"집에 있어. 아직 발목에 무리 주면 안 돼."

"그럼 케이크요. 기억나요? 예전에 애월읍에 있던 카페에서 먹었던 거."

태주는 간단히 고개를 끄덕이고 구두를 신었다. 태주는 며칠째 같은 슈트를 입었다. 물론 밖에 나갈 때만 입는 거긴 하지만 세나는 매일 옷이 바뀌던 태주가 며칠 동안 같은 옷을 입는 게 신경 쓰였다.

"홍 실장님께 공항 나올 때 슈트를 꼭 챙겨 오라고 해야겠어요."

"그 차에 여분으로 준비해 놓은 옷 있을 거야. 전화 안 해도 돼."

현관까지 따라 나온 세나는 그대로 신발을 신고 뒤따랐다. 졸졸 따라오는 세나를 보자 태주가 뒤를 돌았다.

"같이 가요. 마트 들려서 홈웨어도 더 사고."

"냄새나나 봐?"

태주가 슬쩍 웃자 세나는 고개를 휙휙 젓고 그의 팔에 팔짱을 꼈다. 그리고 그의 몸에 코를 대고 킁킁 맡았다.

"샴푸랑 바디 워시 냄새는 나네요. 그냥 데이트하고 싶어요. 집에 혼자 있기 싫어."

눈웃음을 짓는 세나의 어깨에 팔을 두른 태주가 그녀를 당겼다.

"내가 그렇게 좋아?"

"네."

자판기처럼 답이 나오는 세나를 보자 태주는 심장이 쿵쿵 뛰었다. 솔직하게 표현하는 그녀가 너무나 사랑스러웠다.

결국 고집을 꺾지 못해 함께 외출했다. 태주의 차를 타고 카페에 들러 케이크와 커피를 먹고, 시내를 돌아다니다가 그에게 어울릴 만한 티셔츠와 바지도 샀다. 그리고 시내를 한참 걸었다.

"발목 괜찮아?"

"네. 이제 그만 물어봐요. 한 번만 더 물어보면 열 번째인 거 알죠?"

"걱정되니까 그러지. 아플까 봐."

"진짜 괜찮아요. 많이 나았어요. 이제 더 묻지 말아요."

"싫어. 완벽하게 나을 때까지 물어볼 거야."

세나는 태주가 투정을 부리는 것 같아 귀엽게 느껴졌다. 자신의 안위에 대해 이렇게까지 관심을 갖고 염려해 준 사람이 있었나. 돌이켜 보면 부모님도 이렇진 않았던 것 같다. 그게 태주의 사랑법이라면 인정해 줘야 했다. 세나는 그의 어깨에 기대며 행복한 미소를 지었다.

"그나저나 저 회사 출근하면 당장 상무님께 불려 갈 텐데."

"왜?"

"그때 모나코 왕실 관련해서요. 다행히 별일 없었지만 사고 자체가 없었던 건 아니니까 아마 상무님이 벼르고 있을 거예요. 원래부터 이 기획안에 반대하기도 했고."

"아, 그거라면 괜찮아."

태주는 세나를 보며 싱긋 웃고 고개를 앞으로 돌렸다.

"너한텐 말 안 했는데 그때 아이들이 없어진 건 사고가 아니라 의도적인 일이었어."

어리둥절한 표정으로 그를 보던 세나도 당시에 가졌던 의문점을 다시금 떠올렸다.

마지막 날 갑자기 세나가 보고 싶다고 자리를 이탈한 아이들의 행동이 어딘지 이상했기 때문이다. 경호원도 있고, 부모가 다 함께 있는 자리에서 아이 둘만 사라진 게 의심스럽긴 했다.

"출국한 다음 날 모나코 왕실 집사에게서 연락이 왔어. 아이들이 말하길, 같이 돌봐 줬던 호텔 측 직원이 네 이름을 대며 아이들을 불러냈대. 파티가 지루했던 아이들은 그 직원의 말에 반색을 하며 쫓아 나갔나 봐. 당연히 경호원들도 호텔 직원의 대동 하에 움직이는 아이들에게 별다른 제지를 하지 않았고."

"그게 누군데요?"

"지은수 매니저."

세나는 휘둥그레 커진 눈으로 태주를 보았다.

"은수 씨가 왜……."

"자세한 건 나도 몰라. 왜 그랬는지에 대해선 입을 다물더라고."

혼란스러운 얼굴로 생각하던 세나는 자신이 그날 은수를 나무랐던 걸 두고 그랬나 싶은 생각이 들었다. 하지만 아무리 그래도 싫은 소리 한 번 했다고 왕실 아이들을 데리고 장난을 칠 사람은 아니었다.

"왕실 측에서 말해 줘서 알았지 안 그랬다면 영영 몰랐을 거야."

아무리 생각해도 그녀의 의도를 파악하기 힘들었다. 이런 일을 벌일 정도로 무모한 사람이라 생각하지 않았다.

"그래서 은수 씨는 어떻게 되는 거예요?"

"고의적으로 그랬으니까 책임을 면하기 어렵지."

"해고당하는 거예요?"

"징계 위원회를 거쳐야 하겠지만 아무래도 그럴 거야."

"한 번만……."

세나가 고개를 돌려 태주를 보았다. 그와 눈이 마주쳤다.

"기회를 주면 어때요?"

"지은수 매니저한테?"

"네. 무슨 이유인지도 모르는 상태에서 그저 해고를 하는 건……."

"우리 호텔만의 문제가 아니야. 국빈이 위험할 뻔했는데 그걸 묵과할 순 없어."

"그건 알아요. 그래도 여태 열심히 일했던 사람인데 해고는 너무 심한 것 같아요. 인사이동이나 대기 발령 정도로 마무리할 순 없어요?"

세나의 말에 한동안 그녀를 바라보던 태주가 고개를 갸웃거렸다.

"왜 그렇게 그 사람을 감싸?"

"같은 팀 식구니까 제게도 책임이 있잖아요. 아이들도 별문제 없었고, 다행히 호텔 밖으론 나간 적도 없으니 징계 수위를 조금 낮춰 주는 건 안 될까요?"

"세나 네가 이 정도로 말한다는 건 그 사람을 아낀다는 건데."

태주의 입가에 설핏 미소가 피었다. 그리고 그녀의 머리카락을 흐트러뜨렸다.

"곤란하면 제가 징계 위원회에 직접 건의해 볼게요."

"책임자는 나야. 문제가 생기면 누가 해결한다고 했어."

세나는 멋쩍게 웃으며 태주에게 손가락을 내밀었다. 생각해 볼게, 란 말에 세나는 그의 팔에 팔짱을 꼈다.

"내 남자 되게 멋지다. 밥 안 먹어도 든든하네."

태주가 세나를 내려다보자 그녀는 씩 눈웃음을 지으며 그의 입술에 입을 맞췄다. 그리고 어깨에 머리를 기댔다. 그녀의 애정 표현이 잦아졌다.

거리를 걷던 세나는 주얼리 매장을 지나며 시선을 거두지 못했다. 그러다 발을 멈추었다.

"힘들어?"

"아뇨."

세나는 눈을 들어 태주를 보았다. 그러더니 그의 팔을 끌어 매장 안으로 들어왔다.

"우리 커플링 하나 맞춰요."

태주의 대답을 듣기도 전에 세나는 진열대를 둘러보았다.

"나중에 내가 더 예쁘고 좋은 걸로 사 줄게. 오늘은……."

"제가 살 건데요? 오늘은 사장님 돈 쓰지 말아요. 제가 살 거니까."

세나는 신나는 얼굴로 반지를 살펴보았다. 그리고 심플한 화이트골드 링을 골랐다. 무난했지만 반지 두 개를 붙여 놓으면 하나의 무늬를 형성하는 예쁜 반지였다. 당당히 카드를 내밀고 반지를 산 세나는 그의 손가락에 끼워 주며 연신 웃음을 흘렸다.

"이렇게 커플링을 맞춘다는 건 다른 사람한테 알려도 좋다는 거지?"

갑자기 묻는 질문에 세나는 멈칫 반지로 시선을 돌렸다. 반지 맞출 생각에 들뜬 나머지 거기까지 생각하지 못했다. 왜 그 생각을 못 했지. 며칠 그와 있다 보니 현실감이 떨어진 것 같다.

아직 공개 연애는 일러. 회사 내부만의 문제가 아니었다. 재벌들 사이에서도 이목을 끄는 독보적인 남자가 아니던가. 그의 결혼 기사만으로도 회사 전체가 들썩이는데 사귀는 상대가 자신이라는 걸 알면 가히 어떤 반응일지 상상이 되지 않았다.

"나만 알고 싶은 남자. 전 그게 좋아요. 사내 연애는 비밀로 하는 게 여러모로 이로워요."

"난 만천하에 알리고 싶어. 아버지도 결혼 문제로 캐물으실 테고 납득하지 못하는 답변을 들으면 결혼 취소를 인정하려고 하시지 않을 거야."

그건 알지만. 세나는 금세 시무룩해져 땅으로 고개를 내렸다. 그 모습이 왜 이렇게 태주의 애간장을 녹이는지 모르겠다. 어르고 달래야 하는 아이도 아닌데 그녀가 상심하는 모습을 보면 제 속이 상하고 전부 들어주고 싶었다. 웃는 모습만 보고 싶었다.

"그러니까 생각은 하고 있으란 거야. 나도 결혼 취소의 명분은 있어야 하니까."

세나는 고개를 끄덕이며 앞을 보았다.

"저도 김태주란 사람을 모두에게 알리고 싶어요. 다만, 아직 집안 어른들에게도 말하지 못했고 또 친구에게도……."

태주가 그녀의 어깨를 당겨 품에 안았다. 가슴에 와 닿는 세나의 정수리에 입을 맞췄다.

"알았어. 네가 좋다고 하기 전까진 나도 비밀로 할게."

"매번 저한테 맞춰 주느라 피곤하죠? 스스로도 답답할 때가 있어요."

"괜찮아. 그건 네가 생각이 많아서 그런 거야. 난 그런 모습까지 좋아."

"누군지 모르지만 그 여자 정말 복 받았어요."

"누구긴 누구야."

태주가 세나의 얼굴을 감싸며 이마에 입을 맞췄다.

"윤세나. 너지."

그리고 입술에 닿았다. 감미로운 입술 끝에 초콜릿을 담은 건지 부드럽고 달콤한 느낌이 드는 건 그녀의 착각일까.

"달아. 네 입술."

아니다. 그도 같은 생각이었다. 세나는 코끝이 찡하며 눈물이 차올라 그의 목을 끌어안았다. 그리고 더 깊이 파고들었다.

9.

개인의 상황

"왜 그렇게 열심히 청소해?"

"평소에 사용하는 집이 아니니까 음식물이나 먼지가 하나라도 있으면 안 돼요. 그럼 벌레 생겨요."

화장실과 부엌을 열심히 청소하며 움직이는 세나를 보던 태주가 그녀를 번쩍 안아 들어 거실 소파로 데려갔다. 그녀가 놀란 표정으로 태주를 보았다.

"발목도 성치 않으면서 참 열심히도 움직인다. 그래 가지고 낫겠어?"

"저 괜찮다니까요."

"이리 줘. 어디 하면 된다고?"

태주는 세나가 들고 있는 솔을 빼앗고 물었다. 아, 잠시 머뭇거리던 세나는 부엌을 가리켰다.

오케이, 태주는 세나의 말에 그대로 미션을 수행했다.

"청소기로 침실 밑이랑 거실도 밀어야 돼요."

태주는 이야기한 것처럼 구석구석 청소기를 밀었다.

"너 그거 알아? 나 이런 거 처음 해 봐."

세나는 웃음이 나오는 걸 참고 큼큼, 목소리를 다듬었다.

"그러니까 제가 한다니까……."

"아냐. 됐어. 내가 하지. 넌 쉬어. 꼼짝 말고 쉬고 있어."

등을 보이며 열심히 청소기를 미는 태주를 보자 세나는 자꾸만 웃음이 터져 나왔다. 세나는 가만히 바라보다가 살금살금 다가갔다. 그리고 뒤에서 그를 꼭 껴안았다.

"사랑해요."

태주가 청소기를 멈추고 허리를 곧게 폈다.

"청소하다 말고 받는 사랑 고백이라……. 그럼 내가 또……."

태주가 청소기를 내던지고 세나를 번쩍 안아 들었다.

"꺄악!"

"가만 둘 수가 없지."

태주는 세나를 안아 든 채 성큼성큼 침실로 걸어갔다.

"전 정말 안아만 주려고 했어요, 예뻐서! 다른 의도는 없었단 말이에요!"

버둥거리는 세나를 침대에 눕힌 태주가 그녀를 결박했다. 짙은 갈색 눈동자가 뜨겁게 타올랐다. 또 건드렸다. 그냥 기쁘게 해 주려고 그런 건데 자신이 자꾸만 그의 본능을 일깨우는 것 같았다.

"다시 말해 봐."

뭘 말하라는 거냐는 눈빛에 태주가 세나의 티셔츠를 벗겼다. 금세 희고 가는 몸이 드러났다.

"사랑한다고."

"사랑해요."

세나가 말을 하자 그는 제 셔츠를 벗어 재꼈다.

"또."

"사랑해요."

이번엔 세나의 브래지어를 벗겼다. 그녀가 사랑해요, 말할 때마다 태주는 그와 세나의 몸에 있는 옷가지를 하나씩 없앴다. 드디어 실오라기 하나 걸치지 않은 몸이 드러났다.

"사랑해요."

그는 세나를 정복해 나갔다. 세나가 내뱉는 네 글자로 그는 그다음 행동을 이어 나갔다. 그녀의 몸을 탐색하며 입술과 손길로 애무하는 통에 숨소리가 거칠어졌지만 세나는 말을 멈추지 않았다.

사랑해요, 두 사람의 몸이 하나로 합쳐지는 순간에도 그녀의 입에서 가늘게 흘러나왔다.

샤워를 하고 파자마를 입은 두 사람은 또 침대에 누워 아직도 끝나지 않은 여운을 느꼈다. 서로의 몸을 껴안고 자잘한 키스를 하며 붙어 있었다.

"진정한 인간의 무리로, 그들에게는 사람은 무엇보다도 우아하고 아름답고 도량이 넓고 대담하고 쾌활하고 온갖 정열에 얼굴을 붉히는 일 없이 몸을 던져야 하며, 그 이외의 온갖 것들은 모두 웃어넘길 수 있어야 했다."

세나는 자신을 안고 책을 읽어 주는 태주의 목소리를 눈을 감고 들었다. 톨스토이 '안나 카레리나'의 한 구절이었다.

"안나가 꼭 자살을 해야 했을까요?"

목소리를 듣던 세나가 입을 열었다.

"너무 충동적이었지. 그런데 이해가 가기도 해."

"얽혀 있는 관계를 갑자기 끊어 내고 죽음을 택할 수 있는 것도 용기네요. 난 그럴 수 있을까."

태주가 책을 내려놓고 세나의 이마에 가볍게 입을 맞췄다.

"넌 절대 날 혼자 두고 죽지 마."

"어머, 그거 청혼이에요?"

"아닌데?"

태주는 입꼬리를 올리며 잔잔하게 웃었다. 세나도 눈을 떠 그를 보았다.

"태주 씨는 상류층에서 생활하니까 안나의 입장을 이해할 수도 있겠네요."

"나 역시 널 혼자 두고 죽지 않을 거야."

앞뒤가 안 맞는 대화의 흐름이었지만 그저 좋았다.

"그건 다짐인가요?"

"아니. 고백이야."

"고백. 그것도 좋네요."

세나는 빙그레 웃으며 다시 눈을 감았다. 행복한 감정이 제 안을 가득 채워 더 이상 채워질 수 없을 줄 알았는데 계속해서 더 짙어졌다. 그는 이토록 정열적이고 다정한 남자. 몸과 생각이 완벽한 남자. 사랑에 솔직한 남자.

"이제 자. 힘들겠다."

태주가 머리카락을 쓰다듬자 그녀는 금세 잠이 들었다. 한참 동안 턱을 괴고 그녀를 보던 태주는 작은 어깨를 가만히 토닥였다. 그의 얼굴이 서서히 굳어졌다.

저녁 무렵, 세나의 심부름으로 와인을 사 오던 태주는 집 앞을 서성이는 남자를 보았다. 그리고 알 수 있었다. 그 남자가 누구인지.

지나를 통해 들었다. 8년 전에 헤어졌지만 미련을 버리지 못하고 세나를 계속 쫓아다니고 있다고. 그녀의 부모님을 등에 업고 어떻게든 마음을 돌려 보려고 하지만 세나가 마음을 주지 않아서 애달파하고 있다고.

태주가 문가로 다가가자 서성이던 준성이 그를 돌아보고 흠칫 놀랐다.

"당신 뭐야."
"내가 묻고 싶은 말인데. 남의 집 앞에서 뭐 하는 건가."

태주는 남자를 위아래로 훑으며 말했다.

"이준성 씨."

제 이름을 알고 있는 남자를 보자 준성은 흠칫 놀랐지만 이내 표정을 굳혔다. 8년 전 준성이 로비에서 봤던 그 남자. 세나를 태우고 가던 남자.

'이 남자가 왜 여길.'

준성은 주먹을 더욱 그러쥐고 눈을 부릅떴다. 남자가 봐도 잘생긴 외모에 건장한 체격이 시선을 끌었다. 한눈에 봐도 보통 남자가 아니라는 생각이 들었다.

"윤세나 이 계집애가 날 두고 다른 놈을 만나? 미쳤군."

준성의 말이 가관이라 태주는 점점 들어 주기 힘들었다.

"이준성 후배님. 집착하는 전 남친 노릇은 이쯤에서 그만두지. 충분히 진상인 것 알았으니까 이미지 더 보탤 거 없어."

태주가 한 걸음 다가와 준성의 앞에 섰다. 벌써 자신에 대한 조사를 끝낸 것 같은 남자를 보자 준성은 겁나면서도 화가 치솟았다.

"후배? 내가 왜 당신 후배야! 당신 누구야!"

흥분해서 목소리가 커지는 준성과 달리 태주는 여전히 태연했다. 그리고 재킷 안쪽에서 명함첩을 꺼내 명함을 준성에게 내밀었다.

고급 재질의 명함을 신경질적으로 낚아챈 준성이 명함을 읽었다. 곧 그의 눈이 커졌다. 그리고 명함과 태주를 번갈아 보았다.

준성은 혼란스러운 눈을 아래로 내려 명함을 읽고 또 읽었다. 몇 번을 읽어도 같은 글씨였다.

재계 서열 순위 1, 2위를 다투는 JK그룹 김석윤 회장의 장남이자 현재 대한민국 호텔 1위인 JK호텔의 사장. 딸의 결혼 기사가 난 것만으로 연무신 여당 대표가 차기 대권에 든든한 뒷배를 얻었다는 평가를 받는 남자. 이런 남자가 어떻게 세나와 만나는 건지 준성은 도무지 이해가 되지 않았다.

준성은 태주가 그녀를 가지고 노는 거란 생각을 지울 수 없었다. 재벌이 뭐가 아쉬워서 세나를 만나겠는가. 백번 양보하여 진지하게 만나는 거라고 해도 그들은 어차피 이뤄질 수 없는 사이였다.

"윤세나, 이게 미친 게 아니면 어떻게……."

준성은 기가 막혀서 말이 거칠게 나왔다. 그때 태주의 목소리가 준성을 멈춰 세웠다.

"내가 세나를 데리고 놀든 진지하게 만나든 그건 당신이 신경쓸 일이 아니야. 오로지 나와 세나, 둘의 문제니까."

준성의 생각을 알았는지 태주가 싸늘한 얼굴로 그를 바라봤다.

"그런데 웬 똥파리가 주제 파악을 못 하고 덤비는군."
"뭐 똥파리!"
"내가 지금 후배를 봐주고 있다는 생각은 안 드나? 그런데 자꾸 날 화나게 하면 내가 더는 봐주기 힘들어."
"지금 협박하는 겁니까?"
"협박으로 들린다면 머리가 그렇게 나쁜 건 아니고."

자꾸만 자극하는 태주로 인해 준성의 얼굴은 시뻘겋게 변했다.

"명함 봤으니까 알겠지만 협박이 아니라 현실이 되는 걸 경험하고 싶지 않으면 이쯤에서 그만 꺼져. 난 내 여자 주변에 다른 남자가 질척거리는 걸 질색하는 사람이야."

"물러나지 않으면 어쩔 건데. 죽이기라도 할 건가? 내가 가만있을 것 같아?"

거칠어진 목소리로 소리를 지르는 준성에게 가까이 다가온 태주가 그를 내려다보았다.

"아버지가 임대업을 하는데 부채가 상당하더군. 은행 대출에, 과도하게 투자해서 자금 압박을 받고 있던데. 알고는 있나."

준성은 곧 인상을 찌푸렸다. 벌써 아버지의 임대업과 빌딩 자금 상태까지 알고 있는 남자가 마음에 들지 않았다. 말을 할수록 자꾸만 밀리는 기분에 화가 치밀었다.

"치사한 방법을 쓰는 건 재벌의 공통점인가 보지?"

"잘 아네. 치사한 방법을 쓰면서까지 힘을 행사할 수 있는 게 재벌이지. 모처럼 힘을 행사할 기회가 생기니까 벌써부터 흥분되는군."

차가운 얼굴로 낮게 내뱉는 태주의 목소리에 준성은 소름이 돋았다.

"꺼져. 앞으로 세나 주변에 얼쩡대면 신상이 매우 해로울 거란 점, 명심하고."

태주는 몸을 돌려 집 안으로 들어왔다. 혹시 준성이 가지 않고 바깥에 있으면 어쩌나, 계속 살폈는데 그 뒤로 보이진 않았다.

깊게 잠든 세나를 놔두고 침실을 나온 태주는 휴대폰을 들었다.

"네. 제주도로 사람 하나 보내 줘요. 세나가 머무는 집 주변을 경호하면 됩니다. 네. 제가 서울로 올라가면 그때부터요."

전화를 끊은 태주는 거실 창틀에 기대서서 창밖을 바라봤다. 어두운 밤이라 밖은 캄캄했지만 생각을 하기엔 안성맞춤이었다. 태주는 오래도록 서서 생각에 잠겼다.

함께하는 시간이 금처럼 흘러갔다. 하루 종일 붙어 있고 사랑을 나누었는데도 금세 보고 싶어지고 또 안고 싶어졌다. 그러다 보니 어느새 태주가 서울로 올라갈 날이 되었다. 따지고 보면 짧은 시간은 아니었지만 상대적으로 빠르게 지나갔다.

제주 공항에서 8시에 출발하는 비행기를 타야 하니 그들은 이른 아침부터 분주하게 움직였다. 토스트와 스크램블드에그, 잼과 우유, 사과 몇 조각 등 아메리칸 스타일의 아침 식사를 만들어 식탁에 내려놓은 세나는 태주가 옷을 갈아입기 위해 들어간 방의 문을 노크했다.

"들어와."

태주는 슈트로 갈아입고 준비를 마친 상태였다. 방문을 열고 얼굴을 내민 세나가 그를 보며 미소 지었다.

"아침 먹고 가세요."

"세나야. 나 넥타이 매 줘."

태주는 넥타이를 매다 말고 세나에게 손짓했다. 방으로 들어온 세나는 그의 앞에 서서 넥타이를 양손에 들고 맸다.

"타이 맬 줄 모르세요?"

"아니."

고개를 들어 그를 올려보았다. 또 눈을 그렇게 치켜뜬다.

"네가 매 주는 넥타이를 하고 가고 싶어서."

그녀의 얼굴에 금세 웃음꽃이 피었다. 세나는 입꼬리를 올린 채 끝을 다듬었다. 그리고 어깨를 톡톡 두드렸다.

"다 됐어요. 얼른 나오세요."

몸을 돌리던 세나는 태주의 손길에 이끌려 그의 품에 안겼다.

"출근하기 싫다."

투정 어린 목소리에 세나도 팔을 들어 그의 허리에 감았다.

"그럼 가지 마요."

"정말?"

세나는 당황한 얼굴로 그를 보았다.

"네가 가지 말라면 안 가."

"그럼 가요."

"와, 매몰차다."

"태주 씨가 안 가서 홍 실장님이 난처해지면 제가 욕먹어요."

"넌 가끔 되게 틈이 없는 거 알지? 사람이 칼 같아."

"모르셨어요? 저 가슴에 칼 품고 사는 여자예요."

쿡쿡 웃으며 품에서 벗어나려는 세나를 놓지 않는 태주가 입술을 부딪쳐왔다. 쪽, 쪽, 입술이 맞닿는 소리가 귓가를 울렸다.

"안 되겠다. 잠깐만 들어가자."

태주는 세나를 번쩍 안아 들고 침실로 향했다. 당황한 세나가 그의 품에서 벗어나려고 발버둥을 쳤지만 그는 내려 주지 않았다. 그렇게 아침부터 사랑의 속삭임을 나눈 두 사람은 다시 샤워를 하고 옷을 챙겨 입어야 했다.

다 식은 스크램블드에그를 확인하고 흘겨보는 세나의 눈치를 보던 태주는 토스트 한 조각을 입에 물고 내려놨다.

"난 이거면 돼."

그리고 잽싸게 현관으로 향했다. 세나가 따라 나왔다.

"저도 곧 올라갈 거예요."

"더 쉬어."

신발을 신고 태주를 따라 나오던 세나는 그가 갑자기 뒤를 돌아보자 눈이 커졌다.

"혹시 무슨 일 생기면 곧장 연락하고."

"무슨 일이요?"

"음⋯⋯. 내가 몹시 보고 싶다거나, 도둑이 들었다거나 뭐 그런 거."

"도둑이 들었는데 태주 씨에게 전화하면 그사이 도둑 다 도망가게요?"

"그래도 전화해."

세나는 싱긋 웃으며 고개를 끄덕였다.

"전화 자주 하라는 뜻으로 알겠어요."

"역시."

태주는 자신의 말을 찰떡같이 알아듣는 세나의 머리를 흐트러뜨리며 그녀의 입술에 가볍게 입을 맞췄다.

"서울에서 보자."

"네."

"그런데 나 진짜 발이 안 떨어져."

"이러다 날 새겠어요. 얼른 가요."

세나는 도저히 안 되겠는지 태주의 등을 밀어 대문 밖에 세워둔 차로 데려왔다.

"넌 날 사랑하지 않는 게 틀림없어."

세나는 그가 귀여워 웃음이 터지려는 걸 애써 참았다.

"사랑해요."

"말 뿐이야."

"몸으로 그렇게 보여 줬잖아요. 사랑한다고 백번도 넘게 고백했을 걸요?"

"그럼 증명해 봐."

행복한 한숨이 나오는 세나는 잠시 생각하다가 그의 어깨를 잡고 입을 맞췄다. 그때 태주가 세나의 허리를 끌어안고 강하게 비집고 들어왔다. 입술을 가르고 들어오는 물컹한 혀는 자주 맛보았는데도 여전히 새로운 감각이었다. 그녀의 안을 헤집고 다니던 물체가 서로 맞물려 뿌리를 뽑힐 듯 강하게 잡아당기는 통에 세나는 입안이 얼얼할 지경이었다.

놓을 듯 놓아주지 않는 그의 입술이 세나의 윗입술을 빨아들였다. 혀끝으로 입술을 핥은 태주가 천천히 멀어졌다. 달뜬 숨을 내쉬던 세나도 감았던 눈을 뜨고 태주를 보았다.

"확인."

서로의 짙은 눈동자가 마주 보았다. 일렁이는 눈빛이 뜨거웠다.

"전 이제 당신이 아니면 안 돼요. 그러니 제 사랑을 의심하지 마세요."

눈을 아래로 내리며 그의 심장에 귀를 댄 세나가 미소를 지었다.

"조금만 기다려요. 곧 달려갈게요."

"그래."

태주의 팔이 세나를 힘껏 안았다.

술잔을 기울이는 준성의 얼굴이 괴로움에 일그러졌다. 쓰디쓴 양주를 들이켰지만 마음은 점점 아프고 절망이 잠식했다.

"내가 널 얼마나 사랑하는데, 넌……."

태주를 마주친 준성은 다시금 떠오르는 치욕스러움에 술을 들이켰다. 눈이 벌겋게 달아올랐다.

자신은 8년을 밀어내고 거부했으면서 그 남자와는 한집에 머물며 온갖 더러운 짓은 다한다고 생각하니 몸이 부들부들 떨렸다.

"JK그룹? 하, 말도 안 돼."

8년 전 세나가 만나던 남자가 JK그룹 아들이라니. 그러니 자신 따위가 눈에 들어오겠나. 결국 고고한 윤세나도 재력 앞에 무너지는구나.

준성은 기가 차서 실소가 나왔다. 양주잔을 잡은 손에 힘이 들어갔다.

"네가 다른 놈과 잘되는 꼴은 못 보지."

준성은 휴대폰을 들어 전화 목록에서 '박주용 상무(JK호텔)'라고 적힌 이름을 한동안 바라보다가 통화 버튼을 눌렀다. 그의 눈동자가 검게 빛났다.

캐리어를 끌며 김포 공항 입국장을 나오던 세나는 제 앞에 선 홍 실장을 보고 깜짝 놀라며 손목시계를 보았다. 한참 회사에서 근무할 시간이었다.

"홍 실장님. 이 시간에 여긴 어쩐 일이세요."

"사장님께서 보내셨습니다. 댁까지 편하게 모셔다드리라고요."

"아, 그리지 않아도 되는데……. 죄송해요."

"괜찮습니다."

홍 실장은 세나의 캐리어까지 끌며 먼저 앞으로 걸어갔다. 다른 사람의 도움을 받는 게 익숙하지 않아 마음이 불편했지만 애써 공항까지 사람을 보낸 태주의 정성을 무시할 순 없었다.

차를 타고 창밖을 보던 세나가 문득 떠오른 생각에 홍 실장을 보았다.

"혹시 지은수 씨는 어떻게 됐는지 아세요? 제가 연락을 못 해 봤어요."

"프런트 연회부 업무로 발령 받았습니다."

해고되진 않아 다행이지만 기획팀으로 들어와 갑자기 고객 담당 업무를 해야 하는 은수의 처지가 안타까웠다. 하지만 그렇게 하지 않으면 사고 건에 대해 아무도 책임지지 않는 것으로 보여 뒷말이 나올 것이고 다른 직원들의 근무 태도에도 영향이 가기에 징계는 불가피했다.

"언제부터 적용이 되는 거예요?"

"다음 주부터 호텔로 직접 출근합니다."

세나는 내일 회사로 출근하니 은수와 잘 이야기해 볼 생각이었다. 왜 그런 일을 했는지 알 수 없어 계속 마음에 걸렸다.

"발목은 괜찮으십니까?"

"네. 이제 다 나았어요. 내일부터 출근할 거예요."

"사장님께서 조금이라도 아프면 더 쉬라고 하셨습니다."

세나는 홍 실장의 입을 빌려 듣는 태주의 행동이 떠올라서 설핏 웃음이 나왔다.

태주는 서울로 돌아간 뒤 매일 전화를 했다. 세나의 발목 상태에 대해 누구보다 잘 알고 있으면서 이렇게 비서를 통해 거듭 확인을 받았다.

"괜찮아요. 내일만 나가면 또 주말이니까 발목에 무리가지 않아요."

"네. 알겠습니다."

"사장님은 오늘도 바쁘시겠죠?"

"아무래도 요즘 새로운 사업 추진과 해외 출장 등이 겹쳐서 하루가 모자랄 정도입니다."

사장은 놀고먹는 줄 알았더니 직원보다 더 바빴다. 가만히 그의 스케줄을 듣다 보면 끊임없는 업무로 밤늦게까지 일정이 있는 날도 있었다. 제주도에서도 시간만 나면 전화로 업무를 봤다.

"도착했습니다."

홍 실장의 목소리에 세나는 생각에서 깨어나 그를 보았다. 그리고 창밖으로 고개를 돌렸다. 이런저런 생각을 하다 보니 어느새 집에 도착했다.

"감사합니다. 조심해서 가세요."

캐리어까지 꺼내 준 홍 실장은 깍듯이 인사를 하고 떠나갔다. 그는 태주와 자신이 만난다는 것을 누구보다 잘 알고 있는 사람이었다. 무뚝뚝하지만 업무 진행이나 일처리에 있어선 빠르고 정확해서 태주가 믿는 몇 안 되는 사람 중 한 명이었다.

캐리어를 끌고 아파트 단지를 걷던 세나는 재희에게서 전화가 오자 얼굴에 웃음꽃이 폈다.

"문자 봤구나?"

―응. 드디어 그분과 만나게 되었네. 그렇게 부정하더니.

"어쩔 수 없었어. 마음이 시키는 대로 하니까 살 것 같아."

―그래. 네 마음이 제일 중요하지. 아무튼 네게 좋은 일이 생기니 나도 기분이 좋아. 언제 한 번 카페에 놀러 와. 내가 맛있는 디저트 카페 데려갈게.

"그래. 나중에 보자."

전화를 끊고 기쁜 마음으로 집 비밀번호를 누른 세나는 문을 열었다. 안에서 와자지껄 들려오는 소리에 세나는 발을 멈칫했다. 문소리에 밖으로 나오던 소영이 세나를 발견하고 웃으며 다가왔다.

"딸. 잘 쉬다 왔어? 발목은 괜찮고?"

"응. 그런데……."

왜 이리 북적거려, 라고 물어보려던 말은 거실 쪽을 보고 사라졌다. 그곳엔 아빠와 언니들에게 선물을 주며 서글서글하게 웃고 있는 준성이 있었다. 그는 세나를 돌아보더니 밝게 웃으며 손을 흔들었다.

"왔어? 내가 얼마나 기다렸다고."

준성은 굳어 있는 세나에게 다가와 그녀의 손을 잡아 소파로 끌었다.

"준성이가 우리 주려고 선물 사 왔어. 이거 내가 갖고 싶었던 지갑이잖아."

둘째 언니 두나가 지갑을 흔들며 흥분된 목소리로 말했다. 거실 테이블엔 여러 가지 선물들이 늘어져 있고, 주환의 손에는 당신이 제일 좋아하는 양주 케이스가 들려 있었다.

"언니들은 이 시간에 어쩐 일이야?"

"마침 너도 오는 날이고 해서 난 월차 썼지. 언니는 이따 오후에 다시 병원 들어가 봐야 하고."

두나가 일정을 빠르게 말하자 하나도 가볍게 손을 들었다.

"발목은 괜찮아?"

"지나한테 고맙다는 인사 해야겠다. 집도 빌려주고."

쟁반에 과일을 들고 나오던 소영이 소파에 앉았다. 세나는 차마 소파에 앉지 못하고 그들을 삥 둘러보았다. 준성의 선물로 다들 한껏 기분 좋은 상태였기에 그녀는 더욱 화가 치밀었다.

"뭐 하자는 거예요. 선배, 내 말 이해 못 했어?"

"윤세나! 준성이 하는 거 반이라도 배워 봐. 내 자식보다 더 낫네."

주환의 꾸지람에 세나는 깊은 한숨을 내쉬며 머리를 쓸어 올렸다.

"언제부터 우리 집 식구들이 남이 사 온 선물에 환장했어. 두나 언니, 예전엔 준성 선배 별로라고 그랬잖아. 갑자기 마음이 바뀌었어? 하나 언니, 평소엔 바빠서 얼굴 한 번 안 보이더니 선물 사 왔다는 소리에 부리나케 달려온 거야?"

세나는 울분에 찬 목소리로 가족들을 보며 소리쳤다.

"아빠! 아빠가 들고 있는 그 양주가 지금 뭘 의미하는지 모르세요? 좋다고 다 받으시면 어떡해요! 왜 내 입장은 한 번도 고려해 주지 않는 건데!"

"세나야."

"다시 한번 분명히 말할 테니까 잘 들으세요. 전 준성 선배랑 잘해 볼 생각 없어요. 이 남자랑 어떠한 관계도 아니라고요! 그러니까 다시는 좋다고 아무 선물이나 받지 마세요. 절 조금이라도 생각하신다면 제발요."

"넌 그렇게도 준성이를 모르겠냐. 이 정도로 가족한테 잘하는 남자가 어디 있어! 지금 네가 이러는 건 뭐 좋아 보이는 줄 알아? 준성이가 너만 바라보니까 대단한 여자라도 된 줄 아는데 착각하지 마라."

"그래. 이렇게 잘하는 남자가 어디 있어. 가족들 선물 챙기는 게 뭐 쉬운 일이니?"

"맞아. 챙겨 줘도 뭐라고 해."

아빠와 언니들이 준성을 옹호하자 세나는 깊은 한숨이 나왔다.

"저 좋아하는 사람 있어요."

세나의 목소리에 사람들의 시선이 그녀에게 쏠렸다.

"다른 남자를 좋아한다고요. 그 남자랑 만나고 있어요."

"뭐?"

"누군데?"

"그러니까 더 이상 준성 선배 집에 들이지 마세요."

세나는 준성을 돌아보며 차갑게 내뱉었다.

"선배, 나 좀 봐요."

세나가 현관으로 가자 준성도 굳은 얼굴로 서 있다가 가족들에게 인사하고 그녀를 따라갔다.

"이게 어떻게 된 일이야. 세나한테 남자가 있었어?"

"몰라. 그런데 지금 저렇다고 하잖아."

"그냥 둘러대는 말 아냐? 세나, 준성이를 부담스러워했잖아."

역시 굳은 얼굴로 앉아 있던 주환이 양주를 내려다보았다. 세나의 말이 맞다고 해도 흔쾌히 받아들이기 힘들었다. 세나에게 누구보다 잘 어울리는 남자가 준성이란 생각이 강했기 때문에 얼굴도 보지 않은 상대방에게 부정적인 선입견이 먼저 들었다.

"제정신이에요?"

소리를 높이던 세나는 바짝 다가온 준성이 그녀의 팔을 잡아당겨 안자 눈이 커졌다. 준성이 그녀의 귓가에 얼굴을 가까이했다. 그리고 거칠게 거부하는 세나를 놓지 않고 입을 열었다.

"온갖 순진한 척은 다하면서 뒤로는 호박씨 까고 있었어. 더러운 년."

"무슨 소리예요!"

"네가 만나는 그 사장, 얼마나 갈 것 같아?"

세나는 준성이 태주의 존재를 알았다는 것에 놀랐지만 그의 말투에 미간이 찌푸려졌다.

"제주도에서 그 남자랑 붙어 지내며 좋았나? 응?"

기가 막힌 얼굴로 실소를 내뱉은 준성이 세나를 노려보았다.

"너도 결국 재력 앞에선 어쩔 수 없군. 그럴 줄 알았으면 나도 돈으로 꼬실걸 그랬어."

세나는 준성을 뿌리치며 소름끼치듯 그를 보았다.

"사장님은 선배와는 차원이 다른 사람이야. 함부로 사장님을 들먹이지 말아요."

"그 사장은 널 가지고 노는 거야. 그런 자식이 뭐가 아쉬워서 널 만나겠어. 실컷 데리고 놀다가 싫증나면 버리겠지. 멍청한 년."

하는 말이 가관인 준성과 더는 말을 섞기가 힘들었다.

"그래. 돈에 넘어간 여자에, 재벌에게 몸도 쉽게 주는 여자야. 그렇게 생각해요. 생각은 자유니까."

"그놈도 나랑 별반 다르지 않을걸!"

"하지만 선배와 다른 점 하난 있어. 그 사람은 선배처럼 사람을 질리게 하지 않아. 적어도 사랑을 구걸하지 않는다고!"

준성의 얼굴이 위협적으로 구겨졌다.

"뒤로 호박씨 까는 년 나도 사양이야. 그런데 내가 억울해서 너 잘되는 꼴은 두고 볼 수가 없더라. 내가 받은 절망을 곧 느끼게 해 줄게. 반드시 그렇게 해 줄 거야."

차가운 목소리에 세나는 몸을 떨었다.

"그래서 선배가 선택한 방법이 우리 가족에게 접근해서 환심

사는 거야?"

"역시 윤세나는 머리 회전이 빨라서 좋아."

"선배는 우리 가족을 기만하는 거야."

"날 기만한 건 너야."

준성은 헛웃음을 지으며 세나를 노려보았다.

"아버님은 날 완전히 신뢰하더라? 그럼 네가 데려오는 남자와 나 둘 중 누굴 믿을 것 같아."

"선배는 정말 저질이야. 상종도 못 할 인간."

눈을 치켜뜨고 노려보는 세나를 보자 준성은 욕망이 차올랐다. 자신을 거부하는 여자에게 치욕스러운 감정과 애달픈 슬픔이 동시에 존재했다. 준성은 고개를 저으며 다가왔다.

"좋아. 누가 이기나 해보자. 그럼 쉬어라."

걸어가는 준성을 보던 세나는 화가 나고 답답한 마음에 한숨을 쉬며 마른세수를 했다. 조금 전까지 기분 좋았는데 집에 오자마자 답답한 기운이 차올랐다. 결국엔 제 부모를 설득하는 일이 우선이었다. 그래야 준성의 집착에서 벗어날 수 있었다.

집으로 들어오자 가족들은 그대로 거실에 앉은 채 세나를 기다리고 있었다.

"너 이리로 와서 앉아."

주환의 말에 세나는 옅은 숨을 쉬고 소파로 가 맞은편에 앉았다. 가족들의 눈이 고정되었다. 조금 전 상황이 궁금한 듯했다.

"만나는 남자가 누구냐."

큰소리를 치며 좋아하는 남자가 있다고 했지만 막상 태주의 이름을 말하려니 망설여졌다. 가족들이 어떻게 나올지 전혀 예상이 되지 않기 때문에 괜히 말했다가 반감만 살 것 같았다.

"곧 소개시켜 드릴게요."

"너 준성이 피하려고 일부러 그렇게 말한 건 아니고?"

"언닌 날 그렇게 모르겠어? 없는 말 지어낼 만큼 한가하지 않아."

세나가 정색하자 두나도 고개를 끄덕였다.

"별 볼 일 없는 남자라면 실망할 거다. 고작 그런 남자 만나려고 준성이를 내치는 거라면 내 딸이지만 보고 싶지 않을 거야. 내 말 무슨 뜻인지 알겠냐."

주환의 목소리가 냉정하고 차갑게 들려 세나는 제 손을 꼭 쥐었다.

"아빠야말로 선배를 너무 믿지 마세요. 아빠가 아는 선배, 남자로서 그다지 믿음 있는 남자 아니니까."

"그게 무슨 소리야."

옆에 있던 언니들이 궁금한 얼굴로 바라봤다.

"그동안 아저씨 생각해서 말 안 했지만 아빠가 자꾸 선배를 이 집에 들이는 건 절 창녀 취급하는 거나 마찬가지예요."

"뭐야!"

주환이 화가 난 목소리로 소파에서 일어섰다. 세나도 지지 않고 그를 보았다. 오늘 이 자리에서 확실히 결판내야 했다. 그렇지 않으면 영영 끝나지 않을 지루한 싸움이 계속될 것 같았다.

"너만 바라본 남자야. 설사 그전에 다른 여자를 만난 일이 있다고 해도 이미 다 지나간 일이다."

미진이 일을 알고 있는 건가. 그럼 그 여자 때문에 헤어진 것도 아는 건가. 아빠가 이렇게 생각할 줄은 몰랐다. 이토록 준성을 믿고 있을 줄은.

"마음에도 없는 남자를 억지로 이어 붙이는 건 딸을 파는 행위와 같아요. 아빠가 지금 그렇게 행동하고 계세요!"

주환은 얼굴이 계속 붉어지며 씩씩댔다.

"아빠, 또 혈압 올라요. 그만해요. 세나 너도 그만해."

하나가 다가와 그를 부축했다.

"이것만 아세요. 아빠의 자존심만큼이나 저도 인격이 있는 사람이에요. 그건 얼마든지 제 의지로 살 수 있는 사람이라는 거예요."

"그래서. 집이라도 나가겠다는 거냐!"

"집 나갈 생각이었으면 진작 나갔어요. 그런데도 안 나가고 이 집에 붙어 있는 건 어떻게든 아빠와 좋게 풀어 보려고 제 딴에는 노력한 거라고요! 모르시겠어요?"

"윤세나, 그만해. 아빠 혈압 오르는 거 안 보여?"

두나의 목소리가 날카로워져서 세나는 입을 다물고 고개를 돌렸다. 언제나 이 집에서 제 편은 아무도 없었다. 세나는 옅은 숨을 내쉬었다.

"제 말은 다 끝났어요. 선배에게 마음이 없었는데 자꾸 이어 붙인 건 아빠세요. 그러니 아빠가 끝내세요. 전 이제 다시는 얽히고 싶지 않으니까 한 번만 더 그 사람을 끌어들이면 전 그길로 집을 나갈 거예요."

세나는 신발을 신고 현관문을 나갔다. 도저히 지금은 집에 있을 자신이 없었다.

"좋은 아침이에요."

사무실 안으로 들어서며 세나가 밝게 인사하자 사람들도 우르르 몰려와 안부를 물었다.

"다 나았어요. 푹 쉬었더니 금방 낫더라고요."

"걱정했잖아. 아이들 찾다가 그랬다고 해서……."

말을 하던 박인수 과장은 옆에 서 있는 은수를 보고 급히 말을 멈추었다. 은수는 별일 아니라는 듯 씩 웃었다.

"회사에서 다시 봐서 반가워요. 전 오늘밖에 보지 못하겠네요."

웃으며 반기는 은수를 보던 세나는 살짝 고개를 끄덕였다. 묻고 싶은 게 있지만 나중에 따로 볼 생각이었다.

자리로 왔더니 책상 위에 꽃바구니가 놓여 있었다. 세나는 주변을 두리번거렸다. 사무실 사람들의 눈이 자신에게 꽂혀 있었다.

"이게 뭐예요?"

"몰라. 우리도 아침에 출근해 보니 놓여 있었어. 카드 같은 거 없어?"

세나는 예쁘게 꽃꽂이된 바구니를 보며 슬쩍 미소가 차올랐다. 누가 보냈는지 알 것 같았다. 그가 이런 이벤트를 한다는 게 새삼 놀라웠다. 서프라이즈와는 거리가 먼 줄 알았는데.

"누가 보낸 거야?"

그새 사람들이 다가와 기웃거렸다. 세나는 어깨를 으쓱하며 살짝 웃었다.

"모르겠어요."

"꽃 예쁘다. 이거 꽤 비싸겠죠?"

"크기 봐. 딱 봐도 가격 깨나 나가겠는 걸. 세나 씨 애인 있
어?"

사람들의 말에 살포시 웃으며 꽃바구니를 보던 세나가 꽃송
이를 살짝 만졌다.

"네. 있어요."

"우와. 누군데?"

사무실 사람들의 시선이 세나에게 쏠렸다. 그렇게 궁금한가.
반드시 애인을 알고야 말겠다는 의지가 담긴 눈들을 보자 세나
는 옅은 숨이 나왔다.

"비밀이에요. 저만 알고 싶은 남자거든요."

"이런 꽃바구니를 보낼 정도면 보통 남자는 아닐 거예요. 윤
매니저님 좋겠다."

나직한 은수의 목소리에 사람들의 시선이 일제히 쏠렸다.

"은수 씨는 뭐 아는 거라도 있어?"

그녀는 씩 웃더니 손을 내저었다.

"그냥 사이즈만 봐도 비싸 보이잖아요."

은수는 눈을 돌리며 세나를 힐끔 보았다. 그녀는 꽃을 보며
한껏 설레는 얼굴로 싱긋 웃었다. 그 모습을 보는 은수의 눈빛
이 차갑게 맺혔다.

사람들이 가지 않고 세나의 책상 주변을 배회하자 그녀는 그
들을 각자의 자리로 몰아냈다.

"자자. 다들 업무 준비하세요."

"뭐야. 궁금해. 윤 매니저 여태 남친 있다는 소리 안 했잖아."

"그래. 섭섭하다. 애인 있는 것도 말 안 해 주고."

"아직 만난 지 얼마 안 됐어요. 그래서 조심스러워요."

"어쨌든 부러워. 꽃바구니도 받고 말이야. 결혼까지 직행하나?"

킥킥대며 장난치는 사람들을 자리로 보내고 세나는 의자에 앉았다. 그때 문자가 왔다.

〈무사 귀환 축하해. 예뻐?〉

〈최고. 예뻐서 눈이 멀 지경이에요.〉

〈난 윤세나한테 눈이 멀 지경이야.〉

〈그럼 안 돼요. 어서 시력을 되찾으세요.〉

〈이따 보면 되찾겠지? 보고 싶다.〉

세나는 웃으며 휴대폰을 닫고 컴퓨터를 켰다. 지호의 시선이 옆자리에 앉은 세나에게 향했다. 살포시 웃는 그녀를 보며 씁쓸한 눈빛을 보냈다.

점심을 먹고 시간이 남아 세나는 은수를 따로 불러냈다. 5층 야외 휴게실은 정원으로 꾸며 놓아 직원들이 자주 이용하는 곳이었다. 세나의 앞에 선 은수는 고개를 옆으로 돌린 채 입을 꾹 다물었다.

조금 전, '왜 그런 거야'라고 물어본 세나의 말에 은수는 계속 저 상태였다. 잠시 그녀를 바라보던 세나가 숨을 내쉬었다.

"내가 편할 수 없는 건 은수 씨가 한 행동의 원인에 내가 포함되기 때문이야. 나한테 화난 거지? 내가 그때 꾸짖어서."

은수가 고개를 들었다. 그녀의 눈빛이 흔들렸다.

"아이들을 이용한 건 제 잘못이 맞아요."

"그래. 왕실 아이들을 데리고 일을 저지른 건 보통 사건이 아닌데 그런 위험을 무릅쓰면서까지 날 싫어할 일이 뭐였을까."

"싫으니까요. 그냥 윤 매니저님이 싫어요. 싫은데 이유가 있어요?"

목소리가 커진 은수의 눈동자가 세나를 원망스럽게 바라봤다. 짐작은 했지만 막상 들으니까 유쾌하진 않았다. 원래 사람 사이에서 호불호가 강한 성격이란 건 스스로가 알고 있었지만 그간 은수와 지낸 날들을 생각하면 그녀가 자신을 싫어하는 게 믿어지지 않았다.

"윤 매니저님은 제가 왜 싫어하는지도 모르세요. 왜냐면 주변에 관심이 없거든요. 주변 사람들이 무슨 생각을 하는지, 어떻게 바라보는지 모르시잖아요."

"누가 날 싫어하는지 호감으로 보는지 정도는 나도 알아. 은수 씨에게 그런 말을 들을 만큼 눈치가 없진 않다고 봐."

"그래요. 그렇게 평생 모르는 상태로 있으세요. 그 편이 저도 좋으니까. 사랑 받을 자격이 없는 사람은 알 필요도, 알려 줄 필요도 없죠."

세나는 은수의 뉘앙스가 어딘지 이상하여 미간이 찌푸려졌다. 그녀의 표현을 빌리자면 누군가 자신을 좋아한다는 소리였다.

"좋아. 날 싫어해서, 난 사랑 받을 자격이 없는 사람이니까 아이들을 이용해서 날 곤란하게 만들었다는 건데, 은수 씨 너무 치졸한 거 알아? 감정 때문에 공과 사를 구분하지 못했어."

"그래서 징계 받았잖아요. 저도 알아요. 너무 치사하고 하면 안 되는 일이었어요. 그런데 웃긴 건 뭔지 아세요?"

입꼬리를 올리며 웃는 은수의 표정에서 찬바람이 불어와 세나는 등골이 오싹했다.

"잠시라도 윤 매니저님을 곤경에 빠트릴 수 있어서 속 시원했어요."

"은수 씨."

"이제야 저도 제 마음을 확실히 알았어요. 전 윤 매니저님이 참 싫었어요. 아쉬운 게 하나도 없는 사람처럼 늘 당당하고 거리낌 없는 모습이 자꾸 거슬렸던 거예요."

"난 은수 씨를 믿었고, 늘 최선을 다해서 도와줬어. 그런 마음이 들었다면 안타깝지만 난 은수 씨에게 소홀했다고 생각하진 않아."

"이 상황에서도 그런 순진한 모습이라니. 너무 재수 없어."

비스듬히 웃으며 몸을 돌리고 걸어가는 은수를 황당하다는 듯 바라보던 세나는 이마에 손을 짚으며 지끈거리는 머리를 달랬다. 저 정도로 자신에게 악감정을 품은 줄 몰랐는데 생각보다 더 반감을 갖고 있었다.

혼란스러운 눈으로 사무실로 들어온 세나는 파티션 맞은편 자리에 앉아 있는 은수를 보고 제 자리를 보았다. 다음 주부터 마주치지 않으니 이걸 다행이라고 생각해야 하나. 어차피 안 볼 사이라 은수도 속마음을 다 꺼냈던 걸까.

한숨을 내쉬며 옆으로 눈을 돌리던 세나는 불현듯 눈이 커졌다. 지호는 평소와 같았다. 그의 감정은 조금도 다르지 않았다. 그런데도 세나는 가슴이 답답했다.

생각해 보면 은수가 지호를 좋아하니 결국엔 그가 자신을 마음에 두고 있다는 소리였다. 말도 안 되는 소린데 은수의 반응이 심상찮은 걸로 보아 자신이 잘못 생각한 건 아닌 듯했다. 세나는 먹구름처럼 어두운 마음으로 깊은 한숨을 내쉬었다.

퇴근까지 무슨 정신으로 앉아 있었는지, 세나는 전화가 오는 것도 못 듣고 컴퓨터만 바라보았다. 누군가 등을 톡톡 치는 바람에 화들짝 놀란 그녀가 뒤를 돌아보았다. 지호가 손가락으로 세나의 휴대폰을 가리키며 어리둥절한 표정을 지었다.

"전화 오잖아."

"아."

세나는 제 휴대폰을 잡고 일어섰다. 지호는 재킷을 입고 가방을 들었다.

"퇴근해요?"

"응. 주말 푹 쉬고 월요일 날 보자."

"네. 주말 잘 보내요."

지호는 세나의 어깨를 톡톡 두드리고 사무실을 나갔다.

"원래 다정한 줄 알았는데……."

은수가 한 말이 맞았다. 자신은 그동안 다른 이에게 관심이 없었다. 지호가 아무에게나 다정한 건 아니라는 걸 이제야 깨달았다.

세나는 곧 제 책상에 머리를 박고 머리카락을 쥐어 잡았다. 다시 휴대폰이 울려 깜짝 놀란 세나가 화면을 보았다. 태주였다.

─퇴근 안 해?

"해야죠. 어디에요?"

─주차장이야. 이리 와.

"네."

세나는 생각을 털어 버리려는 듯 고개를 휘휘 젓고 백을 들고 나갔다.

주차장으로 가자 헤드라이트 불빛이 켜진 고급차가 눈에 띄었다. 가만히 조수석 문을 여니 태주가 핸들에 몸을 기댄 채 세나를 바라보았다.

"안녕."

태주의 목소리에 저도 모르게 미소가 지어졌다. 목소리만 들어도 웃음이 나왔다.

벅차오르는 감정에 세나는 차에 타자마자 그에게 입을 맞췄다. 그는 당황하는 법이 없다. 이 정도는 미리 예상했는지 태연히 받아 주었다.

"좀 놀라거나 당황해야 하는 거 아니에요?"

"왜 그래야 하는데?"

"사람이 갑자기 막 달려들면, 놀라는 게 정상이죠."

세나가 눈을 새침하게 뜨자 태주가 그녀의 입술에 쪽 소리 나게 키스했다. 또 놀란 토끼처럼 눈이 커진 세나를 보자 그가 빙그레 웃었다.

"놀라는 사람은 한 명으로 충분해. 나까지 놀랄 필요 있나. 난 언제나 준비된 남자지."

"그냥 이런 일이 비일비재해서 그런 거 아니에요?"

"무슨 소리야. 내가 아무한테나 입술을 내주는 줄 알아? 내 입술 비싸."

쿡쿡 웃음이 터진 세나가 고개를 끄덕이며 앞을 보았다.

"그렇다고 해 줄게요."

"와. 안 믿네."

"믿어요. 믿어."

약이 오른 태주가 그녀의 뒤통수를 손으로 감싸고 입을 맞췄다. 곧 입술을 가르고 물컹한 혀가 들어왔다. 온몸을 녹아내리게 하는 키스를 하고도 그는 숨소리 하나 흐트러지지 않았다. 매번 달뜬 숨을 내쉬고 몸이 떨리는 건 세나였다.

"정말이야. 믿어 줘."

대답도 못하고 고개를 끄덕인 세나의 얼굴이 이미 붉은 빛으로 물들었다. 그 모습을 보던 태주가 만족한 웃음을 지으며 그녀의 머리카락을 쓸었다. 그가 세나의 이마에 자신의 이마를 맞대었다.

"이런. 시작도 안 했는데 벌써 예뻐졌네, 내 여자."

"세나야."

세나는 자신을 부르는 소리에 멀어졌던 의식을 다시 붙들어 맸다. 제 어깨를 어루만지는 손길에 천천히 눈을 떴다. 시야에 태주가 보였다. 그의 시선이 땀에 젖은 세나의 머리카락으로 향했다. 어깨를 만지던 손이 머리카락으로 옮겨졌다. 그리고 눈을 깜빡이며 정신을 차리려 애쓰는 세나의 입술에 입을 맞췄다.

오늘 유난히 숨을 헐떡이며 느끼던 세나가 급기야 기절하는 상황까지 왔다. 태주는 조금씩 정신을 차리는 세나를 바라보며 그녀에게 무슨 일이 있다는 것을 직감적으로 느꼈다. 적극적으로 받아들이면서도 어딘지 모르게 다급함이 느껴졌다.

"괜찮아?"

"네."

"안색이 안 좋은데."

"괜찮아요."

세나는 싱긋 웃으며 위에서 자신을 내려다보는 태주의 목을 끌어안았다.

"너무 좋아서 그래요."

"무슨 문제라도……."

"저 원래 잘 느끼잖아요."

그러더니 태주의 등을 살짝 꼬집었다.

"그걸 꼭 제 입으로 말하게 해요?"

태주가 팔을 펴서 매트리스에 지탱하며 세나를 바라보았다. 아직도 달뜬 숨과 풀어진 눈빛에 이어, 얼굴에 나타난 홍조와 부푼 입술이 그를 유혹했다.

가느다란 목선을 따라 어깨 아래로 내려오는 목걸이 줄에 낀 링이 숨을 쉴 때마다 위아래로 움직였다. 제주도에서 그녀가 자신에게 사 준 반지와 똑같은 모양의 것이 반짝였다. 둘 다 반지를 끼면 사람들의 눈이 집요하게 상대를 찾을 것 같다며 세나는 목걸이로 바꿨다.

가만히 바라보던 태주가 한 손을 들어 그녀의 링을 만지작거렸다. 제 손가락에 낀 것과 같은 것. 그 어떤 것보다 소중한 것. 내 것. 내 여자.

"기절할 만큼 내가 좋아?"

잔잔하게 웃는 태주를 보던 세나의 눈매가 예쁘게 휘었다.

"네."

"나도 네가 너무 좋아."

"그럼 우리 마음이 통했네요."

"몸도 통했지."

"그럼 이게 말로만 듣던 일심동체?"

놀란 듯 눈을 동그랗게 뜬 세나가 왜 이렇게 예쁜지, 태주는 못 참고 다시 그녀에게 키스했다. 잔뜩 부풀어서 아플 수도 있는 입술을.

세나의 소담한 젖가슴을 어루만지며 얼굴 이곳저곳에 입을 맞추던 태주는 그녀의 눈꼬리를 타고 흐르는 눈물을 보았다.

"왜 울어."

"갑자기 제주도에서 마셨던 와인이 먹고 싶어요."

태주는 빙그레 웃으며 그녀의 목덜미에 얼굴을 묻었다.

"와인이 좋아, 내가 좋아."

"당연히……."

발그스름해진 얼굴로 태주의 넓은 등을 어루만지던 세나가 살포시 웃었다.

"와인."

그가 상체를 일으켜 세나를 원망의 눈으로 바라보다가 씨익, 웃었다.

"혼내 줘야겠어."

"어어, 저 방금 기절했던 사람이에요. 더 하면 병원에 실려 갈지도 몰라요."

"내 알 바 아니야."

"와, 진짜 매정하다. 피도 눈물도 없다!"

세나가 눈빛을 반짝이며 불쌍한 연기를 했다.

"한 번만 봐줘요."

"싫어."

"아아, 태주 씨……."

다시 여자의 몸으로 파고드는 태주의 머리카락에 손을 넣어 끌어당기는 세나는 말과 행동이 따로 노는 여자였다.

세나는 턱을 손으로 괴고 앉아 잔으로 흘러들어 가는 와인을 바라보았다.

"와인을 많이 마셔 보진 못했는데 지난번에 마셨던 와인이 계속 생각났어요."

좀 전에 홍 실장이 제주도에서 마셨던 와인을 준비해 왔다. 아마도 자신이 씻는 동안 태주가 그에게 지시한 것 같았다.

"홍 실장님께 조금 미안하기도 하고."

"괜찮아."

"진짜 말만 하면 뭐든지 이루어지는 램프의 요정 같아요, 사장님."

부드럽게 웃던 태주는 매끄럽게 와인을 끌어올리며 제 잔에도 따랐다. 그리고 세나의 옆에 앉아 그녀와 같은 모양으로 얼굴을 괴고 바라보았다.

"뭐든지 말만 해. 다 이루어 줄게."

"와, 든든하다. 반하겠네."

영혼 없는 목소리에 태주는 피식 웃으며 그녀의 머리를 흐트러뜨렸다. 샤워를 해서 그녀의 머리카락이 젖어 있었다. 몸에서는 자신과 같은 향기가 났다.

허리가 잘록하게 들어가는 화사한 원피스를 입은 세나의 몸에 시선이 갔다. 옆에 있으면 만지고 싶고 안고 싶고, 더 오래 같이 있고 싶은 마음은 점점 깊어만 갔다. 그녀는 알까. 보고 있어도 보고 싶다는 걸. 어제보다 오늘 더 좋아진다는 걸.

한 모금 마신 세나는 만족한 얼굴로 싱긋 웃었다.

"역시 맛있어."

"세나야."

태주의 부름에 세나가 고개를 돌려 마주 보았다. 아까부터 그가 집요하게 자신을 바라본다는 걸 느끼고 있었다.

"자고 가면 안 돼?"

그를 물끄러미 보던 세나는 태주의 손을 끌어 잡았다. 그리고 부드럽게 웃었다.

"가야죠. 여긴 서울이잖아요."

손목시계를 들여다본 세나가 말을 이었다.

"요것만 마시고 택시 타면 돼요."

"난 그럼 안 마실게. 너 데려다줄래."

세나가 고개를 도리도리 저으며 눈을 부릅떴다.

"그러지 마세요. 저 혼자 집에 가도 절대 슬퍼하거나 외로워하지 않을 거랍니다."

"그래도 싫어."

태주는 이미 마음을 굳힌 듯 와인 잔을 저만치 밀었다. 이럴 땐 누가 아인지 모르겠다.

미소를 지은 채 그를 보던 세나가 좋은 생각이 났는지 와인을 한 모금 마셨다. 그리고 벌떡 일어서 그의 얼굴을 잡고 입을 맞추었다.

태주의 목울대가 움직이며 와인이 넘어갔다. 무릎에 얌전히 놓인 그의 손이 어느 틈에 세나의 허리를 휘어 감고 더 깊이 파고들었다. 기나긴 키스를 끝낸 후에야 간신히 입술이 떨어졌다.

"어디서 못된 걸 배워가지고. 이런 건 누가 가르쳤어."

미간을 구기며 표정은 위협적이었지만 그의 목소리는 부드럽게 떨렸다. 세나는 방긋 웃으며 다시 제 와인을 마셨다.

"이제 집에 못 데려다주죠?"

"가도 돼."

"한 모금이라도 마시면 운전은 절대 안 돼요."

손가락을 가로로 저은 세나는 승기를 잡은 듯 경쾌하게 웃었다. 황당하게 바라보던 태주가 어이없는 미소를 지었다.

"홍 실장한테 데려다주라고 하지, 뭐."

"그건 더 싫어요! 홍 실장님은 무슨 죄예요."

"그럼 어떡해. 혼자 보내긴 싫은데. 발목도 완벽하게 나은 거 아니잖아."

세나는 태주의 잔을 끌어 와 앞에 놓고 제 잔을 들었다.

"저랑 맛있게 마셔 주면 돼요. 그게 지금 제가 가장 원하는 일이에요. 발목도 다 나았고."

마음에 들지 않는다는 얼굴로 세나를 보던 태주가 제 와인을 마셨다. 그를 보는 세나가 활짝 웃었다.

"그렇지. 우리 애기 잘한다."

세나가 태주의 엉덩이를 톡톡 두드리며 칭찬했다. 그렇게 집에 가고 싶니, 라고 말하고 싶은 걸 꾹 참고 그녀의 머리를 흐트러뜨린 태주가 뺨을 어루만졌다.

"그럼 이제 말해 봐. 무슨 일이 있었는지."

태주를 바라보던 세나는 그를 속이는 일이 생각보다 어렵다는 걸 느꼈다. 세나는 그를 바라보다가 고개를 살짝 저었다.

"그냥 저를 둘러싼 다양한 인간관계가 조금은 버거운 것 같아서요."

"인간관계가 너무 단조로우면 재미없잖아."

"명확한 해결책을 내세우지도 못하면서 전전긍긍하고 있으니까 더 답답해요."

"그게 윤세나의 특징이야. 일할 때는 완벽한 어른인데 유독 사람 사이의 관계에서는 아이 같거든."

세나가 태주의 눈을 바라보았다. 자신을 바라보는 그의 눈빛은 올곧고 꿰뚫을 듯 집요했다.

"왜 그런 걸까요, 전."

태주의 손이 세나의 손을 잡아 토닥였다.

"착해서 그래. 다른 사람들의 감정까지도 이해하려고 애쓰다 보니까 저절로 생각이 많아지는 거지."

"아니요. 전 제가 이기적이고 이기고 싶은 승부욕만 강하다고 생각했어요. 그래서 사람들과 감정을 공유하는 일이 쓸데없다고 느꼈던 것 같아요. 마음을 터놓는 몇 명을 제외하고는 늘 그랬어요."

세나는 눈동자를 아래로 떨구며 씁쓸하게 웃었다.

"그러다 보니 다른 사람의 감정 변화를 눈치채지 못하고 상황을 악화시키는 것 같아요."

"내 생각은 달라. 스스로 사람 사이의 관계에 서툴다고 생각하지만 그건 네가 순수하고 다정하기 때문이라고 봐. 내가 아는 윤세나는 적어도 거짓 없고 다른 사람에게 진실하게 행동하는 사람이야."

"……."

"그런 널 싫어하는 사람이라면 그 사람의 성격도 온전치 못하다고 생각해."

심장에 작은 물방울 하나가 톡, 하고 떨어져 울림이 퍼져 나갔다. 태주가 하는 말은 늘 자신을 다시 돌아보게 했다. 그래서 이 사람과 있으면 마냥 좋고 자신이 가치 있는 사람이 되는 것 같은 착각이 들었다.

세나는 눈을 들어 태주를 보았다. 잔잔하게 미소 짓는 그를 보며 저도 따라 웃었다.

"고마워요. 마음이 불편했는데 그렇게 말해 줘서 한결 편해졌어요."

"그리고 나한테 일러. 내가 혼내 줄 테니까."

세나는 쿡쿡 웃으며 고개를 끄덕였다. 그리고 그의 어깨에 얼굴을 기대며 허리에 팔을 둘렀다.

"혹시 이준성 때문은 아니지?"

정색하는 목소리에 웃음을 흘리던 세나는 곧 고개를 끄덕였다.

"뭐랄까. 당신한테 잘못 걸리면 큰일 나겠다는 생각이 드네요."

"그게 무슨 말이야."

"그냥, 저에 대해 많은 걸 알고 있어서 좀 무서워요."

"그러니까 나한테 잘해. 미움 받기 싫으면."

세나는 그의 품에 더 깊숙이 파고들었다. 그의 입가에 옅은 미소가 생겼다.

"이러면 곱게 보내 주기 힘든데."

"태주 씨, 사랑해요."

그녀를 안은 태주의 팔에 힘이 들어갔다. 그리고 옅은 숨을 내쉬었다. 그녀의 정수리에 입을 맞춘 후 얼굴을 기댔다.

"안 되겠다. 매번 집으로 보내야 하는 수고로움을 덜기 위해서라도 빨리 결혼해야겠어."

'결혼'이라는 머나먼 우주별 같은 단어를 쓴 그의 목소리가 아득하게 느껴졌지만 세나는 눈을 감으며 몽롱한 분위기를 즐겼다. 지금은 그의 사랑을 오롯이 느끼고 싶었다.

10.

안
개

월요일 아침, 회사로 출근하며 세나는 마음을 다잡았다. 여태 지호가 아무런 마음을 내비치지 않은 건 부담을 주지 않으려는 의도가 분명했다. 그러므로 자신도 평소처럼 대하기로 마음먹었다. 친한 동료를 괜한 감정으로 낭비하며 속 썩이기 싫었다. 다만 바라는 건, 그의 감정이 어서 정리되길.

회사 안으로 들어온 세나는 또각또각 구두 소리를 내며 로비를 걸었다. 언제부턴가 이 마찰음이 마음의 평화를 안겨 주었다. 규칙적으로 들려오는 소리가 평범한 일상을 각인시켜 주는 정화 작용을 하는 것 같은 느낌이 들어 고맙기까지 했다.

많은 일이 있었던 이번 해는 자신에게 특별한 년도임에는 틀림없었다. 이 시간은 어디로 흘러가는 걸까. 미래를 알 수 있다면 조금은 안심할 수 있을까. 아니, 당장 눈앞에 닥친 일도 해결하지 못하면서 너무 먼 미래를 알려고 드는 건 어리석은 일인지도 모른다.

사무실로 들어온 세나는 평소처럼 사람들과 티타임을 가진 후 오전 일정을 시작했다. 오늘은 상무 주관 회의가 있어 회사 직원 대다수가 대회의장에 모였다. 회의는 올해의 영업 실적과 함께 성과 등에 대한 보고가 주를 이뤘고, 앞으로 남아 있는 크고 작은 행사에 대한 브리핑이 있었다.

"올 연말과 연초까지 예정되어 있는 행사는 우리 회사의 최대 이벤트입니다. 각별히 신경 써 주십시오."

상무가 말을 끝내려는 찰나 회의장 문이 열렸다.

"사장님께서 들어오십니다."

비서의 안내에 사람들이 일제히 일어섰다. 깔끔한 슈트를 입은 태주가 들어서자 사람들의 시선이 그에게 꽂혔다. 태주는 부드럽게 웃으며 상무가 내어 주는 상석에 자연스럽게 앉았다. 상무는 옆자리로 옮겼다.

테이블에 놓여 있는 서류를 살펴보는 태주의 머리끝부터 발끝까지 사람들의 시선이 닿아 있었다. 그러다 그의 손에 눈을 둔 사람들은 네 번째 손가락에 끼어진 반지를 보며 눈을 크게 떴다. 상무도 반지에 눈을 두던 참이었다.

"오늘은 중요 회의가 있는 날이라고 해서 예정되어 있던 스케줄을 잠시 미루고 참석했습니다. 괜찮으시죠?"

태주가 상무를 보며 웃었다. 상무는 급히 눈을 들고 고개를 끄덕이며 입꼬리를 올렸다.

"당연합니다."

"회의 자료는 오기 전에 읽어 보았습니다. 올해 영업 이익이 작년보다 눈에 띄게 늘어난 데에는 직원 여러분들의 노고가 있었기 때문입니다. 그런 의미에서……."

서류로 시선을 내린 태주가 창립 기념일 및 JK그룹 송년의 밤 자선 행사 부분에 손가락을 튕겼다.

"창립 기념일은 최소 필요 인력들을 제외하고 휴일로 지정했으면 합니다."

태주의 말에 사람들의 얼굴에 급 화색이 돌았다. 다만 상무의 표정만 굳어 갔다.

"창립 기념일은 우리 호텔뿐 아니라 전 계열사가 참석하는 큰 행사입니다. 독단적으로 결정할 수 있는 일이 아닙니다."

"그 부분은 제가 회장님과 잘 이야기해 보겠습니다."

"하지만 창립 기념일은 회사의 정당성과 함께 직원들이 회사에 애사심을 갖게 하는 행사로써……."

"창립을 기념하기 위해 거창한 행사를 하는 것보다 직원들이 휴식을 취하는 게 회사에 대한 애사심을 갖는 데에 더 큰 영향을 끼친다고 보는데요. 회사에 대한 충성도 같은 건 말로 보여지는 것이 아니라 영업 이익이나 실적으로 나타납니다."

부드러운 목소리로 말을 하는데 태주의 말에는 거역할 수 없는 분위기가 있었다. 사장의 권한을 누가 이기겠는가. 하지만 그것보다도 태주가 하는 말이 직원들의 마음을 움직이는 것도 한 몫 했다.

"회장님과 각 계열사 사장님들의 의견을 모아 결정을 하도록 하겠습니다."

상무의 얼굴이 눈에 띄게 굳어졌다. 창립 기념일 및 송년 행사는 상무가 공을 들이는 중요 업무 중 하나이기 때문에 그것을 손본다는 건 자신의 영역을 건드리는 것과 마찬가지였다.

"그리고 한 가지 더. 매년 진행되는 송년의 밤 자선 행사를 보니 자선이라는 것이 민망할 만큼 화려하고 사치스럽습니다. 자선 행사인데 말이죠."

"사장님. 해외에 오래 계셔서 잊으신 것 같은데 자선 행사는 JK그룹의 대표 행사로 회장님께서도 특별히 관심을 갖고 지켜보십니다. 특히 정재계 인사들이 대거 참석하는 행사인 만큼 소홀히 준비하기 어렵습니다. 우리 회사의 이미지가 있으니까요."

상무의 말에는 뼈가 있었다. 회의에 참석한 직원들은 두 사람의 대화를 들으며 눈치를 살폈다. 태주는 태연하게 웃었다.

"그렇습니까? 우리 회사의 이미지가 고작 자선 행사에 의해 정해지는 거라면 JK그룹도 기업의 경영 방향을 새로이 잡아야 할 것 같습니다."

"이 행사는 가치나 비전을 목적으로 하는 것이 아니라 기업의 자리를 나타내는 일입니다. 재고해 주십시오."

태주는 한동안 박 상무를 뚫어지게 바라보더니 씩 웃었다.

"상무님이 주관하는 행사인데 내가 잘난 척을 했나 봅니다. 그럼 최대한 상무님의 힘을 실어 보여 주십시오. 올해 행사를 보고 평가는 그 후에 다시 의논해도 늦을 것 없습니다."

태주는 여전히 고저 없는 목소리로 말을 내뱉고 고개를 돌렸다.

"올해는 국내외 투자와 유치에 있어서 괄목할 만한 성과가 있는 해인 것 같습니다. 그 결과는 영업 이익과 실적으로 나타났습니다. 보도 자료가 나가겠지만 제가 취임식에서 언급했듯이 곧 실적에 따른 성과급이 있을 예정입니다. 그럼 남은 일정에도 모두 최선을 다해 주시기 바랍니다."

태주의 말이 끝나자 박수가 나왔다. 사장에 대한 예의이기도 했지만 진심에서 나오는 박수 소리가 더 컸다. 좀 재수 없고 업무 지시를 살 떨리게 꼼꼼히 하지만 그에 대한 보상은 확실하게 해 주는 보스였다.

태주를 바라보던 세나는 그와 눈이 마주치자 괜스레 얼굴이 붉어졌다. 그가 하는 말들이 어쩜 이렇게 제 생각과 비슷한지 신기할 정도였다. 그리고 같은 공간 안에서 연인의 목소리와 미소를 보는 건 굉장히 행복한 일이란 느낌이 들었다.

"아, 그리고 이건 제 개인적인 부분이지만 조만간 결혼 취소 기사가 나올 예정입니다. 당분간은 회사 안팎으로 시끄러울 수 있습니다. 직원 여러분은 놀라지 마시고 지금처럼 업무에 임해 주시면 됩니다."

그 말을 끝으로 태주는 자리에서 일어섰다. 스쳐 지나갔지만 세나는 그의 눈빛을 읽을 수 있었다. 달콤함을 가득 담아 눈에서 꿀이 떨어진다는 말이 무슨 뜻인지 알 수 있었다.

회의가 끝나고 사람들은 삼삼오오 모여 회의 결과에 대한 수다를 떨었다. 지금까지 두 행사는 성대하게 치러졌고 그룹 내에서 중요하게 다루는데 방금 전 태주가 전혀 예상하지 못한 방향으로 접근했다. 그중 창립 기념일에 쉬는 건 거의 확정된 분위기였다.

"확실히 회장님 아들이라 그런가 거침없네요. 창립 기념일을 마음대로 조정할 수 있다니."

"그런데 우린 좋죠 뭐. 사장님 말씀이 다 맞아요."

"그래도 상무님, 꽤나 열 받으셨을 텐데 괜찮을지 모르겠어요."

"회장님 아들을 뭐 어쩌겠어요. 꼬우면 본인이 사장이 되던

가. 그전엔 열 받아도 별수 있겠어요?"

"아까 상무님 표정 장난 아니게 살벌하던데. 무슨 일 나는 줄 알았다니까."

"올해 송년의 밤 자선 행사는 벌써부터 엄청난 스케일이 예상됩니다."

사람들은 한숨을 내쉬며 엘리베이터를 탔다.

"그런데 아까 사장님 손가락에 있던 반지 본 사람."

박인수 과장의 말에 사람들의 눈이 반짝거렸다. 세나의 눈동자도 함께 따라갔다.

"난 손가락에 반지가 있기에 결혼식 날짜가 잡혔나 싶었는데 결혼 취소를 하신다네? 그럼 그 반지는 뭐지?"

"저도 봤어요. 사장님께서 액세서리 용도로 그런 걸 낄 사람이 아니잖아요. 그건 대체 뭐죠?"

"혹시 다른 여자가 있는 거 아냐?"

사람들이 수군거리는 소리를 듣자 세나는 심장이 콩닥콩닥 빠르게 뛰었다. 언젠가 알게 되겠지만 반지 하나에도 저렇게 관심을 보이니 상대가 자신이라는 걸 알면 기절할지도 모르겠다.

'반지는 왜 맞춰서 스스로 무덤을 파니. 정말 미쳤었구나.'

세나는 괜히 엘리베이터 벽만 바라보았다.

"윤 매니저는 뭐 들은 거 없어?"

사람들의 시선이 세나에게 향했다.

"그러게. 윤 매니저 친척 언니가 이지나 부지배인이잖아. 사장님과 부지배인님 친한 사이니까 뭐라도 들었을 것 같은데?"

"글쎄요. 사장님이 그런 것까지 말하는 분은 아니잖아요."

애써 미소를 지으며 대답하는 세나를 옆에서 본 지호가 사람들에게 한마디 거들었다.

"사장님 개인 사정을 직원들이 어떻게 다 알겠어요. 뭐, 다른 여자를 만나고 있다고 해도 그게 누군지 직원에게 말할 의무는 없죠."

"그래도 궁금하니까 그렇죠. 연지우를 거절하고 만날 정도면 대체 얼마나 대단한 여자인 거야?"

엘리베이터의 문이 열리고 사람들이 우르르 내리자 세나도 옅은 숨을 내쉬며 따라 내렸다.

사무실로 들어와 자리에 앉으며 세나는 파티션 맞은편 자리로 눈을 두었다. 지난주까지 있었던 은수의 자리가 비워졌다. 곧 새로운 사람으로 자리가 채워질 것이다. 세나는 씁쓸한 마음에 고개를 돌렸다. 이제 은수와 마주칠 일은 없는 건가. 제게 불편한 사람이 한 명 더 늘어났다.

"그게 무슨 말인가. 결혼을 취소해?"

연무신 대표는 제 앞에 앉아 담담하게 결혼 취소 이야기를 꺼내는 태주를 어이없는 눈으로 바라보았다.

"죄송합니다. 처음부터 기사를 내면 안 되었는데 괜한 번거로움을 드렸습니다. 저희 쪽에서 최대한 문제없이 기사 내도록 하겠습니다."

"말도 안 되네. 지우와 자넨 이미 어릴 때부터 결혼 상대로 정해졌어. 이제 와 번복한다는 게 말이 되나."

"지우와 전 서로에게 마음이 없습니다."

"결혼이 마음만으로 결정되지 않는다는 건 자네도 잘 알지 않는가. 그래서 결혼 기사를 냈을 때에도 별말 없었던 거고."

"네. 하지만 이젠 바로잡고 싶습니다. 저도 원하는 상대와 결혼하고, 지우도 이 답답한 결혼 이야기에서 자유로워질 필요가 있다고 봅니다."

"자네!"

무신이 노여운 얼굴로 태주를 보았다. 여당 대표임과 동시에 차기 대권 주자로서 JK그룹의 힘이 무엇보다 필요한 무신이었다.

김석윤 회장과는 학창 시절부터 친한 사이로 오랜 관계를 유지해 왔다. 그래서 그 자식들도 자연스럽게 가까워졌고 두 사람이 결혼하는 것에 있어서 큰 거부감도 들지 않았다. 모든 게 순조롭게 진행되었는데 태주가 망치려 들었다.

"JK그룹은 내 협조가, 난 JK그룹의 지원이 필요하네. 누구보다 잘 알고 있지 않은가. 그런데 괜찮겠나."

"제 능력으로 얼마든지 채울 수 있습니다. 그러려고 어릴 때부터 쉴 틈 없이 배우고 익혀 온 거죠. 제 아내를 스스로 고를 수 있는 힘은 있습니다."

갑자기 무신이 테이블을 쾅 치고 일어섰다. 그리고 태주를 노려보았다.

"예전부터 자넨 늘 그렇게 자신감 넘치고 무서운 것 없는 사람처럼 행동했지. 하지만 명심하게. 세상 모든 일이 생각대로 될 거란 오만을 버려. 그거 아주 위험한 거니까."

무신은 노려보던 눈을 거두고 룸을 나갔다. 태주는 곧 휴대폰을 들어 전화를 걸었다.

"준비된 자료, 언론사로 보내요."

전화를 끊은 태주도 천천히 일어섰다. 위협적인 언행과 협박을 한 무신의 태도에 태주도 화가 난 상태였다. 제게 협박하고 불쾌한 언행을 해도 용납할 수 있는 사람은 한 사람뿐이었다.

밖으로 나오자 홍 실장이 대기하고 있었다. 뒷좌석에 탄 태주는 태블릿을 들고 업무를 시작했다. 이동 중에도 그는 끊임없이 일을 했다. 그래야 남는 시간에 세나를 만날 수 있었다.

한참 업무를 보던 태주는 문득 창밖으로 시선을 돌렸다.

"또 보고 싶네."

회의장에서 잠깐 보았는데 벌써 세나가 그리워졌다. 어두워진 창밖을 보던 태주가 입을 열었다.

"다음 주 출장이 며칠 일정이었죠?"

"열흘입니다."

"너무 긴데……."

혼잣말을 내뱉은 태주를 힐끔 보던 홍 실장이 슬쩍 웃었다.

"그렇게 좋으십니까? 사장님께서 그렇게 안절부절못하는 모습은 처음 보는 것 같습니다."

"사람이 말입니다. 하나를 얻으면 곧 다른 걸 더 달라고 조르게 됩니다. 처음엔 가까운 곳에 있는 것만으로도 좋았는데 지금은 내 옆에 두고 한 발자국도 못 나가게 하고 싶어요. 사람이 옹졸해지고 유치해져요."

"사장님께서 제대로 사랑을 하시나 봅니다. 사랑하면 자존심은 중요하지 않으니까요."

태주는 피식 웃으며 동의의 의미로 고개를 끄덕였다.

"자존심은 저 바닥에 내팽개쳤죠. 이미 예전에."

태주는 보고 싶은 마음을 달래며 제 손가락에 끼워진 반지를 만지작거렸다.

출근하던 세나는 회사 밖에서 진을 치고 있는 기자들을 발견하고 종종걸음으로 회사 안으로 들어왔다. 회사로 들어오지는 못하고 밖에서 오가는 사람들을 붙잡고 취재 열기를 불태우는 기자들을 보며 엘리베이터 앞에 선 그녀는 조심스럽게 휴대폰을 들여다보았다.

포털 사이트에 태주의 결혼 취소 기사가 실렸다. 어른들 간의 안부 정도로 오가던 말이 와전이 되어 결혼 기사로 퍼졌다. 두 사람은 결혼에 대한 동의를 한 적이 없으며 앞선 결혼 기사에 대한 오해를 바로잡고자 한다는 내용이었다.

그런데 그 뒤에 곧바로 반박 기사가 떴다. 연무신 대표 측에서 낸 기사로, 결혼 문제는 두 집안의 오래된 이야기로 갑작스럽게 결혼을 취소한 건 김태주 사장이라며, 그의 일방적인 통보에 딸과 자신은 무척 혼란스러운 상황이라는 기사였다.

상반된 입장의 두 기사가 뜨자 기자들은 회사로 집결한 듯했다. 결혼을 취소하면 그만일 줄 알았는데 여자 쪽에서 기분이 상한 것 같았다. 하긴, 재벌만 그럴까. 세나 자신도 준성을 제 부모님에게서 완전히 떼어 놓지 못해 끌려 다니는 입장이니 이해 못 할 것도 아니었다. 아무래도 여자 쪽은 태주와 다른 생각을 하는 것 같다.

옅은 한숨을 내쉬며 엘리베이터로 들어선 세나는 뒤이어 안으로 들어오던 상무와 비서를 보고 고개를 숙였다. 상무는 세나를 보더니 비스듬히 입꼬리를 올렸다.

"윤세나 매니저."

상무의 목소리에 세나가 돌아보았다. 그의 시선이 날카롭게 느껴졌지만 지난 제주도의 일 때문일 거라고 생각했다.

"지난번 왕실 아이들 사건은 묻힌 듯 지나가 버렸지만 난 잊지 않았어. 한 번 더 비슷한 사고가 생기면 이번엔 무사하지 못할 거야."

"네."

박 상무는 세나를 흥미로운 얼굴로 훑어봤다.

"좋아. 이따 현지호 매니저와 내 방으로 와. 송년의 밤 행사 건으로 회의할 게 있으니까."

"알겠습니다."

세나는 인사를 하고 먼저 엘리베이터에서 내렸다. 문이 닫히자 그녀가 뒤를 돌아보았다. 상무는 어떤 식으로든 자신과 태주를 편하게 두고 보지 않는 것 같았다. 사고가 생기길 벼르고 있는 듯 보였다.

"뭐 하나 쉬운 게 없구나."

이렇게 사람들에게 연이어 미움을 사다 보니 무심하게 일관하던 세나도 조금씩 마음의 균열이 생겼다.

상무실이 있는 8층까지 올라온 세나와 지호는 집무실 문을 노크했다. 안으로 들어가자 비서가 일어나 안내했다.

"부르셨습니까."

박 상무는 업무를 보다가 세나와 지호를 보고 손짓했다.

"아까 내가 회의라고 했지만 사실 회의가 아니라 통보야. 자네들이 이해해 줬으면 좋겠군."

두 사람의 눈동자가 박 상무에게 꽂혔다.

"어제 회의를 통해 알겠지만 송년의 밤 자선 행사는 우리 회사 최대 행사야. 그리고 난 그걸 총괄하는 책임자고."

박 상무는 서류를 들고 자리에서 일어나 두 사람 앞으로 왔다.

"두 사람 다 기획팀에서 알아주는 실력이라고 들었네. 이번 행사는 두 사람이 책임지고 잘해내 봐."

박 상무가 건넨 서류를 보던 지호의 눈이 커졌다.

"이번 행사는 최대 스케일로 계획할 거야. 거기 적힌 명단과 일정, 빠짐없이 준비해. 각 기업과 기관에 일정 보내고 모두 참석할 수 있도록 다른 팀과 협조해서 해."

"박 상무님, 이 행사를 준비하려면 비용도 만만치 않게 듭니다."

"행여나 비용 생각한다고 몸 사리면 내가 두 사람의 실력에 대해 의심할 수밖에 없을 거네. 자네들은 회사 주머니 사정을 걱정할 게 아니라 업무를 빈틈없이 해내면 돼."

할 말은 많았지만 여기서 더 말해 봤자 상무의 미움만 살 뿐이란 걸 두 사람 모두 모르지 않았다. 상무실을 나온 세나와 지호는 말없이 엘리베이터로 걸어갔다.

"이건 분명 사장님께서 말씀하신 바와는 거리가 먼 계획이야. 그렇지?"

지호가 먼저 말을 꺼냈다. 세나도 고개를 끄덕였다.

"그렇다는 건 사장님에 대한 선전포고일 뿐 아니라 가운데에 낀 우리도 잘못하면 새우등 터질 수 있는 부분이란 말이잖아."

"아무래도…… 그런 것 같네요. 미안해요. 상무님이 날 벼르고 있는 것 같은데 괜히 지호 씨만 곤란해졌어요."

"국내 행사는 내 일인 거 몰라?"

세나가 지호를 바라보자 그는 씩 웃었다.

"우린 일개 직원이니까 일단은 명을 수행하자고."

"그런데 전 상무님이 하는 방식이 맞다고 생각하지 않아요. 자선 행사를 화려하고 돋보이게 한다는 발상도 우습고. 대중들에게 JK그룹 이미지가 사치와 뽐내기에만 치중되었다는 평가도 무시할 수 없겠어요."

"그래. 하지만 세나 씨처럼 생각한다면 사실상 자선 행사도 할 필요가 없지."

세나가 빙그레 웃으며 고개를 끄덕였다.

"그건 그러네요."

"일단 올해는 사장님께서 어찌하는지 두고 보신다고 했으니까 우린 상무님 말대로 하는 수밖에."

"네. 그래야죠."

옅은 숨을 내쉰 세나가 쓸쓸하게 웃었다. 회사 일에 대한 건 객관적이고 싶은데 태주와 관련되어 있으니 모든 게 내 일처럼 느껴졌다. 분명 태주는 이번 행사에 대해 못마땅하게 생각하는데 그 행사의 담당을 자신이 맡게 되었으니 참 아이러니한 일이다.

사무실로 돌아온 세나는 박인수 과장의 목소리에 고개를 돌렸다.

"윤 매니저, 사장 비서실 호출. 이번 년도 국외 프로모션 내

역과 결과 기록 보고서 가지고 올라오라네."

"네."

세나는 자료를 찾아 결재 서류철에 넣어 사장실로 올라갔다. 비서실 문을 노크하고 들어가자 세 명의 비서들의 눈이 세나를 향했다.

홍 실장이 곧바로 자리에서 일어섰다. 그는 노크한 후 문을 열고 세나가 들어가도록 비켜섰다. 그녀가 안으로 들어가자 곧 문이 닫혔다.

"말씀하신 자료들입니다."

세나가 태주의 데스크 위로 서류를 올려놓았다. 태주도 서류를 훑으며 양쪽 업무를 동시에 진행했다. 한동안 바라보던 세나는 그가 바쁜 것 같아 몸을 돌렸다.

"기다려. 잠깐만. 이것만 끝내고."

태주의 말에 세나가 다시 몸을 돌렸다.

"바쁘신 것 같은데 전 나중에 봐요."

"싫어. 아침에 기자들 보니 오늘 만나기도 그른 것 같고."

말을 안 해서 그렇지 태주는 지금 화가 나 있는 상태였다. 그의 얼굴을 보면 세나도 알 수 있었다. 화를 참느라 일부러 자신의 얼굴을 보지 않는 것도 알았다.

"다 됐다."

태주는 서류를 탕, 소리가 나게 데스크에 올려놓고 세나를 올려보았다. 그를 보던 세나는 설핏 웃으며 큼큼 목소리를 가다듬었다.

"그럼 실례가 안 된다면 제가 그리로 가도 될까요?"

그 말에 태주가 곧장 의자를 젖히며 제 무릎을 툭툭 두드렸다. 세나는 살짝 흘겨보며 태주에게 다가갔다. 그리고 그의 무릎에 걸터앉으며 목을 꼭 끌어안았다.

"화내지 마요."

"화가 나."

"잘 해결하리라 믿어요."

"넌 괜찮아?"

"네. 세상엔 별일이 다 있으니까 이 정도는 뭐, 애교죠."

세나가 웃자 태주도 세나의 허리에 팔을 둘러 안았다.

"박 상무가 왜 불렀어?"

"벌써 알았네. 빠르기도 해라."

"사무실로 전화하니까 너랑 현지호 매니저만 사이좋게 상무실로 갔다고 하더라."

"자선 행사 때문에요."

"기어이 너한테 일을 맡겼어?"

"제가 좀 남들보다 유능한 탓이겠죠?"

어깨를 으쓱한 세나가 빙그레 웃었다.

"한다고 했어?"

"그럼 어떡해요. 제가 무슨 힘이 있어서."

"좋아. 박 상무가 어떻게 하는지 나한테도 보고해 줘."

"스파이 안 해요. 저 그런 거 못해요. 거짓말하면 티 난단 말이야."

"네가 그 행사 맡는 거 정말 싫은데……. 어쩔 수가 없군. 뛰어난 게 죄다."

쿡쿡 웃는 세나의 몸을 꼭 끌어안은 태주가 그녀의 목덜미에 입을 맞췄다.

"간지러워요."

"다음 주에 나 체코 출장인데 너도 가자고 하면……"

"잘 다녀오세요."

"역시 매몰찬 여자야."

세나가 태주의 얼굴을 보려고 몸을 떼려는데 그가 힘주어 붙들었다.

"보지 마, 내 얼굴. 엉망이니까."

"발목 다쳐서 일주일 넘게 놀았는데 열심히 일해야죠. 그래야 연말 보너스도 두둑이 받을 거 아니에요."

세나의 뒤통수를 쓰다듬던 태주가 옅은 숨을 내쉬었다.

"나 이렇게 공과 사를 구분 못 하는 남자 아닌데, 큰일이다."

"그냥 사장님이 절 사랑하셔서 그런 거라고 생각하세요. 사장님처럼 깔끔하게 일 처리 하는 사람이 어디 있다고."

"이러면 또 곱게 보내 주기 힘든데."

"어어."

세나가 급히 일어서자 태주가 다시 잡아당겨 허리를 감았다. 그리고 한 손으로 얼굴을 붙잡고 키스했다. 금방 붉어진 얼굴로 눈을 감고 받아들이는 세나가 예뻐 태주는 저도 모르게 허리를 감은 팔에 힘을 주었다.

"윽, 숨쉬기 힘들어요."

세나의 목소리에 태주는 금세 힘을 풀고 입술을 뗐다. 가까운 곳에서 느껴지는 제 여자의 숨소리에 태주는 그녀의 어깨에 얼굴을 묻고 숨을 골랐다.

"미안. 깔끔하게 일 처리 못 해서 미안해."

아침에 쏟아졌던 기사를 두고 하는 말인 걸 세나도 알았다.

그래서 가만히 그의 등을 두드려 주었다.

"괜찮다니까. 서두르지 마요."

"내가 싫어. 그런 가당치도 않는 결혼 약속으로 옭아매려고 하는 게 너무 유치하다고."

"전 이해할 수 있어요. 모름지기 정략결혼이라는 건 당사자의 동의 없이 제멋대로 움직여야 제 맛이죠. 그래야 극적인 건지."

세나의 목소리가 씁쓸하게 나왔다. 자신에게도 해당되는 말이라 그녀는 웃지 못했다.

"출장 다녀와서 당신 부모님 뵙고 싶어. 이젠 정말 확실히 해야지."

"네."

"열흘 동안 어떻게 버티지?"

"잘 버티고 오면 제가 많이 예뻐해 줄게요."

태주가 피식 웃었다. 그리고 세나의 이마에 가볍게 입을 맞췄다.

"기대할게."

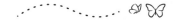

태주가 출장을 가면 매일 전화를 하고 기다림에 지칠 거라 생각했는데 생각보다 일주일은 금방 지나갔고, 매일 바쁜 일정으로 늦게 퇴근하다 보면 전화 시간을 맞추기가 어려웠다. 상무의 채찍질에 송년의 밤 자선 행사에 몰두하다 보니 딴생각을 할 여유도 부족했다.

초대 명단만 봐도 규모가 대단했고 행사에 드는 비용과 물품도 초호화로 준비되었다. 오전 상무 회의로 각 팀의 팀장과 호텔 지배인, 부지배인, 그리고 자선 행사의 담당자인 세나와 지호가 참석했다.

"기획팀장 말대로 두 사람 실력이 어디 하나 빠지지 않는군요."

박 상무가 웬일로 칭찬을 하는가 싶어 세나는 삐딱한 눈으로 그를 보았다. 그는 세나와 눈이 마주치자 비스듬히 웃었다.

"프런트 준비 사항은 어떻습니까. 부족함 없이 준비되어야 합니다."

"네. 행사가 열릴 그랜드룸은 지시하신대로 인테리어 보수 작업이 진행되고 있습니다. 음식과 장식 모두 최고급으로 준비하라고 일렀습니다."

"그날 행사에서 JK그룹의 지난 자선 사업 내역 발표와 기념 공연 준비도 차질 없이 준비하세요."

"네."

"이번 발표는 나 대신 윤세나 매니저가 하게 될 겁니다."

사람들의 눈이 세나에게 쏠렸다. 세나도 놀란 눈으로 박 상무를 보았다. 사업 보고 발표는 예전부터 박 상무의 일이었다.

"윤 매니저, 이번에 일을 시키면서 보니까 참 잘하더군. 이런 뛰어난 인재가 있다는 걸 사람들에게 보여 주고 싶더라고. 사장님께서 특별히 아끼는 직원이니까 더 믿음이 가."

박 상무의 입에서 사장이란 말이 나오자 사람들은 순간 놀란 눈으로 바라보다가 고개를 끄덕거렸다. 그동안 있었던 일들을 생각하면 김태주 사장이 세나를 아낀다는 생각은 누구나 하고 있었다.

하지만 갑작스러운 말에 세나는 무척이나 당황한 듯 심장이 쿵쾅거렸다. 저번부터 상무의 말에 거북한 가시가 끼어 있었다. 단지 자신을 싫어해서 하는 말이 아닌, 거북함이었다.

"참, 초대 명단은 어떻게 되었습니까. 모두 다 참석 가능하다고 하나."

상무가 지호를 바라보자 그가 대답했다.

"네. JK그룹 자선 행사라는 언급만 했는데 스케줄을 미루더라도 대부분 참석할 수 있다고 합니다."

지호의 대답이 마음에 드는지 상무의 입꼬리가 활짝 올라갔다.

"사장님은 이 행사에 대해 회의적이지만 외부인의 입장에서 보면 부러워서 따라하고 싶을 정도의 클래스를 증명하는 전통입니다. 그걸 아직 모르는 사장님의 안목이 가끔 걱정이 될 때가 있군요."

상무의 말에 사람들이 놀란 눈으로 그를 바라봤다. 상무는 회의가 끝났음을 알리고 먼저 일어서 나갔다.

"사장님 귀 가렵겠어."

지나와 함께 나오며 세나는 내내 안색이 굳어 있었다. 그 모습을 본 지나가 그녀에게 팔짱을 꼈다.

"표정 관리. 그렇게 똥 씹은 표정 지으면 지나가던 나그네도 두 사람 사이 금방 알아채겠네."

"아깐 정말 심장이 내려앉는 줄 알았어. 상무님이 그렇게 말해서."

"사장님이 너 예뻐하는 거 모르는 사람은 없을 걸? 조만간 사귀는 것도 알게 되는 거 아냐?"

"그렇게 티가 나?"

"티 안 나. 신경 쓰지 마. 상사가 부하 직원을 챙기는 건 복받은 일이야. 다른 사람은 평생 가야 그런 일 한 번 생기기도 어려운데 예쁨 받으면 좋은 거지."

"별다른 생각은 안 하겠지? 설마 내가 사장님과 사귄다는 건 상상하지도 못할 거야."

지나는 웃음기 띤 얼굴로 세나를 바라봤다. 하지만 그녀는 계속 어두운 얼굴로 걸어갔다.

"상무님은 진짜 사장님한테 억하심정 있나 봐."

"열 받지 않겠니. 나이도 어린 사장이 제 일에 사사건건 딴지를 건다고 생각해 봐."

"그래도 아닌 건 아니야."

씩씩대는 세나를 빤히 보던 지나가 싱긋 웃었다.

"사랑을 하더니 우리 꼬맹이, 냉철한 감을 좀 잃었네? 사장님이 나아가는 방향은 물론 좋지만 굉장히 이상적이야. 하지만 그게 모두에게 옳은 일은 또 아니거든."

눈을 동그랗게 뜨고 바라보는 세나를 보며 지나는 피식, 웃어보인 뒤 그녀의 머리를 흐트러뜨렸다.

"아직 멀었어, 우리 세나 어른 되려면. 참! 너네 팀에서 온 지은수 씨 일 잘하더라."

은수라는 이름에 세나는 곧 가슴이 답답해졌다.

"그래?"

"응. 제주도에서 사고를 치고 온 거라 처음엔 부정적으로 봤는데 싹싹하니 일도 잘하고, 이번 행사 준비도 알아서 척척 해내더라고."

"맞아. 밝고 사교적이라 사람들과도 잘 지낼 거야."

"응. 매우 친화적이던데? 벌써 프런트 직원들과는 스스럼없이 지낼 정도야."

그쪽으로 옮긴 지 보름 정도밖에 안 되었는데 벌써 사람들과 친해졌다는 말을 들으니 다행이라고 생각하면서도 내심 씁쓸했다.

"언니가 잘 챙겨 줘."

호텔 앞까지 지나를 바래다준 세나가 다시 회사 건물로 돌아오는데 휴대폰이 울렸다. 낯선 번호였다.

—윤세나 씨 휴대폰 맞습니까?

"네. 그런데요."

—여기 JK그룹 회장 비서실입니다.

"네?"

—회장님께서 윤세나 씨를 보자고 하십니다.

휴대폰을 잡은 세나의 손끝이 살짝 떨렸다.

"어디로 가면 될까요?"

—회사 앞으로 차를 보내겠습니다. 회장님께서 점심을 같이 하자고 하십니다.

이건 정말 아랫사람을 배려하지 않은 행동이었다. 처음 만나 한껏 긴장했는데 음식이 넘어가겠는가. 하지만 그렇게 하자니 응할 수밖에 없었다.

회장님은 어떤 분이실까. 다른 재벌들처럼 결사반대하시겠지. 그건 어쩌면 당연한지도 모르겠다. 그러니까 태주가 없는 이 틈에 자신을 보자고 하시는 거겠지.

탕비실에서 커피를 타던 세나는 점심시간에 회장을 만났던 일을 회상했다. 그룹 회장을 눈앞에서 독대를 했더니 나올 때는 팔다리가 후들거렸다. 실수한 건 없는지, 예상 밖의 말들과 또는 속상한 말도 들었지만 지금은 긴장이 풀려 손끝이 떨렸다.

김석윤 회장은 한눈에 봐도 태주와 부자지간이라는 것을 알 수 있을 정도로 닮아 있었다.

"예쁘게 생긴 아가씨군. 김 사장이 만나는 여자가 누군지 궁금했는데 직접 보니까 생각했던 것 이상이네."

회장은 이미 자신에 대해 파악하고 있었다.

"두 달 전인가. 김 사장이 집에 와서는 결혼하고 싶은 여자가 있다고 결혼 얘기는 없던 걸로 하자더군. 꽁꽁 숨겨 놓을 줄 알았는데 김 사장이 의외로 술술 말하더라고. 기획팀에서 근무하는 윤세나를 마음에 두고 있다며. 알아보니까 일도 잘하고 똑똑하다고 회사 내에도 소문이 자자하더군. 태주와 대학 동문이고, 공부도 아주 잘했더라고."

하지만 경고 비슷한 충고도 들었다.

"그런데 말일세. 태주의 옆은 엄청난 중압감과 시기, 부담감을 안고 살아가야 하는 자리야. 평범한 삶을 살던 자네가 감당하기에는 버거울 수 있지. 그리고 태주가 지켜 줄 수 없는 순간들도 있네. 가령, 자네보다 더 높은 스펙과 돈 있는 집안에서 자란 자제들

364

은 당장 자네를 멸시하고 대놓고 차별할 수도 있어. 그 상황을 견디는 건 생각보다 어렵지."

태주와 결혼 이야기가 오고 갔던 지우에 대한 회장의 믿음도 느낄 수 있었다.

"난 아직 연지우 양에게 마음이 가. 그만한 며느리 감도 없는 게 사실이니까. 죽은 아내와 비슷한 심성을 가진 애라서 더 마음이 쓰여."

그래도 태주의 아버지가 일반적인 재벌과 다르다는 것도 알 수 있었다. 그는 자신을 편견 없이 바라보고 오해하지 않았다. 그리고 태주의 선택을 전적으로 지지하고 있었다.

"자네가 싫지 않네. 태주가 마음을 주는 아이라면 됨됨이는 걱정하지 않아도 된다는 뜻이니까 적어도 내가 살펴볼 필요는 없지. 말이 통하는 여자라고 하는 걸 보면 강단도 있는 것 같고."

회장님이 생각했던 것만큼 무섭지 않아서 한편으론 후련하기도 했다. 언제든 만나 볼 사람이라면 하루 빨리 결정짓는 게 나았다.

"커피 다 식겠다."

옆에서 들리는 목소리에 세나는 불현듯 정신을 깨고 아래로 시선을 내렸다. 멍하니 서서 티스푼을 돌리고 있는 제 모습이 우스워 보였다.

"오전 회의 때문에 그러는 거야? 오늘 점심시간에도 안 보이고."

지호의 말에 세나는 몸을 돌리고 싱긋 웃었다.

"약속이 있어서 잠깐 나갔다 왔어요."

"그래."

지호는 뭔가 말을 하려다 멈칫하고 살짝 고개를 저었다.

"그럼 다시 힘내서 오후 업무 하자. 홍보팀에서 브로슈어 시안 보냈으니까 확인해 보자고."

웃으며 몸을 돌리고 탕비실을 나가는 지호를 보며 세나는 옅은 숨을 내쉬었다. 다른 사람의 마음을 알면서 모른 척 내버려두는 것도 못할 짓이었다.

퇴근 후 집에 오자 준성과 그의 아버지가 현관으로 나오고 있었다. 그들은 세나가 들어서는 것을 보고 반갑게 맞이했다.

"오, 우리 예쁜 세나 아니야? 요즘 얼굴 볼 새도 없이 바쁘다며?"

준성의 아버지는 껄껄 웃으며 세나에게 손을 내밀었다. 얼결에 손을 맞잡은 세나는 굳은 얼굴로 주환과 준성을 보았다. 그는 비스듬히 웃으며 그녀를 주시했다.

"주환아. 세나가 점점 더 예뻐지는 것 같다? 이제 결혼시킬 때가 됐나 보다."

가만두면 결론까지 내버릴 것 같아 세나는 그의 아버지를 보았다.

"아저씨, 전……."

"어허, 이 사장. 때 되면 어련히 알아서 하려고. 자, 나가세."

주환은 현관으로 나오며 준성의 아버지를 끌었다.

"우린 저녁 겸 술 한잔하러 갈 생각이야. 너도 갈래?"

뻔뻔하게 물어보는 준성을 어이없이 바라보던 세나는 주환에게 고개를 돌렸다.

"아빠, 저번에 분명히 말씀드렸죠. 한 번만 더 준성 선배 집안에 들이면 저도 제 뜻대로 하겠다고요."

그는 세나를 보더니 쯧쯧 혀를 찼다.

"자존심만 높아서 사람을 가리려 들고. 너 그러다 후회하게 될 거다. 널 호의적으로 보는 사람들까지 적으로 만들지 말고 고집 좀 버려. 네가 준성이를 어떻게 생각하든 애비는 아들처럼 생각하니까 그것까지 강요하지 마라."

"왜 그래. 두 사람 무슨 일 있어?"

"아니야. 일은 무슨. 요즘 괜히 예민해져서 저러는군. 가지."

준성의 아버지가 궁금한 얼굴로 세나를 바라보자 주환은 그를 데리고 나갔다. 쾅, 닫히는 문을 바라보다가 허탈한 숨을 내쉰 세나는 제 머리카락을 쓸어 올렸다. 아들이 없는 주환은 어릴 때부터 막내딸 세나에게 유독 엄격하고 차갑게 대했다. 그건 아들이 아닌 딸에 대한 섭섭함을 그녀에게 푼 것이었다.

어릴 땐 잘 몰랐는데 커가면서 언니들한테 하는 것과는 다르게 제게는 매몰차다는 걸 느꼈다. 자신이 아무리 노력을 해도 아빠의 성에는 차지 않았고, 언니들에겐 하지 않는 '네가 아들이었으면' 이라는 말도 은연중에 쏟아 냈다.

그러던 주환은 사교적이고 다정한 준성을 보자 아들 같은 마음이 든 것 같다. 그의 오래된 염원을 준성을 통해 풀고 있는 듯했다.

하지만 준성은 아들이 아니었다. 그는 그저 남의 집 아들이었다. 다른 목적 때문에 이 집에 왕래하는 남자일 뿐이었다.

세나는 방으로 들어가 커다란 백팩에 옷가지를 넣었다. 방으로 들어오던 소영은 세나의 행동을 보고 놀라서 손을 잡았다.

"너 뭐 하는 거야."

"나 나갈래. 아빠가 자꾸 저렇게 행동하는 건 내가 어떻게 되는 상관없다는 거잖아. 그러니까 나도 내 마음대로 할 거야."

"아빠가 그러신다고 너까지 그러면 어떡해. 네 아빠 저러는 거 한두 번도 아니잖아."

"난 아주 미칠 것 같아!"

세나는 홧김에 소영에게 소리를 지르며 얼굴을 붉혔다. 그러다 곧 고개를 돌리며 한숨을 내쉬었다.

"난 분명 만나는 남자가 있다고 했고, 준성 선배와는 끝이라고 말했는데도 아빠는 끄떡없잖아. 그런데도 내가 여기서 알겠다고 하면서 받아들여야 해?"

"엄마가 잘 말해 볼게. 너 이렇게 나가면 아빠와 등지는 거야."

"등지지, 뭐. 날 인정해 주지 않는 부모, 나도 이젠 필요 없어."

세나는 가방을 들고 현관으로 뛰쳐나갔다. 문을 바라보는 소영의 한숨이 깊어졌다.

무작정 지나의 집으로 향했는데 그녀는 아무 일도 아닌 것처럼 세나를 맞이했다. 그리고 묻지도 않았다. 그저 커다랗게 등에 지고 온 백팩으로 미루어 보아 가출했다고 추측하는 것 같았다. 씻고 일찌감치 침대에 누운 세나는 쉽게 잠들지 못하고 뒤척거렸다.

잠을 설치는 바람에 세나는 몽롱한 기분으로 출근했다. 어쩐지 몸도 축 가라앉는 것이 감기에 걸린 것 같았다. 엘리베이터 앞에 선 세나는 목을 주무르며 바뀌는 숫자를 바라봤다.

"사장님, 안녕하십니까."

"안녕하세요."

로비에서 시끌시끌 흥분된 소리에 세나의 고개가 급히 돌아갔다.

로비 입구에서 걸어오는 태주를 보자 갑자기 왈칵 눈물이 쏟아졌다. 다음 주 월요일에나 들어올 줄 알았는데 사흘이나 빨리 눈앞에 있는 태주의 모습이 심장을 가격한 듯 아프게 했다.

세나는 저도 모르게 흐르는 눈물을 급히 닦고 고개를 돌렸다. 지금은 도저히 태주를 볼 준비가 되지 않아 황급히 비상계단으로 나갔다.

일정보다 빨리 온 것도 놀랄 일이었지만 태주를 보자마자 눈물이 나오는 자신이 당황스러워 머리가 복잡했다.

서로 다른 시차와 일정 때문에 통화도 제대로 못 했지만 겨우 일주일이었다. 그런데 이렇게 가슴이 미어지도록 그리웠을 줄 몰랐다.

바쁘게 일했던 것도 어쩌면 생각할 틈을 두지 않으려는 무의식이 작용했는지 모른다.

한참 동안 어지러운 마음을 진정시킨 세나는 비상계단을 천천히 걸어 5층 문을 열었다.

"흡!"

태주가 서 있었다. 그는 세나를 보자마자 비상계단으로 나와 그녀의 어깨를 벽에 밀었다.

놀라서 한껏 커진 눈으로 태주를 보던 세나는 그의 입술이 닿자 애써 참았던 눈물을 다시 후드득 흘렸다. 태주는 그 눈물을 혀끝으로 닦아 냈다. 그리고 계속해서 얼굴에 자잘한 키스를 남겼다.

"왜 피했어?"

세나의 몸이 움찔거렸다. 다 봤나 보다. 못 봤을 거라고 생각했는데 비상계단으로 숨은 초라한 자신을 다 보고 있었나 보다.

"사람들도 많고, 눈물이 나서······."

"얼마나 놀랐는 줄 알아? 나 없었던 며칠 사이에 네 마음이 식은 줄 알고 겁이 났다고."

세나는 눈을 들어 태주를 보았다. 짙은 갈색 눈동자가 자신을 보며 책망하고 있었다. 보고 싶었던 얼굴을 가까이서 보자 다시 눈물이 글썽거렸다.

"그럴 리가요."

"그래. 그런 것 같다."

태주는 세나의 몸을 꼭 끌어안았다.

"아, 살 것 같다."

"어떻게 된 거예요? 월요일에 온다고 했잖아요."

"출장 일정이 생각보다 잘 해결되어서 일찍 올 수 있었어."

궁금했던 것을 태주가 대답해 주었다.

"나 안 보고 싶었어?"

"······."

"목소리 듣고 싶어서 죽는 줄 알았어."

"……"

"전화 못 해서 미안."

"아니에요."

세나도 팔을 들어 태주의 허리를 감싸 안았다. 그리고 고개를 절레절레 흔들었다.

"아버지 만났다며. 세나 널 좋게 보신 것 같아. 나보고 알아서 해결하라고 하셨어. 일체 간섭하지 않으시겠대. 나 몰래 널 만난 건 화나지만 그래도 전화위복이라 다행이다."

"네."

"앞으론 내 앞에서 숨지 마."

"네."

태주는 아까부터 대답만 하는 세나를 품에서 떼어 얼굴을 보았다.

"무슨 일 있어?"

세나는 그를 보며 싱긋 웃었다. 그리고 고개를 저었다.

"보고 싶었어요."

따뜻한 그의 손이 세나의 얼굴을 쓸어내렸다. 가볍게 맞닿은 입술은 금세 거친 숨결을 내뿜었다. 빨리 입술을 떼야지, 누가 보면 어쩌려고.

머리는 경고등을 울리며 이성을 찾으라 했지만 좀처럼 몸이 말을 듣지 않았다. 마음 때문인지, 몸의 끌림인지는 모르겠지만 서로를 찾는 동작은 끝이 나지 않았다.

"당장 아버님, 어머님 만나러 가자."

참았던 숨을 쏟아 내는 세나의 귓가로 태주가 속삭였다. 아버님이란 소리에 세나는 심장이 답답해졌다. 집을 나왔다는 말이 선뜻 입밖으로 나오지 않았다. 제 속사정이 너무 형편없고 진절머리 나서 견딜 수 없었다.

"매일 내 옆에 두고 있어야지 마음이 안 놓여. 네가 어디론가 달아날 것만 같아."

"제가 갈 데가 어디 있다고."

"아무튼 널 내게 묶어 놓아야겠으니 협조해."

"네. 마음대로 하세요."

세나는 태주의 목을 끌어안으며 가슴팍에 머리를 기댔다.

살 것 같다.

연말이 되었다.

보름 넘게 지나의 집에서 지내던 세나는 얼른 집으로 들어오라는 엄마와 언니들의 연락을 받았다.

그들 문자의 핵심은 아빠의 안위였다. 물론 그들은 사는 동안, 자라는 동안 부족함 없이 살고 공부할 수 있다는 것에 감사할 줄 아는 사람들이니 어쩌면 이렇게 어긋나기만 하는 자신이 이해가 되지 않을 수도 있었다.

그들에게 자신의 심리는 안중에 없었다. 왜 자신이 아빠와 어긋나게 되는지, 세나의 생각은 어떤지 궁금하지도 알고 싶지도 않은 것 같았다. 그들에게 자신의 심리는 처음부터 이해불가였던 것이다. 그러니 부모를 소개하는 일은 쉽지 않았다.

거기다 숨어 지내던 친구 재희가 있는 곳이 밝혀지고 그녀가 납치되면서 온 신경이 그쪽으로 쏠려 다른 걸 생각할 여유가 없었다.

여러모로 불안과 스트레스가 가중되는 상황에 세나는 힘겨운 나날을 보냈다.

11.

환
상

또각또각 회사 로비를 걷는 세나의 발걸음이 바빠졌다. 재희
가 납치되고 며칠 동안 생사조차 알 수 없어 애를 태웠는데 무
사하다는 연락을 받고 세나는 반차를 내고 나오는 중이었다. 바
쁘게 걷고 있는데 문자가 왔다.

〈소식 들었어. 지금 홍 실장 내려 보냈으니까 그 차 타고 병
원 가.〉

문자를 읽는데 어느 틈에 홍 실장이 다가와 세나를 불렀다.
뒤를 돌아본 그녀는 난감한 얼굴로 그를 보았다.
"죄송합니다. 혼자 가도 되는데 굳이……."
"날도 추운데 편하게 가시죠. 그래야 사장님 마음이 편하십니
다."
홍 실장이 운전하는 차에 앉은 세나는 차창 밖을 쓸쓸히 바라

봤다.

"왜 부모님께 사장님을 소개시켜 주지 않으십니까?"

가만히 밖을 보던 세나가 고개를 돌려 홍 실장을 바라봤다. 태주가 몇 차례 언급했지만 세나가 핑계를 대며 미루고 있었는데 그걸 말하는 것 같았다.

"사장님은 원체 생각을 드러내는 분이 아닌데 요즘엔 표정이 잘 보이시는 편입니다. 특히 윤 매니저님에 관한 일들은 사소한 것도 신경을 쓰고 계십니다."

"홍 실장님도 느낄 정도면 제가 사장님을 매우 불편하게 했나 봐요. 곧…… 찾아뵈어야죠. 아직 좀 자신이 없어서……."

"사장님을 못 믿으십니까?"

"아니요. 그런 게 아니라……."

어쩐지 말을 잇지 못하고 고개를 숙이는 세나를 룸미러로 보던 홍 실장이 한마디 했다.

"갈피를 잡을 수 없을 때는 현재를 충실히 사랑하라는 말 아십니까?"

"어? 홍 실장님도 아세요?"

"사장님께서 좋아하는 인용문입니다."

예전에 태주가 세나에게 책 선물을 하며 쓴 메모지에 적힌 내용도 그런 것이었다.

"윤 매니저님의 상황이 복잡할 수 있겠지만 현재를 충실히 사랑하는 게 무엇보다 필요하지 않겠습니까?"

"네. 그러네요."

앞으로의 방향이 어디로 흘러갈지는 모르겠지만 세나는 지금 최선을 다하는 길밖에는 방법이 없다는 것을 느꼈다. 당장 눈앞에 일어나는 일부터 해결하는 게 급선무였다.

　재희의 병실에서 시간을 보내다 보니 어느새 날이 저물어 있었다. 아직 의식은 없지만 큰 외상 없이 무사한 모습을 보자 긴장이 풀린 탓인지 유독 몸이 가라앉는 느낌이었다.

　지하철역에서 내려 터덜터덜 지나의 집으로 향했다. 계속 지나에게 신세를 지는 것 같아 곧 살 집을 마련해야겠다는 생각이 들었다.

　"세나야."

　바닥만 보며 걷던 세나가 고개를 들었다. 곧 그녀의 눈동자가 흔들렸다. 차에 기대 선 채 손을 흔드는 태주를 보자 눈시울이 붉어졌다.

　"사장님."

　가만히 바라보던 세나는 서둘러 뛰어가 그의 허리를 안았다. 태주의 손이 세나의 등을 토닥토닥 두드렸다.

　"여긴 어떻게 왔어요."

　"내겐 윤세나 GPS가 있지."

　부드러운 목소리에 세나는 왈칵 눈물이 쏟아졌다.

　"이지나 씨가 말하더라고. 너 집 나온 지 꽤 됐다며."

　"아…… 오래 기다렸어요?"

　"응."

　"전화하지."

　"널 기다리는 것도 좋았어."

　세나는 기분 좋은 미소를 지으며 팔에 힘을 주었다.

　"덕분에 병원까지 편하게 갔어요. 고마워요."

"그래."

"재희가 왔어요."

"그래. 알아."

"의식이 없대요."

태주가 세나의 팔을 풀어 눈을 바라봤다. 눈물이 맺힌 눈동자와 울먹이는 입가가 파르르 떨렸다.

"금방 괜찮아질 거야."

고개를 끄덕이는 세나의 볼을 타고 눈물이 흘러내렸다.

"울지 마. 이제 제자리 찾아가면 돼."

"네."

하지만 울음소리는 점점 더 커졌다. 혹시라도 자신이 울면 그것 때문에 잘못 될까 봐 울지도 못하고 참았는데 태주를 보자 참았던 감정이 봇물 터지며 흘렀다.

"우리 세나는 마음이 너무 따뜻해서 탈이야."

귓가에 속삭이는 태주의 목소리에 세나는 눈물을 닦았다.

"내 집에 갈래?"

"아니요."

"솔직히 섭섭하다. 여기 말고 나한테 오지 그랬어."

"태주 씨한테 가면 정말로 모든 걸 의지할 것만 같아서 못 갔어요."

"의지해도 돼."

잠시 생각하던 세나가 머리를 가로로 흔들었다.

"전 의지하는 순간 사고가 망가져요. 제 스스로를 단단히 묶지 않으면 정신 줄을 놓더라고요."

"부모님이 날 반대할까 봐 걱정돼?"

움찔거린 세나가 고개를 들어 태주를 바라봤다. 그는 한쪽 눈썹을 찡긋 올리며 어깨를 으쓱했다. 세나의 눈동자가 흔들렸다.

"참 우습죠. 누가 봐도 반대할 상황은 회장님인데······."

"누가 반대할 상황 자체가 우스운 거 아닌가? 우리 두 사람을 어느 누가 반대할 수 있겠어."

태주의 저런 자신감이 부러웠다. 감히 그렇게 생각할 수 있는 그의 태도를 동경했다.

"미안해요. 부모님께 얼른 소개하고 싶었는데 집 나와 놓고 아무 일도 없는 것처럼 철판 깔고 행동할 수 없었어요."

"왜 집을 나왔는데?"

입을 닫고 말하지 않는 세나를 보던 태주가 어깨에 댔던 손을 떼며 바지 주머니로 가져갔다.

"윤세나 경고. 다른 놈의 상황 때문에 날 주저하는 거 싫어."

"그건 절대 아니에요. 그냥 제가 너무 부끄러워서 그래요. 이런 모습, 태주 씨에게 보여 주고 싶지 않았어요."

울 것 같은 얼굴로 말하는 세나를 보던 태주의 눈빛이 짙어졌다.

"앞으론 그게 뭐든 나한테 말해. 난 나 몰래 결정하고 흔들리는 거 못 봐."

가까워지고 처음으로 태주의 목소리가 차갑게 들렸다. 그도 화가 난 것 같았다. 당연하지. 이런 취급을 어디서 받아 보겠어.

"자꾸 이준성이 문제라면 그 자식 다시는 얼굴 들고 다니지 못하게 할 수도 있어."

"이준성이 문제가 아니에요. 그 사람은 저랑 상관없어요. 문제는 저희 아빠예요. 아빠는 절 믿지 못하세요. 태주 씨는 이해할 수 없을 지도 모르는데 전 그게……."

세나는 제 입술을 깨물며 머뭇거리다 입을 열었다.

"아빠와의 관계가 그리 좋지 않아요. 매번 제가 하는 일을 못마땅하게 여기는 분이니까. 그런데 태주 씨를 무턱대고 데려갔다가 당신이 이상한 사람 취급 받을까 봐……."

갑자기 태주가 세나의 허리를 당겨 안는 바람에 그녀는 말을 멈출 수밖에 없었다. 그녀의 허리에 팔을 두른 그가 귓가에 속삭였다.

"지금처럼. 말해. 그게 내가 원하는 거야."

결국 세나의 눈에서 눈물방울이 흘러내렸다. 처음엔 자존심이었다. 가족과 얽히면 마음이 조그만 구석을 향하고, 형편없이 망가졌다. 그건 너무 초라하고 자신을 나약하게 만들었다. 그래서 애써 외면하고 피해야 자신이 살 수 있었다. 그걸 마주하는 순간 나락으로 떨어질 것 같았기에.

"연말 보내고 새해 지나서 여유 생기면 그때 찾아뵙자. 네 상황은 대충 알았으니까 더는 재촉하지 않을게."

태주는 손을 들어 세나의 머리를 쓰다듬었다.

"참 어렵다. 처음부터 하나도 쉽지 않았어. 그래서 나도 갈수록 조급해지는 것 같아."

태주가 멀어지자 세나는 한순간에 허전함이 몰려왔다.

"오늘 힘들었을 텐데 얼른 들어가서 쉬어."

말을 마친 그가 먼저 몸을 돌려 차를 타고 갔다. 배려해 주고 다가와 주고, 상상할 수 없는 사랑을 주는데 세나는 그 사랑이 당연한 것처럼 받았다는 걸 느꼈다. 늘 그가 원했으니까, 늘 내게 사랑을 줬으니 그 사랑은 언제고 한결같을 거라는 오만하고 어리석은 생각이 자리했나 보다. 차가 멀어지는 모습을 보며 세나는 몸이 떨려 오는 걸 느꼈다.

무섭다.

그의 사랑을 받지 못하는 게 가장 견디기 힘들었다. 그 어떤 것보다 큰 절망이었다. 머릿속을 울리는 서늘함에 세나는 주저앉으며 몸을 웅크렸다.

JK그룹 송년의 밤 자선 행사. 그랜드룸 안에 붙어 있는 현수막의 글씨를 읽던 세나는 홀을 바쁘게 오가는 사람들을 보며 일정을 다시 훑었다. 전날 모든 준비가 마무리된 상태였다. 한 시간 뒤면 행사가 시작될 것이다.

세나는 사회자 석에서 프레젠테이션을 모니터하며 송출과 마이크 상태를 점검했다. 소리와 효과 모두 정상적으로 작동했다.

화면을 들여다보던 그녀가 몸을 일으켜 주변을 둘러보았다. 모두 제 할 일을 하며 움직이는 사람들 틈에서 은수를 보았다. 그녀는 오늘 마주칠 때마다 세나를 투명 인간처럼 스쳐 지나갔다. 이젠 대놓고 싫은 티를 냈다.

세나는 옅은 숨을 내쉬며 컴퓨터 화면을 정지시키고 스크린을 확인했다.

행사 시간이 다가오자 장내에는 앙상블이 클래식을 연주하고 음식이 세팅되었고 직원들 모두 깔끔한 복장으로 홀을 점검하고 있었다.

입구에서 명단을 확인하고 들어온 사람들은 저마다 화려한 옷차림에 액세서리를 둘렀다. 홀 내로 들어오는 사람들은 JK그룹 계열사 사장단을 비롯하여 국내외 굴지의 기업 오너와 그의 자제들, 정계 의원이나 장차관들이었다. 그들은 아는 사람을 볼 때마다 과한 웃음을 지으며 알은체를 했고 화기애애한 모습을 연출하였다.

럭셔리함의 극치를 보여 주지만 그것이 그들을 나타내는 상징이나 다름없었다. 남들보다 우월한 가치를 뽐내는 게 취미인 사람들이었다. 그러니 조금이라도 더 사람들과 눈인사를 나누며 서로의 값어치를 판단하고 점수를 주고받았다.

사람들이 대부분 들어오고 연무신 여당 대표가 행사장에 들어오자 사람들의 시선이 그에게 쏠렸다.

어제 기사 하나가 떴다. 결혼 이야기가 있었던 연지우와 태주가 호텔 앞에서 같이 있는 모습이 찍힌 기사였다. 두 사람이 다시 잘되는 것 아니냐, 태주의 손가락에 끼워진 반지가 그걸 의미하는 것 같다 등등 사진 하나로 온갖 추측성 기사들이 쏟아졌다.

그러니 사람들이 연무신 대표를 보는 눈빛에 궁금증이 어릴 수밖에 없었다. 오늘 이 자리에서 결혼 발표가 다시 나올 수도 있겠다는 생각과 함께.

태주와 결혼 기사가 난 이의 아버지를 눈앞에서 본 세나는 알수 없는 벽을 느꼈다. 태주의 배우자 자리에 이름을 올리는 여성들의 사회 경제적 지위는 자신과 차원이 달랐다.

TV에서나 볼 법한 국회의원을 매일같이 만나고 결혼이 남녀 간의 결합이 아니라 사업적 틀 안에서 움직인다고 생각하는 사람들 틈에 있었다. 김석윤 회장이 세나를 만나 했던 말을 어렴풋이 알 것 같았다. 세나는 연무신 대표를 보며 마음이 어지러워졌다.

"대부분 오신 것 같아요."

입구에서 명단을 체크하던 매니저가 말하는 순간, JK그룹의 회장과 자제분들이 입장한다는 사회자의 말에 따라 모두의 시선이 입구를 향하였다.

김 회장을 필두로 태주와 그의 남동생, 김태하 JK전자 상무가 함께 들어왔다. 그들은 사람들과 마주칠 때마다 악수를 나누며 인사를 주고받았다. 연회장 안에서 허리를 숙이고 인사를 하는 건 직원뿐이었다.

상체를 들던 세나는 지나치던 태주와 눈이 마주쳤다. 차가운 모습으로 되돌아간 태주를 그 뒤로 사흘 동안 보지 못했다. 서로가 바쁘기도 했지만 그가 부르지 않으면, 그가 찾아오지 않으면 가까운 거리에서도, 어디서든 쉽게 만날 수 없는 관계였다.

태주는 내내 굳은 얼굴로 사람들을 상대했다. 인사하러 오는 사람들을 그저 형식적으로 대하며 악수를 나눴을 뿐, 다른 사람들처럼 웃음을 팔지 않았다.

세나는 그들 가족을 한참이나 바라보았다. 아들 둘 모두 훤칠하니 잘생겼고 태생적으로 부족함이 없는 있는 자의 여유를 가진 사람들이었다. 그들에게 있는 기품은 단시간에 만들어진 것이 아닌 오랜 시간 내재되어 온 습관이었다.

태주와 태하가 들어선 순간 젊은 자제들의 눈이 그들을 향하는 것 보면 사람을 끄는 힘은 세나만 느끼는 것은 아니었다.

연단에는 회장이 올라섰다. 잠시 음악이 멈추고 장내 사람들의 시선이 회장을 향했다. 그는 JK그룹 자선 행사의 의미와 함께 참석해 준 사람들에 대한 감사의 말을 간단히 전하며 축사를 끝마쳤다.

이제 세나의 차례였다. 세나가 발표하기에 앞서 박 상무가 마이크를 잡았다.

"이제 JK그룹 자선 행사 사업 보고가 있겠습니다. 원래는 제가 하던 일이었는데 올해는 우리 회사 직원에게 맡겨 보았습니다. 지난번 경제인 포럼 때 동시통역도 하고 모나코 왕실 의전 때도 누구보다 열심히 참여했던 직원입니다. 사장님께서도 특별히 아끼는 직원이니 여러분도 눈여겨보시면 좋을 것 같습니다."

저렇게 대놓고 잘하는지 두고 보겠다는 뉘앙스를 풍기는 상무가 원망스러웠지만 세나는 침착한 얼굴로 사회자 석에 섰다.

"안녕하십니까. JK호텔 기획팀에서 근무하는 윤세나입니다."

좌중을 훑으며 미소를 짓던 세나는 태주와 눈이 마주쳤다. 무슨 생각을 하는지 알 수 없는 그의 표정에 세나는 가볍게 숨을 쉬며 고개를 돌렸다.

"JK그룹의 자선 활동은 매년 다양한 방법으로 운영되어 왔습니다. 이 자선 사업에 JK호텔이 큰 영향을 차지하며 주도할 수 있어서 영광으로 생각합니다. 뜻깊은 자리에 발표까지 맡게 해 주신 상무님께 감사의 말씀드립니다."

세나가 박 상무를 보며 미소를 짓자 그는 삐딱하게 눈썹을 올려 보였다.

"올해는 스크린에 나온 것과 같이……."

레이저 포인터를 누르면 화면이 넘어가야 하는데 움직이지 않았다. 포인터를 여러 번 눌러보던 세나가 직접 마우스를 움직였지만 전혀 반응하지 않았다. 순간적으로 당황하여 등허리로 땀이 흘러내렸다. 작동이 되지 않는 이유를 생각하던 세나는 스치고 지나가는 인물이 있었으나 정신을 가다듬으며 숨을 길게 내쉬었다.

이건 윤세나를 시험하는 자리였다. 박 상무가 자신의 발표를 가만히 지켜보리란 생각은 하지 않았다. 세나는 자신만 바라보고 있는 사람들을 보며 제 손을 꼭 쥐었다.

"죄송합니다. 미리 확인했었는데 컴퓨터도 긴장을 한 탓인지 제대로 작동하지 않네요."

세나는 여유 있는 미소를 지으며 말을 이었다.

"모처럼 프레젠테이션 능력을 뽐내려고 했는데 아쉽지만 제 얼굴만 보면서 들으셔야겠습니다."

시각적 효과가 없으니 청각적인 부분에 집중한 설명을 했고, 사회 복지와 학교 교육, 병원 복지에 들어간 비용은 숫자를 빠짐없이 정확하게 보고하였다. 모두 관련 수치를 전부 외우고 있는 세나가 놀랍다는 듯 보고 있었다.

이상으로 발표를 마치겠습니다, 세나가 끝맺음을 할 때 태주가 가까이 다가와 옆에 섰다.

"오늘 발표를 해 준 윤세나 씨에게 다시 한번 박수 부탁드립니다. 박 상무님이 말씀해 주신 것처럼 JK호텔에 없어서는 안 되는 인재라 제가 많이 아끼는 직원입니다."

태주와 세나의 눈이 마주쳤다. 긴장된 발표를 마친 터라 세나의 이마에 땀이 맺혔다. 그녀가 먼저 눈을 아래로 내리며 시선을 피했다.

행사장에 모인 사람들은 박수를 치며 세나의 발표에 대해 저들끼리 대화를 나누었다. 누가 봐도 나무랄 데 없는 발표였기에 사람들은 세나가 누군지 궁금한 눈으로 바라봤다.

"이렇게 훌륭한 발표 뒤에 재미없는 안건을 들으셔야 할 여러분에게 죄송하단 말씀 먼저 드리겠습니다."

행사 일정표에는 들어가 있지 않은 태주의 안건 언급에 세나를 비롯한 직원들이 놀란 얼굴로 그를 보았다. 특히 상무의 표정이 눈에 띄게 굳어졌다.

"오늘 바쁘신 일정에도 자선 행사에 많이 참석해 주셔서 감사드립니다. 매번 많은 분들이 자선 사업에 도움을 주시고 기부도 해 주셔서 생각했던 것보다 넉넉하게 지원하고 있습니다. 저희 JK그룹의 자선 활동은 저소득층과 사회 약자를 위한 비영리 목적으로 진행합니다. 그런데 매년 송년의 밤 행사는 자선 활동을 마치 그동안의 노력을 공치사하는 자리로 만드는 것 같습니다."

태주는 여유로운 얼굴로 사람들을 훑어보았다. 그리고 상무에게 시선을 고정시켰다.

"처음 자선 행사를 기획한 의도는 행사를 통한 수익금을 다시 자선 사업에 썼기 때문입니다. 그런데 어느 순간부터 자선 행사는 본래의 취지보다 변질되었고, 이 자리에 모이신 분들은 그저 친목의 의미로 보고 있는 것 같습니다."

순간 좌중이 웅성거렸다.

"이에 내년부터는 자선 행사를 축소하려고 합니다. 바쁘신 여러 정재계 인사 여러분들의 귀한 시간을 뺏을 필요도 없고 본래의 목적에 맞는 간략한 브리핑 정도로 행사를 간추리겠습니다."

장내가 어수선해졌다. 이 자선 행사에 참석하기 위해 자신들의 돈을 기부한 사람은 아쉬울 것이고, 파격적인 사장의 행보에 놀라거나 불쾌한 기색을 보이는 사람도 있었다.

"혹시 이 행사를 기대하고 기부하신 분들은 당장 내년부터 하지 않으셔도 된다는 점 알려드립니다. 내년부턴 JK그룹 직원이 자원봉사 활동을 하는 것으로 자선 행사를 대체하는 방안도 고려하고 있습니다."

옆에 서 있던 세나가 태주를 바라보았다. 세나의 귀에도 웅성거리며 비판하는 소리가 들리는데 그도 분명 들었을 것이다.

세나는 급히 상무가 있는 쪽을 바라보았다. 그는 자신에게 말도 하지 않고 일을 벌인 태주에게 분노하며 주먹을 힘껏 쥐었다.

"아, 오늘은 그동안 자선 행사 중 가장 화려하게 준비한 만큼 최대한 오랫동안, 마음껏 즐기다 가시기 바랍니다."

태주가 말을 마치자 다시 잔잔한 음악이 흘러나왔다. 분위기를 반전시켜 보려고 했지만 얼어붙은 장내는 쉽게 녹아들지 않았다.

"괜찮으세요?"

세나가 작게 묻자 태주가 돌아보았다.

"당연하지. 각오하고 시작한 일이야. 걱정 마."

태주는 안심하라는 듯 세나의 어깨를 톡톡 두드리고 김 회장에게 갔다. 회장 주변에는 벌써 계열사 사장단들이 진을 치고 둘러 서 있었다. 그 모습을 걱정스럽게 보던 세나는 갑자기 긴장이 풀려 벽에 기댔다.

"수고했어. 역시 윤 매니저야."

회사 직원들이 다가와 세나의 등을 두드렸다.

"어떻게 그걸 다 외웠어요. 정말 대단하세요."

"그러니까 말이야. 떨려서 알던 것도 다 잊을 판인데."

"숫자도 다 외웠던 거예요?"

"깐깐한 박 상무님이 윤 매니저님께 브리핑까지 맡긴 거 보면 역시 보통 실력이 아니에요."

사람들은 입에 침이 마르기 무섭게 칭찬을 해 댔지만 정작 세나는 무덤덤했다. 그보다 태주가 말했던 내용에 신경이 쓰였다. 박 상무의 표정이 대놓고 일그러졌기 때문에 무슨 일이 일어날까 겁이 났다.

"그걸 다 외운 거야?"

"정리하다 보니 프레젠테이션 내용을 기억하게 된 거예요. 저도 평소엔 절대 못 외워요."

"사장님께서 말씀하신 자선 행사는……."

사람들의 말이 길어질 것 같아 세나는 먼저 발을 떼며 사람들을 보냈다.

"그 얘긴 나중에 다시 하시죠. 아직 행사 끝난 거 아니에요."

사람들은 연회장 안에 있는 귀빈들을 둘러보더니 한숨 쉬며 고개를 끄덕이고는 다시 본래의 자리로 흩어졌다.

언뜻 태주가 있는 곳을 보았다. 그는 사람들에게 둘러싸여 열띤 대화를 나누는 중이었다. 아무래도 좀 전의 일로 의견을 모으는 중인 것 같았다.

이 공간 안에서 그와 나란히 마주 서는 일은 없을 것 같아 고개를 돌리고 가장자리로 걸어갔다. 바닥으로 시선을 내린 채 걷던 세나는 제 앞에 선 남성 구두에 고개를 들었다.

"뭐 필요한 거라도 있으십니까?"

세나가 예의 깍듯한 태도로 웃으며 물었다. 남자는 젊어 보였지만 입고 있는 모양새나 주변을 둘러싼 사람들로 봤을 때 보통 집안 자제는 아니었다.

"아까 발표 인상적이던데, 직접 짠 건가?"

초면에 반말이라. 아주 간단하게 인성을 파악할 수 있었다. 세나는 최대한 웃으며 답했다.

"기본적인 틀과 내용은 직원들과 함께 작업했습니다."

"아주 마음에 드는데 우리 회사로 이직할 생각 없어? 지금보다 훨씬 나은 조건으로."

세나는 남자의 스카우트 제의에 부드럽게 웃었다.

"말씀 감사하지만 전 지금 일에 만족하며 근무하고 있습니다. 그럼."

허리를 숙이고 인사한 후 옆으로 지나치려는데 남자가 세나의 손목을 잡았다. 제 손목을 잡은 손을 내려다보던 그녀가 눈을 들어 남자를 보았다.

"사실은 아까부터 눈여겨보았어. 행동 하나하나가 시선을 끌더군. 놓치기 아까워서 그래. 이름이……."

세나의 가슴팍에 꽂힌 명찰을 본 남자가 씩 웃었다.

"그래, 윤세나 씨. 조금 더 대화하지. 시간도 많은데."

"죄송하지만 전 이 행사에 초대받아 참석한 손님이 아닌 직원으로 있는 것입니다. 대화는 가까운 곳에 있는 분들과 나누시죠."

세나의 말이 끝나기 무섭게 웃는 주변 남자들의 웃음소리가 거슬리게 들렸다.

"거, 비싸게 굴지 마. 어차피 넘어올 거면서 서로 힘 빼지 말자고. 나 누군지 알잖아."

갈수록 가관인 말들에 세나는 점점 지쳤다. 눈을 치켜뜨며 물었다.

"누구신데요?"

"나 우신에너지 전략기획실 본부장 강성민."

"설마 모르는 건 아니지?"

"널 모른다는 건 문제가 있네. 호텔에서 근무하는 직원이면 모르는 사람이 없을 텐데."

저들끼리 낄낄거리며 웃는 모습을 보던 세나가 비스듬히 미소를 지었다.

"사장도 아니고 겨우 본부장을 알아야 할 필요는 없습니다. 그럼 실례합니다."

웃음기를 거두고 발을 뗐다.

"야! 한낱 직원한테 관심 가져 줬으면 고마워해야지 어디서 잘난 척이야."

팔을 확 당기며 움켜쥐는 남자의 손힘에 세나의 몸이 쏠렸다.

"이 손 놔주세요!"

"사람 많은데 망신당하고 싶어? 가뜩이나 오늘 기분 거지같은데 이년이 부추기네?"

성민이 세나의 팔을 억세게 잡고 흔들어 머리가 윙윙 울린 세나는 얼굴을 찌푸렸다. 그래서 팔을 빼내려고 안간힘을 썼다.

"가만있으라고!"

언성을 높인 성민이 손을 쳐올려 세나는 저도 모르게 눈을 감았다.

"무슨 일이십니까."

익숙한 목소리에 세나는 고개를 돌렸다. 태주가 높이 올라간 성민의 팔을 잡고 세나를 보았다. 무의식적으로 태주에게 가려던 세나는 황급히 제 발을 멈추었다. 태주는 남자의 팔을 내리면서도 그녀에게서 시선을 떼지 않았다.

"직원 교육을 좀 더 철저히 해야겠습니다. 내가 목이 말라서 물 좀 가져다 달랬더니 자기 일 아니라며 무시하고 지나치지 뭡니까. 그래서 교육 좀 시키고 있었습니다."

세나는 기가 막힌 얼굴로 성민을 바라보다가 허탈하게 웃었다.

"윤세나 씨가 그렇게 행동할 사람이 아닌데, 이상하군요."

태주는 느릿느릿 성민에게 고개를 돌리고 차가운 눈으로 쏘아보았다.

"강성민 본부장, 이 연회장 안에 직원이 이렇게나 많은데 방금 발표를 마치고 나오는 사람에게 꼭 물심부름을 시켜야 했습니까?"

성민은 태주의 눈빛에 움찔했지만 사람들의 눈이 자신을 향하고 있어 버럭 소리를 질렀다.

"이, 이 여자가 워낙 싸가지 없게 나오잖습니까. 뭐라도 되는 것처럼 어찌나 도도한지, 특급 호텔의 고객 서비스가 영 엉망입니다, 김태주 사장님."

세나는 태주의 얼굴이 굳어지는 것을 보며 그가 점점 분노한다는 것을 느꼈다. 성민이 그를 그만 자극하길 바랐다.

"직원 교육이 문제라면 당연히 시정해야죠. 하지만 그게 아닌 문제로 우리 직원이 손찌검을 당할 위기에 몰린다면 사장으로서 가만있지 않습니다."

"유난히 감싸는 것 아니십니까. 좀 전에 아끼는 직원이라고 하던데……."

성민은 태주가 세나의 어깨를 감싸는 것을 보며 말을 이었다.

"혹시 그 직원과 무슨 사이라도 되십니까?"

사람을 자극시키려고 일부러 깐죽거리는 말투로 내뱉는 성민을 보자 세나의 얼굴색이 점점 더 창백해졌다. 태주는 안색 하나 변하지 않고 부드럽게 웃으며 그녀의 머리를 당겨 품에 안았다.

"사이? 그래. 만나고 있는 사이야."

놀라서 커진 세나의 눈과 마주쳤다. 태주는 빙그레 웃으며 따뜻한 눈빛으로 그녀를 달랬다. 괜찮아.

연회장 안이 순식간에 웅성거리며 소란스러워졌다. 그리고 사람들이 몰려들었다. 놀라서 커진 눈들과 황당한 얼굴들이 세나의 눈에 비쳤다. 이런 자리에서 밝히고 싶지 않았는데 갑작스러운 발표에 정신이 혼미해졌다.

"뭐라고 그랬습니까?"

"내 여자라고. 그런데 함부로 위협하는 모습을 봤으니 내가 제정신이겠어?"

"태, 태주 형님. 난 그냥 이…… 이 여자분이 예뻐서 말을 건 것뿐이에요. 별다른 뜻은 없었어요."

"아니."

태주가 한 걸음 다가가 성민의 귓가에 얼굴을 가져갔다.

"넌 이미 끝이야."

태주는 차갑게 내려다보고는 세나의 손을 잡고 몸을 돌렸다.

"김태주 사장님! 죄, 죄송합니다!"

등 뒤에서 성민의 처절한 외침이 들렸지만 태주는 뒤돌아보지 않았다. 엉겁결에 따라가던 세나는 자신을 훑어보는 사람들의 눈을 적나라하게 느꼈다.

"사장님."

세나의 목소리에 태주가 뒤를 돌았다. 그의 짙은 갈색 눈동자가 세나를 뜨겁게 바라봤다.

"감추려고 했는데 이제 더는 못 하겠어. 그 어떤 사람도 널 함부로 못 하게 할 거야. 함부로 내 여자 손목을 잡으면 안 된다는 것도 똑똑히 알려 줄 거야."

태주는 다시 세나의 손을 끌어 마이크가 있는 곳으로 왔다. 그가 잡은 손에 힘이 들어가 절대 놔줄 생각이 없는 듯했다.

"오늘 연거푸 놀라게 해 드려 죄송합니다. 이 자리에서 밝힐 생각은 없었으나 좀 전 같은 상황을 다신 보고 싶지 않기 때문에 확실히 말하겠습니다. 오늘 자선 사업 보고를 발표했던 윤세나 씨와 진지한 마음으로 교제 중입니다."

행사장 여러 곳에서 비명에 가까운 소리와 놀라움을 담은 감탄사들이 쏟아졌다. 태주는 세나의 손이 떨리는 걸 느끼고 더 꽉 잡았다.

"따라서 어제 나왔던 제 결혼 기사에 관한 소문들은 사실이 아니니 앞으로 추측성, 확인되지 않은 기사를 쓰거나 말하는 사람들에 대해선 묵과하지 않을 것입니다."

세나는 너무 갑작스러운 상황에 바닥에만 시선을 두고 몸을 떨었다. 도저히 사람들을 볼 용기가 나지 않았다.

태주의 갑작스러운 돌발 행동에 김석윤 회장을 비롯하여 연무신 대표까지 놀란 얼굴로 그저 입만 뻐끔거렸다. 철저히 감정을 드러내지 않고 매사 이성적인 사람으로 정평이 나 있는 인물이 태주였다. 하지만 방금 전 상황은 정반대였다. 분노에 차 있으며 옆에 서 있는 여자를 위해선 뭐든 할 것 같은 폭발 직전의 감정을 보였다.

"가자."

태주가 작게 속삭이고 그녀의 손을 끌었다. 그를 따라가던 세나는 울컥하는 마음과 동시에 애절한 울림을 느꼈다. 이렇게 여러 사람 앞에서 자신을 찾아 준 그에게 고맙고 미안한 마음이 동시에 들었다.

사람들의 시선에서 벗어나 멀쩡한 정신으로 돌아온 건 태주가 세나를 차에 태우고 그의 집에 도착했을 때였다.

태주가 화가 났다는 걸 느낄 수 있었다. 그는 지금 감정이 폭발 직전으로 올라가 있었다. 그래서 문 앞에서부터 세나의 옷을 벗기며 욕구를 풀어내는 그가 사자처럼 울부짖었다.

서로가 서로를 다급히 찾았고 태주는 풀어지지 않는 욕망과 분노를 세나의 몸에 풀었다. 달콤하고 매너 좋은 신사 같던 예전과 달리 오늘은 매섭고 아프기까지 했다. 그래도 세나는 그를 받아 주었다. 솔직히 말해 이런 모습의 태주가 낯설면서도 끌렸다. 날것 그대로의 남자를 마주한 것 같아 기분이 좋았다.

땀으로 범벅이 된 몸이 번들거렸다. 두 사람의 숨소리가 공간을 가득 채웠다. 이미 세나의 몸 이곳저곳이 붉어지고 자국이 생겼지만 그는 멈추지 않았다. 마지막 사정을 하고 세나의 몸에 풀썩 기대는 태주의 숨소리가 귓가를 자극했다.

"화 많이…… 하아, 났어요……?"

숨이 고르지 않아 세나의 목소리가 온전치 못했다. 그는 대답하지 않고 계속해서 세나의 얼굴에 자잘하니 키스를 했다.

"난리……났겠다."

그의 스킨십에 세나는 눈을 감으며 멀어지는 정신을 간신히 다잡았다. 가슴을 만지작거리는 태주의 손길에 다시금 몸이 달아올랐다.

"널 보지 않고 겨우 사흘을 버텼는데, 매 순간 널 안고 싶은 본능을 숨기느라 갖은 애를 썼는데, 겨우 그딴 놈이 네 팔을 잡고 위협하잖아. 그 상황에서 내가 제정신일 수 있겠어?"

한마디 말도 없던 태주가 정색을 하며 말했다. 두 사람의 눈이 마주쳤다.

"넌 정말 나를 미치게 해."

그의 목소리가 낮게 그을렸다. 갈라진 목소리 끝에 욕망을 담고 있었다. 그 욕망이 영 마음에 들지 않아 스스로를 통제하려고 하지만 뜻대로 되지 않아 매우 난감했다.

자신을 흔드는 게 싫었다. 여자 때문에 감정이 송두리째 흔들리는 게 견디기 힘들었다. 그래서 조절하려고 그리도 참았는데 결국 윤세나 앞에서는 무너져 내리는 모래성에 불과했다. 애써 다잡은 마음도 그녀의 터치 한 번에 와르르 무너졌다.

그저 일 잘하는 직원으로만 대했으면 얼마나 좋을까. 우리가 오래전에 만나지 않았다면 이토록 끝도 없이 빠지지는 않았을까. 되돌려 보고, 다시 생각해 보고, 가정하지 않은 시간을 무시해 봤지만 결론은 하나였다.

뒤늦게 만났어도 김태주는 결국 윤세나를 사랑하게 됐을 거란 걸.

"차라리 후련해. 그동안 널 감춰 두고 마음껏 드러낼 수 없어서 힘들었는데, 잘됐어."

"태주 씨."

자신을 보는 그의 눈동자가 깊었다. 세나는 한동안 눈으로 그를 훑다가 손을 들어 잘생긴 미간과 콧등, 입술을 손가락으로 따라 그렸다. 그녀의 손길에 태주는 눈을 감았다.

"어제 기사에 대해 왜 아무 말도 안 해?"

"기사? 아, 그거."

연지우랑 호텔 앞에서 만난 사진이 찍힌 걸 말하는가 보다.

"만날 만한 일이 있으니까 만났겠죠. 그런 걸로 오해하지 않아요. 태주 씨가 그런 얕은 수에 넘어갈 사람도 아니고."

세나는 손을 아래로 내려 그의 가슴에 댔다. 그리고 그의 심장 소리를 느꼈다.

"당신은 나한테 미쳐 있으니까."

세나의 낭랑한 목소리에 태주는 그녀의 허리를 더욱 꼭 끌어안았다.

"다른 일 때문에 만났어. 지우도 그냥 좀 여러모로 안타까워."

"그렇구나."

태주가 눈을 떠서 세나를 보았다.

"내일 회사에 같이 가. 이젠 어디서든 드러낼 거야."

"그래요. 그렇게 해요. 그리고 우리 부모님도 곧 만나러 가요."

세나의 눈가에 눈물이 고였다. 부끄러워 고개를 돌렸지만 그가 다시 잡아 마주 보게 했다.

"오늘 자선 행사 때 깨달았어요. 당신이 날 지켜 주는 것처럼 나도 당신을 위해 변호하고 싶어요. 당신이 사람들 틈에서 홀로 싸워야 할 때 당신 손을 잡아 외롭지 않게 해 주고 싶어요."

"내가 불쌍해 보였어?"

세나는 살며시 미소 지으며 고개를 저었다.

"애정하니까요."

잠시 세나를 바라보던 태주가 느리게 손을 들어 그녀의 머리를 쓰다듬었다. 그리고 세나를 으스러지게 안았다.

잠이 든 태주를 놔두고 침실을 나온 세나는 가운을 여미고 바닥에 흩어진 옷가지를 정돈했다. 다급했던 흔적을 마주하자 괜스레 부끄러워 얼른 옷을 치웠다.

휴대폰을 들어 열어 보니 수많은 문자와 전화가 와 있었다. 차마 보기가 두려워 지나에게 온 문자만 눌렀다.

⟨문자 보면 전화해.⟩

벌써 새벽 3시를 넘어가고 있었다. 잠시 망설이던 세나는 통화 버튼을 눌렀다.

—이게 누구야. 우리 사장님 애인 아니야?

신호음이 한 번 가고 지나가 받았다. 세나의 입가에 자잘한 미소가 생겼다.

"안 잤네?"

—잠이 오겠니. 그 난리를 치고 갔는데.

"행사는 어떻게 됐어?"

—다들 놀라서 입을 다물지 못하고 멍하니 서 있다가 뿔뿔이 흩어졌지, 뭐.

"내일이 두렵네."

세나의 옅은 한숨 소리를 들었는지 지나가 곧바로 말했다.

—달라지는 건 없어. 이제 모든 사람들이 알았겠다, 넌 편하게 연애하면 돼.

"그럴까? 별일 없겠지?"

—사장님이 지켜 줄 텐데 뭘 걱정해. 어제 행사에서 사장님 진짜 멋있었어. 꼭 애인이어서 그런 게 아니야. 다른 직원이 그랬어도 구해 줬을 거야.

"그건 나도 알아."

—강성민, 그 자식 원래 이쪽에서 유명해. 여자 건드리기로. 지 버릇 개 못 주고 널 건드리려고 했는데 네가 사장님 애인인 줄은 몰랐겠지. 알았으면 그랬겠어?

"……"

—모르긴 몰라도 지금쯤 똥줄 탈거야. 자리는 보존하려나? 갑자기 회사 재정 상태가 나빠질 수도 있지. JK그룹 황태자의 여자를 위협했으니까.

분노하던 태주가 떠올라 세나는 소파에서 일어서 거실을 서성였다. 별일이 없었으면 좋겠다. 자신 때문에 누군가 곤란해질까 두려웠다.

"뭘 어떻게 해야 할까?"

—지금을 즐겨. 발표를 아주 멋지게 해낸 스스로를 대견해하면서. 아니다. 사장님이 이미 대견해해 주지 않았어?

"어? 글쎄……"

세나는 괜스레 부끄러워 얼굴이 붉어졌다. 그때 제 허리를 감는 손길에 화들짝 놀란 세나가 뒤를 돌았다. 그런데 그가 힘을 주어 돌아보지 못하게 했다. 그리고 가운 안으로 손을 넣었다.

—어제 발표 보고 거기 있는 사람들 모두 너한테 완벽히 빠져들었어. 회장님도 흡족한 얼굴로 보셨고. 스스로 사람들에게 인정받은 거야.

흡, 자꾸만 새어 나오는 신음 소리를 막느라 세나는 입술을 꼭 깨물었다. 태주의 손이 젖가슴과 검은 수풀 사이를 헤집고 들어왔다.

—왜 말이 없어.

말을 못 하는 상황이라고 어떻게 말해. 세나는 입을 열자마자 신음 소리가 터져 나올 것 같아 입술을 꾹 다물었다.

"이지나 씨. 이 야밤에 남의 여자를 데리고 뭐 하는 겁니까?"

태주의 목소리에 세나가 놀라서 그의 입으로 손을 가져가 막았다.

—어머! 사장님도 같이 계셨나 보네요. 즐거운 시간 보내세요. 그럼 전 이만 끊을게요.

뚝, 전화가 끊겼다.

"사장님!"

세나가 태주의 품에서 벗어나 소리를 질렀다. 그녀가 새초롬하게 흘겨보았다.

"갑자기 이러시면 어떡해요. 놀랐잖아요. 어, 언니도 이상하게 생각할 텐데……."

자꾸 멀어지는 세나의 허리를 휘어감아 당긴 태주의 다른 손이 그녀의 목덜미를 감쌌다.

"잘 때 내 옆에서 벗어나지 마. 네가 없으면 금방 깬단 말이야."

"그렇다고 인기척도 없이 갑자기 그러지 말아요."

"무슨 얘길 했기에 그렇게 놀라. 내 흉 봤어?"

입을 다물고 그를 흘겨보는 세나의 입술에 가볍게 입을 맞춘 태주가 빙그레 웃었다.

"예뻐. 내 마음에 쏙 들도록 일 처리를 해서 너무 좋아."

"다 들었네, 뭐."

"발표 정말 잘했어."

"진짜죠?"

"그래. 다들 널 스카우트하고 싶어 안달이 났었지. 그거 거절하는 것도 일이었어."

세나의 얼굴에 드디어 웃음꽃이 폈다. 행사장에서부터 활짝 웃는 모습을 못 봐서 태주도 걱정을 했는데 이제야 웃는 얼굴을 보았다.

"마음 같아선 눈엣가시인 박 상무 확 자르고 널 그 자리에 앉히고 싶어."

"우와, 그건 초고속 승진인데 생각만 해도 살 떨리겠다. 마음만 받을게요."

세나는 싱긋 웃으며 그의 입술에 쪽 입을 맞췄다.

"이제 부모님 허락만 받으면 당장 날 잡자. 못 기다려."

회사 로비를 걸을 때마다 사람들의 시선이 와서 꽂혔다. 태주가 세나의 손을 잡고 로비를 걸어 단번에 시선 집중이었다.

세나가 지나가면 수군거리거나 대놓고 바라보았다. 동물원

원숭이가 된 기분이지만 두 사람은 평소처럼 걸어왔다.

"진짜 대박이다. 윤세나 매니저와 사장님이……. 그게 가능한 일이야?"

"어쩐지 제주도에서 봤을 때 분위기가 묘하다 생각했어. 그땐 그저 아끼는 직원을 대한다 생각했는데 설마 사귀고 있을 줄이야."

"그래도 연지우를 마다하고 윤 매니저라니……. 그럴 줄 알았으면 나도 한 번 대시해 보는 건데."

듣지 않으려고 해도 사람들이 수군거리는 소리가 세나의 귓가에 들렸다. 그래서 일부러 허리를 꼿꼿이 세우고 걸었다. 그렇게 하지 않으면 다리가 후들거려서 주저앉을 것 같았다.

"신경 쓰지 마."

세나의 귓가에 속삭이는 태주의 목소리에 작게 끄덕였다. 눈치 보느라 아무도 타지 않아 단둘이 타게 된 엘리베이터 안에서 세나는 옅은 숨을 내쉬었다.

쪽. 태주가 입을 맞춰 깜짝 놀란 세나는 곧 5층 문이 열리는 소리를 들었다. 그는 빙그레 웃고 손을 흔들었다.

"오늘 하루 잘 버텨."

세나도 작게 웃어 주었다. 엘리베이터 문이 닫히고 세나가 발을 떼었다.

"윤 매니저."

뒤에서 부르는 소리에 세나가 뒤를 돌아봤다. 옆 엘리베이터에서 내린 지호가 손을 흔들며 다가왔다. 같은 층에 내린 사람들이 세나를 힐끔거리며 지나갔다.

"하루아침에 유명 인사 되셨네."

"그러게요."

"사람들 말은 잊어버려. 금세 적응할 거야."

"네."

세나가 싱긋 웃자 지호도 슬쩍 웃었다.

"높은 자리에 앉은 사람과 만나기 쉽지 않겠지만 그게 세나 씨 선택이라면 잘 이겨 내 봐."

"지호 씨."

"내가 도울 일 있으면 언제든 말하고."

세나는 저도 모르게 지호를 빤히 바라보았다. 가끔은 이 사람이 정말 자신을 좋아하는 게 맞나 싶을 정도로 그는 어떠한 감정도 보이지 않았다. 그렇게 마음을 감추기까지 얼마나 고통스러울지 감히 상상도 하지 못했다. 하지만 확실한 건 지호는 자신이 아는 그 누구보다도 배려가 넘치는 사람이었다.

"네. 그럴게요."

그의 마음을 알면서 자신은 이렇게 또 아무렇지 않게 웃고 대화한다. 철저히 못된 여자로.

복도, 사무실에서 마주치는 사람들마다 가까이 다가와 묻지는 못하고 한 걸음 떨어진 거리에서 세나를 지켜보았다.

놀라고 흥미로운 얼굴로 그들의 마음을 그대로 드러냈다. 그 중에서도 가장 잘 보이는 마음은 '네가 어떻게 사장님을 만나'라는 질투가 섞인 시기였다. 세나와 오랫동안 함께 일하던 사람들도 사장님을 유혹한 대담한 여자로 바라보았다.

"윤 매니저, 사장님은 남자로 어때?"

"일할 때와 연애할 때가 달라?"

대놓고 물어보는 사람들도 있었다. 그들의 관심사는 다양했기에 세나는 최대한 웃으며 아무렇지 않으려고 노력했다. 제 표정을 하나도 놓치지 않고 지켜보는 사람들에게 이야깃거리를 제공하고 싶지는 않았다. 책상에 앉아 쏟아지는 시선들을 애써 무시하고 컴퓨터를 켰다.

출근하던 팀장이 세나를 집무실로 불렀다. 세나가 들어가자 팀장은 외투를 벗으며 그녀를 돌아봤다.

"어제 사업 보고 발표 잘했어."

"아, 네."

사귀는 걸 말할 줄 알았는데 팀장은 평상시와 같았다.

"박 상무님과 얘기된 건 아니지? 사장님 말씀."

"네. 저도 몰랐습니다."

"어제 박 상무님이 충격을 받으신 것 같아. 자네한테 발표를 시킨 것도 벼르고 한 걸 텐데 사장님이 모두가 있는 앞에서 선전 포고를 했으니 속이 뒤집어지겠지."

팀장도 알고 있었나 보다. 박 상무가 그간 자신에게 대하는 태도. 하긴, 눈여겨 보지 않아도 박 상무가 세나를 싫어한다는 건 느낄 수 있었다.

"매사 조심하고."

"네?"

"사장님과 만나면 사소한 것 하나도 꼬투리가 될 수 있거든. 빌미를 제공하지는 말아야지."

"제게 왜 그런 말씀을……."

"윤 매니저 성격으로 미뤄 볼 때 중압감을 견디기가 생각보다 쉽지 않을 거야. 자넨 억압받는 걸 싫어하잖아."

팀장은 생각보다 세나에 대해 잘 파악하고 있었다. 진심으로 걱정되어 하는 말이란 걸 느꼈다.

"네. 조심하겠습니다."

팀장실을 나온 세나는 예상대로 박 상무의 호출을 받았다. 사무실 사람들이 긴장한 얼굴로 세나를 보았다.

"사장님이 있잖아. 별일 없을 거야."

사람들의 위로에 심호흡을 한 세나는 8층으로 갔다. 노크를 하고 안으로 들어간 세나는 허리에 손을 두른 채 창밖을 바라보는 박 상무의 등을 보았다.

"부르셨습니까."

박 상무가 돌아봤다. 눈빛으로 사람을 죽일 수도 있다는 말이 무슨 뜻인지 알 것 같았다. 자신을 보는 눈빛에 살기가 띤다면 그건 거짓일까.

"알고 있었나?"

태주가 돌발 행동을 할 걸 알았냐는 말이었다. 세나는 다시 숨을 길게 쉬며 제 손을 꼭 잡았다.

"몰랐습니다."

"몰라?"

상무가 서류를 바닥에 내리치는 바람에 바닥에 종이들이 나뒹굴었다. 놀란 눈으로 보던 세나가 단정한 목소리로 말했다.

"네. 아시다시피 전 발표 준비로 정신없었습니다. 그리고 누군가 의도적으로 장비를 건드려 다른 걸 생각할 겨를이 없었습니다."

세나는 박 상무를 똑바로 보면서 그의 표정을 살폈다.

"눈치가 있다면 어떻게 세상을 살아가야 하는지도 눈여겨 둬. 세상살이가 그리 만만한 게 아니거든. 나가."

차갑게 내뱉는 박 상무의 말에 세나는 등골이 서늘했지만 애써 덤덤하게 집무실을 나왔다.

사무실로 들어오자 사람들이 다가와 어떻게 됐는지 물어댔다. 별일 없었다고 대답했지만 세나는 어딘지 모를 서늘함에 얼굴이 굳었다. 이상한 예감은 한 번도 틀린 적이 없는데, 알 수 없는 불길함에 그녀는 몸이 떨려 왔다.

오후 업무를 보는 동안 인터넷 포털엔 'JK호텔 사장 김태주의 연인 윤세나'라는 메인으로 여러 기사들이 쏟아졌다. '신데렐라의 탄생인가'라는 기사에는 벌써 세나에 대한 기본적인 배경과 회사 내 지위 등을 알리는 내용이 있었다.

일부러 인터넷을 들어가지 않았지만 사무실 내 웅성거리는 사람들의 소리로 어느 정도 파악하고 있었다.

퇴근 준비를 하던 세나는 휴대폰을 들고 한참을 머뭇거렸다. 가족들에게 연락을 해야 하는데 망설여졌다. 그때 전화가 울렸다. 세나는 소영의 전화에 옅음 숨이 나왔다.

"여보세요."

─세나야. 그 기사에 나온 거 너 맞지.

소영은 세나가 받자마자 말을 시작했다. 그녀의 목소리에 걱정과 다급함이 묻어 있었다.

"엄마. 내일 그 사람 데리고 찾아갈 거니까 아빠한테도 말해 줘. 집에서 보면 어색할 같으니까 내가 식당 예약해 놓을게."

─이게 무슨 일이니. 네가 만난다는 사람이 JK호텔 사장이었어?

"……어."

─엄만 너무 걱정이 돼. 왜 하필……. 아빠가 얼마나 놀라셨

는지 알아?

"엄마가 무슨 걱정을 하는지 알아. 만나서 얘기해. 만나 보면 그 사람이 얼마나 괜찮은지 엄마도 알게 될 거야."

놀란 소영을 진정시키고 전화를 끊은 세나는 이제 직접 부딪치는 수밖에 없단 생각이 들었다.

JK그룹 대회의장에 임원 회의가 열렸다. 안건은 태주가 말했던 송년의 밤 자선 행사에 관한 것으로 각 계열사 사장단들이 모였다.

"김태주 사장님, 이건 너무 갑작스럽습니다. 매년 이 행사만 기다려 온 사람도 있을 텐데 없애는 건 자칫 자선 활동을 위축시킬 수도 있습니다."

"자선 행사로 얻은 수익금은 다시 쓰이지 않습니까."

"JK그룹의 자선 행사는 그 자체로 브랜드가 된 지 오래되었습니다. 굳이 그 명성을 지울 필요가 있겠습니까."

여러 사장들이 목소리를 모았다. 가만히 듣던 태주가 테이블에 놓인 서류를 뒤적였다.

"올해 자선 행사 비용 1억 원, 작년 7천, 재작년 5천. 비용을 쓰고 메우지 못해 작년부터 적자가 발생하고 있습니다. 그런데 느끼는 것 없으십니까?"

"그건 참석한 사람들의 기부금과 수익금으로 대부분 채워지고 있습니다. 더 활발한 자선 활동으로 연결되기도 하고요."

"하지만 전 우려가 됩니다. 우리 회사가 처음 이 사업을 시작한 이유를 다시 아셔야 할 것 같아요. 남들에게 보여 주려고 시작한 것이 아님은 여러분들도 잘 알고 계시겠죠."

"선대 회장님께서 피난 당시 배곯던 피난민들이 처참한 삶을 사는 모습을 보고 가슴 아파 해서 시작한 걸로 알고 있습니다."

"그렇습니다. 시대가 바뀌었다고는 하지만 물질적 가난에 빠진 사람들의 수가 적지 않아요. 그런데 보여 주기, 생색내기의 자선 활동은 본래의 목적을 퇴색시키는 것입니다."

사장들은 태주의 말에 불만을 가졌지만 그의 말이 틀리지 않아 반박할 수 없었다. 그리고 말로써 태주를 이길 수 없다는 것도 잘 알고 있었다.

"당장 내년부터 기부금과 수익금이 줄어들어 자선 사업에 영향을 준다고 할지라도 적은 금액으로 할 수 있는 것을 찾으면 됩니다. 오히려 진심으로 자선에 대해 생각하고 고민해 다양한 방법을 모색해 볼 수 있는 좋은 기회라고 생각합니다. 여기에 대해서 이의 있으십니까?"

태주가 사장들을 쭉 돌아보며 얼굴을 살폈다. 그 표정들이 무얼 말하는지 알고 있는 태주는 옅은 숨을 내쉬며 입꼬리를 올렸다.

"그럼 사장님들의 의견을 모은 걸로 알고 회장님과 최종 논의하겠습니다."

태주가 일어서자 다른 사장들도 따라섰다. 태주가 회의장을 나가자 남아 있는 사장들은 삼삼오오 모여 한탄을 했다.

"벌써 저렇게 영향력을 행사하는데 진짜 회장이 되면 가관도 아니겠습니다."

"이러다 김 사장이 자기 사람으로 계열사 다 채우겠다고 하는 거 아닐까요?"

"그전에 교육 좀 시켜야겠습니다."

몇몇 사장들은 중얼거리며 태주가 나간 문을 바라봤다.

어두운 조명의 바에 나란히 앉아 술잔을 기울이는 두 사람의 얼굴이 조명 불빛에 일그러졌다.

"기어이 기사가 났군요."

"어제 행사에서 갑작스럽게 발표할 줄은 몰랐지. 어젠 윤세나만 곤란하게 하려고 했는데 생각보다 일 처리를 잘해."

준성이 술을 마시며 슬쩍 웃었다.

"그렇죠. 세나가 보통은 아니니까요. 웬만해선 실수하지 않는 사람이에요."

"어젠 그거보다 김태주, 그 자식 때문에 눈이 뒤집혔지."

박 상무는 아직도 얼굴이 벌겋게 달아올라 술을 들이켰다.

"제가 봤을 때 지금 상황에서 그 새끼를 무너뜨리는 방법은 윤세나밖에 없습니다."

"자네도 알지 않는가. 윤세나가 생각보다 깔끔해. 뒷말이 없기도 하고."

준성은 비스듬히 웃으며 박 상무의 술잔에 술을 따랐다.

"오랫동안 세나를 봤습니다. 세나는 치욕스러움을 못 참아요. 자기가 부끄러워지는 걸 못 견디는 여자죠."

"무슨 수가 있나?"

"요즘엔 가짜 뉴스가 진짜가 되기도 하는 세상 아닙니까. 미개한 사람들은 가짜에 잘 현혹되죠."

준성은 자기 주머니 안에서 USB를 꺼내 테이블에 올려놓았다. USB를 본 상무가 옆에 놓은 가방에서 태블릿을 꺼내 단자에 꽂았다. 파일 안에서 흘러나오는 목소리를 한참 듣던 그가 놀란 얼굴로 준성을 보았다.

"토끼몰이를 하려면 양쪽에서 덤벼야 잡을 수 있어요. 상무님은 이걸로 잘 몰아보십시오. 전 저대로 몰이를 하겠습니다."

"괜찮겠나. 이게 공개되면 자네한테도 영향이 갈 거야. 김태주가 그걸 모를 리가 없고. 가만두지 않을 텐데."

준성은 술을 마시고 피식 웃었다.

"상관없습니다. 이젠 나도 이판사판이니. 둘 중에 한 명은 무너지겠죠."

"참, 자네도 딱하네. 그 여자가 뭐라고."

박 상무는 태블릿을 보다가 결심한 듯 입꼬리를 올렸다.

"어차피 나도 김태주 눈 밖에 났으니 그 회사에서 더 있을 순 없어. 이왕 시작한 거 그 자식 무너지는 꼴은 보고 싶군."

"제가 형님에게 잘 말해 놨습니다. 곧 대표이사 자리에 올라가실 겁니다."

준성의 말에 박 상무는 입꼬리를 올리며 술을 마셨다.

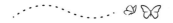

식당 앞에서 심호흡을 한 세나는 태주의 손에 이끌려 안으로 들어왔다. 막상 부모님께 소개를 하려니 여간 떨리는 것이 아니었다.

"혹시 우리 부모님이 서운하게 말해도 너무 속상해하지 말아요."

"걱정 마."

태주가 부드럽게 웃으며 문을 열었다. 세나는 예약해 둔 룸 안으로 들어갔다. 아직 부모님은 오지 않은 상태였다. 나란히 앉아 손목시계를 들여다보는데 문이 열리고 소영이 들어왔다.

"엄마."

세나와 태주가 일어서자 소영은 테이블 앞으로 다가와 태주에게 인사를 했다.

"안녕하세요. 세나 엄마예요."

"말씀 낮추십시오."

중저음의 목소리가 소영을 부드럽게 이끌었다. 세나는 다시 문 쪽으로 고개를 돌렸다.

"아빠는?"

"네 아빠는 안 오시겠대."

소영은 난처한 듯 한숨을 내쉬며 세나를 바라봤다. 엄마의 얼굴에 근심이 가득했다. 세나도 그녀를 보며 쉽지 않음을 예상했다.

"일단 앉으십시오."

태주가 소영에게 다가와 의자를 빼 주었다. 그의 행동에 소영은 한동안 의자를 바라보다가 앉았다. 태주가 다시 세나의 옆으로 와서 앉았다.

"다시 한번 인사드리겠습니다. 김태주라고 합니다."

"네. 만나서 반가워요."

소영은 그의 인사를 얼떨떨하게 받으며 살짝 고개를 숙였다.

"JK호텔 사장이라고 하던데, 세나와는 어떻게 만난 건지……."

"예전에, 아주 오래전 세나가 대학생일 때 떨어뜨린 책을 제가 가지고 있었습니다. 그 책을 내내 못 돌려주고 있었는데 8년이 지나 돌려주었고, 오랫동안 잊지 못하고 마음 한편에 담아 두었던 세나를 제가 계속 쫓아다녔습니다."

"결혼…… 기사도 났던데……."

"그건 확실히 정리되었습니다. 제 개인적인 부분이라 자세한 것까지 말씀드리기는 어렵지만 이제 더는 그 문제로 어머님을 걱정시키는 일은 없을 겁니다."

소영은 단정한 목소리로 말하는 태주를 보며 점점 절대적인 수준 차이를 느꼈다. 세나가 말한 것처럼 괜찮은 사람이란 건 처음 봤을 때 이미 느꼈지만 세나와 나란히 앉아 있는 모습은 한없이 부담스러웠다.

"김태주 씨 부모님께서는 어떤 생각이신가요?"

"저희 아버지는 제 의견에 대체로 동의하시는 분이라 결혼도 제가 결정하면 존중해 주실 겁니다."

"……그렇게 생각하기 어려운데 세나를 좋게 봐주셔서 감사할 따름이네요."

살짝 웃었지만 이내 표정이 어두운 소영을 보는 세나도 마음이 편치 못했다.

"엄마, 우리도 남들처럼 평범하게 만나고 있어. 재벌이라고 해서 특별히 다른 점 없고, 유독 어려운 것도 느낄 수 없어. 우리 두 사람 허락해 주면 안 돼?"

"세나야."

소영의 떨리는 목소리가 두 사람에게도 전달되었다.

"엄마는 네가 좋으면 상관없어. 하지만 네 아빠……."

그때 룸 문이 벌컥 열리더니 주환이 안으로 들어왔다. 혈압이 계속 오른다고 하더니 아빠의 얼굴은 안 본 사이 많이 붉어졌다. 그는 테이블로 와서 소영의 손을 잡아 일으켰다.

"가. 내가 가지 말라니까 왜 왔어! 지 마음대로 집 나가더니 이제 와서 부모에게 소개시켜 주면 다 되는 줄 알아?"

세나가 자리에서 일어서며 주환을 불렀다. 그는 세나와 태주를 번갈아 보더니 못마땅한 얼굴로 고개를 돌렸다.

"긴말할 거 없다. 우린 네가 저 사람을 만나는 거 반대한다. JK그룹? 허, 기가 막혀서. 기껏 만난다는 남자가 자기 회사 사장이라니. 정말 넌 하나부터 열까지 마음에 드는 구석이 없어."

"아버님, 진정하시고 잠시 대화 나누시죠. 오해하고 계시는 부분이 많습니다."

"사장님이 먼저 마음 돌려주시오. 우리 딸애가 뭘 몰라서 헛꿈 꾸고 있는 거니까."

"세나는 아버님 생각처럼 어리지 않습니다. 충분히 멋지고 자기 할 일 잘하는 여잡니다."

"그래서 순진한 아이 꾀어낸 겁니까!"

주환의 목소리에 노기가 꼈다.

"아무리 딸애가 결혼하길 바랐고 안정된 삶을 살길 원했지만 이게 말이 됩니까? 그 생활이 얼마나 갈 것 같아요."

"아빠."

"그래, 좋게 넘어가서 결혼했다 칩시다. 결혼이 끝이 아닌데 그 후에 세나가 편해질 수 있겠습니까! 고집도 센 애가 거기서 잘 버틸 수 있겠소."

태주의 얼굴이 점차 굳어졌다. 세나의 아버지는 자기 생각보다 더한 반감을 가지고 있었다.

"너도 잘 생각해. 지금 당장은 좋겠지. 꿈을 꾸는 것 같고. 그런데 네 성격에 그곳에 가서 감당할 수 있겠냐. 얼마 못 가 이혼한다는 소리 나오겠지."

"그렇지 않아요."

"내 말에도 발끈해 어긋나는 녀석이 그 사람들과 잘도 지내겠다."

세나는 점점 몸의 기운이 빠져나갔다. 주환과 대화할수록 벽에 막히는 느낌이 들었다.

"아빠 이러는 거 솔직히 적응 안 돼요. 누가 보면 엄청 위하는 딸인 줄 알겠어요."

"뭐야?"

"평소에 진심으로 대한 적도 없으시잖아요. 매번 제 의견은 무시하고, 제 생각은 가치 없다고 생각하시잖아요."

"윤세나."

"사장님은 달라요. 제 생각을 존중해 주고 이해해 준다고요. 집에서 아빠의 눈치를 보며 살 때보다 지금이 훨씬 편하고 좋아요."

"너 안 되겠다. 재벌이랑 놀아나더니 사리 분별이 안 되나 보다. 집으로 가. 회사도 그만둬."

주환이 세나의 팔을 잡아끌었다. 그때 태주가 주환의 손에 힘을 주며 막아섰다.

"죄송하지만 그럴 수 없습니다."

태주의 얼굴을 본 세나는 그가 지금 얼마나 화가 나 있는지 알 수 있었다. 그에게 자신의 밑바닥까지 보여 준 것 같아 한없이 부끄러워졌다. 울 것 같은 세나의 얼굴을 힐끗 본 그가 주환을 정면으로 보았다.

"아버님께서 강압적으로 대하신다면 전 세나를 집에 보낼 수 없습니다."

"뭐요?"

"저희는 아버님, 어머님의 허락을 받고 결혼하고 싶습니다. 하지만 허락 못 받아도 사실 상관없습니다. 두 사람 모두 스스로의 인생을 결정 내릴 수 있는 성인이니까요. 저희 부모님이 허락하지 않으신다고 해도 마찬가지였을 겁니다. 전 세나와 반드시 결혼할겁니다."

"재벌에겐 없는 다른 점 때문에 우리 세나한테 빠졌을 순 있겠지. 하지만 그건 금방 깨지는 유리알 같은 감정이오. 그것도 모를 만큼 어리석지 않다고 생각하는데."

주환이 다시 한번 세나의 팔을 잡아당기자 그녀가 팔을 쳐 내며 그를 노려보았다.

"아빠는 제가 왜 이 사람을 데려왔는지는 궁금하지도 않으세요. 어떤 생각을 갖고 있고, 왜 내가 좋아하는지 그런 건 관심도 없어요. 그저 남들의 시선이 더 중요하잖아요."

"너 말 다했냐!"

"차라리 솔직해지세요. 사실 흥분되잖아요. 재벌인데. 제가 재벌과 결혼하면 아빠는 친척들 중에 제일로 성공한 사람이 될 텐데. 제가 아빠를 모르는 것도 아니고."

주환의 얼굴이 급격히 붉어졌다.

"너……!"

"아니에요? 남들에게 내세워 보이고 싶어서 의사도 시키고 검사도 시키는 거잖아요. 그동안 제일 하찮다고 여긴 문제아가 재벌과 결혼한다는데 좋아하셔야 하는 거 아니에요?"

"세나야, 그만해."

소영이 말렸지만 세나는 이미 아빠와는 합의점을 찾을 수 없다는 결론이 났다.

"그래서. 기어이 저 사람과 결혼을 하겠다는 거냐."

"네."

"알았다. 그럼 나도 이제부터 널 자식으로 생각하지 않으마. 이대로 부모 자식 간 연 끊자."

주환은 그 말을 남기고 소영의 손을 잡아끌고 룸을 나갔다. 감정을 쏟아붓던 공간이 한순간에 고요해졌다. 세나는 부모님이 나간 문을 바라보며 멍하니 서 있었다.

두 사람 사이에 어떠한 말도 오가지 않았다. 세나는 애써 파르르 떨리는 몸을 진정시키며 정신을 차렸다. 그리고 의자 위에 있는 백을 집었다.

"그만 가요."

세나가 식당을 나올 때까지 안에서 움직이지 않던 태주가 뛰어나와 그녀를 찾았다. 그리고 성큼성큼 다가와 팔을 잡았다. 잡은 팔에서 떨림이 느껴졌다.

"날 봐."

그녀는 고개를 저으며 몸을 돌렸다. 태주가 세나의 어깨를 잡아당겨 눈을 마주쳤다. 눈물이 그렁그렁 고인 얼굴을 보자 그의 눈동자도 흔들렸다.

"울지 마. 내가 계속 찾아뵐게."

"그러지 마요. 아빠는 절대 날 받아 주지 않아요. 제가 알아요."

세나는 고개를 아래로 떨구며 눈물을 흘렸다. 추운 날씨에 흐르는 눈물 자국은 금세 붉어졌다.

"이래서 소개시켜 드릴 수 없었어요. 초라한 모습을 태주 씨에게만은 보여 주고 싶지 않았어요."

"세나야. 그거 알아? 날 거부하는 사람은 너랑 너희 부모님이 유일해. 너도 처음엔 날 거들떠도 보지 않았어."

"그건……."

"아버님도 마찬가지야. 내가 또 인내심으로 치면 100일 동안 쑥과 마늘만 먹고 산 곰보다 더 강할걸?"

"왜 화내지 않아요. 차라리 화내요. 뭐 그런 사람들이 있냐. 넌 왜 그 모양이냐."

태주가 세나의 팔을 당겨 품에 안았다. 날이 추운 건지 세나의 몸이 시리도록 차가웠다. 그의 체온에 온몸이 떨려 왔다.

"화낸다고 달라지는 거 없잖아."

"진짜 태주 씨는 이상해요. 무서운 사람인 건 맞는데 너무 달콤하잖아."

세나는 눈물을 흘리며 그의 허리에 손을 둘렀다. 태주가 그녀의 머리를 쓰다듬었다.

"아버님에겐 시간이 필요할 것 같다. 끝까지 허락해 주지 않으셔도 우리 둘이 잘 사는 모습 보면 마음이 바뀌실 거야."

"잘 모르겠어요. 아빠를 이해해 보려고 노력을 했지만 매번 벽에 부딪치는 기분이었어요."

태주는 세나를 안고 눈을 감았다.

"뭐 하나 쉬운 게 없다."

사랑하는 여자랑 같이 살겠다는데 뭐 이리 어려운 건지. 그의 한숨이 깊어졌다.

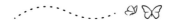

새해가 되고 직장인들의 바쁜 정초가 지나갔다. 회사는 여느 때와 다름없이 일정에 따라 바쁘게 움직였고, 각 단체의 새해 모임, 행사 등으로 호텔은 쉴 틈이 없었다. 호캉스가 대세를 이루며 호텔에서 휴식을 즐기는 사람들이 많아져 그에 맞는 이벤트와 서비스를 제공하였다.

회사뿐만 아니라 재희가 세계적인 야구 선수 이선과 JK호텔에서 결혼식을 올려, 준비하는 세나도 기쁜 마음으로 더 꼼꼼히 살폈다. 계획부터 음식, 서비스 등 모든 일정에 참여하고 적극적으로 움직였다.

결혼식장은 많은 하객들로 붐볐다. 기자들은 안으로 들어올 수 없었지만 식장으로 들어가는 하객들을 일일이 찍으며 실시간 기사를 써 내려갔다.

"재희야."

신부 대기실로 들어온 세나는 세상에서 제일 예쁜 신부를 본 것 같아 저절로 기분이 좋아졌다. 얼굴을 가로지르던 긴 흉도 수술로 옅어졌고 꿀 같던 살결과 피부는 더욱 빛을 발했다.

"너무 예쁘다."

"고마워."

예쁘게 웃던 재희가 세나의 옆에 서 있는 태주에게 눈을 돌렸다. 그리고 살짝 고개를 숙였다.

"도와주셨다고 들었어요. 감사해요."

"아닙니다."

"세나 참 멋지죠? 제 친구지만 진짜 사랑스러워요."

"네."

간결한 태주의 대답에 세나와 재희는 동시에 웃음을 터트렸다. 그가 왜 그러냐는 눈으로 바라보자 세나는 더 활짝 웃었다.

"세나한테도 그렇게 무뚝뚝한 건 아니실 테고, 맺고 끊는 게 확실한 분이시네요."

재희가 대신 말하자 그제야 고개를 끄덕인 태주가 다시 또 무심한 한마디를 했다.

"당연한 거 아닙니까. 세나만 보기에도 벅찹니다."

세나는 태주에게 살짝 입을 맞추고 싱긋 웃었다.

"뭐야. 신부는 난데 둘이 영화를 찍고 있어."

새침하게 말하던 재희가 활짝 웃으며 둘에게 손짓했다.

"사진 찍자."

사진 기사가 카메라를 들자 재희의 뒤에 세나와 태주가 섰다. 그가 자연스럽게 세나의 허리에 팔을 둘렀다. 깜짝 놀라 그를 바라보자 그는 눈을 찡긋 하고 쉿 손짓했다.

"자. 찍습니다."

좋아하는 사람들과 한자리에서 사진을 찍었다.

하루가 온전히 행복했다. 결혼식 진행으로 바쁘게 움직였지만 아침부터 그와 함께했고 결혼식이 끝나고 늦게까지 어울렸다.

간만의 평화였다. 그동안 곧 깨질 것 같은 얼음판 위를 걷는 심정이었는데 오늘은 추운 날씨에도 따스한 햇볕이 드는 모처럼 마음이 편안한 날이었다.

그래서 연극 같았을까. 어쩐지 꿈처럼 아득하고 잘 짜인 극의 막이 내릴 것 같은 순간이었다.

12.

끝

출근하며 회사로 들어오던 세나는 자신을 힐끔거리며 수군거리는 소리에 고개를 갸웃했다. 태주와 사귀는 게 알려졌을 때보다 더 서늘하고 날카로운 시선이 느껴졌다.

사무실로 들어오던 세나는 안에 있던 사람들이 후다닥 흩어지는 것을 보았다. 그리고 세나를 힐끔거리며 바라보았다.

"좋은 아침입니다."

"정말 좋은 아침이야? 그렇다면 우리가 윤 매니저를 어떻게 봐야 할지 모르겠어."

누군가 빈정대는 말에 세나가 고개를 돌렸다.

"무슨 말씀이시죠?"

"사내 게시판 지금 난리 났어."

쯧쯧, 혀를 차는 사람들의 시선을 받으며 세나는 컴퓨터를 켰다. 사내 게시판으로 들어가자 제 이름이 떠 있었다.

'김태주 사장의 연인 윤세나' '윤세나의 이중생활'

기가 막힌 제목에 세나는 당장 게시 글을 클릭했다. 세나가 모자이크 된 남자의 품에 안겨 있는 모습이 찍힌 사진이 있었다. 그리고 또 다른 남성과 어깨동무를 하거나 가까운 거리에서 마주 보고 있는 모습이 찍혔다. 맨 마지막에는 태주의 품에 안겨서는 눈물을 흘리는 사진도 있었다.

심장이 쿵쾅거린 세나는 계속해서 스크롤을 아래로 내렸다. 사진 밑의 글에는 자신이 윤세나의 남자 친구라고 밝히고, 그녀의 이중적인 모습을 폭로한다고 썼다. 결혼을 약속한 사이인데 회사 사장과 만나더니 일방적으로 깨 버렸고 상대 남자는 JK호텔 사장 김태주라는 내용이었다.

더 황당한 건 자신의 목소리가 녹음된 파일의 내용이었다.

—이제 제발 날 좀 놔줘요.

—그래서 그 남자랑 결혼이라도 하겠다는 거야?

—네. 선배와는 차원이 다른 사람이니까.

—네가 어떻게 이래. 날 두고 네가 어떻게 이럴 수 있어! 돈에 무너지는 거야?

—그래. 그렇게 생각해요.

—제발 나에게 한 번만 기회를 줘.

—이제 정말로 우리 인연을 끊어요. 오늘 이후로 내게 연락하거나 회사 앞까지 찾아오면 나도 내가 무슨 짓을 할지 몰라.

제 목소리를 짜깁기해서 만든 파일이 버젓이 흘러나왔다. 내용에는 준성 말고 다른 남자와 찍힌 사진도 있었는데 모자이크 처리가 되어 있었지만 지호라는 걸 알 수 있었다.

세나는 답답한 숨이 차오르는 걸 누르고 사무실 사람들을 둘러봤다.

"설마 이걸 믿으시는 건 아니죠?"

"그 모자이크 남자 현지호 매니저 맞지?"

"윤 매니저 그동안 현 매니저한테 마음 없었어?"

한 사람의 말에 다른 사람들도 고개를 끄덕이며 맞장구를 쳤다.

"현 매니저는 그저 동기일 뿐이에요. 다들 아시잖아요."

"그래. 그렇기야 한데……."

세나는 까무러칠 것 같은 정신을 다잡고 사무실을 나갔다. 그러다 지호와 마주쳤다. 그도 게시판에 올라온 내용을 들었는지 놀란 얼굴이었다.

"세나 씨, 이게 대체 무슨 일이야."

"누군가 우리 둘 사진을 악의적으로 찍은 것 같아요. 오해하기 딱 좋은 장면들만 골라서."

"누가 이런 짓을 해."

세나는 지호를 보다가 떠오르는 인물에 한숨을 내쉬었다.

"미안해요. 괜히 나 때문에 지호 씨만 곤란해졌어요."

"그런 소리 마. 사실도 아닌 소문이 버젓이 돌아다니다니, 정말 기가 찬다."

세나는 굳은 얼굴로 회사를 나가 서둘러 호텔 안으로 들어왔다. 이제 막 출근 시간을 넘긴 터라 프런트에는 사람들이 붐볐다. 역시나 게시판 내용을 접했는지 사람들의 시선이 세나를 공격적으로 바라봤다. 그때 지나가 다가왔다.

"아침에 출근할 때까지만 해도 이런 내용 없었잖아. 갑자기 이게 무슨 일이라니."

"언니. 지은수 씨 오늘 출근했어?"

"지금 옷 갈아입는 거 같던데."

세나는 지나의 팔을 놓고 직원 휴게실 안으로 들어갔다. 여성 탈의실 쪽으로 향하자 은수가 셔츠 단추를 채우고 있었다. 은수는 캐비닛 문을 닫고 몸을 돌리다가 세나를 보고 멈춰 섰다.

"여긴 어쩐 일이세요. 아, 저도 방금 전에 게시판 글 봤어요."

은수가 밝게 웃으며 다가왔다. 세나의 앞에 선 은수는 활짝 웃으며 궁금한 얼굴을 했다.

"윤 매니저님 대단하시더라. 사장님뿐 아니라 여러 남자를. 저도 비결 좀 알아야겠어요. 어떻게 하면 그렇게 남자를 꼬여 낼 수 있는지."

"은수 씨 정말 모르는 일이야?"

"무슨 말인지 도통 모르겠네요. 왜 갑자기 찾아와서 이러시는지."

은수는 웃는 얼굴을 제자리로 가져왔다. 그리고 차가운 얼굴로 세나를 쏘아보았다.

"기분이 어떠세요. 여러 남자에게 꼬리친 여자가 된 기분이."

"은수 씨."

"아무 남자에게나 그렇게 웃어 주고 친절하게 대하면 그 남자 바라보는 여자는 아주 기분 더러워요."

"현 매니저가 은수 씨를 좋아하지 않는 게 내 책임은 아니잖아!"

날카로운 목소리에 은수가 한 걸음 다가와 세나의 코앞에 얼굴을 가져갔다.

"그러니까 당신도 당해 봐요. 이 남자 저 남자 집적대는 버릇, 이참에 고치시면 좋겠네요."

그녀는 세나를 비웃고 탈의실을 나가 버렸다. 가만히 서 있던 세나는 제 얼굴에 손을 대며 붉어진 얼굴을 달랬다. 하지만 아무리 손을 가려 기분을 가라앉히려고 해도 연이은 충격이 쉽사리 사라지지 않았다.

은수의 망상은 어디서부터 생긴 걸까. 사람들과 대화하는 것도 문제란 건가. 남자들과는 말도 섞지 말고 웃지도 말아야 하는 걸까. 내가 제대로 살고 있는 게 맞긴 한 걸까. 이렇게 사람들에게 오해를 살만큼 내가 인생을 잘못 산 건가.

소문은 살이 붙어 눈덩이처럼 불어났다. 8년 전에도 자기 남자를 호텔로 불러내서 헤어지게 만들었다는 게시 글과 남자와 마주 보고 서 있는 사진이 추가되며 급속도로 퍼졌다. 마치 누군가가 작정이라도 한 듯 그녀에 대한 비난 글을 쓰고 퍼트렸다.

사무실에 앉아 쏟아지는 게시 글을 망연자실하게 보던 세나는 비서실 호출에 자리에서 일어섰다.

세나가 복도를 지나가자 삼삼오오 모인 사람들이 수군거리는 소리가 들렸다.

"재주도 좋아. 그렇게 안 봤는데 완전 문어발이잖아."

"사장님만 바보 된 거지. 저런 여자인 줄 알았을까?"

"난 저런 여자 제일 싫어. 이 남자, 저 남자 마음대로 홀리는 거 진짜 짜증나."

429

엘리베이터에 올라탄 세나는 어지러운 두통이 몰려와 벽면을 잡았다. 태주도 게시 글을 봤으니까 자신을 부르는 걸 텐데 무슨 생각을 할지 걱정이 되었다.

노크를 하고 비서실 안으로 들어왔다. 쏟아지는 눈빛에 온몸이 떨려 왔지만 애써 다잡고 걸어갔다. 홍 실장이 일어서 집무실 문을 열었다.

"들어가십시오."

세나는 천천히 안으로 들어가 문이 닫히는 소리를 들었다. 태주는 데스크에 앉아 업무를 보고 있었다. 한동안 말없이 그를 보던 세나가 옅은 숨을 내쉬며 다가왔다.

"사장님."

"잠깐만."

컴퓨터로 작업을 하고 메일을 보낸 태주가 휴대폰을 들어 어딘가로 전화를 했다.

"네. 오전에 사내 게시판에 올라온 내용, 악의적으로 퍼지는 게시 글 전부 확인하시고 대응 들어가세요. 네. 누가 최초로 올린 건지, 사실 관계 여부 파악하시고 제게 연락 주세요."

전화기를 내려놓은 태주가 세나를 올려다보았다. 그의 얼굴도 굳은 상태로 적당한 말을 찾고 있는 것 같았다.

"법무팀이 바로 대응 들어갔으니까 곧 내려질 거야. 걱정 마."

"네."

태주의 입에서 긴 한숨이 새어 나왔다. 그 소리가 어찌나 세나의 마음을 아프게 하는지 가슴이 칼날에 박힌 것 같은 고통을 느끼게 했다. 윤세나란 여자 한 번 만났다가 별의별 일을 다 겪고 있는 그를 차마 마주 볼 수조차 없었다.

"어떻게 그런 글이 올라올 수 있지? 말이 돼야 말이지."

"죄송해요. 저도 이렇게 황당한데 사장님은 얼마나 어이가 없 겠어요."

"누가 봐도 이준성 짓이지?"

태주와 눈이 마주쳤다. 그의 눈빛이 차갑게 빛났다.

"이래서 쓰레기는 재생이 불가한가 봐. 더는 봐주기가 힘들 다."

그가 이렇게까지 분노하는 건 자신과 만나기 때문에 벌어지 는 일인 것 같아 세나는 마음이 편하지 못했다. 그가 다른 여자 를 만났다면 겪지 않을 일들을 윤세나를 만나기 때문에 당해야 한다는 게 자꾸만 그녀를 좌절하게 만들었다.

사장실을 나온 세나는 주저앉아 펑펑 울었다. 이런 치욕스러 운 글의 주인공이 자신이라는 걸 견딜 수 없었다. 자신이 태주 의 연인이어서 이런 일들이 일어나는 걸 모르지 않기에 더 슬퍼 졌다.

아침에 눈을 뜨는 게 겁이 날 때가 있다. 세나는 아침부터 어 두운 얼굴로 샤워를 했다. 몸을 씻고 나와 출근 준비를 하면서 도 어딘지 모르게 오싹한 기분과 쿵쿵 울리는 심장 때문에 좀처 럼 어두운 기운이 가시지 않았다.

보름이 지났다. 그간 세나에 대한 안 좋은 추문과 글들이 회 사 법무팀의 대응으로 줄었지만 여전히 그녀는 여러 남자를 저

울질하는 여자로 인식되었다.

복도, 로비를 지나갈 때마다 힐끔거리고 수군거리는 소리는 시간이 많이 지나야 사그라들 것 같았다. 있지도 않은 일을 사실인 것처럼 꾸미는 건 재희를 통해서도 충분히 봐 왔기 때문에 면역이 되었을 거라 생각했는데 잘못 판단했다. 모함을 받고 위기에 몰리는 건 언제나 견디기 힘든 고통이었다.

그래도 모두가 동조를 하는 건 아니라 세나는 간신히 마음의 끈을 붙잡고 있었다. 간간이 힘내라는 말이나 어깨를 두드리는 손길이 그녀가 영 잘못된 인생을 산 건 아니라는 걸 느끼게 해 주어 울컥한 마음이 들었다. 진심으로 대했던 모든 것들이 전부 거짓은 아닌 것 같아 그나마 마음의 위안을 얻었다.

옆에서 같이 이름을 올린 지호는 생각 외로 덤덤하게 지냈다. 이런 가십거리와 소문들은 금방 없어질 것처럼 개의치 않았다.

세나는 그 일이 있은 후 지호에게 말 한마디 건네기가 어려워졌다. 괜히 이상한 소문이 돌까 봐 어느 누구와도 눈을 마주치지 않고 시선을 피했다. 하지만 지호는 그런 소문을 뻔히 알면서도 모르는 사람처럼 옆에 있어 주었다.

오전 업무를 보고 있는데 팀장이 굳은 얼굴로 사무실에 들어왔다.

"방금 임원 회의가 끝났는데 사장님에 대한 해임안이 임시 주주총회에 상정될 거라는군."

사람들의 시선이 팀장에게 쏠렸다.

"아무래도 지난 연말에 있었던 내용에 대한 반발이 큰 것 같아. 몇몇 계열사 사장들이 주주들을 움직여 임시 주주총회를 연다고 해."

"그럼 어떻게 되는 겁니까."

"아직 확실한 건 없어. 단순히 주주총회에 안건을 올린다고 상정되리란 건 없지. 다만 자네들도 입 조심하고 가급적 불필요한 언행은 삼가게."

사람들이 고개를 끄덕이며 자연스럽게 세나에게로 향했다. 세나는 딱히 별다른 표정을 짓지 않고 책상으로 고개를 돌렸다. 하지만 손이 부들부들 떨려 왔다.

태주의 파격적인 행보가 마음에 들지 않았던 임원들은 이 기회를 타 자신들의 목소리를 내려고 하는 것 같았다.

"사장님 해임안이 가결되면 어떻게 되는 거야?"

"그럼 사장직에서 물러나는 거지, 뭐."

"그래도 사장님이 오고 나서 호텔 경영도 더 좋아졌는데 그건 좀 안타깝다."

"그럼 뭐 해. 주주들이랑 임원들에게 찍혀서 목숨 줄이 왔다 갔다 하는데."

"회장님 아들이잖아. 그런데 뭐가 무서워. 이럴 때 힘써 주시지 않을까?"

"회장님은 이 문제에 일체 관여하지 않겠다고 하셨대. 원래 이 집 아들들은 유명했다고 하잖아. 아버지 버프 받지 않는 걸로."

엘리베이터 안에서 직원들이 나누는 대화를 듣던 세나가 엘리베이터에서 내리자 남은 사람들은 그녀를 보며 수군거렸다.

"하아."

복도를 걷던 세나가 우뚝 서서 제 머리를 짚었다. 매일 전화하지만 태주는 제게 이런 내용에 대해 언급조차 하지 않았다.

세나에 대한 부정적 게시 글과 계속된 회의와 업무 때문에 굳어 있긴 했지만 별일이 아닌 것처럼, 이런 것쯤은 아무것도 아니라는 태도를 보였다. 그래서 이런 큰 문제가 있을 줄은 몰랐다.

입지가 흔들릴 만큼 위태로운 순간을 혼자 감당하려는 그가 야속하기도 하고 가슴 아팠다. 조금이라도 짐을 나눠 주지, 힘들면 힘들다고 하지 그는 이 모든 상황을 혼자 감내했다.

복도를 걷는 세나의 폰으로 진동이 울렸다.

"두나 언니."

─세나야. 아빠가 쓰러지셨어!

울먹이는 두나의 목소리에 다급함이 느껴졌다. 세나는 심장이 쿵 내려앉는 느낌에 정신이 아득해졌다.

"뭐라고?"

─아침에 나 출근할 때만 해도 괜찮았는데 갑자기 쓰러지셨나 봐. 엄마가 방금 전화 왔어. 빨리 병원으로 와.

아침부터 불안했던 심리는 이런 걸 예상했던 것일까. 세나는 아빠가 쓰러졌다는 말에 땅 밑이 꺼지는 기분을 느끼며 병원으로 향했다.

불안함, 마주치고 싶지 않은 예감, 지리멸렬함. 이 모든 게 더해져서 병원으로 향하는 내내 세나는 고개를 들 수 없었다.

중환자실 앞으로 가자 울고 있는 소영과 그녀를 위로하는 언니들이 서 있었다. 그들은 세나가 온 것을 보고 원망스러운 눈으로 바라봤다.

"너 때문이야. 네가 고집을 부려서 그래!"

두나가 소리를 지르자 소영이 두나를 팔로 저지했다.

"그러지 마. 세나 잘못 아니야."

"아빠는 어때."

"뇌출혈이래. 지금은 뇌에 피가 고여 수술도 할 수 없대. 뇌에 부종이 가라앉아야 수술할 수 있다고 했어."

하나가 딱딱한 목소리로 내뱉었다.

"아빠 잘못되면 우리 다 너 안 볼 거야."

두나의 차가운 목소리에 세나는 두 눈을 꼭 감았다.

어릴 땐 스스로 다리 밑에서 주워 온 자식이 아닐까 하는 생각이 들었다. 다들 언니들만 예뻐하고 자신에겐 꾸중만 해서 내게 어떤 결함이 있어서 그런가 생각했다.

그러다 나이를 조금 더 먹고 학생이 되자 어른들이 자신을 비난하는 이유를 알게 되었다. 어른들 뜻대로 행동하지 않는 세나를 고집 세고 제멋대로 행동하는 애로 치부해서 그녀가 하는 건 무조건 반대하고 감시하며 그 고집을 꺾으려고 했던 것이다.

자신은 아빠의 말대로 행동한 적이 없었다. 처음엔 반항이었고 나중엔 제 가치관대로 움직인 것이었다. 그러다 보니 아빠와는 처음부터 부딪쳤고 매번 싸웠다. 언니의 말대로 아빠가 쓰러진 것에는 제 책임이 제일 크다고 말할 수 있었다. 제 탓이었다.

중환자실에 앉아 있는 네 사람은 망연자실한 상태로 허공을 바라보았다.

"아빠가 저렇게 되신 건 세나 때문 아니야."

소영은 한숨을 길게 내쉬며 눈시울을 붉혔다.

"믿었던 사람에 대한 배신 때문에 쓰러지신 거야."

"그게 무슨 소리야."

하나와 두나가 다급히 소리쳤다.

"아빠가 준성이 아버지에게 돈을 빌려줬어. 2억."

"뭐? 아빠가 그런 목돈이 어디 있어서!"

"아빠 회사 퇴직금 받은 거 여태 한 푼도 안 쓰고 모아 놨어. 우리 딸들 결혼하거나 큰 일 있을 때 보태 주려고."

"그걸 빌려줬다고?"

소영은 왈칵 눈물을 쏟으며 얼굴에 손을 대어 눈가를 가렸다.

"아빠가 준성이 아버지와 무척 친했잖아. 준성이도 그렇고. 그런데 그들이 돈을 가지고 잠적했어."

"뭐?"

두나가 의자에서 벌떡 일어서 허리에 손을 두르고 씩씩댔다.

"아빠는 왜 그런 큰돈을 서슴없이 빌려줘. 아무리 친한 친구 사이라도 돈거래는 하는 게 아닌 거, 모르시지 않잖아!"

"엄마도 모르겠다. 네 아빠 마음을 모르겠어. 아니면 그 정도 로 믿었던 사람이었는지도 몰라. 준성이네 일이라면 발 벗고 나 서던 사람 아니니."

"언제 알게 된 거야? 그놈들 사라진 거 언제 알게 되신 거냐 고."

"며칠 연락이 되지 않아 걱정을 하고 있었는데 다른 피해자들 도 나타나서 알게 된 것 같아."

세나는 멍하니 앉아 엄마와 언니들이 하는 말을 그저 듣고 있 었다. 그녀들의 시선이 자신에게 향했지만 세나는 바닥으로 눈 을 내린 채 멍한 정신을 내버려 두었다.

대체 어디서부터 잘못된 걸까. 이 모든 일을 준성이 꾸민 걸 까. 아빠를 배신하면서까지 그 사람은 대체 무얼 원한 걸까.

"그거 말고 더 피해 본 건 없는 거야? 경찰에 알렸어?"

"신고하려고 했던 것 같은데 배신당한 충격에 그것도 쉽지 않아 보이더라. 요 며칠 잠도 못 자고 말도 아니었어."

두나는 복도를 서성이다가 의자 위에 놓인 백을 들었다.

"내가 알아볼게. 그놈들 어디로 잠적한 건지. 아빠를 이렇게 만들었는데 손 놓고 있을 순 없지. 이따 밤에 다시 올게."

두나는 세나를 힐끔 보다가 한숨을 내쉬고 걸어갔다.

"일단 아빠 부종 가라앉는 거 지켜봐야 하니까 다른 생각은 하지 마. 엄마라도 정신 차려야지. 계속 울면 어떡해."

하나가 소영의 등을 토닥이며 세나를 바라봤다. 아까부터 아무 말 없이 앉아 있는 세나를 빤히 보던 하나가 입을 열었다.

"좀 살살 나갈 순 없었니? 네 사랑 중요한 건 알겠는데 아빠한테 그렇게 매정하게 말해야 했어?"

세나가 고개를 들어 하나를 보았다. 하나는 원망스러운 눈으로 바라보았다.

"하루도 편할 날이 없어. 네가 그 사장과 만나면서 더 그런 것 같아. 좋지 않은 일들로 남들 입에 오르내리고. 부끄럽지도 않아?"

"하나야, 그만해라."

소영의 만류에도 하나는 그치지 않았다.

"솔직히 네 욕심이 지나친 거 아냐? 가족들 버리면서까지 그 사장과 잘 살길 원했으면 이런 잡음은 없어야지. 이게 뭐야. 모두가 만신창이잖아."

"언니, 그럼 내 인생은 없는 거야? 아빠가 원하는 대로 사는 게 내 인생인 거야? 나는 왜! 내 마음도 제대로 표현하지 못하고 숙여야 해."

"네가 가고자 하는 인생이 순탄치 못하니까!"

하나가 목소리를 높였다. 하얀 의사 가운을 입은 하나가 벌떡 일어섰다.

"우리가 남도 아니고, 너 잘되지 말라고 그러겠니. 솔직히 그 좋은 머리로 더 높은 꿈을 꾸지 않는 네가 답답했어. 그래도 네가 그 일이 좋다니까 어느 정도 이해하려고 했는데, 이젠 또 위험을 무릅쓰면서까지 그 사람과 만나려고 하는 네가 참 어리석게 느껴져."

"내가 좋아하잖아. 내가 좋다는데! 왜 그게 우선이 되지 않는 거야. 언니는 행복해? 언니는 그 생활 질리지 않느냐고."

"그만들 해! 아빠 쓰러지셨는데 싸우기나 하고, 정말 니들이 자식이니?"

소영이 소리를 지르는 바람에 하나와 세나가 동시에 그녀를 바라봤다. 평생 목소리를 높여 본 적이 없는 분이었다. 순종적이고 자애로운 어머니, 그런 엄마가 목소리를 높였다.

"계속 싸울 거면 가. 여긴 나 혼자 있으마."

세나는 연신 한숨을 내쉬다 발을 돌렸다. 도저히 같이 있을 수 없었다. 가슴이 꽉 막힌 답답함에 세나는 연신 숨을 내쉬며 가슴을 두드렸다. 숨이 제대로 쉬어지지 않았다.

뒤늦게 병원으로 온 태주는 로비 앞에서 거친 숨을 내쉬고 있는 세나를 발견했다. 그녀의 얼굴이 곧 쓰러질 것처럼 창백해서 얼른 다가갔다. 끅끅대며 숨을 내쉬던 세나가 바닥으로 무너졌다. 여태 눈물 한 방울 흘리지 않고 있었는데 갑자기 그의 얼굴을 보니 눈물이 비 오듯 쏟아졌다.

"으흐흑……."

병원이 떠나가도록 엉엉 우는 세나가 가슴 아파 태주도 눈가가 붉어졌다. 그녀의 울음소리가 태주의 심장을 울렸다.

"아버님이 쓰러지신 건 내 탓이기도 해."

태주가 한숨을 내쉬며 구부리고 앉아 세나의 어깨를 잡았다.

"이준성 아버지 임대 건물이 부채로 빚이 늘어난 상태에서 은행 대출도 막혔을 거야. 건물을 저렴한 값에 내놔도 매매가 안 됐을 거고. 그렇게 손을 쓴 건 후회하지 않아. 하지만 아버님 돈도 들어갔을 거라곤 생각 못 했어."

그의 말을 들으며 세나는 한없이 초라해지고 수치스러운 감정에 온몸이 쪼그라드는 것 같았다. 아빠의 인간관계가 허울 좋은 거짓일 뿐이었고, 그 인간관계에서 자유롭지 못한 자신은 온갖 더러운 소문이 붙었고, 태주는 쓰레기만도 못 한 인간 때문에 스스로 피를 묻혔다.

'결국 내가 제일 문제구나.'

세나는 처절한 자신을 내려놓고 싶은 마음이 들었다. 모든 것이 다 벅찼다.

주환은 우리나라에서 최고 실력을 자랑하는 신경외과 전문의에게 수술을 받게 되었다. 주환은 뇌부종이 가라앉아서 수술이 가능하여, 곧 수술 날짜를 잡았다.

매일 회사 업무가 끝나면 병원에 들려 주환의 상태를 확인하고 가는 태주가 안쓰러웠다. 가만히 그를 보던 세나는 말을 하려다 머뭇거렸다. 요새 회사에서 태주에 관한 해임안이 가시화되는 상황이라 여유가 없을 텐데.

"괜찮아요?"

"그럼."

태주가 뒤를 돌아 세나를 봤다. 12시가 넘은 병원 복도는 고요했다. 그는 또 빙그레 웃는다.

"네 몸이나 챙겨. 얼굴이 그게 뭐야. 이건 내가 좋아하던 여자 얼굴이 아니야."

피식, 세나는 옅은 미소를 지으며 태주의 팔을 잡았다.

"제가 뭐…… 도울 일은 없어요?"

"없어. 그러니까 너만 돌봐. 네가 괜찮으면 난 다 괜찮아."

그 말에 세나는 또 울컥해서 눈시울이 붉어졌다.

태주를 돌려보내고 세나는 또 눈물을 쏟았다. 괜찮다고 말하는 태주가 괜찮지 않아 보이는 건 자신의 착각일까. 그런데도 그는 힘들다는 말을 하지 않는다. 제 앞에서 웃고 장난을 친다.

대체 자신은 이 남자를 어디까지 떨어지게 해야 할까. 끝도 없는 나락으로 떨어질 것 같은 태주를 구해 주고 싶은데 제겐 힘이 없었다. 어떤 것도 그 사람을 위해 해 줄 수 있는 게 없었다.

며칠째 돌아가면서 병실을 지키는 세 자매는 침묵을 지켰다. 그저 주환의 상태에 대한 전달과 상황에 대한 것이 다였다.

퇴근하고 병실로 온 두나는 의자에 멍하니 앉아 있는 세나를 보았다.

"아빠 좀 어때."

두나의 목소리에 세나는 정신을 차리고 뒤를 돌았다.

"아직 의식은 없으셔."

침상에 다가온 두나는 세나의 옆에 앉아 주환을 바라봤다.

"그 사람들 해외로 날랐더라? 마치 이런 일이 있을 줄 알고 준비했더라고."

세나는 말없이 바닥으로 시선을 둔 채 앉아 있었다.

"이준성, 그 자식이 참 끝까지 널 괴롭히는구나. 대체 무슨 악연이라니."

"잡을 순 있는 거야?"

"일단은 빚이 있는 상태에서 도주한 거라 경찰에 고발이 된 상태고 여기저기서 소송 준비하는 것 같아. 그럼 정식으로 수사 요청할 수도 있고."

"그래."

"김태주 사장도 알아보는 것 같던데."

세나가 고개를 돌려 두나를 봤다.

"너도 알아? 이준성 부자 돈줄 막은 게 김태주 사장인 거."

"얼마 전에 알았어."

"무서운 사람이야. 얼마든지 사람 앞길을 막을 수 있는 힘이 있어. 난 일개 검사지만 그 사람은 총장님과도 친분이 있는 사람이더라고. 그 사람 말 한마디에 검찰 조직이 일사천리로 움직여."

"언니."

"네가 나쁜 소문에 휩싸인 건 이준성 때문인 게 가장 크지만 김태주 사장도 한 몫 해. 그 사람 하는 일을 보면 절대 평범하진 않아."

"하고 싶은 말이 뭐야."

"네겐 친절하고 다정한 사람이겠지만 절대 평범하지 않다고. 너와는 사는 세계가 다른 사람이야. 난 네가 그 사람과 그만 만났으면 좋겠어."

세나의 눈동자가 금세 붉어졌다.

"언니."

"아빠 운 좋게 부종이 가라앉은 거야. 하나 언니 말이 한 번만 더 쓰러지면 그땐 돌아가실 수도 있대."

"언니."

"남자는 또 만나도 되지만 부모는 돌아가시면 끝이야. 이젠 어긋나는 행동 좀 그만해."

마음이 무너져 내렸다. 태주를 대변하고 싶은 말들은 많았으나 그게 다 무슨 소용인가 싶었다. 그들에겐 어차피 소음이고 들리지 않는 아우성일 뿐인데.

세나는 실소를 내뱉고 고개를 숙였다. 갑자기 심장이 저리듯 아파와 가슴을 두드렸다.

"정말 지쳐. 이 관계가 너무 버거워."

어쩌면 처음부터 예상했던 결말. 모든 게 엉망이 될 것 같아 시작하기 전부터 주저했던 일이었다. 결국엔 상처만 남기고 마무리될 것을 그렇게도 욕심냈다.

아침 출근부터 신경 써서 화장을 했다. 옷장에서 제일 마음에 드는 정장을 입고, 첫 출근 때 신었던 구두를 다시 꺼냈다. 약간 색이 바랬지만 소중히 간직했던 거라 아직도 예전 자태를 유지했다. 월급을 받고 처음 샀던 가방을 들고 출근길에 나섰다. 오늘은 처음부터 끝까지 마음을 단단히 먹어야 했다.

JK호텔 이름이 붙어 있는 회사 건물 앞에 선 세나는 한동안 호텔과 함께 건물을 하염없이 바라보다가 안으로 들어갔다. 세련된 로비를 걸으며 사원증으로 손을 옮겼다.

처음 입사했을 때 사원증을 출입구에 찍던 그 순간이 아직도 생생했다. 비교적 쉽게 입사했지만 직장인으로 시작하는 설렘과 함께 약간의 두려움도 느꼈다. 이젠 너무나 익숙해서 놓치고 있었던 기억이었다.

엘리베이터 앞에 서서 내려오는 숫자를 보았다. 출근하는 동료들과 같은 엘리베이터를 타고 제각기 다른 층에 내리는 것도 색다른 경험이었다. 기획팀 사무실에 처음 들어왔을 때 바짝 긴장하던 세나의 옆에서 함께 떨던 지호가 있었다.

제 책상을 훑고 앉은 세나는 서랍을 열어 봉투를 꺼냈다.

'결국 이걸 꺼내는구나.'

자리에서 일어선 세나는 이제 막 출근해서 겉옷을 벗고 있는 팀장의 집무실을 들여다보았다. 같이 일하면서 팀장은 세나를 잘 챙겨 주고 줄곧 멘토 역할을 해 주어 각별히 마음이 쓰이는 사람이었다.

똑똑.

들어오란 소리에 세나가 문을 열고 들어갔다. 태주의 연인이 란 사실이 알려지며 주변의 시선이 달라졌고, 어색하게 보는 사람들, 간혹 격식을 차리는 직원들도 있었지만 팀장은 한결같았다.

"윤 매니저."

사장의 연인이 아닌 세나, 그 자체로 보았다.

"아버님은 좀 어떠셔."

"의식 차리셨습니다. 오늘 수술 들어가신대요."

"잘됐군."

의자에 앉으려던 팀장은 세나의 얼굴을 보고 시선을 고정시켰다.

"뭐 할 말 있어?"

"팀장님, 이거."

세나는 팀장의 책상 위에 사직서를 올려놓았다. 겉에 써 있는 글씨를 본 팀장이 세나를 다시 보았다.

"저, 회사 그만두려고 합니다."

사직서를 받을 줄은 꿈에도 몰랐는지 팀장은 놀라서 굳은 얼굴로 세나를 빤히 바라봤다. 머뭇거리던 그가 겨우 입을 열었다.

"사장님과 결혼하게 되었나?"

"아뇨. 그래서 그런 건 아닙니다."

"납득할 수 없군. 결혼도 아닌데 사직서라니⋯⋯. 요즘 회사 분위기 때문에 그래? 그런 것 잘 견딜 수 있는 사람이잖아. 자네에 대한 악의적 글들도 사라졌고."

입을 다물고 말하지 않는 세나를 보던 팀장이 의자에 앉았다.

"수리할 수 없어. 도로 가져가."

"팀장님, 전 마음을 굳혔습니다."

"윤 매니저."

"오랫동안 제 상사로 있어 주셔서 감사했습니다. 잘 이끌어 주셨는데 제가 역량이 부족한 것 같습니다."

"윤세나!"

"이건 사장님 때문도, 수군거리는 사람들 때문도 아닙니다.

쉬고 싶어서 그럽니다."

"쉬면 되잖아. 휴가를 줄게."

오랜 시간을 함께했던 사람들과 이별해야 하는 건 늘 가슴 아픈 일이었다. 세나는 울컥한 마음을 미소로 달랬다.

"수리하지 않으셔도 전 출근하지 않을 거예요."

"더 높은 자리 욕심 안 나? 곧 진급인데 이대로 그만두면 소문만 무성한 채 그냥 그런 사람이 되고 말아."

"그건 좀 아쉽지만 지금이 쉴 수 있는 절호의 기회인 것 같습니다."

한숨을 내쉰 팀장은 한동안 세나를 바라보다가 눈길을 돌렸다.

"마음을 바꿀 생각은 없는 건가?"

세나는 제 손을 꼭 쥐며 대답했다.

"네."

"알았어. 나가 봐."

꾸벅, 인사를 한 세나는 팀장실을 나왔다. 그사이 직원들이 모두 출근한 상태였다. 옆자리에 앉아 있는 지호는 세나를 보자 손을 흔들어 반겼다.

"일찍 출근했네?"

"네."

싱긋 웃는 세나를 보며 지호도 미소 지었다.

"요즘 맨날 울상이더니 모처럼 밝은 얼굴이라 보기 좋다. 다시 그렇게 웃어. 세나 씨는 웃는 게 예뻐."

"고마워요."

세나는 가방에서 작은 상자를 꺼내 그의 책상에 올려놓았다.

"이게 뭐야?"

"그냥 제 마음이요. 생각해 보니까 같은 입사 동기로서 현 매니저님께 너무 소홀했던 것 같아요. 업무를 빼앗아 열 받게 하기나 하고."

"그건 잊으라니까. 내 부끄러움을 세나 씨에게 투덜거린 것밖에 안 돼."

"그래도 미안했어요."

웃으며 시선을 컴퓨터로 옮기는 세나를 보던 지호는 알 수 없는 서늘함에 고개를 갸웃거렸다.

"무슨 일 있어?"

"일이야 많죠. 매일 일이 터지잖아요."

별일 아닌 것처럼 웃어 버리는 세나를 보며 지호는 더욱 불안해졌다.

"힘들어도 사장님 믿고 조금 더 버텨 봐. 총무실에서 일하는 놈에게 들었는데 해임안이 통과되긴 힘들 거라고 해. 해임안 자체가 자기들 마음에 안 든다고 낸 거였잖아."

"아, 그래요? 정말 다행이네요."

다시 또 싱긋 웃던 세나가 옅은 숨을 내쉬고 지호를 보았다.

"회사 내에 적군만 있는 줄 알았는데 사장님 편도 많은 것 같아서 정말 다행이에요. 마음이 한결 편해지겠어요."

"세나 씨에 관한 악의적인 소문을 퍼트린 사람도 곧 밝혀질 거야."

"이준성 말고 더 있는 거예요?"

"사장님이 아무 소리 안 하셔?"

지호는 모르고 있냐는 얼굴로 세나를 바라보았다.

"난 사장님이 세나 씨에겐 다 말하는 줄 알았는데."

"네?"

"그 게시 글, 박 상무님 지시 아래 프런트 지은수 씨가 사진 제공하고 도와준 거잖아."

"상무님이랑 지은수 씨요?"

지호는 한동안 머뭇거리다 결심한 듯 세나를 보았다.

"그때 인사 발령 난 뒤 쭉 세나 씨랑 사장님을 감시한 것 같 더라고. 송년의 밤 행사에서 프레젠테이션 장비를 조작한 것도 은수 씨야."

"지호 씨가 그걸 어떻게 알아요?"

말을 얼버무리던 지호가 멋쩍게 웃었다.

"내가 사장님께 알렸으니까."

"네?"

"송년의 밤 때 은수 씨가 장비를 만지는 걸 내가 목격했거든. 그리고 스크린이 나오지 않았으니 의심을 품을 수밖에 없었지. 그리고 은수 씨가……."

"날 싫어하는 거 알아요."

"그렇게 잘 따르던 사람이 왜 갑자기 그러는지 모르겠어. 왜 그렇게 변한 건지."

씁쓸한 얼굴로 앉아 있던 세나가 허탈하게 웃었다.

"날 증오하는 만큼 어떤 남자를 사랑했기 때문에 그랬나 봐 요."

지호가 놀란 듯 눈이 커졌다. 세나가 모든 걸 알고 있단 생각 에 그의 얼굴이 굳었다. 지호를 보며 세나는 잔잔히 미소 지었 다.

"그게 무슨 말이야."

"사람은 말이에요. 사랑을 하면 순애보가 될 수도 있고, 악마가 되기도 하고, 모든 게 무서워지기도……."

"세나 씨."

말하다 말고 눈물이 흐르는 세나를 보고 당황한 지호가 티슈를 건넸다.

"정말 무슨 일 있구나. 왜 그래?"

세나는 급히 눈물을 닦고 싱긋 웃으며 고개를 저었다. 그때 웅성거리는 소리에 사무실 입구를 바라보던 세나의 눈이 커졌다.

"사장님."

무서운 얼굴로 사무실로 들어온 태주가 그녀에게 곧장 다가왔다. 세나는 그를 보다가 팀장실로 눈을 돌렸다. 벌써 태주에게 보고가 올라갔나 보다. 그는 세나의 손목을 잡고 다짜고짜 사무실 밖으로 끌었다. 그의 손에 이끌려 따라가는 세나의 눈빛이 흐려졌다.

5층 옥외 정원. 2월이 되었지만 아직도 한파가 물러가지 않아 밖은 매서운 바람이 불었다. 그래도 그가 잡은 손목은 여전히 따뜻했다. 그가 뒤를 돌아봤다.

"회사를 그만둬?"

잡힌 손목이 따뜻하다 못해 뜨거웠다. 이 부분에서만 온기를 느낄 수 있었다. 그 외의 것은 얼어붙은 고체 덩어리였다.

"내가 내 여자 소식을 회사 직원을 통해 들어야 돼?"

"말하려고 했어요. 팀장님은 제 상사니까 먼저 말씀드린 것뿐이에요."

"왜 그만두는데."

태주의 눈빛은 바람만큼이나 매서웠다. 그리고 가슴을 후벼 팔 정도로 시렸다. 이제 곧 그가 보낼 눈빛을 예상해서일까. 세나는 내내 망설여졌다.

"아버님 때문에 그래? 수술 받으시고 경과 좋아지면 다시 찾아뵐 거야. 그때 결혼 승낙 꼭 받을 거니까 힘들어도 조금만 참아."

"⋯⋯."

"그러니까 회사 그만두지 마. 내 여자여서가 아니라 넌 이 회사에 없어서는 안 될 인재야. 사장으로서 아까운 직원을 내보낼 순 없어."

"알잖아요. 제가 왜 그만두려고 하는지."

"하지 마."

낮게 깔린 태주의 목소리가 음산했다. 가능한 이성을 잡으려 애쓰는 모습이 역력했다.

"그만하고 싶어요. 사장님과 만나는 거, 이제 그만할래요."

"말하지 마!"

"사장님도 저 때문에 그만 괴로워하시고 마음 편해지세요. 아무것도 아닌 저 때문에 곤란해지는 거 원치 않아요."

"너 왜 그래. 우리 잘 버텼잖아. 조금만 더 참자고 했잖아. 조금만 더 기다려 달라고 했잖아."

태주가 세나의 양어깨를 꽉 잡고 힘을 주었다.

"사장님은 제가 장식품인가 봐요. 무슨 일이 일어나는지, 어떻게 일이 돌아가고 있는지 하나도 알려 주지 않아요."

"네가 구차한 것까지 아는 게 싫으니까."

"저에겐 다 말하라고 해 놓고 사장님은 아무 말도 안 해 줘요."

"다 말하려고 했어. 문제를 해결하는 동안 말하는 것보다 해결되고 나서 말하는 게 나을 것 같아서."

"그래서 전 그동안 사장님 해임안이 주주 총회에 상정되는 일도, 돌아가는 회사 상황도, 심지어 악의적인 소문을 퍼트리는 배후가 누구인지도 모르고 있었어요."

"세나야. 그건 네가 힘든 게 싫어서 그런 거야. 네 문제만으로도 복잡할 텐데 알면 더 힘들어할 걸 아니까……."

"아니요. 사장님은 처음부터 제가 아무런 도움도 되지 못할 거란 걸 알고 절 해결책에서 빼놓으셨어요. 그럼 제 기분이 어떤지 아세요?"

태주의 얼굴이 일그러졌다. 그의 표정만큼이나 세나의 심장도 울렁거렸다. 스스로 내린 결심이 흔들리지 않도록 제 손을 꼭 쥐었다.

"내 남자의 일을 그저 바라보기만 하고 있었어요. 어차피 전 도움이 되지 못하니까."

"그렇다고 그게 헤어짐에 이유는 되지 않아. 우린 버틸 수 있어."

"운명이니까? 우린 운명이라고 생각했으니까."

"그래. 우린 운명이야. 그러니까 거부하지 마. 이 정도 시련은 통과 의례라고 생각해."

세나는 깊은숨을 내쉬며 고개를 저었다.

"우린 운명이 아니에요. 사장님도 느끼잖아요. 힘드시잖아요.

우리가 만나고 헤쳐 나가야 하는 일들이 남들보다 배는 어렵고 많다는 거 인정하시잖아요. 운명이라면 이렇게 힘들 수 없어요."

"네가 없으면 난 견딜 수 없어!"

태주가 소리를 질러서 깜짝 놀란 세나는 눈을 동그랗게 떴다. 눈가에 손을 얹은 태주가 숨을 거칠게 내쉬었다.

"괜찮으냐고 물어봤지? 내가 뭐라고 대답했어. 너만 괜찮다면 난 하나도 힘들지 않다고 대답했어. 그럼 반대는 뭐라고 생각해. 네가 힘들면 난 절대 괜찮지 못하다는 거야."

세나의 눈가에 순식간에 눈물이 고였다. 그렁그렁 눈물이 맺힌 눈동자 안에 태주의 모습을 가득 담았다.

"알아요. 전 사장님이 힘들지 않길 바랐어요. 그래서 버티고 참아 보려고 했어요. 그런데 저와 사장님을 둘러싼 모든 사람들이 절 가만 놔두지 않아요. 모두 안달이 난 사람처럼 우리 둘을 갈라놓아요."

"그럼 남 좋은 일 해 줄 거야? 우리가 헤어지면 그들은 자신들이 이겼다고 생각할 거야. 그 사람들이 그렇게 생각하길 원해?"

"더 이상 저 때문에 당신이 곤란해지지 않길 원해요!"

세나는 눈물을 뚝뚝 흘리며 고개를 숙였다. 어깨가 파르르 떨렸다.

"저 때문에 하루도 마음 편한 날 없는 당신을 더는 못 보겠어요. 전 당신의 삶에 휴식이 되어 주고 싶어서 곁에 있으려고 했는데 매번 고통스럽게 해요."

"괜찮아. 난 그런 거 상관없어. 남들 눈은 상관없다고. 내가 좋으면 된 거야."

"제가 싫어요. 그거 정말 못 보겠어요. 당신이 날 만나지 않으면 생기지 않을 일을 겪는 게 너무 속상해요."

"그래서 헤어지자고! 이대로 안 보고 살자고? 네 선택이 날 버리는 거야? 힘들어서 결국 네 사랑을 버리는 거냐고."

"네. 사랑도 버리고…… 모든 걸 버리려고요. 너무 지쳤어요."

힘없이 내뱉은 말에 태주는 몸을 떨었다. 추위에 몸이 떨리는 건 결코 아니었다. 그녀의 마음이 이미 확고해서 어떤 말을 해도 바뀌지 않을 거란 걸 직감했기에 절망한 것이다.

"이대로 회사를 그만두고 나와 헤어지면, 나 다신 너 안 봐."

"어차피 회사가 아니면 마주칠 일도 없는 사람들이에요."

"네 사랑이 겨우 이 정도였어? 주변 상황에 영향을 받으면 쉽게 헤어질 수 있을 정도로 가벼운 거였냐고!"

눈물 한 방울이 볼을 타고 또르르 흘러내렸다. 그리고 추위와 함께 붉은 여운을 남겼다. 세나는 제 손목을 놓는 태주의 손을 바라보며 마지막 남은 온기마저 사라진 기분을 느꼈다. 이제 정말 끝이라는 걸 온몸으로 깨달았다.

"그랬나 봐요. 제 사랑이 겨우 이 정도였어요. 남들에게 쉽게 휘둘릴 만큼 아주 약한 감정이었어요. 참을 수 없이 가벼운 것일 뿐이에요."

처음보는 차가운 시선. 그의 사랑을 받느라 느껴 보지 못한 무심한 눈빛. 그가 무서운 사람이었다는 걸 깨닫게 해 주는 몸짓.

"끝. 헤어지자."

나지막이 내뱉은 그의 목소리에 어떠한 감정도 담기지 않았다. 세나는 온몸을 덮는 고통을 깊은숨으로 애써 달래며 고개를 끄덕였다.

태주가 먼저 발을 옮겨 정원을 나갔다. 덩그러니 남은 세나는 멍한 정신을 허공으로 돌리며 지끈거리는 머리를 짚었다.

한참 동안 감정을 추스르던 세나는 천천히 사무실로 들어왔다. 그리고 놀란 얼굴로 수군거리고 있는 사람들을 보고 옅은 숨을 내쉬었다.

"죄송합니다."

세나는 고개를 숙인 뒤 책상으로 와서 물건을 정돈했다. 미리 준비한 상자에 간단히 용품을 챙기며 책상을 정리하는 손길이 부지런했다. 세나의 행동을 지켜보는 사무실 사람들은 아무런 말도 건네지 못하고 그저 바라보기만 했다.

옆에서 그 모습을 착잡하게 보던 지호가 마침내 입을 열었다.

"꼭 이렇게까지 해야 돼? 회사 그만두는 게 최선은 아니잖아."

세나는 필기도구 상자를 집어넣으며 미소 지었다.

"원래 쉬고 싶었어요. 이제야 정말 자유로워진 것 같아요."

"세나 씨, 아무리 생각해도 이건 아니야. 다시 생각해 봐."

세나는 상자 뚜껑을 닫고 지호를 보았다.

"그동안 고마웠어요. 지호 씨 아니었으면 힘든 회사 생활 버티지 못했을 거예요. 옆에서 묵묵히 챙겨 주어 큰 위로가 되었어요. 지호 씨는 늘 도와준 게 없다고 했지만 전 많은 도움을 받았어요."

"무슨 말이 그래!"

지호에게 활짝 웃어 준 세나는 상자를 들고 사무실 직원들을 둘러보았다. 그리고 고개를 숙여 인사했다.

"그동안 감사했습니다. 잘 지내세요."

"정말 이대로 가는 거야?"

"너무 아쉬워. 그만두지 마."

"좋은 소식 있으면 꼭 연락 줘."

사무실을 나오는 발걸음은 생각보다 가벼웠다. 아직 실감나지 않아서 그런 거겠지. 이제 회사 밖을 나가면, 매일 타던 버스에 오르면, 다음 날 회사에 출근하지 않으면 실감이 날까.

주환의 수술은 잘 끝났고 경과도 좋아 회복이 빠르다고 했다. 이제 조금씩 안정을 찾아가자 가족들의 안색은 다시 밝아졌다. 그리고 세나가 태주와 헤어졌다는 소리를 듣자 침묵이 감돌기도 했다.

모든 상황을 멀리서 바라보고 마음의 정리가 끝났을 때, 세나는 내내 생각해 오던 것을 비로소 실천에 옮겼다.

공항으로 들어선 세나는 캐리어를 들고 걸어갔다. 그림자만 없다면 귀신인 것처럼 옆에서 아무 말도 하지 않고 배웅 나온 지나가 신경 쓰여 자꾸만 옆을 보았다.

"이제 그만 가."

"너 들어가는 거 보고 갈게."

공항에 오고 처음으로 지나가 입을 열었다. 그녀는 아직도 세나에게 화가 나서 제대로 말도 하지 않았다. 그런데도 아침 일찍부터 나와 공항까지 동행했다.

"어디부터 간다고 했지?"

"미국. 재희도 볼 겸 일단은 미국 일주를 해 보고 다른 나라도 갈 거야."

"그래. 조심해서 다니고."

"응. 조심할게."

"그래도 날씨가 한결 따뜻해질 때 떠나서 다행이다. 추운 것보단 낫지."

어느덧 회사를 퇴사한 지 한 달이 지났다. 한국은 지금 봄기운이 가득해 땅 위로 물이 흐르고 나뭇잎에 새순이 돋아 싹을 틔울 준비를 하고 있었다. 곧 개나리와 벚꽃이 제일 먼저 인사를 할 것이다.

"추워도 괜찮아."

부드럽게 웃는 세나를 보던 지나가 옅은 숨을 내쉬었다.

"난 네가 왜 그렇게 결정을 했는지 아직도 이해가 안 돼. 조금 더 기다리면……."

"아마 그 상태에서 계속 머뭇거렸다면 난 얼마 못 가 탈이 났을 거야."

"세나야."

"언니, 난 아직도 미성숙한 어린애로 머물고 있었어. 그래서 어른들 세상을 경험하려니 힘에 부쳤던 거야."

"뭐가 그래. 네가 얼마나 대단한 사람인데."

지나는 안타까운 목소리로 그녀의 손을 잡았다. 세나도 한동안 감정을 추슬렀다.

"아참, 소식 들었어? 박 상무랑 지은수 말이야."

"아니. 회사 일은 듣고 싶지 않아서……."

"박 상무가 이준성이랑 모종의 거래를 하고 있었나 봐. 세상에, 무성리조트 대표이사 자리를 제안했대. 회사 재무지표 내역까지 빼돌릴 생각으로 무성리조트 대표에게 접근한 것 같은데 이준성이 중간에 외국으로 도망가는 바람에 거래 사실과 내역까지 들통나 버렸지."

세나는 가만히 고개를 끄덕였다. 이젠 놀랍지도 않았다. 그저 남의 얘길 듣는 것처럼 무덤덤했다.

"허위 사실 유포와 회사 기밀 유출 혐의로 경찰 조사 받는대."

"그렇구나."

"지은수도 박 상무랑 함께 모의하고 유포한 혐의로 조사 받아. 그 여자, 그렇게 안 봤는데 참 못됐어. 어떻게 너한테 그런 짓을 할 수가 있어."

"됐어. 이젠 아무렇지도 않아."

어딘가 공허한 얼굴로 단조롭게 말하는 세나가 참으로 안쓰러웠다. 지나는 속이 쓰려 한숨을 쉬었다.

"나한테 말하지 그랬어. 그런 사람인 줄 알았으면 매몰차게 대하는 건데. 생각할수록 분해."

"내가 많이 미웠나 보지, 뭐. 괜히 마음 쓰지 마."

"열 받잖아. 너 곤란하게 하려고 저지른 일들 생각하면 자다가도 벌떡 일어난다니까."

"어긋나는 관계는 아무리 다잡으려고 노력해 봐도 손을 쓸 수가 없더라. 어차피 이렇게 될 사이였어."

씁쓸한 미소를 지으며 눈빛을 피하는 세나를 바라보던 지나는 그녀의 앞머리를 옆으로 넘겨 주었다.

"사장님 소식도 모르겠네?"

잠시 머뭇거리던 세나는 살짝 고개를 끄덕였다.

"해임안, 상정되기도 전에 폐기됐어. 해임안 올렸던 사람들은 사장님한테 가서 무릎 꿇었대."

"그건 정말 다행이다."

"박 상무랑 지은수 사건 마무리 지은 것도 사장님이야. 봐. 네가 마음만 강하게 먹었다면 다 해결될 일이었어."

"나랑 헤어지니까 일이 순조롭게 풀리는 게 더 신기한데?"

세나는 쓸쓸하게 웃었다. 괜히 캐리어 손잡이를 꽉 쥐었다.

"이번 일 겪으면서 깨달았어. 난 절대 강한 인간이 아니었는데 괜찮은 척, 아무것도 아닌 척 외면하고 있었어. 사실은…… 내내 힘들어 했으면서."

좌절한 세나의 얼굴엔 아무런 표정도 담기지 않았다. 눈부시게 밝고 빛나던 세나였는데. 무채색의 모습을 보자 지나는 너무나 가슴 아팠다. 그래서 세나의 손을 꼭 잡았다.

"사장님도 정말 무섭다. 헤어지고 나서 미련 없이 돌아섰잖아. 너 떠난다고 말씀도 드렸는데 어쩜 코빼기도 보이지 않니."

"괜찮아. 오히려 너무 고마울 따름이야."

"세나야."

마침내 지나의 목소리가 눈물에 젖어 울먹였다. 눈물을 삼키고자 세나를 껴안았다.

"나는 우리 꼬맹이가 친동생처럼 좋았어. 어릴 때 죽었던 동생이 생각나서 더 그런 것 같아. 그러니까 다치지 말고 조심해서 다녀. 재밌는 경험도 많이 하고."

"응. 언니. 다녀올게."

출국장 안으로 들어가던 세나가 뒤를 돌아 지나를 보고 손을 흔들었다. 세상에서 제일 환한 미소를 지으며 돌아섰다.

떠나기로 마음먹은 후 주환과 나눴던 대화가 세나의 머릿속을 스쳐 지나갔다.

"미안하다. 허무하고 한심한 마음에 이대로 눈을 뜨지 않고 죽어 버리면 좋겠다고 생각하기도 했어. 애비가 못난 모습 보여 줘서 면목이 없다. 내가 네 엄마랑 우리 딸들 앞에 고개를 들 수가 없어."

세나는 회사를 그만두고 집에서 보내며 내내 생각하던 것을 이제 비로소 실천할 때가 왔다는 걸 느꼈다. 이제는 당당하게, 조금은 이기적으로 굴어도 된다고 생각했다.

"아빠. 저 이제 정말 독립할게요. 이 정도 했으면 불효는 아니라고 생각해요."

"세나야."

"이젠 제 삶 찾아서 떠나겠다는 소리예요."

"애비가 자꾸 네 생각에 반대해서 그러는 거냐."

"아니요. 이건 제 오랜 꿈이었어요. 그냥, 돌아다니며 살려고요. 그러다 마음에 드는 곳이 있으면 눌러앉을 수도 있고, 한국과 별반 다를 것 없으면 다시 들어올 수도 있고. 자유로운 삶을 살고 싶어요."

서른 살의 윤세나, 이제 진짜 세상을 살아 보려고 한다. 온몸으로 세상과 부딪치며 자유롭게 다니려고 한다. 힘이 닿을 때까지 보고 느끼고 경험하고, 걷고 뛰고 숨쉬어 보려고 한다.

안녕. 대한민국.

안녕. 사장님.

13.

운명

「윤 매니저님, 305호 객실 손님이 어제 넥타이핀을 잃어버렸다고 합니다. 소중한 거라고 찾아 달라 난리인데 어떡하죠?」

악센트가 강한 영국식 발음을 하는 직원이 세나에게 울상을 지으며 토로했다. 세나는 제 옷매무새를 정돈하고 컨시어지 룸으로 향했다.

갈색 머리의 중년 남자는 소파에 앉아 왁왁 소리를 지르고 있었다.

「고객님, 넥타이핀을 잃어버리셨습니까?」

「잃어버린 게 아니라 테이블 위에 올려놓았는데 없어졌다니까!」

「저희 직원의 말로는 객실 내에서 없어졌다고 하는데, 맞습니까?」

남자는 불만인 얼굴로 세나를 노려보았다. 세나는 친절하게 웃으며 한 걸음 더 다가왔다.

「최선을 다해서 찾고 있습니다. 소중한 핀이 어떻게 생겼는지 한번만 더 설명해 주실 수 있겠습니까?」

남자는 손수 메모지에 그림을 그려 신경질적으로 세나에게 건넸다.

「찾지 못하면 이 호텔에 책임을 물을 거요!」

세나는 미소로 인사한 뒤 305호로 올라왔다. 앤틱한 인테리어에 아기자기한 소품들, 동유럽의 여느 가정집처럼 장식품과 체크무늬의 천으로 둘러싸인 테이블, 열린 창문으로 프라하의 블타바강이 눈에 들어왔다.

스위트룸을 다녀간 손님인 걸 보면 단순히 넥타이핀 하나 없어져서 호들갑을 떨진 않을 것 같다. 그 핀이 그에게 스위트룸 이상의 가치를 주는 물건임이 분명했다.

객실 담당 매니저가 이미 여러 번 살펴봤지만 찾을 수 없다고 말했다. 천천히 객실을 둘러보던 세나는 허리를 숙여 무릎을 꿇고 테이블 아래로 손을 넣었다.

손전등을 켜고 어두운 곳을 살펴보던 세나는 반짝이는 금속 물체를 발견하고 손을 더듬거려 꺼냈다. 그녀의 얼굴에 미소가 생겼다.

"찾았다."

이 호텔은 직원들이 대체로 친절하고 자기 할 일을 알아서 잘하지만 가끔 사소한 것을 놓치는 경우가 있었다. 별것 아닌 일에도 세나의 꼼꼼함이 과할 정도로 칭찬과 추대를 받는 경우도 있어 민망할 지경이었다.

305호 손님은 넥타이핀을 보더니 화색을 하며 받았다.

「이 넥타이핀은 내가 처음 일을 시작하고 산 물건이오. 그래서 늘 부적처럼 지니고 다녔는데 잃어버려서 안타까웠소. 찾아 주어서 정말 고맙소.」

세나가 미소로 화답하자 그가 세나에게 명함을 내밀었다.

「난 여기서 일합니다. 자랑 같지만 내 이름을 대면 불필요한 절차 없이 곧바로 진행 가능하오. 소중한 것을 찾아 주었으니 언제든 내 도움이 필요하면 연락하시오.」

남자가 인사를 하자 세나도 허리를 숙여 답했다. 그가 가고 명함을 살펴본 세나는 세계적인 웨딩드레스 디자인팀 대표 및 수석 디자이너 제프리 볼프강이라고 적힌 글씨를 한참이나 바라보았다. 그리고 설핏 웃음이 나왔다.

"주인을 잘못 찾았네."

세나는 명함을 케이스에 넣었다. 그 안엔 수많은 명함들이 담겨 있었다.

「윤 매니저님. 지배인님께서 부르세요.」

프런트 직원이 세나를 불렀다. 세나는 노크를 하고 지배인 방으로 들어갔다. 창밖을 보던 지배인이 고개를 돌려 그녀를 보았다. 영화에서 본 것처럼 머리와 수염이 하얗고 주름이 곱게 진 노신사가 그녀를 보더니 인자한 웃음을 지었다.

「윤 매니저, 자네 한국에서 왔다고 했지?」

「네.」

표정에 별다른 변화가 없는 세나를 살펴보던 지배인이 책상 결을 손끝으로 훑었다.

「대표님께서 우리 호텔을 정리할 생각이시네. 그래서 재작년 전부터 논의해 오던 회사와 인수인계를 하기로 했어.」

「아, 그게 한국에 있는 회사인가요?」

지배인은 고개를 끄덕이고 서류 파일을 건넸다.

「같은 한국 사람들이니 대화할 때도 편하고 여러 면에서 자네가 책임자로 나서는 게 좋을 것 같네.」

「그래도 지배인님도 계신데 제가 어떻게…….」

「자네 실력이야 이미 모두가 알고 있는데 겸손 떨지 않아도 돼.」

세나는 옅은 미소를 지으며 파일을 받았다.

「대표님께선 정말로 손 뗄 생각이신가 보네요.」

「음, 더 이상 미련 두지 않으시는 거지. 아름다운 정원도, 그녀가 머물던 테라스도 모두 살아 있을 때 특별했던 거라고 생각하시네.」

「안타깝네요. 아름다운 호텔이 다른 회사에 인수되면 고유의 색을 잃을 수도 있는데, 전 지금의 호텔 색이 가장 예쁘다고 생각해요.」

「그래서 내가 자네한테 부탁하는 거야. 이 호텔의 특색을 가장 잘 알리고 전달할 수 있는 사람이 세나 씨인 것 같아서.」

「알겠습니다. 준비할게요.」

지배인 방을 나온 세나는 서류 파일을 뒤적이다가 동작을 멈췄다. 'JK호텔'이란 문구를 본 순간 어떤 울렁임이 뇌리를 훑고 지나갔다.

세나는 오래도록 그 글씨를 바라보았다.

호텔 뒤편에 정원은 아름다운 장미와 꽃들로 가득하고 야생화와 나무들이 조화를 이룬 비밀의 화원 같았다.

세나가 제일 좋아하는 이 정원은 고민이 있거나 마음이 심난

할 때 찾는 곳이었다. 여기 있으면 마음이 편해지고 심각한 것도 별것 아닌 일이 되었다.

정원 야외 테이블 의자에 앉아 있던 세나가 파일로 눈을 돌렸다.

1년이 흘렀다. 발이 닿는 대로 여행을 다니던 세나는 체코 프라하에 머물렀다. 처음엔 여행차 방문했지만 마침 이 호텔에서 매니저를 구했고, 아름다운 풍경이 그녀의 발길을 잡았다. 아름답지 않은 곳은 없었는데 프라하는 특별한 무언가가 있었다.

실력 덕에 금방 눈에 띄어 지배인은 세나를 단숨에 프런트 총괄 매니저로 승격시켰다. 유창한 영어, 중국어 실력과 호텔에서 근무한 경험이 이 호텔에 절실하게 필요한 것도 고용의 이유였다.

시간이 느리게 흐르는 나라이기 때문에 사색에 잠길 일도 많았고, 하염없이 풍경을 감상하다 보면 어느새 해가 뉘엿뉘엿 지기도 했다.

한국에 있는 사람들과의 소식은 거의 끊기다시피 했다. 죽지 않고 살아 있다는 편지만 보내며 뜸하게 소식을 알렸다. 특히 체코로 넘어온 이후에는 연락을 하지 않고 있었다.

세나의 마음 안에 생각보다 상처가 많았다. 괜찮다고 여기며 떠나왔지만 하나도 괜찮지 않았고, 상처는 더 깊이 파여 고름을 내었다. 다시 한국으로 돌아갈 생각을 하면 심장이 칼로 쑤신 듯 아파서 도저히 마주치고 싶지 않았다. 그래서 이 호텔에 머물며 세나는 상처를 다스리고 조금씩 치유해 나가고 있었다.

"어쩌면 만날 수도 있겠구나."

태주의 소식은 일부러 듣지 않았다. 찾아보려고 마음만 먹는

다면 너무 쉽게 알게 되겠지만 어떤 것도 마음에 담아 두고 싶지 않았다. 그 사람을 버리다시피 떠나왔는데 안부나 사정을 듣는다는 건 염치없는 일이라고 생각했다.

그가 직접 오지 않을 수도 있다. 이런 일은 보통 실무자가 오는 경우가 대부분이었다. 그런데 심장이 뛰는 건, 자신이 아는 김태주는 이런 일에 직접 참여하는 사람이기 때문이었다.

"모르지. 1년 사이에 바뀌었을 수도 있잖아."

혼잣말을 내뱉던 세나는 의자 등받이에 머리를 기대고 눈을 감았다. 장막이 가린 듯 그의 얼굴이 잘 생각나지 않았다. 분명 그를 잘 알고 있는데 검은색으로 얼굴을 칠해 버린 것처럼 얼굴이 떠오르지 않았다.

한국에서 온 인수단을 맞이하던 세나는 안도의 한숨을 내쉬었다. 그의 얼굴이 잘 떠오르진 않지만 이 사람들 중에 없는 게 확실했다.

회의장에 앉아 서로의 조건을 살펴보던 세나는 JK호텔 측이 거의 무조건적인 수용을 한다는 느낌을 받았다. 무조건 인수를 하겠다는 의지라면 당연한 것이지만 호텔은 기본적으로 사업과 이윤의 논리에 있는데 외국 호텔을, 저렴하지도 않은 가격에 인수하겠다는 게 어딘지 좀 이상했다.

이에 한국 측 대표는 이 호텔을 오래전부터 지켜본 사장님의 결정이라며 계약이 성사되기를 바란다고 했다.

내일 최종 인수 합의 절차를 밟기로 하고 회의가 끝났다. 회의장을 나오던 세나는 자신을 부르는 소리에 뒤를 돌아봤다. JK호텔 인수단 중 한 명이 성큼성큼 다가왔다.

"윤세나 씨?"

세나는 남자를 훑어보았다. 자신이 알던 사람인가 했지만 도무지 생각이 나지 않았다. 세나가 말없이 그를 보자 남자는 '홍재준'이라고 쓰여 있는 명함을 내밀었다.

"홍재준 씨?"

"여기서 이렇게 만나게 될 줄은 몰랐습니다. 이게 가능한 일인가. 가끔 신의 장난 같기도 한 일을 마주하다 보면 소름이 돋을 때가 있습니다."

"네?"

"그동안 잘 지내셨습니까?"

남자는 세나를 보며 옅은 숨을 내쉬었다. 그의 눈빛이 어딘지 모르게 슬퍼 보여 세나는 불쾌해졌다.

"전 처음 뵙는데요. 다른 분과 착각하셨나 봅니다."

"절 기억하지 못하신다니 섭섭하지만 괜찮습니다. 그래도 사장님은 기억하시죠?"

세나는 말을 하지 못했다. 그의 얼굴이 어땠더라. 그가 어떻게 생겼더라. 세나는 점점 더 암흑에 쌓인 듯 깜깜해졌다. 세나는 혼란스러운 듯 남자를 바라보았다.

"사장님은 일정 때문에 내일 최종 인수 단계에서 뵙게 되실 겁니다."

"네. 알겠습니다."

"그립지 않으셨습니까?"

세나는 화가 난 얼굴로 재준을 돌아보았다.

"무슨 말씀이시죠?"

세나는 정색을 하고 그를 보았다. 재준은 부드럽게 웃으며 한 걸음 다가왔다.

"세나 씨가 떠난 이후로 사장님은 제대로 잠을 이룬 날이 없습니다. 매일 불면증에 시달려서 겨우 약을 먹고 잠드십니다."

"이젠 저와 상관없는 사람입니다."

"정말 그렇게 생각하십니까? 윤세나 씨는 괜찮았는지 모르겠지만 사장님은 일중독에 빠진 사람처럼 온통 일에 매달려서 살았습니다. 개인 시간을 가져 본 적도 없고요."

"일을 열심히 하는 게 나쁜 건 아니잖아요."

"뭔가를 잊기 위해 필사적이니까 문제입니다. 다 잊은 것처럼 아무렇지 않게 행동하시는데 잠을 편히 못 이루시죠. 보는 이가 위태로울 지경입니다."

세나는 떨리는 몸을 애써 다스리며 손을 꽉 쥐었다.

"더 이상 여기 서 있을 이유가 없네요. 내일 최종 인수 때 뵙겠습니다."

"정말 모르시겠습니까! 우리가 여기 왜 왔는지, 이 호텔이 사장님에게 어떤 의미였는지!"

재준이 목소리를 높이자 깜짝 놀라 돌아보던 세나는 다시 고개를 숙이고 걸어갔다.

정말로 미치겠는 건 그와 만났던 기억은 있는데 태주의 얼굴이 떠오르지 않는 것이었다. 어쩜 이렇게 깜깜한지 도무지 생각이 나지 않았다.

"잊으라는 뜻인가 봐. 제발 잊자."

집무실에 앉아 있던 세나는 퇴근 시간이 되어 가방을 들고 나왔다. 간만의 혼란스러움에 머리가 지끈거렸다. 심장이 두근거려 어서 빨리 퇴근하고 싶었다.

직원들의 인사를 받으며 호텔을 나선 세나는 동네 어디에서나 볼 수 있는 강을 따라 걸었다. 해가 서쪽 하늘로 기울어지려고 했다. 정처 없이 걷던 세나는 카렐교까지 걸어왔다.

석양빛과 도시의 불빛이 딱 공평하게 조화로운 시간. 이제 다가올 달밤에 혹여 무섭지 않도록 빛을 내주는 석양의 그림자.

가만히 다리 교각에 배를 대고 바라보던 세나는 그 조화로운 순간을 눈으로 보며 저도 모르게 눈물이 흘러내렸다. 몇 번을 보아도 그 풍경은 눈물을 쏟아 낼 만큼 아름다웠다.

그 장관을 오랫동안 바라보던 세나는 해가 완전히 기울어 전등이 환하게 켜진 프라하의 야경을 배경으로 몸을 일으켰다.

발을 떼던 세나는 봄빛의 따사로운 바람결에 눈을 들었다. 전신을 가볍게 훑고 지나가는 봄바람에 머리카락이 흩날렸다. 단정하게 머리카락을 쓸어 올리는 순간 눈앞에 서 있는 남자와 눈이 마주쳤다.

손을 바지 주머니에 넣은 채로 반대편에서 걸어오던 남자의 시선이 제게 닿아 있었다.

자신을 빤히 보는 남자에게서 시선을 떼고 옆으로 비켜섰다. 심장이 쿵쾅거리는 건 독보적으로 잘생긴 외모와 체격 때문이라 치부하며 옆으로 발을 움직였다. 남자는 옆을 스쳐 지나가는 세나에게서 눈을 돌리지 않았다.

"하아."

남자의 숨소리가 세나의 귓가에 파고들었다. 이상한 기분에 고개를 갸웃하며 세나는 천천히 다리를 걸었다.

쉬지 않고 걸어가던 세나는 몇 걸음 가다가 우뚝 멈춰 섰다. 갑자기 몸에 있는 기운이 한꺼번에 빠지는 듯 휘청거렸다. 급히 다리 교각을 잡고 서 있는 그녀의 눈에서 눈물이 떨어졌다. 그리고 심장이 쥐어짤 듯 아파와 가슴을 움켜쥐었다.

세나는 이제야 떠오른 태주의 얼굴에 떠밀리기 싫은 사람처럼 교각을 움켜잡고 있었다.

그때 제 손등에 닿는 손길에 눈을 돌리던 세나가 왈칵 눈물을 쏟았다. 손등에 와 닿는 따뜻한 체온이 확실케 했다. 뜨거운 손길 속에서 이별을 말했던 자신이 떠올랐다.

"태주 씨."

태주가 그녀의 손을 꼭 잡았다. 손을 꽉 잡은 그가 간신히 입을 열었다.

"이래도…… 우리가 운명이 아닌가?"

눈물이 계속 흘러내려 세나는 그에게 잡히지 않은 나머지 한 손으로 눈가를 가렸다. 우는 모습을 보이기 싫었다.

"말했잖아. 난 매 순간 너에게서 운명을 느껴."

"태주 씨."

세나의 허리에 팔을 두른 태주가 당겨 안았다. 눈물 가득 고인 얼굴로 자신을 보는 세나의 어깨에 등을 구부려 얼굴을 기댔다.

"여기서 이렇게 만나다니. 내가 인수할 호텔의 직원으로 있었다고. 이게 우연으로 가능한 일일까."

몸을 부르르 떠는 세나를 꼭 안은 태주가 그녀의 귓가에 속삭였다.

"네가 일하는 그 호텔은 내가 너에게 주려고 재작년 체코에 출장 왔을 때부터 눈여겨보던 곳이야. 네 소유로 만들어 주려고 준비했던 곳이라고."

"태주 씨."

"그런데 어떻게 그곳에 있어. 네가 어떻게…… 그곳에……."

목이 메는지 태주도 말을 잇지 못했다.

"더는 싫어. 못 견뎌. 이제 돌아올 차례야. 나에게로."

태주는 세나의 머리를 쓰다듬으며 마침내 눈을 감았다.

지금 일하는 호텔이 그가 오래전부터 인수하려고 한 곳이라고? 그도 세나가 여기서 일하는 줄은 전혀 몰랐던 것 같다. 그럼 우린 정말 뭘까. 이렇게 미치도록 마주치고, 우연인 듯 필연으로 만나는 우리는 대체.

"무서워요. 전 다시 또 그때로 돌아가기 겁나요. 지금도 잘 지내고 있고, 이대로 편안해지고 싶어요."

"그래. 알아. 네 마음이 많이 병들었고, 착한 여자이기 때문에 이기적일 수 없었던 것도 다 알아. 그런데 나도 죽을 것 같아."

아픈 목소리가 세나의 귓가에 울렸다. 그녀는 눈을 들어 태주를 보았다.

"전 태주 씨에게 맞는 사람이 아니에요. 회장님 볼 면목도 없고 다시 또 사람들을 마주하기 겁나요. 제가 아니어도 태주 씨는 잘 살 거예요. 전……."

"네가 없으면 난 나머지 인생을 잘 살 자신이 없어. 지금도 겨우 버티는 거야."

세나는 불현듯 낮에 호텔 인수단으로 만났던 홍재준이란 사람이 누군지 기억했다. 어쩜 까맣게 잊고 있었을까.

"홍 실장님."

그 사람이 말했던 태주의 현재 상태가 생각나서 그녀는 가슴이 욱신거렸다. 눈물이 볼을 타고 흘러내렸다.

"사랑한다."

낮게 퍼지는 목소리에 세나는 몸을 떨었다.

"널 영원히 사랑해."

"태주 씨."

"내 옆에 있어 줘. 날 살게 해 줘."

서로를 마주 보는 눈동자는 예쁘고 아프게 빛났다.

카렐교 아래로 흐르는 강물이 달빛과 가로등 불빛에 빛났다. 끝도 없이 흐르는 강물이 인생과 같다면 지금 앞에 서 있는 서로의 삶도 강물처럼 어디론가 계속 흐르게 되겠지.

살아 있는 한 계속해서 흐를 거야. 그 종착지가 어디일지는 아무도 모르지만 1년의 시간이 멈춰 있던 게 아니라면, 이것 또한 만남을 위한 준비의 시간이 되는 것일까. 그래서 다시 만나게 된 서로의 시간이 또 얽히고 있다.

운명처럼.

곤히 잠들었던 세나는 창문으로 스며드는 햇살에 눈을 떴다. 그리고 옆에 함께 잠들어 있는 태주를 발견했다. 호텔로 와서도 내내 눈물을 그치지 않는 자신을 품에 안고 토닥여 주다가 그렇게 잠이 들었다.

태주의 얼굴을 찬찬히 살펴보던 세나는 옅은 숨을 내쉬고 천정으로 고개를 돌렸다. 운명처럼 만난 태주가 꿈처럼 아득했는데 막상 그녀는 어떤 것도 해결할 수 있는 상태가 아니었다.

1년 동안 세계 곳곳 유랑 생활을 하면서 이제 조금 마음이 편해지려고 했는데 다시 불구덩이 속으로 들어가는 느낌이었다. 그래서 또 한 번 숨을 내쉬던 참이었다.

"그러다 땅 꺼질라."

태주의 목소리에 세나는 흠칫 놀라 고개를 돌렸다. 그가 눈을 뜬 채 세나를 보고 있었다. 그는 세나의 얼굴을 손가락으로 훑었다. 이마며 콧등, 입술, 볼을 손가락으로 따라 그렸다.

"그동안 여행은 잘 다녔어?"

"네. 어떤 곳은 짧게 머물고 어떤 곳은 한 달 정도 머물기도 했어요."

"어디를 돌아다녔는데?"

"미국도 가고 유럽은 다 가 본 것 같고, 칠레랑 아르헨티나도 가 봤고, 인도가 참 인상 깊었어요. 문명이 어쩌면 그렇게 잔인한 건지, 인간의 가치가 얼마나 상대적인 건지 느꼈죠. 제가 가장 치유 받은 곳도 인도였어요."

"체코엔 어떻게 오게 되었어?"

"동유럽을 다니다보면 자연스럽게 정체되는 것 같아요. 시간의 흐름이 느리고 고요하죠. 스페인이나 이탈리아 사람들처럼 열정적인 게 삶을 풍요롭게 하는지 모르겠지만 저하고는 동유럽이 잘 맞았어요."

천천히 지나간 일을 회상하는 세나의 얼굴을 빤히 보던 태주가 다시금 그녀의 입술에 입을 맞췄다. 호텔에 오고 나서 입맞춤은 끝도 없이 이어졌다. 가만히 서로의 얼굴을 보고 있으면 그것은 당연했다.

"네 말이 맞아. 인간의 가치는 상대적이야. 내가 너보다 결코 낮거나 절대적으로 우위인 건 없어. 너와 난 그저 마주치고 있는 그 자체가 전부인 거야."

세나의 눈동자가 금세 붉어졌다. 태주가 하는 말이 철학적인 것도 있지만 동등하게 봐주는 그에게 언제나 경이로움을 느꼈다.

"네가 떠나고 많이 힘들었는데 그나마 버틸 수 있었던 건 아버님 덕분이었어."

"네?"

"간간이 찾아갔거든."

"태주 씨."

"이준성 부자를 강제 귀국시키고 구속을 받아 내는 동안 아버님도 많이 힘들어하셨어. 가만 보면 정이 많은 건 너랑 아버님이 제일 닮은 것 같아."

"아빠는 어떠세요. 늘 그랬던 것처럼 차가우시죠?"

"아닌데? 아버님이 표현이 거칠어서 그렇지 한 번 정을 주면 퍼 주는 스타일이야."

"저도 잘 못 느끼는 걸 벌써 알아챘어요? 태주 씨 진짜 대단하긴 하다."

세나가 작게 웃자 태주가 부드럽게 미소 지었다.

"아버님과 술잔 기울이는 날 많았어. 그러면서 너에 대한 얘기도 많이 들었고, 네가 보고 싶은 날은 아버님께 조르면서 더 들려 달라고 했지."

"아빠 저에 대해 안 좋은 기억밖에 없으실 텐데."

"주로 그런 것 같더라."

태주의 장난스러운 말투에 세나도 피식 웃었다.

"그런데 그 이야기를 듣고 있다 보면 내가 알고 있는 윤세나와 참 많이 겹치더라고. 아버님은 누구보다 너에 대해 잘 파악하고 계셨어. 가치가 달랐을 뿐이지."

싱긋 웃던 세나가 점점 입꼬리를 내렸다. 알고 싶진 않지만 주환과도 관련되어 있어 묻지 않을 수 없었다.

"이준성은…… 어떻게 됐어요?"

태주는 잠시 생각하다가 침대에 몸을 일으켜 앉아 협탁에 놓은 휴대폰을 가져왔다. 그리고 검색을 한 뒤 세나에게 주었다. 똑같이 앉아 휴대폰을 받은 세나는 곧 한숨을 내쉬었다.

"이 사람은 정말 이기적이네요."

이준성 부자가 구속이 되고 사기죄와 공갈 협박죄로 10년 형이 구형되었는데 준성이 교도소에서 자살 시도를 해서 지금 의식 불명 상태였다.

"난 그래도 이준성을 용서할 순 없어. 네가 그놈과 조금이라도 연결되었다는 것 자체가 불쾌해. 단지, 널 사랑했던 그놈 마음이 얼마나 깊고 삐딱했는지 이해가 될 뿐이야."

"그 사람은 날 사랑한 게 아니라 집착했던 거예요. 처음부터 잘못된 인연이었어요."

"그래. 그건 사랑이 아니라 집착일 거야. 그런 면에서 나도 네게 집착하는 것일 수 있어. 모든 걸 버리고 도망 간 널 잊으면 그만인데, 나도 그게 쉽지 않아."

세나는 살며시 태주를 안았다. 그의 몸이 떨려 왔다. 그가 이렇게 떠는 건 처음인 것 같았다.

"네가 일하는 그 호텔은 나와 너의 별장으로 쓰려고 했어. 휴가 때나 쉬고 싶을 때 편히 쉴 수 있는 곳으로 알아보다가 마침 슈테판 대표와 만나게 되었고 인수에 대한 논의가 이뤄졌었지."

"정말 아름다운 호텔이에요. 제가 거기 정원을 참 좋아해요."

"그래. 너처럼 예쁜 곳이야."

잠시 태주를 보며 싱긋 웃던 세나의 눈동자가 금세 붉어졌다.

"전 당신의 사랑을 받기에 많이 부족한 여자예요. 그런 큰 사랑을 받는 게 때론 부담스러워요."

"그럼 앞으론 네가 날 그렇게 사랑해 주면 되잖아. 내가 덜 사랑할 테니까 네가 내 몫까지 사랑해 줘. 그동안 못다 한 거."

"어떻게 하면 될까요?"

"내 옆에 있어 줘. 그게 날 사랑하는 방법이야."

그 말에 세나는 저절로 깊은 한숨을 내쉬었다. 그녀를 내려다보던 태주는 세나의 머리를 쓰다듬으며 등을 토닥였다.

"이래서 아이는 낳을 수 있겠어?"

세나는 그의 어깨를 퍽 때렸다. 태주의 웃음소리가 꽁꽁 언 심장을 녹였다.

"오늘 인수식 몇 시더라."

"1시예요."

"인수 체결되면 데이트하자. 네가 프라하 구경시켜 줘."

세나가 고개를 끄덕였다.

"그건 잘할 수 있어요."

"그래. 그거부터 하자."

프라하 호텔은 그 자태를 유지하는 조건으로 계약을 체결했다. 슈테판 대표와 JK호텔 김태주 사장이 악수를 나누며 체결문을 나눠 가졌다. 그리고 그 호텔의 실질적 소유주는 윤세나였다.

체결식을 무사히 마친 두 사람은 기쁜 마음으로 프라하의 데이트를 즐겼다. 낮의 프라하는 아름다운 건물을 보며 숨은 골목을 걷는 재미가 있었다.

좁다란 골목을 걷다 보면 두 사람의 몸이 가까워졌고 자연스럽게 손을 잡게 되었다. 언덕길을 천천히 올라 프라하성에 오르면 프라하 시가지가 눈에 보였다.

아기자기한 붉은색 지붕들이 늘어선 동화 같은 마을을 하염없이 감상하다가 또 손을 잡고 언덕길을 내려왔다. 빨간 트램을 타며 태주의 어깨에 기대기도 하고 길거리를 걷다가 젤라또 아이스크림을 사 먹었다.

세나는 태주의 손을 놓지 않았다. 그들은 계속해서 프라하 거리를 걸었다. 걷고 걷다 보니 어느새 어둠이 내려왔다.

프라하를 하나로 이어 주는 강 주변은 가로수 불빛으로 아른거렸다. 카렐교까지 걸어온 그들은 교각 위에 서서 야경을 바라보았다.

한 번도 잡은 손을 놓지 않고 그대로 걷기만 했다. 말하지 않아도 서로가 옆에 있다는 사실에 만족했다. 그것만으로도 좋았다.

"이제 가이드 놀이 다 했어?"

카렐교 다리에 서서 강물을 하염없이 바라보고 있는 세나를 보고 태주가 물었다. 세나는 싱긋 웃으며 고개를 끄덕였다.

"배고파요. 밥 먹으러 갈까요?"

그를 끌고 들어온 음식점에서 세나는 크네들리키와 본 메뉴 꼴레뇨를 시켰다. 한국의 족발과 비슷한 꼴레뇨를 먹던 세나는 갑자기 생각난 것이 있는 표정을 지으며 태주를 보았다. 갑자기 장난치고 싶은 마음이 들었다.

"저 뜨르들로라는 빵 먹고 싶어요. 이 가게엔 안 팔아요."

"내가 사 올게."

그런 것쯤은 식은 죽 먹기라는 듯 호기롭게 나간 태주를 보고 세나는 쿡쿡 웃음이 나왔다. 저녁엔 그 빵을 파는 가게가 드물었다.

한참 뒤에 봉투를 들고 들어오는 태주의 얼굴은 상기되어 있었다. 세나의 앞에 앉은 태주는 가벼운 숨을 몰아쉬었다. 그리고 그녀를 노려보았다.

"원주민한테 당했네."

"그래도 잘 사 오셨네요?"

봉투를 열어 안에 있는 굴뚝 모양의 빵을 본 세나는 눈웃음을 지었다. 설탕이 뿌려진 모양이 먹음직스럽게 보였다.

"진짜 맛있겠어요."

"내가 또 뭐든 기가 막히게 해내거든."

"와, 진짜 반하겠네요."

세나는 싱긋 웃으며 한입 뜯어 먹었다. 달콤한 향이 입안에 가득 퍼졌다.

"맞다. 너 단 거 좋아했지."

맛있게 먹는 세나를 보던 태주도 미소를 지었다. 뭔들 못 사다 줄까. 하늘의 별을 따 달라고 해도 따 주고 싶은 심정이었다.

배불리 음식을 먹고 나온 세나는 태주를 하벨 시장으로 끌었다. 다양한 과일과 먹거리, 액세서리, 기념품 등을 파는 하벨 시장은 밤 10시가 가까워지자 문을 닫는 상점이 늘어났다. 세나는 그의 손을 끌어 부지런히 가게를 돌아다녔다. 그러다 문득 어느 가게 앞에 선 세나는 빠르게 안으로 들어갔다.

세나가 가리킨 것은 다양한 종류의 스노우볼이었다. 아기자기하고 앙증맞은 둥근 모양이 예뻐서 세나는 한참을 들여다보았다.

"이거 주세요."

눈 내리는 마을에서 두 남녀가 서로를 마주 보며 손을 잡고 서 있는 스노우볼이었다. 계산을 한 세나는 그것을 태주에게 주었다.

"호텔 사 준 답례예요."

터무니없는 답례지만 태주는 부드럽게 웃었다.

"너무 고마운데?"

"마음에 든다면 다음 코스로 안내하겠습니다. 체코에 왔으니까 체코 맥주는 마셔 줘야죠."

세나는 태주의 손을 끌어 맥줏집으로 향했다. 빈자리에 자리를 잡고 앉은 그들은 호프집에서 흘러나오는 음악을 들으며 맥주를 마시며, 천천히 두 사람이 함께하는 시간을 즐겼다.

"언제 한국 돌아가세요?"

"내일."

"그렇게 빨리요?"

세나가 놀란 얼굴로 바라보자 태주는 한 손에 턱을 괴고 그녀를 보며 빙그레 웃었다.

"당연한 거 아니야? 네가 있는 줄도 몰랐는데 뭔 미련이 있다고 여기서 시간을 잡아먹겠어."

"조금만 더 있다가 가시면 안 돼요?"

"안 돼. 할 일 많아."

세나는 조금 씁쓸한 듯 고개를 끄덕였다. 자기가 생각해도 억지를 부리는 것 같아 마음을 접었다.

"이제 그만 가요. 내일 출국하려면 일찍 쉬어야겠어요."

먼저 자리에서 일어나 나가는 세나를 보던 태주가 뒤따랐다. 세나는 조금 앞에서, 태주는 조금 뒤에서 같은 간격을 유지하며 걸었다.

"나 아직 답 듣지 못한 것 같은데."

숙소 앞에서 발을 멈춘 태주는 그녀의 손을 잡고 돌려세웠다. 한참 머뭇거리던 세나는 사르륵 웃으며 손가락을 들어 건물을 가리켰다.

"라면 먹고 갈래요?"

빤히 보던 태주는 세나의 몸을 번쩍 안아 들고 안으로 들어갔다. 계단을 오르는 동안 서로를 바라보는 거리가 가까워졌다.

문이 열리는 순간 세나는 참았던 그리움을 모두 꺼내 그를 맞이했다. 숨기고 감춰 두고, 혹시라도 누가 볼까 무서워 내색하지 않으려 했던 욕망과 본능을 어김없이 내보였다.

어두운 불빛, 조용한 실내를 잠식하는 서로의 체온과 체취가 그동안의 서글픔을 대변하는 것 같았다. 맞닿아도 사라지지 않

는 욕망의 끈을 놓지 않으려 계속 서로를 찾았다. 그리고 그날
두 사람에게는 새로운 소식이 찾아왔다.

　침대에서 눈을 뜬 세나는 옆에 태주가 없어 몸을 일으켰다.
16평 남짓한 원룸은 한눈에 집 안이 다 들어왔다.
　침대를 정돈하고 샤워를 하고 나온 세나는 문이 열리는 소리
에 문가를 바라봤다.
　태주가 안으로 들어오는 걸 보고 세나는 벽시계를 돌아보았
다. 그는 완벽한 슈트 차림으로 들어왔기에 떠날 시간이 가까워
졌다는 걸 느꼈다.
　"시간이 벌써 이렇게 됐네요. 지금 출발하세요?"
　태주는 대답 없이 안으로 들어와 세나의 앞에 섰다. 그리고
그녀의 손을 잡아 손바닥 위에 작은 케이스와 종이봉투를 놓았
다.
　"호텔을 통째로 안겨 주는데도 확답을 못 받은 놈은 내가 처
음일 거야."
　세나는 괜스레 얼굴이 붉어져서 그를 올려다보았다. 태주는
어쩔 수 없다는 듯 허탈하게 웃으며 등을 구부려 그녀와 눈높이
를 맞추었다.
　"너도 이곳 상황 정리하는데 시간이 걸릴 테니까 정리되면 돌
아와. 난 먼저 가서 기다리고 있을게."
　"태주 씨."
　"대신 한국으로 온다는 건 나랑 결혼하겠다는 뜻으로 알겠어.
그땐 네가 싫다고 해도 가둬 둘 거야."
　세나는 한동안 태주를 바라보다가 홀리듯 고개를 끄덕였다.

"나오지 마. 돌아서 가는 뒷모습은 보여 주고 싶지 않아. 여기서 인사하자."

그리고 팔을 뻗어 세나의 허리를 잡아당겨 안았다. 가까이 눈을 마주치고 있는 그녀의 얼굴을 찬찬히 바라보던 그가 부드럽게 입을 맞췄다. 사랑과 애정을 가득 담아 닿았다.

태주가 가고 한동안 멍하니 앉아 있던 세나는 제 손에 들린 케이스와 종이봉투를 보았다. 케이스를 열었다.

다이아몬드 반지. 이걸 언제 준비한 걸까. 잠든 사이에 준비했다면 그의 추진력이 상상 초월이라는 걸 알 수 있었다.

반지를 꺼내 손에 껴봤다. 네 번째 손가락에 꼭 맞았다. 세나는 일렁이는 마음을 안고 봉투를 열었다. 예상했지만 역시나 편지가 들어 있었다.

종이를 꺼내 읽던 세나는 후드득 눈물을 쏟고 말았다. 그리고 벌떡 일어나 문을 열고 뛰어나갔다. 그를 보러 가야겠다. 지금 당장.

내 전부였고, 내 전부이고, 내 전부일 그대에게.

갈피를 못 잡고 있을 땐 현재를 최선을 다해 사랑하길 바랍니다.

현재를 사랑하면 답은 쉽게 나오게 돼요.

너무 고민하지 말고 괴로워하지도 말고 조금은 나에게 기대면 어떨까요.

다가올 미래가 두렵다고 미리 겁먹지 말고 내 손 꼭 잡고 해결해 나가요.

그대가 돌아오는 길목에 나가서 두 팔 벌리며 기다리고 있겠어요.

난 버선을 신지 않으니까 맨발로 나가 맞이할게요.

사랑합니다.

—김태주

에필로그

세나의 결혼식을 위해 미국에서 잠시 나온 재희는 화려한 식
장 안을 둘러보며 혀를 내둘렀다. 결혼식장은 국내외 수많은 하
객들로 발 디딜 틈이 없었다.

한국에서 제일 화려하고 유명한 JK호텔에서 치루는 거니 그
러려니 하지만 재희는 여기가 외국인지 한국인지 구분하기 힘들
정도로 많은 외국인들 때문에 정신이 혼미할 지경이었다. 결혼
식에 참석한 하객들의 사이즈가 국빈급이었기 때문이다.

신부 대기실로 들어가자 세나는 거기서도 여러 하객들에게
둘러싸여 축하 인사를 받고 있었다.

"윤세나."

재희의 목소리에 세나가 고개를 돌렸다. 얼굴이 환해진 세나
가 옆에 서 있는 직원에게 사람들 좀 내보내 달라고 전했다. 직
원은 세나의 말에 하객들을 밖으로 안내했다. 둘만 남게 되자
세나가 참았던 숨을 길게 내쉬었다.

"결혼식은 수차례나 기획하고 봤는데 막상 내가 하려니 너무 떨리는 거 있지."

세나는 제 가슴에 손을 얹고 숨을 연거푸 내쉬었다. 큰 키와 날씬한 몸매를 잘 드러내는 드레스가 세나를 더욱 돋보이게 만들었다.

"이게 그 유명한 브랜드 드레스지?"

"응. 난 이게 그렇게 비싼 줄 몰랐어. 제프리 씨가 추천해 준 걸로 입은 건데 아까 사람들이 와서 하는 말이, 단 한 벌만 제작해서 나온 특별 드레스라 어디서 구할 수도 없는 거라네."

"어쩐지, 예쁘더라. 네가 예뻐서 더 그런 것 같아."

세나는 쑥스러운 미소를 지으며 고마워, 대답했다.

"난 오늘 여기가 국빈 대접하는 곳인 줄 알았어. 하객들 수준이……. 평소에 덕을 많이 쌓더니 대단한 인맥을 보유했구나, 우리 세나."

"자꾸 그러지 마. 안 그래도 떨리는데 숨넘어가겠어."

"아, 그럼 안 되지."

재희는 세나가 그동안 가슴앓이하고 슬퍼하던 일이 결국 다 보상받는 것 같아 안도의 미소를 지었다.

"이선도 같이 오지 그랬어."

"그러려고 했는데, 며칠 뒤 중요한 경기가 있어서 내가 오지 말라고 했어. 섭섭하거나 그런 건 아니지?"

"이선까지 있었다면 그야말로 핫 플레이스였을 텐데 구경을 못 해서 좀 아쉽지만 잘했어. 경기가 중요하지."

다정한 말을 하는 재희를 보며 그녀는 부드럽게 웃었다.

"그래도 아저씨가 허락하셨다니 다행이다."

세나는 설핏 웃었다. 태주와 허락받으러 집으로 온 날 아빠는 처음으로 눈물을 보였다. 아주 살짝 맺힌 정도였지만 그 찰나를 분명 목격했다.

재희는 옆에 앉아 웨딩 장갑을 낀 세나의 손을 살짝 잡았다.

"아까 신부 쪽에 서 계시는 아저씨 뵈었는데 표정 좋아 보였어. 친척분들이 '딸 중에 제일 성공했네'라는 말을 계속 하시더라고."

"아니라고 하지만 재벌과 결혼한다니까 집안 어른들 표정이 볼만했어. 우리 친척 어른들은 자식들 간에도 경쟁을 부추기는 분들이니까 부러워서 배가 아프시겠지."

씁쓸한 미소를 짓는 세나의 손을 꼭 잡은 재희가 부드럽게 웃었다.

"그래도 아저씨 마음속에 세나 네가 인정받은 딸로 들어왔다는 게 난 좋던데. 이렇게 착하고 능력 있는 널 아저씨가 드디어 알아봐 주는 것 같아서 뿌듯하더라."

세나는 재희를 보며 눈물이 섞인 미소를 지었다.

"그 체코 호텔은 이제 네 소유가 됐어?"

"어."

세나는 멋쩍은 듯 머리를 긁적였다.

"대박이다. 호텔을 통째로 선물로 주는 태주 씨의 클래스."

"부담되는데 이젠 그 사람 뜻대로 하게 놔두려고. 하고 싶은 것 마음껏 하게."

그리고 머뭇거리던 세나가 재희를 보며 얼굴을 붉혔다.

"아직 아무한테도 말 안 했는데, 나…… 임신한 것 같아."

"뭐?"

재희의 놀란 얼굴에 세나는 더욱 부끄러워 몸을 움츠렸다.

"주기인데 안 하길래 이상해서 임신테스트기 해 봤는데 두 줄 나왔어."

"어머, 대박이다. 얼른 신랑한테 말하지 않고 뭐 해!"

자신보다 더 기뻐하며 흥분하는 재희를 보던 세나는 흠흠 목소리를 가다듬고 속삭였다.

"나중에 말하려고. 서프라이즈."

두 여자는 서로를 마주 보다가 풋 웃음을 터트렸다. 너무너무 축하하고 또 축하해, 재희가 응원해 주었다.

"난 그럼 태주 씨한테 인사하러 갈게. 오랜만에 한국 왔는데 사람들 구경도 좀 하고."

"응. 이따 봐."

재희가 나가는 틈을 타 또 다른 하객들이 세나를 보러 들어왔다. 환하게 웃으며 맞이하는 세나를 힐끔 본 그녀는 싱긋 미소를 지으며 밖으로 나갔다.

"떨린다면서 저렇게 환한 미소를 어떻게 지어. 엄살쟁이네."

로비를 걷던 재희는 갑자기 경호가 엄해진 주변의 기류를 느끼며 입구를 바라봤다.

"어? 저 애들은……."

예전에 세나가 사진으로 보여 줬던 모나코 왕실 아이들이었다. 그사이 자크와 가브리엘라도 앳된 모습을 벗고 어린 신사 숙녀가 되어 있었다. 경호원의 호의를 받으며 신부 대기실로 들어가는 모습을 본 재희는 쿡쿡 웃었다.

"우리 세나, 또 꿀 떨어지게 예쁜 얼굴로 맞이하겠네."

홀로 들어가려던 재희는 남자와 팔짱을 낀 채 웃고 있는 지나

를 발견했다. 그쪽에서도 재희를 보고 반갑게 손을 흔들며 다가
왔다.

"세나 결혼식 보려고 귀국했구나?"

"네. 언니는 더 예뻐지시네요."

"어머, 너한테 들을 말은 아니지 않니. 이선 씨가 무진장 사
랑해 주나 보다. 얼굴이 빛이 나네."

예쁘게 웃던 재희가 지나의 옆으로 눈길을 돌렸다. 지나도 의
식한 듯 옆에 서 있는 남자의 손을 꼭 잡았다.

"내 남자 친구. 지호 씨, 인사해. 세나 친구 서재희야."

"안녕하십니까. 예전에 세나 씨와 같은 팀에서 근무한 현지호
라고 합니다."

"어? 들어 본 것 같은데⋯⋯."

재희는 예전에 세나가 말했던 회사 동료가 떠올랐다. 같은 입
사 동기에 잘 챙겨 주던 사람이라 편하게 지냈는데 그 사람이
자신을 좋아하는 것 같아 고민이라며 안타까워한 적이 있었다.

"이 남자가 갈피를 못 잡고 헤매고 있길래 내가 확 덮쳤어."

지나의 말에 얼굴이 붉어지는 건 지호였다. 어쩐지 남녀가 바
뀐 듯하지만 두 사람 다 서로를 보는 눈길에 진심이 담겨 있는
것 같았다. 지나가 재희에게 다가와 귓속말로 속삭였다.

"나보다 네 살 어려."

잠시 놀란 듯 눈을 동그랗게 뜨던 재희가 살포시 웃었다.

"잘 어울려요. 언니도 드디어 정착할 남자가 생긴 건가요."

"글쎄다. 별일 없으면."

"지배인님! 하객석이 부족한데 어떻게 할까요?"

지나에게 다가와 묻는 직원의 말에 지나는 날카로운 눈빛을

장착하고 홀 안으로 들어갔다.

지호는 재희에게 정중하게 인사한 후 지나가 있는 쪽으로 걸어갔다. 모두 제 짝을 찾아가는 것 같아 재희는 결혼식에 온 뒤쪽 기분이 좋았다. 아마 여기 온 하객들 모두가 그런 마음을 안고 있을 것 같다.

수많은 하객들이 참석하여 준비된 의자가 부족한 탓에 식은 공간을 더 마련하느라 조금 지연되었다. 그리고 참석한 하객들의 사회 경제적 지위 때문에 많은 경호원들의 경호 아래에 결혼식이 시작되었다.

두 사람은 함께 버진 로드를 걷기로 했다. 양가 부모님의 배경보다 두 사람 그 자체로 시작하고 싶다는 세나의 뜻에 태주는 전적으로 동의했다. 두 사람이 함께 등장하자 하객들은 큰 박수로 맞이했다.

"떨려?"

세나는 말도 못하고 고개만 끄덕였다. 태주는 가까이 다가와 세나의 손을 꼭 잡았다. 그 바람에 손에 꼭 쥐고 있던 부케가 떨어질 뻔한 위기가 있었다.

"떨어뜨릴 것 같아요."

잠시 세나의 손을 보던 태주는 부케를 들어 뒤에서 보조하고 있는 헬퍼에게 건넸다.

"자, 됐지?"

황당한 얼굴로 바라보던 세나도 곧 웃음을 터트리고 고개를 끄덕였다.

"저도 손잡는 게 더 좋아요."

부케를 내팽개치고 나란히 손을 잡고 걷는 두 사람의 파격적인 행동을 본 하객들도 웃으며 박수를 쳐 댔다.

주례는 두 사람의 대학 교수님이 맡아 주었다. 교수님께 찾아 갔을 때 그분은 처음부터 우리 둘이 인연이 될 거란 감이 왔다고 했다. 두 사람이 완전히 다른 성향인 것처럼 보이지만 똑같은 성향을 지닌 학생들이라 어디서든 만나게 될 거란 생각이 들었다고.

"이제 JK그룹 전체를 진두지휘할 김태주 부회장은 사회 경제적 지위 때문에 아내 윤세나 양의 마음에 상처를 주지 않겠다고 맹세합니까?"

어디서도 들어 보지 못한 성혼 선언문에 두 사람의 시선이 주례 선생님을 향했다. 역시 평범하진 않은 분이었다.

"네. 맹세합니다."

"이제 JK호텔 임원의 자리에 오른 윤세나 상무는 본인의 완벽함 때문에 남편 김태주 군을 홀로 독수공방시키지 않겠다고 맹세합니까?"

객석에서 와하하 웃음이 터져 나왔다. 세나는 급격히 붉어진 얼굴로 태주를 보았다. 그는 태연하게 웃으며 한쪽 눈썹을 꿈틀 거렸다. 어서 대답하라는 뜻이었다.

"네. 맹세합니다."

겨우 대답한 세나가 주례 선생님을 원망스러운 눈으로 바라봤다. 그는 연륜이 묻어나는 미소로 화답했다.

"우리 교수님 앞에서 맹세했으니까 절대 날 혼자 있게 하면 안 돼."

"상처 주지 않겠다고 맹세한 사람도 잘 기억해 두세요. 여차하면 교수님한테 이를 거니까."

세나의 손을 잡은 태주의 손에 힘이 들어갔다. 두 사람이 마주 보았다. 이제 숨기지 않고 만인이 보는 앞에서 반지를 손가락에 낄 수 있었다. 세나는 손가락에 반짝이는 다이아몬드에 괜히 울컥해서 눈가가 촉촉해졌다.

태주는 주례 선생님에게 눈짓을 하며 빠른 진행을 부탁했다. 눈빛만으로 찰떡 같이 알아들은 교수님은 순조롭게 키스를 허락했다. 면사포를 올리고 눈물을 글썽이는 세나의 허리를 당겨 안은 태주가 그녀의 귓가에 속삭였다.

"상처 받는 일이 생겨도, 독수공방할 일이 생겨도 같이 풀어 나가자. 서로가 서로의 치유가 되어 주자, 세나야."

고개를 끄덕이는 그녀에게 멋진 미소를 보낸 태주가 그녀의 입술에 부드럽게 입을 맞췄다.

"나…… 당신의 아이를 가졌어요."

작게 속삭이는 세나의 목소리에 태주의 눈동자가 점점 커졌다. 돌덩이가 된 것 같은 늑대가 사랑스러워 세나의 얼굴에 더 짙은 웃음꽃이 피었다.

"축하해요. 아빠가 된 것."

—*fin*